黃易

覆雨翻雲

異俠大系・新編完整版

卷八

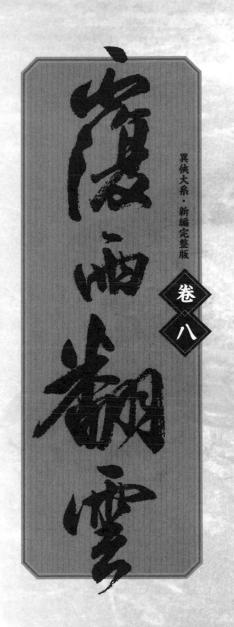

覆雨翻雲

卷八

目錄

覆雨翻雲

卷八

目錄

第一章　廟頂之戰

韓柏展開身法，離開左家老巷，在夜色的掩護下，依著媚娘指示，朝城東掠去。

想起他是不能以眞面目給藍玉方面的人看到的，順手取出薛明玉那精巧的面具戴上，立時搖身一變，成了這天下最負惡名的採花大盜。還嫌改變不夠徹底，索性拋掉外袍，才繼續往媚娘的居所奔去。

愈走愈是氣爽神清，想起能再次與媚娘相會，說不定可順道一矢三鵰，連兩隻美蝶兒都一併動了，心情更是興奮莫名。

一盞熱茶的工夫後，逢簷過簷，遇壁跨壁，玄母廟巨大的瓦頂出現在半里許外。

依媚娘的指示，到了玄母廟折北三里，便是她的香居「香醉居」了。

就在這時，心中湧起一種被人窺看著的感覺。

韓柏環目四視，靜悄悄的，全無動靜。還以爲自己疑心生暗鬼，躍下一條橫巷去，把速度提升至極限，左轉右折，奔出了里許外，才兜轉回來，躍上一處瓦頂。

大感駭然，被人跟蹤的感覺竟有增無減。

可是仍發現不到敵人的潛伏位置。

韓柏出了一身冷汗，明明有敵人在追蹤著他，可是如此依足范老賊的教導，尙不能把敵人甩掉，那豈非跟蹤者輕功遠勝過自己。

誰人如此厲害？不會是里赤媚吧？是可就糟糕透了。

「砰！」

在後方的天空一道紅芒直沖上高空，爆開一朵鮮紅的煙花，在漆黑的夜空分外怵目驚心。

韓柏呆了一呆時，另一朵綠色的煙火訊號炮，又在右方的高空上爆響。

韓柏大感不妥，難道這兩枝訊號火箭竟是衝著自己而來的？

想到這裡，頭皮發麻，現在他可說是仇家遍地，藍玉、方夜羽、胡惟庸等均恨不得置他於死地，若給對方高手綴上，那就危險之極，倏地把魔功發揮盡致，飛簷越壁，亡命朝煙花發出的相反方向掠去。

狂奔了三里許外，才折轉回來，再往玄母廟奔去。

被人監視追綴的感覺至此消失。

韓柏鬆了一口氣，自誇自讚了一番後，再躍上瓦背，騰空而起，越過玄母廟外圍的高牆，投往玄母廟那像極一個斜傾大廣場般的瓦面去。

才踏足瓦頂邊緣，一聲佛號由高高在上的屋脊傳下來，有人誦道：「佛說一切法，為度一切心，若無一切心，何用一切法？」

韓柏立時魂飛魄散。

剛才感到有人在旁窺伺，還可推說是疑心生暗鬼，現在明明有人攔在前路，他卻一點「前面有人」的感覺都沒有，那就更是駭人了。何方高人，竟能「瞞過」他的魔種呢？

他立穩瓦背，心情惴惴地往上望去，只見一道頎長人影，背著星空卓立廟脊上，說不出的神秘飄逸。

韓柏功聚雙目，雖看到對方的禿頭和灰色的僧衣，可是對方的廬山眞貌卻隱在暗影裡，沒法看得眞切。

後方高空再爆開了一朵煙花。

韓柏暗暗叫苦，他並非不想掉頭便走，而是對方雖和他隔了足有十多丈，但氣勢卻隱隱地罩著了自己，假若他溜走，對方在氣機牽引下，必能後發先至，把自己截在當場。

這想法看似毫無道理，可是韓柏卻清晰無誤地感覺到必會如此。

若非對方是個和尚，他甚至會猜測攔路者是龐斑、里赤媚之輩，否則爲何如此厲害？

自己的仇家裡似乎並沒有這般的一個人。

那人柔和好聽的聲音又唸道：「體即法身，相即般若，用即解脫，若止觀則成定慧，定慧以明心，德相圓矣。」

韓柏慘叫道：「無想僧！」

他並非認出對方來，只是認出對方唸的正是無想十式內開宗明義的幾句話。

他自然地摸上自己戴著薛明玉面具的臉頰，心中叫苦，難道對方以爲自己是薛明玉，那就苦不堪言了。

遠方傳來眞氣充沛的尖哨聲，不住迫近。

韓柏猛一咬牙，提聚功力，朝上掠去，一拳擊出，只要無想僧稍有退讓，他便可破去對方氣勢，亡命逃遁。

無想僧立在屋脊處，不動如山，口喧佛號悠然道：「此心本眞如，妄想始蔽覆，顚倒無明，長淪生死，猶盲人獨行於黑夜，永不見日。薛施主還要妄執到何時。」淡然自若一掌拍出，掌才推到一半，忽化爲數十隻手掌。

韓柏一時間竟看不出哪一掌是虛，哪一掌是實，嚇得猛地後退，又回復剛才對峙之局。

韓柏大感駭然，這是甚麼掌法，爲何每一隻手掌都像眞的那樣，先運功改變聲道，叫屈道：「聖僧你弄錯了，我並不是薛明玉。」

無想僧哈哈一笑道：「善哉！善哉！如是，如是。」

韓柏愕然道：「聖僧在說甚麼？我眞的不明白。究竟……嘿！」

無想僧微微一笑道：「薛施主中了愚癡之毒，當然不能明白何爲貪嗔愚癡！」

韓柏見他認定自己是薛明玉，暗忖你老人家才眞的中了愚癡之毒。大感苦惱，可恨對方強凝的氣勢遙遙制著自己，怎樣才可脫身呢？

風聲從左、右、後三方同時響起。

韓柏立時冷汗直冒，知道自己這無辜的「薛明玉」，陷進了八派聯盟組成的捕玉軍團的重圍裡。

遠近屋頂現出二、三十道人影，組成了令他插翼難飛的包圍網。

韓柏環目一掃，男女老嫩、和尚道姑，應有盡有，暗叫我命苦也。

現在即使他表露眞正的身分，亦於事無補。人家只要指他是假扮薛明玉去採花，這罪名已可使他跳落長江都不能清洗。更河況他的好色天下聞名，比任何人更沒有爲自己辯護的能力。目下惟有硬著頭皮，看看如何脫身才是上策。

忽然有女人尖叫道：「眞的是他，化了灰我顏煙如都可把他認出來。」

韓柏當然不知道這顏煙如曾失身於眞正的薛明玉，又曾使侍女扮艇姑去騙假扮薛明玉的浪翻雲到她的小艇去。故作訝然道：「姑娘是否認錯人了，我怎會是薛明玉？」

顏煙如怒叱道：「你以爲改變聲音的鬼伎倆就可瞞過我嗎？我曾……哼！定要把你碎屍萬段！」

韓柏運足眼力向左側廟牆外另一所房子的屋頂望去。只見那顏煙如和其他六個人立在屋頂。她生得體態動人，貌美如花，心知要糟，此女如此語氣，定曾給薛明玉採了，所以才認得自己現在這張俊臉。

今次眞是自作孽，不可活。

其他人一言不發，默默盯著他，看得他心慌意亂。

怎辦才好呢？

背後一把悅耳而蒼勁的聲音道：「老夫書香世家向蒼松，薛兄現在插翼難飛，究竟是束手就擒，還是要動手見個眞章？」

韓柏心叫我的媽呀，往後望去。

那書香世家的家主向蒼松，卓立後方屋背處，一身華服隨風飄拂，寫意透逸，留著五綹長鬚，一看便知是有道之士。

左方一陣嬌笑響起道：「向老對這個淫賊何須客氣，亦不用講甚麼江湖規矩，大伙兒把他像過街老鼠般痛揍一頓，廢去武功，再交給官府處置，不是天大快事嗎？」

韓柏往顏煙如旁的屋頂望去，立時兩眼放光，原來說話的是個風韻楚楚的女人，修長入鬢的雙目，透著攝人的丰神光采，目如點漆，體態均勻，背插長劍，姿色尤勝顏煙如一籌，比之左詩、朝霞等，又是另一番動人的韻味。

那美女見韓柏目不轉睛盯著她，怒叱道：「大膽狂徒，大限臨頭還不知死活。」

韓柏知她動手在即，駭然道：「且慢……嘿！此事怕有點誤會了。」同時瞥見她身旁尚有冷鐵心和駱武修、冷鳳等一眾他曾見過的古劍池弟子，心想這美女難道就是古劍池的著名高手「慧劍」薄昭如？

無想僧寬大的僧袍在夜色裡隨風飄拂，淡然自若的聲音傳下來道：「薛施主說得好，生生死死，恰是一場誤會，再無其餘。」

韓柏對佛理禪機一無所曉。明知他在打機鋒，點醒他這個「罪人」，卻答不上來，窒口結舌地道：「但你對我那種誤會是眞的誤會，不是大師說的那一種。」

無想僧柔聲道：「施主總是不覺，故顚倒於生死海中，莫能自拔。然妄心眞心，本爲一體，前者譬之海水，後者猶如波浪，海本平靜，因風成浪。我輩凡夫，病在迷眞逐妄，施主若能看破此理，背妄歸眞，哪還會執著於孰這孰那？」

韓柏忍不住搔起頭來，苦惱道：「大師眞是有道高僧，無論怎樣，怕也說不過你。只不知大師能否亦破妄識眞，看出我是無辜的？唉！實不相瞞，我其實只是薛明玉的孿生兄弟，今次前來京師，就是想勸他背妄歸眞，自動自覺到官府處自首，不要執著。」

無想僧尚未有機會回應，一陣狂笑由右方傳來，一名又黑又瘦、滿臉皺紋的老人家捧腹大笑道：「我還當薛明玉是個人物，原來竟是胡言狂語、膽小如鼠之徒。唉！這麼好笑的言詞虧你說得出來，不怕笑掉老夫的牙嗎？」

四周冷哼和嘲弄聲此起彼落。

韓柏委屈地道：「這位老人家是誰？」心想你還有多少隻牙呢？

黑瘦老者笑聲倏止，冷哼道：「聽著了！老夫就是武當派的田桐，你到了地府後，切勿忘了。」

韓柏心中叫苦，早在韓府時，便聽過這人大名，他的「無量劍」在武當中排行第三，僅次於武當掌門純陽眞子和飛白道長，是俗家高手裡最出類拔萃的一個，生平嫉惡如仇，出手非常狠辣。只是對方報出名號來的人，便無一不是八派中的高人，這場仗如何能打？

混了這一陣子，四周最少增加了十多人，使對方達至近五十人之眾，看來整團捕玉軍全來了湊熱鬧，這些人自是八派的領袖和精銳。

韓柏暗自叫苦不迭，對方肯和他隔著屋頂閒聊，原來只是教其他人亦能分享參與圍捕他這無辜的採花淫棍之樂。

忽地一把尖銳細小的聲音由遠而近，道：「無想兄爲何還不動手，是否想讓不老來活動一下筋骨？」

韓柏眼前一花，上面的老和尚旁多了個肥胖老叟，童顏鶴髮，雙眉純白如雪，長垂拂塵，有若神仙中人。

韓柏今次眞的魂飛魄散，想不到八派最厲害的兩個人，少林的無想僧和長白的不老神仙全給他遇上了。

風聲再響，右方武當派田桐旁多了莊節和沙天放兩大高手出來。

無想僧向不老神仙微微一笑道：「我們老了，讓年輕的趁機歷練一下吧！」他終於放棄了對這孽障渡化的壯舉。

莊節哈哈笑道：「哪位年輕俊彥想打第一陣？」

四周八派年輕一輩，齊聲轟然起鬨，躍躍欲試。誰都知道若能把這條網中之魚擒下，不但可得八派這些宗師讚揚賞識，還可名揚江湖，冒起頭來。

韓柏又好氣又好笑又是淒涼，大喝道：「且慢！我可拿出證據，證明本人非是薛明玉。」

八派高手均感愕然，這種事如何可以證明？

無想僧和不老神仙對望一眼，同時看到對方的疑惑，他們均為八派頂尖人物，兼有近百年的經驗閱歷，這時齊感到韓柏有種特異的氣質，絕不類奸淫之徒。

一把慈和而上了年紀、略帶沉啞的女聲在後方響起道：「貧尼入雲觀觀主忘情，很想知道施主有何方法證明自己並非薛明玉。」

顏煙如狂怒道：「不要聽他胡謅！」

韓柏轉過身來，立時全身一震，看著入雲觀掌門忘情師太身旁年華雙十的一個年輕女尼。

他從沒有想過尼姑可以美麗動人至此。

她比面目樸實無華、身材在女人中已算高大的忘情師太還高了大半個頭，白衣麻布的僧袍飄揚中可見一對玉腿修長健美，使她站在道骨仙風的向蒼松旁仍有鶴立雞群的丰姿，其他男女更給她全比了下去。

在呼呼夜風中，寬闊的尼姑袍被颳得緊貼身上，肩如刀削，胸前現出豐滿美好的線條，更襯托得像荷花在清水中挺立，教人魂爲之奪。

她的玉臉俏秀無倫，既嬌柔甜美，又是天眞純潔。白嫩的雙頰，隱隱透出健康的天然紅暈，比之任何塗脂抹粉更能令人動心，頸項因著她那可愛的小光頭，顯得特別修長優美，更使她像小天鵝般可愛，並予人潔白滑膩的感覺。

但最使人魂銷還是她那雙顧盼生輝的鳳目，媚細而長，在自然彎曲的眉毛下，點漆般的美眸比任何寶石更清亮眩人。尤其是腮間那雙小酒窩，誰敢說這小尼姑不誘死男人？

到這刻韓柏才明白范良極爲何對她的美麗如此推崇，她不入選十美，誰才有資格入選？

縱使隔了十多丈的距離，韓柏似已嗅到她馥郁香潔之氣，既清艷又素淡，糅合而成一種無人可抗拒的特異氣質。

若她肯讓烏黑的秀髮長出來，恐怕可與虛夜月一爭長短。但現在的她亦已有不大遜色的風華。天啊！如此美人兒，怎可浪費來做尼姑，我韓柏定要替天行道，不讓老天爺暴殄了這可人兒。

秦夢瑤的美和這小尼姑的美是同樣地不染一絲纖塵，超乎凡俗。只是前者多了幾分仙氣，教人不敢平視，而這小尼姑卻有種山林的野逸之氣，是平淡中見眞淳的天然美和樸素美。

她只應隱身於濃郁芳香的蘭叢，徘徊在秀石嶙峋的山峪。

神情多麼優雅，體態何等輕盈！

倏忽間，他膽怯之心盡去，魔種再提升至極限。

小尼姑見他目不轉睛地盯著自己，本是芳心不悅，可是和他清澈的眼神一觸，竟湧起一種前所未有的奇怪感覺，心中一震，忙潛思其故，沒有出言叱責。

她自幼出家修行，心如止水，所以不像一般女兒家，易生出對男人無禮注視的反應。

四周八派上下見此人死到臨頭，還夠膽呆盯著女人，又氣又怒，齊聲出言喝罵，連無想僧都心中嘆息，此人眞是天生的色鬼，不克自持至於此等地步。

右方最外圍一位丰神俊朗、體格魁梧的青年抱拳道：「小子菩提園杜明心，請各位宗師前輩允許出戰此萬惡淫徒！」

韓柏仰天一陣長笑道：「好一些正派人物，連我辯白的機會都不肯給予，只憑一面之詞，比之官府黑獄還厲害！莫忘記韓柏就是給你們這些所謂名門大派送到了牢獄去，若非他福大命大，早就一命嗚呼了！」想起舊恨，他不由怒憤填膺。

杜明心一聲怒喝，一振手上長鐵棍，凌空撲來。他乃十八種子高手裡，除雲清的美麗小師妹雲素尼外，最年輕的一個，爲人心高氣傲，哪受得對方奚落，竟未得允許，便先行出手。

當他落足瓦背，鐵棍搗出時，前面人影一閃，韓柏竟變成了無想僧寬厚的背脊，嚇得他駭然抽棍後退，不滿地驚呼道：「聖僧！」

無想僧頭也不回，打出個阻止他說話的手勢，再向韓柏合十道：「施主既有方法證明自己不是薛明玉，請拿出證據來。」

韓柏心中直冒涼氣，無想僧攔阻杜明心的身法，眞是快似閃電，連他都差點看不清楚，只這一手，足已說明他爲何有挑戰龐斑的資格。

他終於看到無想僧的模樣。

那是張充滿奇異魅力的面容，發揮著懾人的神光，臉膚嫩滑如嬰孩，可是那對精芒內斂的眼珠，卻藏著深不可測的智慧和看破了世情的襟懷。

他卓立瓦面，悠然自若，但自有一股莫可抵禦的氣勢和風度，泛凝著無可言喻的大家風範。

他語氣平和，可是任何人都會對他生出順從的心意。

韓柏景仰之情，油然湧起，喜道：「本人想請聖僧到一旁說兩句話，便可證實本人只是薛明玉純潔無瑕的孿生兄弟。」

無想僧冷然看著他的眼睛，一語不發。

其他人的目光全落到無想僧臉上，奇怪這淫賊為何會挑上他來做保人，更奇怪他如何可憑幾句話便足證明他不是薛明玉。

無想僧平靜地道：「若換了你不是被懷疑作薛明玉，貧僧說不定會答應你的要求。可是薛明玉能長期避過仇家的追捕，正因他詭變百出。現在證諸施主身上，正有這種迷惑人心的本領。可知施主的武功另走蹊徑，竟可變化自己的氣質，眞是非同等閒。但事無不可對人言，施主請當眾拿出證據，若所言屬實，我們八派絕不留難。」雖拒絕了他的提議，卻又是合情合理。

韓柏苦笑道：「我這證據只能說給你一個人聽，若連聖僧都不能包涵，我惟有拚掉老命，硬闖突圍了。」

無想僧一聲佛號，合十道：「施主縱在如此絕境，仍見色起心，知否今所見色，不過內而眼根，外而色塵，因緣湊合而成，薛施主何時才可看破。念念遷流，了無實在，畢竟空寂。」

韓柏喜道：「既然如此，不若我們握手言和，各自回家睡覺不是更好嗎？」

眾人見他冥頑不靈至此，無不愕然氣結。

無想僧面容靜若止水，湛然空寂，盯著他的眼睛，忽然閃過驚異之色。

「無量劍」田桐大笑道：「聖僧雖有渡人之心，可惜此人善根早泯，還是省點工夫好了。」

無想僧悠然一笑，淡淡向韓柏道：「魔由心生，一心不亂，則魔不能擾。惡事固能亂人心，美事亦使人貪癡失定，致念念虛妄，了無著所。爲善爲惡，全在寸心得失。拋下屠刀，立地成佛。薛施主好自爲之了。」一閃間，回到脊頂原處，就像從沒有移動過。

他費了這麼多唇舌，自是因爲感應到韓柏有種不類奸惡之徒的特質。只是其他人並不明白，還以爲他婆媽得想渡化這萬惡淫徒。

無想僧一去，剩下韓柏和那杜明心在對峙的局面之中。

韓柏長笑起來，一挺腰背，變得威猛無儔，往美麗若天仙的雲素尼死命盯了一眼後，才移回杜明心處，喝道：「小子！動手吧！」

獵獵聲中，四周遠近燃起了十多枝火把。

杜明心乃名家之後，不爲他嘲弄的說話動氣，收攝心神，雙眉盡軒，一棍搗出。

這杜明心一向潛修於菩提園，今次到京可說是初入江湖，眾人雖知他能入選爲種子高手，應該不會是平庸之輩，但對他仍沒有多大信心，待見到這一棍，表面看去雖平平無奇，卻有種凌厲無匹的潛勁，任誰身當其鋒，決不敢稍動硬架之念，年輕一輩不由齊聲喝采。

古劍池池主之女冷鳳更鼓起掌來，顯然對這俊朗男兒，生出崇慕之心。

事實上年輕一輩裡誰都知道薛明玉不是好惹，雖想出手，總是心怯，這杜明心敢挺身挑戰，已使他在一眾年輕好手裡嶄露頭角。

雲素是年輕輩裡沒有喝采的一個，她寧靜的心扉沒法把眼前這個「薛明玉」和採花淫賊拉到一塊兒，這純粹是一種直覺。由此亦可見她極有慧根，且修爲頗有點道行了。

這時有人想到薛明玉一向劍不離身，爲何這人卻是兩手空空，如何卻敵？

韓柏亦給他凌厲的棍法嚇了一跳，提聚魔功，一掌劈出，正中棍端。

「霍」的響起一聲氣勁交擊之音。

杜明心悶哼一聲，竟給他硬是震退半步。

四周旁觀者無不駭然失色，連無想僧等亦爲之動容，薛明玉爲何會比傳聞的他厲害了這麼多呢？

杜明心的鐵棍乃菩提園三寶之一，叫分光棍，非常沉重，竟也被對方的掌勁衝退半步，可見對方內勁修爲是如何駭人，手法如何高明。怎知韓柏乃魔門繼龐斑後，第二個練成種魔大法的人。

杜明心退而不亂，分光棍化作無數棍影，狂潮般往韓柏捲去。

無想僧等眼力高明者，自然知道他改沉穩爲詭變，是想避免和對方硬拚內功，反暗叫可惜，因爲菩提園的菩提心法，暗合佛理，以穩守淨意爲精妙，詭變反背其要旨。

果然韓柏精神大振，毫不遲疑，呼呼一連打出幾拳，立時勁氣漫天，把杜明心連人帶棍，罩在驚人的拳勁中，還大笑道：「各位八派賢達，這小子便是你們的代表，若輸了的話，便要放我這無辜的薛明玉孿生兄弟走。」

眾人聽得瞠目結舌，江湖上竟有這麼不要臉的賴皮。

杜明心被攻得左支右絀，不論菩提棍法如何變化，總給對方拳打掌掃，著著封死，嚇得改攻爲守，極力固守，以待反擊之機。

一時棍風拳影，看得人人驚心動魄。

韓柏打得性起，哈哈大笑，把杜明心裹在狹小的空間裡，任由他的拳掌作弄。八派上下各人都代杜明心擔心，這樣下去，杜明心遲早會給對方殺掉。

「颯」的一聲，一把匕首化作白光，偷襲韓柏。

韓柏看也不看，飛起一腳，踢掉匕首，大喝道：「何人偷襲？」心中暗懍對方的勁道。

有人喝道：「老子就是京城總捕頭宋鯤。」言罷凌空掠至，落在韓柏後方。

韓柏暗忖原來你就是宋鯤，一掌劈在杜明心棍頭，硬把對方震得踉蹌跌退十步之外，轉身往宋鯤望去。

風聲四起，七道人影掠入戰圈，把韓柏圍個水洩不通。其中兩個認得的一是冷鐵心，一是美婦顏煙如，另外的人有老有嫩，還有一個是道姑。

宋鯤年約五十，面黃睛突，身材瘦削，兩鬢太陽穴高高鼓起，左手持著小盾牌，右手提刀，氣派不凡，難怪能成爲京師捕快的大頭兒。他見韓柏向他望來，大喝道：「淫賊還不俯首就擒。」盾牌一揚，長刀照面劈來。

第二個動手的是顏煙如，手中劍毒蛇般往他腰脅刺來，毫不留情。

沒有人比她更知「薛明玉」的厲害了，連吃了閩南玉家特製的毒丸，仍像個沒事人似的。

其他冷鐵心等人見有人動手，氣機牽引下，自然而然亦一齊合擊韓柏。

韓柏哈哈一笑，旋了一個圈，掌腳齊施，一腳正中宋鯤的盾牌，另一腳把道姑掃開，右掌硬架了冷鐵心的劍，左手伸指彈在另一名老叟的短鉤處，聳肩硬捱了一拳，同時把顏煙如的劍挾在脅下，那種詭異無邊的應變之法，看得無想僧等亦暗暗稱奇。

魔種有個特性，愈受壓力便愈能發揮，兼之赤尊信那融入了他身體的元神，深悉天下武器的特性，這兩個元素加起上來，怎能不教人看得目定口呆。

最驚惶的是顏煙如，連她自己都不知道對方如何可以把她的劍挾著，想用力抽劍時，一股大力由劍身傳來，一聲嬌哼，震得甩手退去。

韓柏魔性大發，猛往顏煙如撞去。

宋鯤等大驚失色，怕他傷害顏煙如，各施絕技，強攻硬截，務要韓柏難以得逞。

驀地千道劍芒，由韓柏懷中陽光般激射四方，原來顏煙如的長劍到了他手裡。劍芒迸射，大有橫掃千軍之概，攻者無不滯步。

韓柏眼看撞入顏煙如懷裡，那時既可趁機佔點便宜，又可以拿她做人質，一舉而兩得，忽地肩撞處空蕩無物，換了個不老神仙來。

當想到是對方以絕世身法，趕上來拉開了顏煙如時，不老神仙嘻嘻一笑，鬚眉長髯同時揚起，拂塵收在背後，大掌輕按到他肩上。

他自恃身分，不屑群毆，這一掌只用了三成力道，但自信足可使韓柏失去抗力，任由餘人把他生擒活捉。

頂尖高手，出手果是不同凡響，八派之人立時歡聲雷動，窩囊之氣，一掃而空。

韓柏在這生死關頭，狂喝一聲，運起捱打神功。

「砰！」

氣勁交擊。

韓柏若斷線風箏，應掌拋飛。

第一個感到不妥的是不老神仙，他掌按韓柏右肩時，觸處不但覺不到勁氣反撞，還虛若無物，心中駭然，這是甚麼護體神功？

七件兵器同時往拋飛半空的韓柏招呼過去。

韓柏手中劍化作一層劍網，刺蝟般護著全身，硬往總捕頭宋鯤撞去。

宋鯤猛一咬牙，知道若可擋他一擋，便可使他陷進重圍裡，左盾右刀，正要全力迎上，豈知韓柏張口一吹，氣箭刺目而來，若給刺中，保證那雙招子不保，駭然下，橫移一旁，終露出了空隙。

這種打法，他還是首次遇上。

韓柏忽地加速，投往外圍的瓦背處。

風聲四起，四周圍觀的八派高手，哪還按捺得住，紛紛躍往場內，決意全力圍攻。

「轟！」

韓柏像霹靂般落在瓦面上，碎瓦橫飛激濺中，硬生生撞破瓦面，落進玄母廟的大殿內去。

第二章　勢壓群雄

乾羅等逃離長江，爲了避開敵人，乾羅肩起了宋楠，戚長征則揹著宋媚，提氣朝京師的方向狂奔。

直走出三十里許外，才放緩腳步，辨認地勢方向。

乾羅功力畢竟比戚長征深厚得多，又故意快走兩步，好讓這對男女卿卿我我。

宋媚身體毫無保留地緊貼在夫郎背上，早羞不可抑，又給那接觸的刺激，弄得心如鹿撞，呼吸急促，既尷尬又銷魂。

乾羅專揀荒僻之處走，路上雜草蔓生，顯然長期沒有人經過。

戚長征遠遠追在他背後，向後面的宋媚道：「剛才害怕嗎？」

宋媚俏臉湊前，嬌笑道：「有你保護人家，媚媚當然不怕。」

戚長征湧起護花救美的氣概，頭往側稍移貼上她的臉蛋道：「有件事我想和媚媚你打個商量。」

宋媚作了一聲表示舒服的嬌吟後，訝道：「說吧！對人家說話何必要吞吞吐吐，還不知媚兒全聽你的話嗎？」

戚長征歉然道：「正因我怕你會曲意來遷就我，所以才讓你可以拒絕我。」

宋媚大嗔道：「眞不知人家心意嗎？只要你歡喜，媚媚便依從了。」

戚長征大喜道：「那就好極了，不知是否我性慾特別強，這樣揹著你弄得我慾火如焚，很想和你歡好交合。」

宋媚哪想得到此子原來滿腦是壞東西，立時俏臉緋紅，大窘嗔道：「戚郎啊！乾爹和大哥就在前面，我們怎可以……唔……你說吧！」

戚長征笑道：「只要你合作，跑著也可以，不過這樣似乎對你不尊重，尤其這是你的第一次，老戚才不想你回憶起來都心驚膽跳呢！」

宋媚又羞又窘，但對他的體貼仍是心存感激，若他一邊走一邊行事，給人看到，她還哪有面目見人，赧然道：「原來對你乖是這麼吃虧的！」

戚長征失聲笑道：「我雖愛男女之歡，卻非常有自制力，只是隨口和你說有這樣的可能性，已大感香艷刺激了。」

宋媚雖生於官宦之家，但自幼隨乃父往來各地，所以絕無一般閨女的畏怯，給他逗起了春心，忍不住狠狠在他肩上咬了一口，痛得戚長征「哎喲」叫起來，她才道：「你這人對女人這麼有辦法，既大膽又風流，究竟搞過多少女人？」

戚長征偏愛和美女調情，宋媚的大膽直接，最合他脾胃，笑道：「我哪有甚麼手段，只是宋小姐可憐我、垂青於我老戚而已！」

宋媚嗔道：「竟把責任推到人家身上，明明是你主動侵犯人家，累得人家除了你外甚麼人都不嫁了。」

戚長征大樂，親了親她臉蛋，後面勾著她腿彎的手上下游移撫捏著，嘆道：「小媚的大腿真結實，摸上手的感覺動人極了。」

宋媚顫聲道：「人家走路走得腿都粗了，已不知多麼擔心，還這麼取笑人家。」

戚長征忙道：「現在是恰到好處，我可用曾詳細檢驗過媚媚玉腿的專家身分給予如此品評，嘻！」

宋媚給他言語逗得羞喜交集，偏又愛聽他這些風流言語，由後摟緊了他，正要說話，戚長征忽地停了下來，原來到了乾羅和大哥宋楠旁。

她本以爲戚長征會放她下來，豈知對方卻毫無這意思，自己又捨不得離開他強壯的背腰，惟有仍含羞伏貼他身上，心兒霍霍急跳。

他們站在一個山頭上，山下曠野處隱有幾點燈火。

乾羅道：「下面應該就是秣陵關。」指著遠方一座雄峻的大山，和隱見反光映照的長河道：「那座就是應天府東南面最高的方山，繞山而過的是由應天府流出來的秦淮水。」

宋媚湊到戚長征耳旁輕聲道：「好夫君！求你放人家下來吧！人家快羞死了。」

戚長征嘻嘻一笑，放了她到地上，怕她雙腿不習慣，仍體貼地攙扶著。

宋楠暗忖像戚長征這種江湖人物，最不守俗禮，亦不以爲異。心神轉往如何混進應天府去，道：「秣陵關是京師東南重鎮，關防嚴密，但又是往京師的必經之路，不若由我向把關將領表露身分，由他們報上京師，藍玉的勢力應該伸展不到這裡來吧？」

乾羅嘿然道：「宋世姪太天眞了，我也相信守關將領必然是朱元璋信任的人，可是只怕你人未見到，早給宰了。你那些書信關係到藍玉的生死，他怎會疏忽了這麼重要的必經關口。」

宋楠焦慮道：「那怎辦才好呢？」

戚長征哈哈一笑，看看殘星欲墜、天將破曉的夜空，道：「趁天還未亮，我們便打他媽的一場硬仗，爬牆過關，好趕上明晚和大叔等吃餐晚飯。」

乾羅失笑道：「這小子想到動刀動槍便興奮。」由包袱裡取出一條布帶，拋給宋媚道：「還不請你的夫婿把你綁起來？」

宋媚先是一愕，才把握到乾羅的意思，紅著俏臉推了戚長征一把，那含情的模樣兒誘人之極。

宋楠尷尬道：「不用綁我吧！眞悔恨早年沒有學功夫。」

乾羅嘆道：「若宋兄是媚媚的姊姊就好了。」

韓柏隨著滿天碎瓦，落到玄母廟內廣闊的神殿裡，雙掌上推，一方面把碎瓦送回上面的破洞，阻擋追兵，亦加速落往地上。

四周神像林立，正中是尊高及殿頂的玄母娘娘的金身巨形塑像，在供奉兩旁的長明燈映照下，一片莊嚴肅穆的神秘氣氛。

韓柏眼光來到神態各異的代表東、南、西、北四大天王手持著的兵器上，大喜過望，撲了過去，說了聲對不起，隨手取了把大關刀，「砰」一聲硬以魔功撞破側牆，來到廟外圍牆內的空地裡。

頭頂上風聲響起，古劍池的美麗女性高手「慧劍」薄昭如由牆上撲下，手中寶刃當頭砍來，動作疾若電光石火，兼之劍鋒生寒，凌厲異常。

韓柏暗忖自己又沒有採過你，爲何如此落力，一晃雙肩，行雲流水錯開兩丈。

薄昭如一聲嬌叱，劍尖點地，凌空改變方向，如影附形，追擊而至。

韓柏眼見四周人影綽綽，暗喚了聲娘後，頭也不回，大關刀往後揮去，硬架敵劍。兵器交擊，發出震耳欲聾的金鐵交鳴聲。

薄昭如的長劍差點脫手，心中駭然。

在十二種子高手裡，她排名僅次於不捨和謝峰，功力深厚，雖吃了對方重兵器的虧，仍禁不住為對方的勁道駭然懍佩。

韓柏亦是心中暗懍，想不到這弱質纖纖的女流之輩，竟可硬擋自己一招，使自己想趁勢後退，拿她做人質的好夢亦化作泡影。

就在這稍一延遲裡，頭上前方全是刀光劍影，狂喝一聲，他再撞破右側高牆，跌到廟牆和民房間的長街處。

還未站穩，再次陷進重圍裡。

韓柏魔性大發，炯若寒星的虎目射出森冷電光，大關刀旋舞一圈，擋開了兩劍一刀，再持大關刀挺立原地，氣勢堅凝，強猛無儔。

忽然有人叫道：「讓開！」

韓柏的心靜了下來，冷然轉身。

只見書香世家之主向蒼松腳不沾地，人劍合一，往他擊至。

其他人見這一派宗主親自出手，都放心地往外退去。

人未至，韓柏已感到對方寶劍生出森寒肅殺的劍氣，破空潮湧迫來，令人呼吸頓止。

韓柏夷然不懼，吐氣揚聲，大關刀全力振臂由下而上，直戳對方咽喉，勢若雷霆，快如電閃，竟是同歸於盡的招式。

向蒼松心中暗讚，知道對方看出自己氣勢蓄滿，鋒芒難擋，才以這種不顧自身的打法應變。

他當然不會和這淫賊同歸於盡，化攻爲守，手中劍猛劈在大關刀處。

「噹」的一聲脆響，遠近可聞。

向蒼松借力飄起，挽起劍芒，再化作千萬道劍影，往下方的韓柏攻去。

韓柏被他長劍劈得兩手發麻，暗呼厲害，又見對方毫不停滯，連消帶打，招數奇奧玄妙，不敢逞強，竟就地滾往一旁。

幾名攔在那方的八派弟子早嚴陣以待，卻想不到對方用的是這種不顧儀態身分的招數，錯愕間大關刀由地面聲勢洶洶橫掃而至，哪敢硬擋，退往兩旁。

向蒼松這時落到地上，他乃一派宗主身分，連續兩招仍師老無功，不好意思再追，立定不動。

韓柏破開重圍，哪敢遲疑，再滾幾步，彈了起來，掠進一條橫巷去。

直到這刻，對方宗師級的人物裡，除了向蒼松出過兩招外，其他無想僧等全袖手旁觀，可是假若韓柏眞的沒有人可以攔阻，又或已出手傷人，他們自然不會任他橫行。

倏地田桐現身橫巷盡端，手持無量劍，邁步直迫上來，氣勢堅凝，殺氣罩身。

韓柏暗叫厲害，若化解不了對方氣勢，必會陷進至死方休的捱打之局。但又知道若連田桐都收拾不了自己，自然輪到更高一級的沙天放、莊節和忘情師太等人出手，那種勝不得、敗不可的矛盾，使得他差點要把「媽呀」叫了出來。

轉念之間，手中關刀砸掃過去，竟用硬拚硬的打法，迫田桐決戰。

要知在這橫巷之內，根本沒有閃躲的餘地，故對擅於埋身搏擊的田桐絕對有利。韓柏的關刀反不易發揮出重型兵器的威力，所以在兩旁屋頂觀戰的人都以為韓柏會設法躍離小巷，引田桐在空曠的瓦面比鬥，哪想得到他竟不作此圖。

身在局中的田桐卻是另一番感受，韓柏關刀未至，可是關刀帶起的森寒殺氣，潮湧浪翻般捲來，隱有一去無回的氣勢。尤可懼者，是對方的大關刀竟毫不受窄巷的狹小空間影響，既威猛剛強，但又靈動巧妙，把兩種截然不同的特性，發揮得淋漓盡致，頗有點不捨「兩極歸一」的味兒，哪知韓柏亦是受到來自秦夢瑤雙修心法的影響。

這刻給數十對眼睛盯著，田桐欲退不能，惟有硬著頭皮，使出無量劍法的精粹，封架敵刀。

大關刀倏地升起，避過敵劍，在田桐眼前上空，化作無數刀影。

乍看韓柏空門大露，可是田桐卻感到自己剛才連關刀的影子都碰不到，已使自己辛苦蓄聚的氣勢土崩瓦解，現在關刀又緊緊把自己籠罩著，不要說進攻，連退走都有問題，心神一顫下不自覺地退了一步。

觀者無不譁然，誰都想不到薛明玉厲害至可迫退田桐的地步。

韓柏一聲暴喝，關刀疾劈而下。

田桐亦狂喝一聲，無量劍閃電挑出，身法、步法均暗含無數變化和後著。

「噹」的一聲，田桐竟被韓柏連人帶劍震退三步，後著變化一點都派不用場，

田桐終是一流高手，退而不亂，挽起劍花，守得周詳嚴密。

眾人均屏息靜氣，注視著巷內惡鬥的發展。

韓柏遇強愈強，殺得性起，拋開一切，奮起神威，踏步進擊，大關刀湧起千重光浪，狂風般往陣腳剛穩的田桐捲去。

到這刻八派上下人等，才眞正認識到韓柏蓋世的豪勇和可怕的實力。

風聲響起，沙天放撲入巷中，凌空一拳向韓柏背心擊去，大喝道：「萬惡淫徒，人人得而誅之！」竟不顧身分，要與田桐夾擊韓柏。

田桐正心膽俱寒，見有西寧三老之一的沙天放助拳，大喜下改退守爲強攻，出劍疾刺對方面門，教對方不能前後兼顧。

這時連眼力高明如無想僧、不老神仙之輩，均認爲韓柏要避過這燃眉之急的險境，捨往上拔起躲避，實再無他途。如此田桐和沙天放兩大高手便可乘著優勢追擊，把陷於絕對下風的韓柏收拾。

八派年輕一輩采聲四起，只有雲素心想，雖說擒拿惡人，不須講究武林規矩，但以田桐和沙天放兩人的身分地位，聯手夾擊對方一人，而沙天放又是乘人之危出手，終有點不公平。可是恩師在旁，哪輪得到她一個小尼姑發言。

眼看沙天放勁氣似狂飆般的一拳要擊中韓柏背心，韓柏倏地前衝，大關刀不顧一切往田桐電閃砍去。

這次輪到田桐大驚失色，他雖一向出手狠辣，但並非說他不貪生怕死，只不過是不愛惜別人的生命罷了。

而且對方此著，實大大出乎他意料之外，並沒有留下後著，若以攻對攻，十有九成是自己老命不保，那時縱使沙天放把對方一拳轟斃，亦已於事無補，自己怎犯得著做這淫賊的陪葬品，一聲長嘯，翻身躍離窄巷。

「蓬！」

沙天放拳風擊中韓柏背心。

韓柏慘哼一聲，踉蹌前仆。

沙天放大喜，加速撲去，拳化爲爪，抓著韓柏的右肩胛，意圖捏碎他的肩骨，廢掉對方半邊身子，好生擒活捉。

韓柏噴出一口鮮血，心頭一鬆，回復了神功。

這是他從與年憐丹劇戰領悟得來的法門，把對方摧肝碎脈的氣勁藉噴血渡出體外，實是他捱打功更深一層發揮。此時見沙天放魔爪已至，猛一矮身，頭都不回，大關刀反劈過去，疾斬對方手腕。

在場諸人無不色變。

他怎能捱了以功力深厚著稱的沙天放一拳仍能如此豪勇？

沙天放一聲怪叫，無奈縮手時，韓柏倏地後退，帶得關刀當胸往他搗來。

沙天放失了勢子，勉力一掌拍在刀鋒處，借力往後飄出了十多丈。

韓柏並不追趕，正要逃走。

忘情師太一聲佛號，領著嬌滴滴的雲素躍入巷裡，攔著去路。

沙天放雖暴怒如狂，可是自己師老無功，惟有把擒賊之責，交到忘情師太手中。

韓柏深吸一口氣，挺關刀而立，擺開門戶。

忘情師太和雲素見他陷身險境，但說停便停，意態自若，屹立不動若淵渟嶽峙，亦不由心中暗讚，如此人才，卻走上歧途，變成人人想得而誅之的淫徒。

韓柏在近處看雲素，更是心神皆醉，高度可與他平頭的美女還是初次遇上，特別是那對長腿，若可和她上床，那種快樂感眞是想起來便興奮。

忘情師太見他死盯著愛徒，饒是她如此修養，仍心中震怒，冷冷道：「雲素，出手領教高明吧！」

圍觀的人都大感訝異，這薛明玉如此厲害，忘情師太怎還放心讓這麼纖美柔弱的年輕尼姑出戰？

雲素清脆地嬌應一聲，「錚」的一響，拔出劍來。

韓柏大吃一驚，搖手道：「在下不想和小師父打，不若……噢……」猛見劍光暴漲，迎面刺到。

誰都想不到這文文靜靜的小尼姑，劍法如此凌厲，由離鞘至攻出，找不出絲毫間隙，不讓人喘半口氣。

韓柏怕傷了她，舞起關刀，化作光網，護著前方。

「叮叮叮」三聲輕響，韓柏差點給她刺破護網，大聲喝采，閃退兩步，在窄小的空間裡發揮出關刀橫掃千軍的威勢，硬架了對方七劍。

兵刃交擊聲不絕於耳。

雲素仍是那悠閒樣兒，無論怎樣直刺橫劈，都像輕飄飄沒有用力的樣子，敵勢強時，便飛花落絮般隨關刀飄移，敵勢稍斂，又加強攻擊，姿態美至無以復加，看得八派采聲雷動，想不到她比杜明心和老一輩的薄昭如這兩個種子高手更厲害，連田桐都似遜了她一籌。

韓柏卻是暗暗叫苦，若連忘情師太的徒弟都打不過，今晚哪有機會繼續做人？大喝一聲，揮刀迫退了雲素，兩手一拗，硬生生把關刀的木桿分中折斷，變成左桿右刀，然後桿、刀齊施，怒濤拍岸般向雲素攻去。

眾人看得瞠目結舌，忘了為雲素打氣，哪有人會這樣折斷兵器來用的呢？

雲素連擋了對方迅雷疾電的七招後，大吃不消，對方忽攻勢一斂，氣機牽引下，劍芒暴漲，攻了過去。

「鏘」的一聲，竟被對方把劍以桿、刀挾個正著，「薛明玉」湊了過來，深情地道：「我眞是被冤枉的！」

雲素呆了一呆，抽劍飄退，在眾人的一陣茫然裡，回到忘情師太旁，垂首道：「徒兒不是他對手啊！」不知如何，她竟深信韓柏這句話，當然不明白是感應到他的魔種。

她雖不能像秦夢瑤般結下道胎，可是自幼修行，心無雜念，兼之韓柏的魔種對女性又特別有吸引和懾服力，所以雲素才有此直覺。

忘情師太奇怪地看了她一眼，眼中寒芒亮起，望向韓柏，正要出手，上方傳來無想僧的聲音道：「薛兄武功詭變百出，大出本人意料之外，所以決定親自出手，把你生擒，薛兄準備好了。」

韓柏仰天長笑，說不盡的英雄豪氣，道：「來吧！本人何須準備甚麼呢？」

無想僧叫了聲好，倏忽間已站在忘情師太、雲素和韓柏中間。

四周靜了下來，屏息靜氣看著這曾兩戰龐斑，雖敗猶榮的頂尖高手，如何生擒這潛力無窮的採花淫賊。

就在這千鈞一髮的時刻，「咿呀」一聲，韓柏左方的民房本來緊閉著的木門打了開來，一個高大人影悠然走了出來。

韓柏一見大喜，差點要跳將過去把他抱著親吻，原來竟是「覆雨劍」浪翻雲。

無想僧兩眼閃起前所未有的光芒，緊盯著浪翻雲每一動作。

浪翻雲來到韓柏身旁，和他並肩立著，微微一笑道：「聞大師之名久矣，想不到今天才得睹大師神采，足慰平生。」

無想僧沉聲道：「『覆雨劍』浪翻雲。」

此句一出，全場四十多人無不動容。

更沒有人明白爲何這天下無雙的劍手，竟與淫賊薛明玉像至交好友般站在一塊兒。

沙天放在後方大喝道：「浪翻雲你是否想維護這採花淫賊？」

浪翻雲瀟灑一笑道：「沙公說得好，正是如此。」

忘情師太移前一步，來到無想僧之旁，冷然道：「浪兄不怕有損清譽嗎？」

浪翻雲目光落在背後的雲素身上，暗讚一聲，才慢條斯理的道：「別人怎麼想，浪某哪有餘暇理會。」

不老神仙閃落兩人後方，喝道：「浪兄這樣不是公然與我八派爲敵嗎？」

浪翻雲仰天一陣長笑道：「這不是廢話是甚麼？浪某乃黑道中人，從來與八派是敵非友，亦不會費心力去改變這情勢，怎樣？你們一是退卻，一是浪某和這無辜的仁兄硬闖突圍，任君選擇。」

「無辜？」

顏煙如尖叫著落到無想僧和忘情師太前方，眼中淚花滾動叫道：「枉我還一直崇拜你浪翻雲，今天竟然爲這姦淫了我這眞正無辜的女子的淫賊出頭，我恨死你了。」

浪翻雲柔聲道：「姑娘請勿激動，殺錯了人才眞是恨海難塡。」

顏煙如和他雙目一觸，認出他那對黃睛來，再往「薛明玉」瞧去，才看清楚對方眼神清澈通明，立時發起呆來，就在此時，耳旁響起浪翻雲的傳音道：「薛明玉早死了，那天船上的薛明玉是我扮的，現在的薛明玉則是我的好友扮的，還望姑娘看在我的面上，不要搗破。」

顏煙如像給人當胸打了一拳般，跌退兩步，全賴搶前來的雲素扶著，才不致墜到地上。

一直支持著她的力量就是報仇雪恨，現在知道薛明玉死了，立時六神無主，一片空虛。

浪翻雲使的是腹語傳音術，高明如無想僧，亦不知道他曾向顏煙如說過話，只見兩人對望了一陣子，顏煙如像變了另外一個人般，再無半分鬥志，都大惑不解。

後方的不老神仙見浪翻雲頭也不回，公然對他搶白，心正狂怒，嘿然道：「好！就讓我們見識一下名動天下的覆雨劍。」

「鏘鏘」之聲不絕於耳，過半人拔出兵器，準備大戰。

韓柏心中大定，乘機欣賞扶著顏煙如的雲素，飽餐秀色。

雲素一直好奇地看著浪翻雲，感應到韓柏的目光，朝他瞧來，目光交觸下，芳心升起難以形容的感覺，竟嚇得垂下目光，暗唸降魔經。幸好所有人的注意力都集中到浪翻雲身上，沒有留神她的情態。

韓柏心中一蕩，暗忖雖然她是出家人，但看來自己並非全無機會。

美色當前，這小子甚麼顧忌都拋開了。

莊節的聲音傳下來道：「浪兄語氣暗示薛明玉無辜，不知可否拿出證據來呢？」

眾人都點頭稱善，若可不動手，誰想對著浪翻雲的覆雨劍呢？

浪翻雲微微一笑，伸手搭上韓柏的寬肩，啞然失笑道：「眞正的薛明玉當然不是無辜，假扮薛明玉的如年憐丹之輩，亦不是無辜的。浪某便親手宰了一個來自東瀛的假貨。」接著用力摟了韓柏一下，忍著笑看著韓柏道：「可是這個薛明玉的孿生兄弟，卻絕對是無辜的。只是你們這些所謂白道正義之士，連一個說話的機會都不給他，才致誤會重重。」

接著冷哼道：「若他眞是薛明玉，鮮血早染滿長街，我敢誇口說一句，即使你們全體出動，要殺死他仍要付出慘痛代價。」

四周靜至落針可聞。

浪翻雲說出來的話，誰敢不信。

事實上自浪翻雲現身後，他的舉動言語便一直把八派之人壓得喘不過氣來，震懾全場。

大喝聲中，京城總捕頭宋鯤躍到不老神仙旁，豪氣地道：「一個是採花淫賊，一個是朝廷欽犯，今晚幸有各位賢達高人在……啊！」

浪翻雲反手一揚，啪的一聲清響，宋鯤踉蹌後退，臉上已多了個掌印，連旁邊的不老神仙也護他不著。

不老神仙兩眼殺氣大盛，卻始終不敢搶先出手攻擊。

氣氛立時緊張起來。

浪翻雲冷冷道：「再聽到宋鯤你半句說話，立即取你狗命，絕不容情。」

宋鯤嚇得再退五步，捧著臉不敢出言。

向蒼松長嘆道：「雖說黑白兩道水火不相容，可是我們八派一直對浪兄非常尊重，何苦要迫我們出手，徒使奸徒竊笑。」

浪翻雲啞然笑道：「那你們就可和朱元璋坐看我們和奸徒相鬥了，是嗎？」

八派上下為之語塞。

忘情師太柔聲道：「浪翻雲豈可如此便下斷語，我們今次的元老會議，正是要決定此事。」

浪翻雲有點不耐煩地道：「不必多言，你們一是退走，一是動手，爽快點給我一個答案。」

雲素忍不住再抬起頭來打量浪翻雲，她還是首次接觸這黑道的眞正高手。心中奇怪，為何他比諸位師叔伯更坦誠直接，更有英雄氣概呢？連這採花賊的孿生兄弟，都是那麼有扣人心弦的豪情俠氣，只是那對眼似壞了點。

一直沒有作聲的無想僧忽然笑了起來，踏前兩步，伸出手來，遞向浪翻雲。

浪翻雲在他手剛動時，手亦伸了出來。

兩手握個正著，同時大笑起來。

無想僧搖頭嘆道：「現在連貧僧都相信這是薛明玉的孿生兄弟了，不信的便是笨蛋傻瓜。」接著轉頭向顏煙如道：「顏姑娘，貧僧說得對嗎？」

顏煙如花容慘淡，微一點頭，掙開雲素，向忘情師太雙膝下跪，淒然道：「師太在上，顏煙如現在萬念俱灰，望師太能破例開恩，讓我皈依佛門，以洗刷污孽。」

這幾下變化，教眾人都有點茫然不解，但無想僧既有這樣的說話，這場全無把握之仗看來是打不成了，都鬆了一口氣，亦有點失落。

不老神仙一向和少林有嫌隙，心中暗怒，卻又無可奈何，沒有了無想僧，別人刀劍加頸，也不會去招惹浪翻雲，就像他不敢挑戰龐斑那樣。

浪翻雲和無想僧兩手分開，對視而笑，充滿肝膽相照的味兒。

無想僧喟然道：「誰不知眞正英雄是上官飛，然亦奈何！」一聲佛號，原地拔起，倏忽沒在屋宇後，竟是說走便走。

不老神仙冷哼一聲，往後飛退，亦走個無影無蹤。

忘情師太深深望了浪翻雲一眼，嘆了一口氣，把顏煙如拉了起來，正要說話，浪翻雲向顏煙如笑道：「顏姑娘，有沒有興趣陪浪某去喝杯酒？」

顏煙如「啊」一聲叫了起來，手足無措地望向這天下無雙的劍手。

眾人一聽下全呆了起來，人家姑娘正悲戚淒涼，哀求忘情師太爲她剃度，這邊廂的浪翻雲卻約她去喝酒談心。

浪翻雲來到忘情師太、顏煙如和雲素身前，向韓柏打了個手勢道：「薛兄弟，還不去幹你的要緊事？」

韓柏正在看著雲素，如夢初醒，拔身而起，到了高空一個轉折，揚長去了。

忘情師太微微一笑，無論甚麼話出自此人之口，都有種理所當然的氣概，教人不能狠心怪他，轉向顏煙如道：「貧尼給顏施主三天時間，假若仍未改變主意，可到西寧道場找貧尼。」向浪翻雲合十喧了聲佛號，領著雲素去了。

莊節等亦紛紛客氣地向浪翻雲告辭，轉眼走個一乾二淨，剩下顏煙如一人立在巷裡，芳心忐忑狂跳，不知是何滋味。

浪翻雲擦肩而過，柔聲道：「來！我帶你去一間通宵營業的酒舖，可順道欣賞秦淮河的夜景。」

顏煙如俏臉一紅，身不由主追著這神話般的人物去了，忽然間，她又感到天地間充盈著生機和朝氣。

第三章　遊龍戲鳳

乾羅和戚長征兩人，分別揹著縛緊背上的宋楠、宋媚兄妹，俯伏在秣陵關最外圍的一所房子的瓦面上，凝視著半里許外延綿的城牆和城樓，兩邊則是不能攀越的峻峭石山，成一險要的關隘入口。

乾羅沉聲道：「城牆高達十餘丈，就算我們可以登上牆頭，跳下去時亦難以保得無事，何況還揹了兩個人。」

戚長征道：「這總有方法解決，只是由這裡到城牆，全是曠野，毫無掩蔽之物，定會給守城兵卒發覺，亦逃不過藍玉的人的眼底，哼！不過老子正覺手癢，大幹一場也好。」

背後的宋媚嚇得緊摟著他，呼吸急促起來，令他感到極大的挑逗性和刺激。

乾羅自非善男信女，聞言嘿然一笑，湊過去在戚長征耳旁說了幾句話後，向背上的宋楠道：「世姪若害怕的話，便閉上眼睛，甚或睡上一覺，保證醒來時已在京城之內。」

宋楠打了個哆嗦，含糊應了一聲，倏覺騰雲駕霧般，隨著乾羅飛離屋頂，落到曠野處。

這時戚長征的腳亦點在地上，一個縱躍，朝高起的城牆奔去。

背上的宋媚早閉上美目，死命摟緊這成了自己夫郎的男子，感受著他強壯的背肌，毫無道理地感到刺激和心動，不由暗罵自己淫蕩，竟在這等生死關頭的時刻，想起男女間的事來。可是又身不由主地被戚長征充滿了力量的動作和肌肉的騰移激起了春情，差點把她羞死了。

四個人分作兩起，鬼魅般越過了城牆和房舍間的中線，城樓才傳出鐘鳴鑼響的警報聲。

十多道人影手持兵器，由城樓處撲了出來，往他們奔去。

乾羅和戚長征打個眼色，心裡明白定是藍玉方面的高手，在那裡守株待兔般等待他們，忙加速迎去。

戚長征待離對方只有丈許遠近時，鏘的掣出天兵寶刀，叱聲如雷，刀光如電，使出封寒傳的左手刀法，風捲浪翻般往最接近的持劍敵人攻去，整個人變得猛若獅虎，流露出堅強莫匹的鬥志。

拿矛在手的乾羅亦看得不住點頭，這心愛的義子眞的愈來愈有進境了，尤其他仍是那麼年輕和有朝氣，前途眞是不可限量。

在戚長征背上的宋媚感受更深，張開眼來，看到三名武裝大漢如狼似虎的撲過來，嚇得又閉上眼睛，接著感到夫郎身體不住閃躍急移，耳邊慘叫連連，勉強睜眼時，早有兩人濺血倒地，另一人被戚長征劈得離地飛跌，忙又閉目不敢再看。

她終於看到戰場上戚長征的豪勇。

那邊的乾羅更是所向披靡，長矛到處，敵人紛紛倒斃，竟無一人可擋他一招。

這時戚長征一刀劈入另一攔路者的心臟要害，順腳把他踢飛時，已破開了重圍，後方和兩側雖仍有敵人，但見他們如此厲害，都只虛張聲勢，不敢眞的上來動手。

他對這戰果毫不驚異，以他和乾羅兩人的實力，除非藍玉親來，誰可攔得住他們。而且到京師之水陸路不止一條，對方若要封死所有路途，實力必然分散，更沒有攔截他們的能力。試問他們怎會想到保護宋家兄妹的人竟是他和乾羅呢？

兩人提氣急掠，轉眼拋下敵人，來到另一邊城牆下。

守城兵彎弓搭箭，朝他們射來。

戚長征和乾羅對視一笑，沿牆急奔，來至城牆沒有守兵的空檔，戚長征躍了起來。乾羅一聲大喝，兩掌一托他足底，戚長征化作了炮彈般，投往牆頭去。乾羅同時拔身而起，追在他背後。

戚長征立足牆上時，兩旁的守兵氣急敗壞趕了過來。他忙飛出手上預備好的長索，往乾羅擲去，後者早升至近十丈的高空，眞氣已盡，眼看便要回落，索端及時擲至，給他一把抓著，借力再升五丈，來到戚長征旁。

兩人躍過寬廣的城牆，在守兵趕至前，一起跳下城牆去。

眾守兵瞠目結舌，連箭都忘了發射，從這種高度躍下去，不是找死是甚麼？

下降了近十丈後乾羅跌勢加速，反掌托在戚長征腳底，戚長征立時揹著宋媚，騰升了丈許，這時乾羅已離地不及三丈。

倏地兩人手握縮短至丈許的索子蹬個筆直，乾羅借那上扯之勢，提氣輕身，拔升了數尺，才放開索子，輕輕落到地上。

戚長征凌空一個筋斗，無驚無險落到他旁。

戚長征回望了牆上目瞪口呆的守城兵們一眼，伸手大力拍了宋媚充滿彈力的粉臀一記重的，笑道：「媚媚可以張眼了！」

大笑聲中，兩人往京師奔去。

韓柏提氣疾躍，越過高牆，落到媚娘的香醉居的屋頂上。

這座別院頗具規模，共分前、中、後三進，每進都是個四合院落，自成一體，由花園小徑相連，四周圍都是高牆。

韓柏跟了范良極這賊友這麼久，對窺探房舍之事早有點門道，仔細觀察了香醉居的環境，立時猜到了媚娘的香閨，應是最後一進朝南的閣樓，那處既清幽，外面花園景物最美，又不虞受北風或西斜日曬之苦，自然應留給媚娘這老闆娘自己享用。

此時前院隱有人聲傳來，韓柏細聽了一會兒後，知道是護院打手一類人物，談的自是風月之事。眞不明白這些人爲何這麼夜還不上床睡覺。

韓柏不敢遲疑，亦想趁天亮之前好好和這騷媚入骨的艷婦溫存，迅快來到媚娘閨房的屋簷處，一個倒掛金鉤，朝內望去。

房內雖沒有點起燈火，可是怎能瞞過韓柏的夜眼，只見繡榻帳幔低垂至地，隱見床上有人擁被而眠，烏亮的秀髮散在枕上。

韓柏大喜，正要穿窗而入，忽然泛起極不妥當的感覺，心中大訝，忙思其故。

一切看來都和平寧靜，沒有半點異常之處，床上傳來媚娘均勻輕柔的呼吸聲。

韓柏收攝心神，無聲無息潛入房內，來到帳前。

帳內女子面牆而臥，縱使蓋著被子，仍可看到腰與臀間那誇張的線條。

爲何自己會覺得不妥當呢？

驀地心中一震，終於明白了不妥當的地方，因爲床前並沒有繡花鞋一類應有的東西。

同一時間他明白了前院的人爲何還未睡覺，因爲媚娘根本尚未回家，帳內的女子則是藏在這裡等媚娘回來的藍玉手下，覺察到自己的來臨，於是連鞋鑽入了被窩裡，扮作媚娘來布下對付他的香艷陷阱。

只從對方能察知自己的來臨，便可知是一流高手，說不定就是藍玉倚重的「妖媚女」蘭翠晶。

這些念頭電光石火般劃過他的腦際，他已想好應付之法，先脫下面具，收入懷裡，嘻嘻笑道：「媚娘我的乖乖寶貝，你的專使大人依約來與你幽會了。唉！今晚眞對不起，在你的花舫上不是要應付燕王那傢伙，便是給他送的金髮美人纏著，連如廁的時間都沒有。你們的皇帝老子又因吃了我的仙參弄得那陳貴妃死去活來，竟無端端封了我作忠勤伯，累得我趕不及回花舫去，剛正問清楚路途到這裡找你，乖乖寶貝千萬不要生氣。」

一邊說，一邊脫下上衣，擺出一副急不及待的急色樣子，同時亦教對方知他沒有武器。

在床上假扮媚娘的自是「妖媚女」蘭翠晶，聽到來的是韓柏，大喜過望，哪理得是否他殺死連寬，暗忖若能神不知鬼不覺一舉將他暗算掉，這功勞眞是非同小可，那時眞個求藍玉要甚麼便有甚麼。

誰不想殺死這阻手礙腳的韓柏，只是怕給人知道，立即招致朱元璋和鬼王的報復罷了，假若現在能殺掉他，誰能猜到她身上來。

芳心竊喜時，韓柏伸手來撥帳幔。

蘭翠晶「咿唔」一聲，含糊不清道：「唔！放下窗幔子好嗎？」

韓柏心中暗笑，知她怕自己看出她不是媚娘，嘻嘻一笑道：「媚娘你眞夠道行，黑暗裡幹又是另一番滋味兒。哈……」

輕鬆地把四個小窗全掩上了布幔。

房間陷入暗黑裡。

蘭翠晶欺他看不到，小心翼翼轉過身來，摸出插在大腿間見血封喉的毒匕首，藏在掌心裡，靜待著這色鬼跨上繡榻來。

韓柏移到房心，卻全無動靜。

蘭翠晶待了一會兒，忍不住道：「你幹甚麼哩！還不快來。」

韓柏訝道：「小乖乖是否著了涼，爲何聲音又沙又啞。」

蘭翠晶吃了一驚，應道：「唉！可能眞的受了點風寒。」

韓柏喜道：「沙沙啞啞的，更夠味道，叫幾聲給我聽聽，就像剛才那麼的乖。」

蘭翠晶氣得差點立即把匕首投向他，卻是半點把握都沒有，心中暗咒他的十八代祖宗，無奈下咿唔地作出淫聲。

聽著她的呻吟和喘叫，韓柏差點笑破了肚皮，嚷道：「好了！夠了！被你叫得我慾火焚身，現在你快脫光衣服，半片布都不准留在身上。」

蘭翠晶差點給他玩死，不過床都叫了，總不能半途而廢。猛咬銀牙，窸窸窣窣在帳內脫起衣服來。

韓柏叫道：「逐件衣服抛出來給我，嘻！我最愛嗅乖乖的小褻衣。」

蘭翠晶本想留下內衣褲，聞言大嘆晦氣，不過想起可以把他殺死，吃虧點也難以計較，不一會兒所有衣服全丟到帳外去，赤條條躺在床上，差點恨得咬碎了美麗整齊的玉齒。

韓柏道：「乖乖寶貝！我來了。」

蘭翠晶裝作呼吸急速，啞聲叫道：「快來吧！我忍不住了。」

韓柏來到帳前，忽停了下來，道：「乖乖寶貝，快叫聲夫君來聽聽。」

蘭翠晶被他作弄得快要氣瘋了，不過小不忍則亂大謀，嗲叫道：「夫君！啊！夫君！快上來吧！」

韓柏道：「我來了！」拉開了帳幔，一腳跨到榻上。

蘭翠晶等的就是這一刻，纖手一揮，掌心小匕首電射往只隔了尺許的韓柏小腹處，這個角度，即使想仰身避過亦絕無可能，不愧精於刺殺的高手。

韓柏一聲慘叫，整個人彈了開去，砰一聲掉在地上，呻吟了兩聲後，便寂然無聲。

蘭翠晶欣喜如狂，一聲嬌笑，由床上跳了起來，一絲不掛站在房心，打著了火熠子，只見韓柏仆在一角的桌下，上身赤裸，一動不動，一隻手還抓著自己的衣服，剛好遮著小腹的部位，看不到有沒有流出鮮血來。

她對自己的飛刀術極有信心，一點沒有懷疑，低罵道：「你這短命鬼，竟敢來佔奴家的便宜，眞的活得不耐煩了。」移了過去，伸腳一挑，要把他翻過來看看。

豈知不但一腳挑空，纖足還到了韓柏手裡。

蘭翠晶魂飛魄散時，韓柏用力一拉，她立時失去平衡，往後翻跌，火熠子掉到地上。

她本身武功高明之極，縱在這等惡劣時刻，另一足仍能點往轉過身來的韓柏面門，就在此時，一股奇異的內勁由腳底的湧泉穴攻入，連封她全身各大要穴，腳還未伸盡，已軟倒地上。

韓柏笑嘻嘻站了起來，踏熄了火熠子，拉開了所有窗幔後，才來到她身旁蹲下，笑吟吟看著她道：「為何不作聲了，你剛才叫床不是叫得滿好聽嗎？」借著點窗外的星光，眼光在她完全暴露的肉體上下巡視。

這赤裸的艷女曲線玲瓏，膚色白皙，加上既有性格又騷媚入骨的容貌，確是非常引人。

蘭翠晶這時才醒悟對方一直在戲弄自己，不過悔之已晚，氣得差點掉下淚來，閉目倔強地道：「殺了我吧！」

韓柏搖頭道：「不！我不但不會殺你，還不會傷害你。」

蘭翠晶愕然張眼，盯了他好一會兒後，媚笑道：「我明白了！來吧！你歡喜怎樣玩都可以，唔！你長得眞好看，難怪這麼多女人對你情不自禁。」

韓柏輕輕在她身上拍了十多掌。

蘭翠晶穴道盡解，坐了起來，嫣然一笑道：「好吧！我會盡心盡力伺候你，保證不會出手暗害你。」心中卻暗笑，若還殺不死你這色鬼，我蘭翠晶便改跟你的姓。

韓柏微微一笑道：「小姐誤會了，我是要放你走，只希望你答應我不會傷害媚娘，否則我會不擇手段把你殺死。」站了起來，順手取過衣服穿上，皺眉看著呆坐地上的她道：「還不快穿好衣服，媚娘快要回來了。」

蘭翠晶心亂如麻，完全沒法明白為何韓柏如此善待她。

韓柏移到她身後，一手穿進她脅下，另一手拿起褻衣，將她拉得站了起來。

與他肌膚一觸，蘭翠晶渾體發軟，竟使不出半點力道來，任由韓柏溫柔地為她穿上內衣褲。

前院傳來車馬之聲。

韓柏逐件衣物拾起，塞到她身上。

蘭翠晶有種發著夢的不眞實感覺。

韓柏到床上一連摸索，弄好床鋪，把她的獨門兵器一對分水刺取了出來，送到她手裡，毫不提防地拍了拍她的臉蛋，關懷地道：「小心點！下次見著時，可能我們要被迫拚個生死，那時勿奢求我會手下留情。」

蘭翠晶終放棄了行刺韓柏的念頭，點頭道：「我會放過你一次後，才殺死你，蘭翠晶絕不肯欠人任何恩情的。」深深看了他一眼後，穿窗而出，閃沒在暗黑裡。

韓柏大感得意，這叫欲擒先縱。

他的魔種清楚地感到她的殺意不住減退，當她走時，甚至對他生出了少許情愫，只是她自己仍不知道，又或不肯承認罷了！

若能征服此女，當然比殺了她有用百倍。

不過自己亦要提醒媚娘，教她找葉素冬派人來保護她，以免藍玉會派別的人，又或蘭翠晶再來對付她。

腳步聲由遠而近。

韓柏頑皮心大起，掀開了其中一個大衣櫃，藏了進去，決意給媚娘一個驚喜。

足音更近了，是兩個人的腳步聲。

韓柏心想，若跟著媚娘的是艷芳或其中一隻美蝶兒，那就更理想了。

門開。

韓柏忽感不妥。

他當然認得媚娘的呼吸聲，但另一人的呼吸聲卻不像女子。

媚娘忽地「啊」一聲叫了起來，接著是衣服摩擦的聲音和男女的喘息及呻吟。

韓柏呆在衣櫃裡，原來媚娘竟是和面首一起回來，還說如何愛自己。

喘息聲停止，媚娘推開了那人，嗔道：「廉先生，不要這樣好嗎？下屬有事要向你稟告哩！」

韓柏心神大震，心中亂成一片。

廉先生的聲音在衣櫃外響起道：「你這騷貨愈來愈迷人了，怪不得法后如此寵信你，還升了你作四大勾魂女之一，我教的艷女中，除了迷情和嫵媚兩大護法外，就輪到你們四人了。」

韓柏立時出了一身冷汗，暗叫好險。原來媚娘竟是天命教的人，身分還相當高，這姓廉的既被稱爲先生，當然是與胡惟庸同級的軍師，聽他說話隱含勁氣，便知他武功高明，不可小覷。

難怪媚娘一碰面便把自己迷得暈頭轉向，原來有著如此駭人的背景，她的媚功亦算厲害極矣，教人全看不破，以此推之，天命教實在非常可怕，殺了人都不會露出任何形跡。而最令人心寒是連藍玉都不知道媚娘是胡惟庸的人。

房中燈火亮起。

媚娘再嬌吟一聲，接著是嘴舌交纏的聲音。

韓柏由衣櫃門隙偷看出去。

媚娘羅裳半解，露出一對顫巍巍的豪乳，裙子給撩到腰間，正給一個相當英俊的中年男人上下其手，嘴兒當然給對方啜著。

韓柏心中大恨，差點要衝出去殺了這對狗男女。

不用說綠蝶兒等諸女都是天命教的艷女，而朱元璋還將其中一女弄了回皇宮去，所以即使收拾了陳貴妃，仍有人執行陰謀，胡惟庸看似平庸無用，其實卻要數他最厲害。

這廉先生的挑逗手法相當高明，不片刻媚娘已忍不住扭動呻吟，不克自持。

廉先生停了下來，離開她火紅的俏臉，淫笑道：「我比之韓柏那小子如何？」

媚娘聽到韓柏名字，嬌軀一震後，諂媚道：「那些後生小子怎能和先生相比。」

廉先生在她酥胸一陣搓揉，笑道：「騷貨這麼懂拍馬屁，可惜現在時間無多，我還要回去向法后交代。」

媚娘嬌笑道：「法后這麼寵你，遲點回去有甚麼關係。」

廉先生把她翻了過來，重重在她的隆臀打了兩記，再扶她坐好，道：「不要逗我了，來！快告訴我事情進行得如何了。」

媚娘正容道：「韓柏這小子的魔種非常厲害，我雖誘他歡好，卻吸不到他半點精氣，而這小子還可溜出去把連寬幹掉。」

廉先生奸笑道：「我們眞要感謝他哩！不但削弱了藍玉的實力，若惹得藍玉與他拚個兩敗俱傷，就更理想了。」頓了一頓再道：「你記緊吩咐手下，切莫再對付他，以免打草驚蛇，讓我回去稟告法后，若有迷情和嫵媚兩位仙子任何一人出手，而這小子沒有防範之心，我才不信他受得了。哈！說不定法后一時技癢，親自對付他，那他眞是做鬼也風流了。」

媚娘道：「我約了他到這裡來找我，但卻不知他甚麼時候會來。」

廉先生點頭道：「你做得很好，由現在起，到朱元璋的大壽期間，乃最關鍵的時刻，你切不可主動和我們聯絡，清楚了嗎？」

媚娘恭敬答應了。

廉先生又再口手齊施後，才拖著媚娘站起來道：「送我一程吧！」

兩人出房去了。

韓柏心中一動，運足耳力，聽著兩人的足音到了樓下東南角處，傳來一陣輕微的門戶啓動聲。哼！果然是有秘道，難怪這廉先生可突然出現，又不怕人發覺。

心中又氣又喜，氣的當然是被媚娘騙了他的感情，喜的是把握到天命教的線索。

收攝心神後，悄悄溜走了。

藍玉在「布衣侯」戰甲和「金猴」常野望兩大高手陪伴下，來到他大將軍府的後花園裡，穿過一座竹林，一所磚屋出現眼前，裡面烏燈黑火，像一點生命都沒有。

「噗噗」聲響，四條揹著長刀的黑影，由磚屋旁的樹上跳了下來，單膝跪地，齊聲道：「風林火山參見大將！」

三人給他們嚇了一跳，想不到水月大宗連在他們的府內，仍不肯稍懈戒備。

這風林火山四人乃水月大宗的隨身護衛，就叫風女、火侍、山侍和林侍，取的是流傳到東瀛的孫子兵法上「其疾如風，其徐如林，侵掠如火，不動如山」之意。

四人年紀都不過三十，以火侍最年輕，只有十八歲，生得頗爲俊俏，高矮合度，一雙眼非常精靈，兩條特長的腿都縛有匕首，予人非常靈活的感覺，若非帶著一股說不出來的妖邪之氣，眞的是一表人才。

山侍體型魁梧，背上的刀又重又長，還掛著一個看來非常沉重的黝黑鐵盾，手臂比常野望的大腿還要粗，面容古拙樸實，一看便知是不畏死的悍將。

林侍年紀最大，生得短小精悍，典型的東瀛倭子，動作間總比別人慢了半拍似的，但卻有股陰騺沉穩的氣度，教人不敢小覷，醜陋的臉上有道長達五寸的疤痕，由耳下橫落至下唇，包保看一次便忘不了，亦不想再看下去。

風女卻是完全另一回事，沒有男人肯把目光由她身上移開，而她亦是四侍中唯一的女性。此女生得嬌小俏美，烏黑的秀髮長垂肩後，身材玲瓏浮凸，雪膚冰肌，說話時，露出皓白如編貝的牙齒，極之迷人。

尤其動人的是她美眸顧盼時，自有一種風流意態，媚艷而不流於鄙俗，放射出無比的魅力。背上是一長一短兩把東洋刀。

四人均一身黑衣夜行裝打扮，雖是神態恭謹，仍使人有殺氣瀰漫的感覺。

藍玉的色眼落到風女的身上，暗忖此女狐媚過人，定要想個方法向水月大宗把她要來玩玩。

一把柔和聲音由屋內傳出道：「退下！」

四侍一聲答應，倒退後飛，沒入磚屋兩旁黑暗的林內，動作迅若鬼魅。

藍玉一時又驚又喜。

驚的是只這四侍的身手便如此厲害，可見倭子實有無數能人；喜的是得他們之助，自己確如虎添翼。

正要走進屋內與尚未謀面的水月大宗相會，屋內那帶著外國口音的水月大宗平和地道：「大將軍止步，此刻乃本席日課時刻，不宜見客。」

藍玉愕然道：「如此藍某不敢打擾了。」

水月大宗淡淡道：「大將軍有話請說，現在貴府最接近的人亦在千步開外，保證不會傳入別入耳裡。」

藍玉和兩名得力手下交換了個眼色，均感駭然，這人藏身屋內，千步外遠距發生的事，竟仍瞞他不過。

藍玉深吸了一口氣道：「本人想請大宗出手殺死一個人。」

水月大宗道：「怎止是一個人，自踏足中土後，我的水月劍便不時嚮叫、渴求人血，在斬殺浪翻雲前，本席先要找幾個人來祭劍，大將軍務要給本席好好安排。」

藍玉等三人心中湧起寒意，交換了個眼色後，藍玉哈哈一笑道：「這就最好，第一個要殺的人叫韓柏，一有他的行蹤，我們便會通知大宗。」

水月大宗的聲音傳來道：「最好不要過今晚子時，否則便找第二個人來給我餵刀，大將軍請了。」

藍玉把還要說的話吞回肚裡去，告辭離去。

這水月大宗便像一把兩邊鋒利的凶刃，一個不好，很易連自己都會受傷流血。

第四章　故友重逢

韓柏不敢回左家老巷去，怕給虛夜月、左詩等諸女責怪，逕自回到了莫愁湖。匆匆梳洗後，見金髮美人兒夷姬睡得又香又甜，不敢吵醒她，忍住了手足的衝動，趕往皇宮去。

守門的禁衛見到他都恭敬行禮，讓他通行無阻，直入內皇城。路上遇上了一個相熟的、常伺候在朱元璋身旁的太監，把他領到一座守衛森嚴的庭院，見到了朱元璋。

朱元璋顯然一夜沒睡，兩眼紅筋密布，見他到來，精神一振，揮退了從人後，著他隔几坐下道：「好小子！說得到做得到，竟一天不到就把連寬宰了，眞有本領。」

韓柏嘻嘻一笑道：「都是託皇上的洪福吧！」

接著便將媚娘與天命教的關係說了出來。

以朱元璋的修養和深沉，聽了亦爲之色變，定神看了他好一會兒後，才吁出一口氣道：「若無兒眞的沒有騙我，沒有人比得上你這福將了，誤打誤撞竟給你拆穿了胡惟庸經營多年的陰謀，幸好朕尚未碰那艷女，否則不知會有甚麼後果。」

韓柏謙虛道：「現在應怎辦才好？」

朱元璋道：「當然不能打草驚蛇，你定要裝作情不自禁去赴媚娘之約，待她不再提防你時，說不定可找到那法后隱身之所，朕便盡起高手，把他們一網打盡，那時胡惟庸還不是任朕宰割嗎？哼！」

兩眼射出驚人殺氣，顯是動了眞怒。

韓柏道：「這事可不能操之過急，若我沒有猜錯，胡惟庸必已成功地把他的人安插到朝內各重要的位置，又或使艷女巧妙地成爲各文官武將的寵妾……」

朱元璋道：「所以若你能設法偷得這樣一張天命教的名單出來，我們才可把胡惟庸的勢力連根拔掉。唉！又要借重你了，朕眞擔心你一個人怎可以應付這麼多的事。」

韓柏笑道：「別忘了小子有誰人幫我的忙。」

朱元璋想起了范良極，亦爲之失笑，欣然道：「有沒有甚麼特別請求，若想要哪家閨女，朕立即把她許配給你。」沒有人比他更知道這小子不愛江山愛美人了。

韓柏尷尬笑道：「女人大可免了，燕王才送了個金髮美人兒給小子，現在唯一的願望就是希望能晚點起床，小子也不知多少天沒有正式睡一覺好的了。」

朱元璋見他對自己的賞賜完全不放在心上，對正他的脾胃。啞然失笑道：「好吧！以後非必要就不用你早朝前來見朕。」接著正容道：「秦夢瑤甚麼時候來？」

韓柏爽快答道：「她說今晚子時來皇宮見皇上。」接著猶豫道：「但她有個條件呢！」

朱元璋想不到如此輕易，臉現喜色，道：「甚麼條件？」

韓柏心中暗嘆，硬著頭皮道：「她要小子屆時在旁聽著。」

朱元璋微一錯愕，龍目閃起電芒，一瞬不瞬盯著韓柏，聲音轉厲道：「你快從實招來，和秦夢瑤究竟是甚麼關係？」

韓柏給他嚇了一跳，正要如實道出，朱元璋拂袖道：「不用說了，今晚朕要親口問她。」

兩人沉默下來。

好一會兒後，朱元璋道：「陳貴妃的事你有沒有甚麼計劃？」

韓柏苦笑道：「小子眞的一籌莫展，總不能貿然闖入內宮，向她展開挑情勾引的手段吧！」

朱元璋看到他苦著臉孔，反得意起來，微笑道：「不用那麼緊張，這事朕會安排妥當，定教你有試探的機會。唉！可能生活太沉悶了，眼前的重重危機，反使朕神舒意暢，充滿生氣，又有你這小子不時來給朕解悶。不過你要小心點，藍玉心胸狹窄，定不肯放過你。」

又談了一會兒，韓柏記起一事道：「這兩天小子有兩位好友會到京來助我對付方夜羽，其中一人，嘿……是怒蛟幫的高手，小子想……」

朱元璋打斷他道：「是否『快刀』戚長征？」

韓柏駭然道：「皇上怎會猜到？」

朱元璋照例不會解釋，微笑道：「另一個就是風行烈，他正乘船來京，唉！若不是朕有心放行，他怎能如此順風順水，放心吧！我早通知了葉素冬，著他照應你的朋友，絕不過問他們的事。」接著又冷哼一聲道：「宋鯤這傢伙是胡惟庸的人，若非朕不想打草驚蛇，早抄了他的家，浪翻雲那一巴掌刮得很好，若他再惹你，隨便宰了他吧！」

韓柏頭皮發麻，朱元璋的深藏不露才最可怕。難怪他能威壓群雄，成爲天下至尊了。

早朝的時間到了，韓柏連忙告辭，趕回左家老巷去，到了街口，正籌謀如何應付刁蠻女虛夜月時，有把嬌甜的聲音在後面喚道：「專使大人！」

韓柏別過頭來，赫然是扮作書僮的秀色。大喜下，撲了過去，一把拖起她的小手，轉進了一條僻靜的小巷去。

秀色馴服地任他拉著，神色複雜，眉眼間充滿了怨懟之意。

韓柏見左右無人，一把將她摟個結實，親了個長吻後，才放鬆了一點，道：「來找我嗎？」

秀色深情地看著他，赧然點了點頭，然後神色黯然道：「韓柏！秀色很害怕呢！」

韓柏愕然道：「誰敢欺負你，讓我爲你出頭。」

秀色摟緊他，淒然道：「沒有人欺負我，人家只是擔心花姊，她……」

「秀色！」

兩人一震分了開來，只見盈散花立在十步外，鐵青著臉瞪著兩人。

秀色一聲悲泣，由另一端逸去，消失不見，連韓柏叫她都不理睬了。

盈散花走了過來，不客氣道：「韓柏！你現在自身難保，最好不要多管閒事。」

韓柏想起她對燕王父子獻媚賣俏，無名火起，冷笑道：「誰要管你的事，不過莫說我沒言在先，若你爲了個人利害，累了秀色，我絕不會放過你。」

盈散花兩眼一紅，迫了上來，挺起酥胸叫道：「我偏要害她，怎麼樣？要就殺了我吧！來！快下手，我都不想做人了。」

韓柏手足無措道：「誰有興趣殺你，哼！明知我不會下手殺你，才擺出這架勢來，你若連死都不看重，就不用拿身體去便宜燕王父子了。」

盈散花終掉下熱淚，粉拳雨點般擂上韓柏寬闊的胸膛，悲叫道：「殺了我吧！殺了我吧！」

韓柏心中一軟，伸手去解她的衣襟道：「不要哭了！讓我看看那紀念齒印是否仍完好無恙？」

盈散花吃了一驚，飄退開去，嗔道：「人家給你氣得這麼慘，還要耍弄人家。」

韓柏見她回復正常，又記起了舊恨，不屑道：「不看便不看，你當我眞的想看嗎？留給燕王看個飽吧！」轉身便走。

風聲響起，盈散花越過他頭頂，俏臉氣得發白，攔著去路道：「站著！弄清楚我們的事才准走。」

韓柏心頭大快，只覺愈能傷害她，愈是快意，淡然道：「你是你，我是我，哪來『我們』呢？」

盈散花挺起小蠻腰，俏目淚花滾動顫聲道：「好！你再說一次給我聽。」

韓柏最怕女人的眼淚，軟化下來。走前兩步，抓著她兩邊香肩，嘆道：「你既然那麼想做燕王的玩物，爲何又要表現得像對我餘情未了的樣子，不是徒使大家都難過嗎？」

盈散花垂下頭去，輕輕道：「韓柏！你是不會明白人家的，永遠都不會。」用力一掙，脫身開去，掩面哭著走了。

韓柏失魂落魄呆站了一會兒，猛下決心，誓要找出盈散花要接近燕王的背後原因，才走回左家老巷去。

踏入已裝修得差不多完成的酒舖時，范豹迎了上來道：「大人！有貴客來了。」

韓柏奇道：「甚麼貴客？」

范豹神秘一笑，賣了個關子，請他自己進內宅看看。

還未踏進內室，已聽到范良極大嚷道：「甚麼？雲清是可憐我年老無依，才藉嫁我來做好心行好事，這麼小覷我的男性魅力！」

接著是眾女的鬨堂大笑，然後是一把俏生生的少女聲音不徐不疾地道：「男人最要不得就是以爲自己很有魅力，倩蓮還以爲老賊頭你老人家不是這種男人，唉！怎知又是如此。」

韓柏一聽大喜，撲了進去大叫道：「風行烈！」

風行烈和谷姿仙、小玲瓏、不捨夫婦正含笑看著范良極和谷倩蓮兩人胡鬧，聞聲齊往他望去。

韓柏想不到來了這麼多人，大感錯愕時，風行烈已由椅子跳了起來，和他緊擁在一起，互拍著對方肩背，興奮得說不出話來。

經歷了這麼多艱難的日子後，這對肝膽相照的青年高手，再次重逢。

當下風行烈爲韓柏引見了不捨夫婦。

韓柏看到美艷如花的雙修夫人谷凝清，雙目立時發亮，由衷讚道：「若有人還不明白不捨大師爲何還俗，我定會打扁他的屁股。」

虛夜月、莊青霜、左詩等都聽得眉頭大皺，暗怪這夫君學足范良極的鄙言粗語，又口不擇言，連長輩都敢大吃豆腐。

谷凝清乃外族女子，不忌大膽直接的說話，且又是讚美自己，喜不自勝回應道：「若有人不明白韓柏爲何能哄得這麼多美人兒嫁他，我谷凝清亦要賞他們耳光，好打醒他們。」

不捨欣然起立，拍著韓柏肩頭道：「賢姪眞個快人快語，連我也覺非常痛快，不過不捨並沒有還俗，反而感覺更出世，更接近天道，賢姪很快便會明白我的意思。」

韓柏想起了秦夢瑤恍然道：「說得好！多謝指教。」

范良極怪笑道：「小子不要扮聰明冒充明白了。」

韓柏瞪了他一眼道：「老賊頭最好對我說話客氣一點，團結一致，否則誰來助你應付眼前大敵。」說完瞟了巧笑倩兮的谷倩蓮一眼，然後忍不住狠狠看了含笑一旁的谷姿仙和小玲瓏幾眼。

谷倩蓮見矛頭忽然指向自己，不慌不忙嬌哼道：「你們團結有甚麼用，根本就不是倩蓮的對手，何況我還可隨時徵兵入伍，保證殺得你兩人落荒而逃。」

韓柏和范良極一起失聲道：「徵兵入伍？」

虛夜月忍著笑舉手道：「小兵虛夜月在此，願聽兵頭小蓮姊吩咐。」

其他莊青霜、左詩、朝霞、柔柔等早笑彎了腰。

韓柏和范良極交換了個眼色，都感大事不好。有了這個小靈精在攪風攪雨，他們哪還能像從前般肆無忌憚。

風行烈笑道：「小蓮不要胡鬧了，姿仙和小玲瓏快來見過韓兄。」

谷姿仙和小玲瓏盈盈立起，向韓柏斂衽施禮，嚇得韓柏慌忙回禮。

谷姿仙美目飄到他處，欣然道：「聞小叔之名久矣，今日一見，才知行烈外竟還有小叔這等英雄人物，姿仙眞的喜出望外呢！」

韓柏老臉一紅，尷尬地道：「我除了拈花惹……嘿！其他哪及得上行烈，若我有時忍不住口不擇言，得罪了美嫂嫂，美嫂嫂請勿見怪。」

眾人都聽得目定口呆，哪有初見面便說明自己會對嫂子貧嘴滑舌，還立即耍嘴皮起來。

谷姿仙「噗哧」一笑，橫了韓柏一眼道：「姿仙現在才明白小蓮爲何一聲徵兵令下，便有這麼多美麗的小兵要入伍哩！」

眾人都笑了起來，充滿了友情和歡欣。

韓柏一到，便爲所有人帶來了愉悅和無拘無束的氣氛。

莊青霜趁韓柏望向她時，嬌嗔地盯了他一眼，像怪責他甚麼似的。

韓柏怪叫一聲，向眾人道：「對不起！我忘了要和霜兒回去向岳父、岳母叩頭斟茶，完事後立即回來，請大師、夫人、美嫂嫂、風兄等恕罪。」

最高興的當然是莊青霜，喜孜孜站了起來，來到韓柏身旁，準備離去。虛夜月則嘟長嘴兒，心中怨恨，還未審問他昨晚溜到哪裡去，這大壞人又要棄她不顧了。左詩等三女這幾天見他的時候加起來只有幾個時辰，更是楸然不樂。

谷倩蓮亦大感失望，剛興高采烈，這好玩的小子又要走了。風行烈、谷姿仙等才和他打了個照面，自亦捨不得他這就去了。范良極則有滿肚事要和他商量研究，一時間人人都瞪著韓柏。

韓柏這麼靈銳的人，怎會不知道，搔了幾下頭後，大喜道：「不若我帶大家到西寧街去逛逛，我和霜兒到西寧道場打個轉，不是又可以出來一起熱鬧嗎？」

眾女齊聲叫好。

韓柏和莊青霜趕到西寧道場，拜見了莊節夫婦，擾攘一番後，給莊節拉往一旁道：「素冬和皇上說起，我們才知道昨晚那薛明玉是你假扮的，難怪浪翻雲會爲你出頭了。」

韓柏大感尷尬。

莊節拍著他肩頭道：「不用解釋了，賢婿是天下間最不用扮薛明玉去採花的人。是了！明晚我會在這裡擺十來席齋菜，款待八派的人，聖僧等都想見你，你最好早點和霜兒來，多點時間說話。」

韓柏心中叫苦，又是應酬，自己哪還有時間到媚娘的花舫去，表面卻是欣然答應了。

風行烈心中好笑，想不到出來逛街原來也這麼大陣仗，不但范豹領著六名兄弟負責為眾女捧東西，東廠的副指揮使陳成更率著十多名高手跟在一旁，負起保護之責，還有聞風而至的葉素冬和數名手下。先不說眾女的美麗，只是這陣仗便教人側目了。

除了不捨夫婦外，所有人全來了。

眾女興高采烈地在購物，范良極則和葉素冬站在舖外的街上密斟，風行烈本來亦是他們那一組，卻硬給谷倩蓮拉了來這間綢緞舖陪她們。

這時虛夜月看上了一幅花布，扯了開來蓋在身上，轉身對他嫣然一笑道：「行烈啊！看你的俊秀樣子應比韓柏更有眼光，你說這花布襯人家嗎？」

風行烈看到她嬌美無倫的嗲媚之態，偏又作男兒打扮，心中暗羨韓柏艷福齊天，微笑道：「月兒想放棄易釵而弁嗎？」

虛夜月俏臉一紅，跺足道：「人家只是問你好看不好看嘛！」

風行烈尚未有機會回答，谷倩蓮早把虛夜月扯了去看另一疋布帛。

看著兩女相得的樣兒，風行烈心中湧起無限溫柔，幾乎自見面開始，這兩個小妮子便特別投機，因為她們都是那麼俏皮和愛鬧事，這個結盟一成，恐怕他和韓柏都有難了。

嚦嚦鶯聲由後傳至，原來谷姿仙、小玲瓏和左詩三女剛在隔鄰的舖子買了胭脂水粉，此時才來湊熱鬧。

左詩喜道：「呀！眞好！我可以買些好布疋給小雯雯裁幾套新衣了。」

谷姿仙笑道：「最好預大一點，否則怕穿不下呢。」

虛夜月走了過來，先白了風行烈一眼，拉著谷姿仙道：「仙姊應比你的風郎有品味多了，快來給我意見。」

朝霞、柔柔等都知風行烈定是開罪了這刁蠻女，紛紛掩嘴偷笑，那種燕語鶯嗔的場面，風流巧俏的樣兒，看得風行烈怦然心動。

剛好小玲瓏經過身旁，忙拉著她的衣袖，問道：「乖玲瓏買了甚麼好東西？」

小玲瓏對他仍是非常害羞，立時紅透耳根，竟想掙脫逃遁，又給風行烈扯了回來。

無法可施下，小玲瓏含羞低頭道：「小姐給人家揀了幾件做內衣的絲羅哩！」猛地一掙，逃到正笑語不停、左挑右選的眾女間，躲了起來。

風行烈心情大佳，自素香和水柔晶慘死後，他還是首次有愁懷盡解的感覺，但忽又想起了年憐丹，忙朝范、葉兩人走去。

剛踏足街上，范、葉兩人竟不知去向，就在此刻，忽有所覺，朝長街另一端望去，一紫一黃兩個修美婀娜的身形，立時映入眼簾。

韓柏和莊青霜離開道場。

莊青霜正式成了韓柏的嬌妻，歡喜得偎傍著他不住甜笑。

韓柏給偎得心癢難熬，只恨雙目功力仍未能看透她的衣服，問道：「開心嗎？」

莊青霜見他盯著自己驕人的酥胸，雖有三分羞意，歡喜卻佔了七分，欣然點頭，又拋了他一記媚眼。

韓柏這次全身都酥癢了起來，扯著她衣袖道：「今晚你和月兒一起陪我好嗎？」

莊青霜甜甜一笑道：「昨晚我們幾姊妹在你的大床上說了一晚話兒，訂下了規矩，可不許你要誰陪你便誰陪你呢！」

韓柏失笑道：「哪輪得到你們話事，只要我三招兩式，連詩姊都要投降，甚麼規矩都給廢了。」

莊青霜聽到「三招兩式」，想起自身的遭遇，羞喜難分地嗔望了他一眼。

韓柏大樂道：「我們立即打道回府，唉！你們都是一夜沒睡了，便全體來陪我睡一覺吧！讓我每人送你一個乖寶貝。」

莊青霜終是初懂人事的少女，無論如何熱戀韓柏，亦吃不消他的狂言浪語，跺足不依加快腳步，走出道場去。

韓柏追著出去，剛好看到遠處街端紫、黃二妃轉入了一間屋子裡，接著風行烈追了過去，消沒在門後。

韓柏臉色立變。

兩妃絕不會蠢得招搖過市，裝束還一點不變，豈非引人去對付她們，忙向莊青霜道：「快召人來幫忙。」不顧驚世駭俗，展開身法，全速趕去。

第五章　步步驚心

風行烈體內三氣匯聚，功力日進，又得谷姿仙以雙修大法輔引，比之當日雙修府一戰時已不可同日而語。

才撲進那民居裡，已大感不妥，不但裡面空無一人，更因爲心中現出警兆，忙取出丈二紅槍接上，提聚全身功力，疾步闖入內室去。

危險的感覺更強烈了。

紫紗妃的倩影在後門處一閃而沒。

風行烈不是不知道裡面定有埋伏，但因爲埋伏者必是年憐丹，仇恨的火焰使他完全沒法把衝動壓下去，而年憐丹亦是利用這點把他引來。

風行烈倏地加速，穿出後門，落到外面寬敞的天井去，光暗的轉換，使他一時看不清楚，忙把眼簾闔上一半，減少光線的輸入。

就在此時，兩聲叱喝，分由兩旁響起。

年憐丹的玄鐵重劍和色目第一高手「荒狼」任璧的鐵拳分由左右兩方攻襲而至。

紫、黃兩妃俏立天井盡處，四隻眼睛射出憐惜之色，有點不忍看到這年輕俊俏的郎君在兩大高手的夾擊下慘死。

年憐丹和任璧則是心中狂喜。

自風行烈到京的消息傳來後，他們便命人密切監視著他們的動靜，知道他們竟然到來逛街購物，忙暗中潛來，把這民居內的人制服後，苦候良機，終於等到范良極和葉素冬兩人走進了一間飯店，忙使兩妃把風行烈引來，現在已成功在望。

除非是浪翻雲、龐斑之輩，誰能全身而退？

風行烈雖早有準備，仍想不到年憐丹無恥至此，連偷襲都在所不計了，竟還和另一絕不比他遜色的高手一起夾擊。

就在此刻，厲若海對他多年的嚴格訓練終顯露出成效，幾乎是未經過任何思慮，他自然而然便本能地使出最能應付這種惡劣形勢，燎原心法裡的「借勁反」。

風行烈先往後移，丈二紅槍的槍尖「鏘」的一聲電射在年憐丹的重劍上。

以年憐丹的功力，仍禁不住丈二紅槍傳來山洪暴發般的力道，向後移了半步。

風行烈雖說大有進步，畢竟功力仍稍遜他一籌，踉蹌橫跌，眼看要被任璧能碎裂牆壁的鐵拳轟在左脅處，丈二紅槍由右方吐了回來，「啪」的一聲撥打在任璧的鐵拳底處。

任璧一聲獰笑，運拳下壓，借槍傳勁，硬要震碎對方臟腑時，一股糅合了風行烈自身力量和由年憐丹處借來勁力的強大力量，立和任璧的氣勁正面交鋒。

任璧一聲悶哼，向後連退三步。

黃、紫兩妃看得目射奇光，天呵！這是怎麼一回事，年憐丹和任璧兩人的全力一擊，竟殺他不死？

年、任兩人亦是大驚失色，知道夜長夢多，立即再組攻勢。

風行烈卻是有苦自己知。

年憐丹的功力豈是可輕易借到，雖說由紅槍傳遞，終是要以己身功力爲引，立時氣血翻騰，全身經脈像倒轉了過來，渾身乏力。若不是有堅強意志，早跪倒地上，眼看小命不保，後衣領給人抓個正著，騰雲駕霧般往後退去，接著是韓柏的大笑聲道：「原來是年淫賊，哈！」

風行烈被韓柏提著往後擲去，滾到地上時，天井近門處傳來連串勁氣交擊的巨響，心中大急，韓柏怎是這兩大凶人的對手呢？偏又站不起來。

接著聽到虛夜月眾女的嬌叱聲，才鬆了一口氣，盤膝坐起，調神養息。

年憐丹和任璧見風行烈腳步不穩，正要痛下殺手，豈知換了個韓柏來，已知不妙，這處四周都是禁衛、廠衛，又有陳成、葉素冬和范良極等高手，纏鬧起來，絕難善罷，交換了個眼色，裝作狠攻的樣子，硬把韓柏迫回去屋子裡後，躍回天井，向兩妃打了個逃走的手勢時，韓柏已威武萬狀衝了出來，旁邊還有虛夜月、谷姿仙和莊青霜這三名絕世靚女。

谷姿仙一見年憐丹，正是仇人見面，分外眼紅，又以爲他傷了愛郎，不顧一切劍化長虹，直擊而去。

虛夜月怕她有失，抽出腰間的鬼王鞭，後發先至，點往他下陰必救之處。

莊青霜搶往谷姿仙旁，寶劍由下斜挑而上，取的是年憐丹握劍的手腕，教他難以全力運劍。

三女雖是首次合作，竟配合得天衣無縫，使年憐丹亦嚇了一跳。

他早領教過虛夜月的厲害，知此女得鬼王眞傳，就算單挑對打，要收拾她仍要費上很多力氣，哈哈一笑道：「虛小姐原來對本仙那處這麼有興趣。」往後一移，伸指彈往鞭梢，右手重劍挽起護身劍網，封擋兩女攻勢。

韓柏就在這一瞬間和任璧硬拚了三拳，暗叫乖乖不得了，甚麼地方鑽了個這麼厲害的高手出來，對方一拳比一拳重，打得自己氣血翻騰，連退三步，而對方卻像個沒事人似的。更駭人的是，無論自己招數如何精妙，對方總有方法迫他硬拚，如此功夫，還是初次遇上。

豈知任璧亦是心中發毛，風行烈能擋他兩人全力一擊，已是大出料外，而眼前這年輕人卻連擋他三拳，血都不噴一口出來，使他更不是滋味，正要欺身而上，藉硬氣功捱他一拳半腳，搶機斃此小子，上方殺氣壓來，竟是陳成和葉素冬由屋頂上撲擊而至。

另一邊的年憐丹更是魂飛魄散，他雖擋著兩女的長劍，但在彈上虛夜月鞭梢前，對方的鬼王鞭竟靈蛇般改變了方向，繞到一側，點往他的耳鼓穴。

同一時間范良極落在後方，旱煙管猛打他後枕要害。

只是黑榜高手范良極已教他頭痛，何況還有三女在前方牽制，年憐丹狂喝道：「走！」，玄鐵重劍護著全身要害，拔身而起。

黃、紫二妃本欲加入戰圈，眼前異變突起，正欲遁逃，哪知最可恨的韓柏溜到眼前，嘻嘻笑道：「留下一個來陪我吧！」左右開弓，竟是往兩女酥胸抹去。

兩女雖不是第一次給他輕薄，仍是羞怒難當，又知打他不過，駭然下往後飄飛，希望可憑輕功逃出「魔掌」。

任璧硬擋了陳成和葉素冬兩招後，至此才明白中原實是高手如雲，又見年憐丹逃命去也，哪敢久留，狂喝一聲，竟硬捱了陳成一刀、葉素冬一劍，沖天而起。

兩人刀、劍劈在他身上時，均覺刀、劍滑開了少許，不能命中對方要害，駭然之下，任璧早掠往鄰屋屋頂，與剛殺出重圍的年憐丹會合在一起，加上黃紗妃，迅速遠去。

四周雖響起手下們的呼叫追逐聲音，但任誰都知道追不上這兩個技藝驚人的大魔頭。

虛夜月忽尖叫道：「死韓柏，還是你懂揀便宜。」

眾人往天井盡處望去，只見笑嘻嘻的韓柏，攔腰抱著紫紗妃，滿懷芳香地由牆頭躍入天井裡。

這時風行烈已回復功力，在小玲瓏和谷倩蓮兩女陪傍下來到天井，此刻左詩等三女才慌張趕至，可見剛才交戰是如何急遽激烈。

眾人都圍上韓柏，觀看他抱著全無放下意思的戰利品。

紫紗妃面紗不翼而飛，露出清甜秀麗的俏臉，星眸緊閉，但面容卻出奇地平靜，教人心生怪異的感覺。

葉素冬猶有餘悸道：「剛才那人定是色目的任璧，只有他才可不懼刀槍。」

虛夜月來到韓柏身旁，狠狠在他背肌扭了一把，惡兮兮道：「未佔夠便宜嗎？還不放下她？」

陳成乘機道：「交給我們東廠處理吧，保證要她說甚麼就說甚麼。」

韓柏忍著背肌被扭處的痛楚，低頭細看紫紗妃，發覺她呼吸急促起來，顯是害怕落到以酷刑著名的東廠手裡，大生憐意，笑道：「對付這小妞，山人自有妙計，副指揮使放心好了，我會好好處理她。」在眾女抗議前，「咦」一聲道：「老賊頭到了哪裡去？」

陳成知他乃目下朱元璋最寵信的人，哪敢堅持，閉口不語。

虛夜月恨得牙癢癢道：「不要岔開話題，鬼才信你看不到老賊頭溜了去追躡他們。」跺足道：

「夫君啊！」

韓柏知不能太逆她意思，把紫紗妃交了給她，一手摟著風行烈肩頭，朝屋內走去道：「你比我還行，竟能擋他們兩人一擊，幸好如此，否則我們便慘了。」

眾人都聽得心頭一寒。

風行烈若被殺死，那將會對他們造成無可彌補的打擊。

眾人至此遊興全消，趕回左家老巷去。

浪翻雲不知何故，尚未回來，各人商量後，亦因左家老巷住不下這麼多人，決定分兩處地方落腳。

不捨夫婦坐鎮左家老巷，照拂左詩和她的酒業當然助手兼姊妹的朝霞和柔柔，范豹和十二名怒蛟幫兄弟則扮成了酒舖的伙計。

其他人全部移師到莫愁湖去。

谷姿仙等三女雀躍不已，誰不知莫愁湖乃金陵八景之首，能住進如此人間勝境，縱是短暫時光，也足可使人畢生回味了。

陳成召來了八輛馬車，既載人亦載著各女剛購買回來的物品。

紫紗妃被制著了穴道，手腳雖回復氣力，卻不能提起內氣，變回一個普通的女人。當眾人走往街上乘車時，這俘虜自動自覺跟在韓柏背後，除了繃緊俏臉不說話外，就像是韓柏的女人那樣。

谷姿仙等三女對任何與年憐丹的人事都深惡痛絕，何況白素香之死亦間接和紫紗妃有關，恨不得一劍殺了她。可是卻基於她們對韓柏的好感，剛才又全賴他捨命救了風行烈，對他更是非常感激，所以任由韓柏以他的方式處置這美麗的俘虜。

但虛夜月卻沒有那麼好相與了，指著紫紗妃喝道：「妖女！過來這裡。」

紫紗妃一點反應都沒有，只是低頭咬著唇皮站在韓柏身後。

氣氛有點尷尬。

風行烈站在韓柏身旁，卻是不宜出言。

韓柏惟有嬉皮笑臉道：「月兒想把她怎麼樣？」

虛夜月橫了他一眼，道：「我要押她上囚車去，不行嗎？」

韓柏笑道：「爲夫正有此意，但卻要親自看管著她，以免給妖人劫走了。」

虛夜月跺足道：「你若要和她同車，月兒便不陪你了。」

韓柏一呆道：「這樣也可以發脾氣的，不要胡鬧好嗎？」

虛夜月見所有人都看著她，下不了台，幸好谷倩蓮跑了過來，扭著她的小腰道：「月兒來，我和你共乘一車，說說心事兒。」

虛夜月亦不敢過分開罪韓柏，惹得他不高興就糟了，但仍心生不忿，向莊青霜道：「霜兒過來，坐我們的車子。」

莊青霜哪願離開韓柏，猶豫起來。

虛夜月大嗔道：「霜兒你要不要和月兒站在同一陣線？」

莊青霜向韓柏歉然一笑，無奈走了過去。

韓柏向風行烈苦笑一下，向紫紗妃道：「美人兒，到車上去吧！」

紫紗妃一聲不響，坐到車上去。

這時范良極氣呼呼回來。

韓柏、風行烈和陳成忙迎了上去。

眾女均到了車上去，侍衛們則跨上了戰馬，只剩下他們四個人在舖門處說話。

范良極問了他們要到哪裡去後，猶有餘悸道：「我遠遠吊著年老鬼等三人，本以爲定可查到他們落腳的地方，豈知竟遇上了里赤媚，這人妖眞的厲害，不到三招便差點給他打了一掌，幸好及時逃走，被他一口氣追了幾條街，才得脫身溜了回來。」

陳成問明了遇到里赤媚的地點後，大喜道：「這事包在我身上，只要他們的賊巢在那附近，我必有方法查出來，而又一點都不教他們知道。」

韓、風、范三人都點頭同意，即管方夜羽亦休想可瞞過東廠密探的耳目，怕只怕他們立即遷巢。

范良極道：「你們先回莫愁湖去，我有葉素冬的口訊，要說給不捨知道。」

韓柏本想向他說出媚娘的事，惟有呑回肚內。

四人散去，風行烈回到谷姿仙和小玲瓏的車子去，韓柏自是登上載有紫紗妃的馬車。陳成則飛身上馬。

馬車隊緩緩朝莫愁湖開去。

第六章　龍虎群聚

韓柏的大手摸上紫紗妃嫩滑的臉蛋，柔聲道：「小乖乖！你叫甚麼名字？」

紫妙紀秀目現出舒服迷醉的神色，但朱唇卻緊閉，一點說話的意思都沒有。

馬車緩緩而行。

在這簾幕低垂的小天地裡，一切都是那麼寧洽怡然。

韓柏撫著她吹彈得破的粉臉，忍不住移到了她的小耳和後頸處，溫柔的摩挲著，柔聲道：「若你肯乖乖聽我的話，我保證不會薄待你。」

紫紗妃被他掌心傳來的奇異感覺，刺激得嬌軀微顫起來，忍不住一聲嬌吟，卻仍不肯望向韓柏，亦不肯開口說話。

假若不是懾於年憐丹的淫威，只是那天給韓柏在街頭輕薄，她和黃紗妃這兩個慣於塞外開放風氣的美女，早便向韓柏俯首稱臣了。

可是若她背叛年憐丹，首先受害的便是她在塞外的親族，以年憐丹的手段，不但親族無一人能活命，還會死得很慘。

韓柏見她眼內淚光盈盈，心中不忍，收回使壞的手，正容道：「我不迫你了，唉！怎樣才可放了你呢？」

紫紗妃愕然望向他，眼中射出感激的神色。

韓柏最懂混水摸魚之道，正要乘機吻上她香唇，心中警兆忽現。

可是一切事情實在發生得太快了，他剛往車頂望去，車頂已「轟」一聲破開了一個大洞，接著是一隻迅速在眼前擴大的腳尖，朝他眉心疾踢過來。

韓柏魂飛魄散，「砰」一聲撞破車廂，滾到街道上。

外面的侍衛已亂作一團。

韓柏仍在地上翻滾時，他的大剋星「人妖」里赤媚在上空撲下，一掌往他天靈蓋印去，全心取他小命。

最近的侍衛亦在十步之外，不過就算趕上來又有甚麼用。

韓柏知道躲避絕不是辦法，除了浪翻雲、龐斑外，根本沒有人可以和里赤媚比速度，兩手按地，倏地雙腳彈起，疾踢里赤媚的催命之手。

陳成一聲大喝，由馬背上飛來，長刀劈往里赤媚後背，風行烈亦撞門而出，飛掠過來，迅快無倫接上丈二紅槍，猛刺里赤媚側脅。

兩人打定主意，都是圍魏救趙的策略。

「蓬！」

掌、腳交擊。

韓柏慘哼一聲，使了巧勁，借力滾了開去。

里赤媚頭也不回，先落在街心，後腳由下而上，正中丈二紅槍的鋒尖，又反手一掌，切在陳成刀上，竟發出「錚」的一聲清響。

此時四名侍衛躍了過來，也不知里赤媚使了甚麼手法，四人口噴鮮血，拋跌開去，竟擋不了他片刻。

兩人同時被震得往後飛跌。

虛夜月諸女撲下車來時，里赤媚已追上滾到舖肆門前，剛跳起來的韓柏身旁。

韓柏一聲大喝，竟不理里赤媚撮指成刀，割向咽喉的必殺之招，一拳猛轟對方胸膛。

里赤媚閃了一閃，韓柏眼看擊實的一拳竟擊在空處。

而當手刀要割上韓柏咽喉時，韓柏的肩頭奇異的一扭，亦撞開了他的手刀。

韓柏正慶得計，小腹忽地劇痛，原來已中了對方一腳，忙運起捱打奇功，但終口中一甜，鮮血狂噴而出，表面看來雖受傷極重，可是卻全憑噴出這口血，才能化去對方的摧命眞勁。

韓柏乘勢飛退。

「砰！」背脊撞在不知甚麼東西上，滾入了一間店舖裡，嚇得路人、伙計，雞飛狗走。

里赤媚如影附形，閃電追去。

風行烈等雖狂趕過來，但誰能比得上里赤媚的速度，就算趕得上，誰又能阻止得里赤媚？

里赤媚亦心中暗喜，若能殺掉韓柏，等若廢了朱元璋一條臂膀，這小子實在予他們太多麻煩了。

韓柏又在舖內跳了起來。

里赤媚心中大訝，他那一腳因為要瞞過對方，不敢催動勁氣，只使了三成力道，但韓柏沒有理由還可以站起來的。不過這時哪有餘暇多想，把天魅凝陰提至極限，隔空一掌印去。

狂飆倏起，四周的空氣都冷卻起來。

韓柏知此刻乃生死關頭，避無可避，猛一咬牙，亦把魔功運轉至極盡，雙拳擊去。

就在此時，里赤媚忽然抽身退開。

韓柏正大惑不解，一道人影橫裡衝出，與里赤媚纏戰一起。同時一名壯碩青年，左手持刀，護在他身前。

拳、掌交擊聲不絕於耳。

倏地分開，里赤媚往後飛退，擋開了風行烈和陳成，大笑道：「『毒手』乾羅，果然名不虛傳，有機會里某定再領教。」硬撞入車廂裡，挾起紫紗妃，揚長而去。

瀟灑不凡的乾羅傲立行人道上，長笑道：「乾某恭候大駕！」

虛夜月和莊青霜嬌喊聲中，投入韓柏懷裡。壯碩青年回過頭來，向韓柏露出雪白的整齊牙齒，和他那陽光般的笑容，道：「你這小子眞是艷福齊天，若我老戚和你同時抵達京師，你懷中的美人兒至少有一個應是我的吧！」

莫愁湖。

臨湖的賓館內軒裡，充滿了避過大劫的歡欣，連乾羅這類看化了世情的絕代高手，亦不由受到他們的感染，笑容多了起來。最要命是虛夜月和莊青霜因他救了愛郎，無微不至地服侍著他，使他那冷硬的心都差點融解開來。

宋媚輕易的加入了這夫人兵團裡，受到熱烈的歡迎。

最大惑不解的是宋楠，直到這刻還弄不清楚乾羅和戚長征爲何可大搖大擺地住進這賓館來，還有是東廠副指揮使陳成這等最當權霸道的武官，對乾、戚這兩個欽犯竟恭敬有加。

藍玉的證據交到了陳成手上，可是陳成見過里赤媚那種鬼神莫測的武功後，心膽俱寒，遣了人去通知指揮使嚴無懼，求他派人來護送這天大重要的文件入宮。

浪翻雲卻像失了蹤般沒有出現，但卻無人會有半點擔心，天下間除龐斑外，誰可奈何得了他。況且即使是龐斑，勝敗也只是未知之數而已。

那要留待至月滿攔江之夜，才可見分曉。

金髮的夷姬歡天喜地迎接新主人歸來，負起了招待貴賓的重責。

她異國風情的美麗，看得戚長征更是羨慕不已，忍不住調笑了她幾句，夷姬則似懂非懂，連保守得多的風行烈亦被她引得難遏注視的目光。

三人成了一組，坐在軒外靠湖的露台上。

夷姬去後。

韓柏瞅了戚長征一眼，笑道：「看來老戚比我更愛貧嘴滑舌。」

戚長征哂道：「我對你的女人貧嘴滑舌，是表示看得起你韓柏。」

風行烈失笑道：「那是否說，假若你調戲我們的女人，我們還應該感激你。」

戚長征坦然道：「我只是胡謅來氣氣韓兄，風兄不用因我沒有調戲嫂嫂而誤以爲我看不起你。」

未說完自己便先笑了起來。

韓柏大力拍在戚長征腿上，笑得差點斷了氣道：「老戚你這傢伙最對我的脾胃。」忽然記起了媚娘之約，心生一計，忙坐直身體，煞有介事地壓低聲音道：「怎樣找個藉口溜出去，我有個好去處。」

戚長征立時眉飛色舞道：「若不是打架或泡妞，你就不用算我在內，我不若摟著宋媚睡上一覺。」

韓柏笑道：「打架不用算我在內才眞。所以今次是泡妞，還是第一流的妞兒，保證包滿尊意。」剛想說出媚娘與天命教的關係，夷姬又回來爲他們斟茶，忙咽住話頭。

風行烈眉頭大皺，道：「打架我還可以幫幫手，泡妞便恕在下幫不上忙了。」

韓柏和戚長征怔了片刻，一起以不能置信的眼光往他望去。

風行烈大吃不消，道：「這與能力無關，完全是個人的原則問題。」

夷姬正要離去，卻給戚長征留下坐在一旁。

韓柏受了媚娘的教訓後，戒心大增，惟有向戚長征打了個眼色，正容道：「這事雖和泡妞有關，但主要還是爲了對付年憐丹等人，有行烈同行，打起上來時，多了你那把丈二紅槍，要妥當多了。」

這幾句話半眞半假，可是風行烈怎會信他。

戚長征當然不明白韓柏的眞正用意，還鼓其如簧之舌道：「我們還要探查方夜羽的巢穴，好去殺個痛快，你怎能不來呢？」

韓柏嚇了一跳道：「此事得從長計議，先到那好地方再說。來！起程吧！」站了起來。

戚長征硬把風行烈拖起來，哂道：「海闊天空，哪來甚麼原則，今天我們三兄弟就去找那最好的地方，或者還摟著個最美的才女，便在青樓結義，讓我們的情誼帶著美女的芳香。」

風行烈苦笑道：「我連拒絕的權利都沒有嗎？」

韓柏興奮地在另一邊架著他，押入軒內去，低聲道：「振奮點，否則恐過不了關。」眾女正圍著乾羅聽他說武林逸事，津津有味，見到三人和夷姬總動員操兵般走了進來，都以詢問的目光盯著他們。

陳成和宋楠兩人則坐在一旁的書桌前，在起草奉上給朱元璋的奏章，其他太監、女侍都給虛夜月趕走了。

乾羅愕然道：「你三個傢伙要到哪裡去？」

虛夜月欣然站了起來，鼓掌道：「好啊！月兒也想出去散散心。」

風行烈心中暗笑，想撇下這群癡纏的美女，看來比登天成仙還要困難。

韓柏放開風行烈，笑嘻嘻來到虛夜月身旁，環著她的小蠻腰道：「月兒、霜兒乖乖在這裡陪乾老說話兒，我們要出去辦幾件至關重要的事，很快便回來的。」

虛夜月呆了一呆，笑吟吟地道：「甚麼事這麼緊要哩！說來給我們聽聽。」

韓柏的手開始暗地使壞起來，弄得她神思迷惘，嬌體發軟。

韓柏剛要說話，卻給谷倩蓮截著道：「想聽謊話便教你的韓郎說吧！我卻想聽眞話，風郎我的好夫君，由你來說好不好。」

韓柏和戚長征打個眼色，大叫不妙。谷倩蓮這妮子江湖經驗豐富，一眼便看破風行烈受到兩人的威逼利誘。韓柏更是有口難言。

風行烈表現了少許義氣，攤手苦笑道：「眞話假話我都欠奉，因爲根本不知要到哪裡去，只知和與敵人的鬥爭有關。」又把這燙手的熱山芋送回給韓、戚這對混賬傢伙身上。

谷姿仙忍不住「噗哧」一笑道：「姿仙亦很想聽聽有甚麼事，令三位又得匆匆出去，連嬌妻都捨得撇下不理。」

韓柏裝模作樣嘆道：「怎捨得不理你們呢！只是此行可能要鑽入地下的污水道，在藏滿老鼠的暗渠潛行，怕弄污了你們的嫩膚和美服，所以才不想帶你們去。」

提起污水老鼠，眾女都聽得毛骨悚然。

虛夜月跺足嗔道：「騙人的！想去青樓鬼混才眞。」向谷倩蓮道：「蓮姊！快戳破他們的鬼話。」又向莊青霜道：「霜兒不要只懂在一旁偷笑，詩姊不在，你也有責任管這大壞人。」

莊青霜嚇得收起笑容，吐出可愛的小舌頭，看得眾人爲之莞爾。

小玲瓏忽然湊到谷倩蓮耳旁，說了幾句話，然後俏臉紅紅的垂下頭去，谷倩蓮明媚的大眼睛則亮了起來，兩手扠腰道：「死韓柏，快放開你摟著月兒的手，揉揉捏捏成甚麼體統，把我們的月兒都弄得糊塗了。」

各人這才知道小玲瓏看破了韓柏的陰謀，向谷倩蓮通風報訊。

虛夜月大窘，卻怎也無力推開韓柏那令她六神無主的魔手。

乾羅一直含笑看著，感受著小輩間那醉人的情懷。

正鬧得不可開交時，神色凝重的范良極來了。

此時東廠的援兵亦來了，陳成告了罪後，領著宋楠離去。

韓柏正要去找范良極，見他自動報到，大喜過望。

范良極逕自坐到乾羅身旁，臉色稍緩，道：「你終於來了，我也放心點。」就像見著多年老朋友，事實上他們只是首次碰面。

乾羅含笑看著他，好一會兒才嘆道：「黑榜內能教乾某佩服的人並不多，但范兄卻是其中一個，只看你夥著韓柏，翻手爲雲，覆手爲雨，連方夜羽亦莫奈你何的手段，便教人深爲欽服。」

范良極毫無自得之色，斜眼看著戚長征，笑道：「又多了個不知天高地厚的小子，眞是好玩。」

戚長征卻抱拳行禮，態度恭敬。

虛夜月撒嬌道：「范大哥啊！快來主持公義，韓柏要甩下人家去鬼混哩！」

范良極出奇地正經道：「來！大家坐下，先聽我說幾句話。」

眾人大感疑惑，紛紛坐下，只有金髮美人夷姬站到擠坐一椅的韓柏和虛夜月身後。

乾羅皺眉道：「只看范兄的神情，便知你說的事有點不妙。」

范良極吁出一口氣，點頭道：「的確不妙之極，甄素善和她麾下高手今晨抵達京師，女眞族的人亦來了，使方夜羽的實力倍增。單以好手論，便隱然凌駕各大勢力之上。唉！可恨八派聯盟擺明會和朱元璋站在同一陣線，不會對我們施以援手，所以里赤媚才敢來找韓柏開刀。若非乾兄插手，月兒以後再不用怕你夫君會去找女人了。」

虛夜月俏臉轉白，顫聲道：「大哥！求你不要嚇人好嗎？」

范良極道：「我並不是嚇你，而是龐斑亦正在來京途中，有他牽制著浪翻雲，我們便只能靠自己了。」

風行烈問道：「范大哥的消息究竟是從何而來？」

范良極道：「浪翻雲剛才到左家老巷找我，消息都是由淨念禪宗供給的，他說完後匆匆走了，卻要我點醒韓小兒一件至關緊要的事。」

眾人齊聲追問。

范良極沉吟半晌，盯著韓柏道：「龐斑至遲明天便會抵達京師，他到達後，方夜羽會在任何時刻發動他的陰謀，所以若韓小兒不能在今晚治好夢瑤的傷勢，為她續回心脈，浪翻雲便不會等到月滿攔江之夜，立即挑戰龐斑，以決勝負。」

在座各人，除不知就裡的夷姬外，無不色變。

他們都明白浪翻雲的心意，就是他並不看好他們這一方和鬼王府的實力，與其坐看己方的人逐一被戮，不若轟轟烈烈先和龐斑決一死戰，乾淨俐落。

可是假若秦夢瑤功力盡復，則鹿死誰手，便未可知。那他便情願牽制著龐斑，免得一旦戰死，大明朝便兵敗如山倒，而且誰說得定在沒有了對手後，龐斑不會出手呢？

浪翻雲雖是天縱之才，可是龐斑六十年來高踞天下第一高手寶座的威望，又練成了道心種魔大法，看來贏面始終以他較大。

所以提早挑戰龐斑，只是別無選擇的下下之策。

乾羅沉聲道：「若淨念禪主和鬼王肯和我聯成一線，就算沒有秦夢瑤，我們亦非沒有一拚之力吧？」

范良極嘆道：「形勢實是複雜無比，淨念禪主的身分太特別了，言靜庵仙去後，他便成了白道至高無上的象徵，若不出手，那還可隱隱牽制著龐斑，教他在擊敗浪翻雲前不敢太放肆，若禪主出手對付方夜羽，龐斑亦有藉口出手對付他了，所以現在重擔子全落到韓小兒身上。」

韓柏抗議道：「范老頭，你試試再叫聲韓小兒聽聽，我便以後都不准詩兒他們認你作大哥。」

眾人想笑，卻笑不出來。

范良極道：「夢瑤亦有說話，著我們立即全體移居鬼王府，把力量集中起來，假若她沒有看錯，方夜羽第一個要對付的人是鬼王，鬼王一去，他們便可和藍玉及胡惟庸進行對付朱元璋的陰謀了，那定然是非常厲害。」

虛夜月「啊」一聲叫了起來，臉色轉白，韓柏忙把她摟著。

戚長征插入道：「我們何不趁龐斑尚未到京，立即和大叔及鬼王全力對付方夜羽，那……」

范良極瞪他一眼道：「你想到這點，方夜羽和里赤媚會想不到嗎？這亦是他們一直按兵不動的理由，告訴我，到哪裡去找他們呢？」

戚長征啞口無言。

范良極也覺自己的話重了，道：「我當你是自己兄弟才這樣說話。唉！胡惟庸可能才是最可怕的人，他背後的天命教神秘莫測，半點痕跡都不給我們抓到，想想便教人心寒。」

乾羅動容道：「天命教？」

韓柏道：「乾老是否知道他們的事？」

乾羅點了點頭，嘆了一口氣後道：「這事容後再說，秦夢瑤還有些甚麼提議？」

范良極道：「她要我們還得小心應付水月大宗，這人擺明是胡惟庸和藍玉請來對付鬼王和浪翻雲的，必然非常厲害，據聞此人極端好殺，實是和里赤媚同樣危險的人物。」

戚長征冷笑道：「兵來將擋，水來土掩，我便看他們尚有何等手段。」

虛夜月衷心讚道：「老戚你比韓柏還要有膽色呢！」

戚長征吃了一驚道：「月兒千萬不要因我更有吸引力，以致移情別戀呢！」

眾人終忍不住爲之莞爾，氣氛輕鬆了點。

虛夜月俏臉飛紅，啐道：「死老戚，給點顏色你便當大紅，人家已是韓郎的人了，你當月兒水性楊花嗎？」

風行烈岔開話題道：「夢瑤小姐還有說話嗎？」

范良極道：「瑤妹的話就那麼多。」接著表情變得很古怪，道：「可是浪翻雲卻要我向眾位小妹轉達他一個想法，唉！眞不想說出來。」

眾女大奇，忙逼他說出來。

范良極猶豫片晌，道：「浪翻雲請眾位妹子放鬆韁索，任這三頭野馬放手而爲。切忌常伴在他們身旁，尤其是韓柏，若受拘束，魔功將大幅減退，不但救不了秦夢瑤，還會自身難保，此事至關緊要，萬望諸位妹子包涵云云，就是如此。」

眾女爲之愕然。

乾羅拍案嘆道：「好一個浪翻雲，只有他才可想出這妙絕天下的先天心法。剛才月兒阻止韓柏去鬼混，乾某便大感不妥，到這刻才給浪翻雲點醒。這亦是爲何龐斑要離開言靜庵，浪翻雲於紀惜惜死後才能上窺劍道極致的原因。」

虛夜月和莊青霜聽得花容失色。

范良極笑道：「兩位乖妹子放心，韓柏非是龐斑和浪翻雲，沒有女人他一天都活不了。」接著向戚長征和風行烈道：「你兩人小心他，這小子只要是美女便心動，切不可給他任何可乘之機。」還拿眼瞟向谷姿仙、宋媚諸女。

韓柏不滿道：「范老賊，你不要離間我們兄弟間的感情，沒有人比老子更有原則的了。」

眾人哄然大笑起來，這小子竟學人講原則。

虛夜月摟上韓柏的脖子，湊到他身旁深情地道：「對不起！差點害了二哥，月兒以後都不敢了。」

這時反輪到韓柏心中不安起來，正要哄她，谷姿仙優雅一笑道：「事不宜遲，我們便放心讓我們的夫君們去大鬧京師吧！」

宋媚忍不住道：「長征你要小心點呢！」

乾羅呵呵笑道：「放心吧！我可擔保他們吉人天相，哈！里赤媚竟連續兩次都殺不死韓柏，眞想看他試第三次時又是怎麼一回事？」

范良極掏出旱煙管，指了指身旁的地上，兩眼一翻道：「韓柏小兒，過來跪地受教。」

韓柏怒道：「忘了我的警告嗎？」

范良極道：「我青春正盛的腦袋記性這麼好，怎會忘記，所以亦記得瑤妹今晚何時何地去會你。」

韓柏一聲歡呼，抱起虛夜月，卓然起立，先向夷姬道：「你給我預備熱水，待會由你服侍我和兩位夫人共浴。」

眾女想不到他如此肆無忌憚，均俏臉霞飛，虛夜月和莊青霜則恨不得打個地洞鑽進去永遠躲著不再出來。

連戚長征亦搖頭嘆息，自愧不如。

只有乾羅和范良極神色一動，知他是故意遣走夷姬。

夷姬應命去後，韓柏放下了虛夜月，正容道：「爲了不讓各位夫人誤會我們眞的出外拈花惹草，我惟有把此行目的從實說出。」當下把由在香醉居遇到媚娘，又如何撞破她的眞正身分，詳細說了出來。

最後道：「所以我才想請老戚和行烈出手助我，對付這些天命教的妖女，只是有陳成和夷姬在旁，我才有口難言呢！」

連范良極都聽得目定口呆，更不用說誤會了韓柏的諸女。

風行烈不好意思地道：「原來如此，我還誤會了韓兄在這等兵凶戰危的時刻，仍忍不住去找女人鬼混呢！」

戚長征老臉一紅，道：「你這不是指桑罵槐嗎？」

韓柏忙道：「當然不是，風兄怎會忘記你是因我向你猛送眼色，知道事出有因，才附和我。」

戚長征心生感激，乾咳一聲，來個默認。

虛夜月歉然道：「韓郎，月兒這麼不信任你，不要怪人家好嗎？我眞的以後都不敢了。」

谷倩蓮笑道：「傻月兒，你的韓郎怎會怪你呢？若你不吃醋，他反要擔心呢！」

虛夜月垂下俏臉，暗叫不妙，今次又輸了給莊青霜，待會共浴時，定要設法爭回他的歡心才成。

乾羅沉聲道：「小弟你準備怎樣對付媚娘？」

韓柏道：「這事要分兩方面進行，一方面我和長征、行烈施展，嘿！那是美男計，就算征服不了這些妖女。亦務使她們不懷疑我們，另一方面則要請我們的盜王出馬，設法把那張名單偷回來，又或者根本沒有這張名單，但以天命教這麼有組織的教派，必有各類形式的卷宗或報告，使我們能找到蛛絲馬跡。」

乾羅沉吟片晌後道：「天命教那兩個護法妖女，或者仍非韓柏魔種的敵手，可是若你遇上法后，必無倖免。」

范良極訝道：「老乾你似乎對天命教非常熟悉，爲何不多透露點給我們知道？」

乾羅嘆了一口氣，露出回憶的神色，緩緩道：「四十年前，老夫曾和天命教的法后『翠袖環』單玉如有過一段交往，曾沉迷了一陣子，此女不但武功臻達天下頂尖級高手的境界，最厲害還是採補之道，所以能長春不老，她那種迷人法，未見過的連想也想不到，她若非敗於言靜庵手下，亦不會銷聲匿跡四十年之久。」

韓柏呼出一口涼氣道：「那怎辦才好？」

乾羅道：「假若你能和秦夢瑤合籍雙修成功，便有希望把她在床上擊敗，道心種魔大法乃魔門最高秘術，應足可破去她的媚法。」

眾人想不到其中竟牽涉到言靜庵，亦可由此推斷出單玉如是多麼厲害，連言靜庵都殺她不死。

戚長征道：「天命教除那兩個護法妖女外，還有甚麼能人？」

乾羅道：「法后下就是四大軍師，兩文兩武，胡惟庸應就是其中一個文軍師，那廉先生就是武軍師了。」

范良極笑了起來，道：「小柏的計眞的不錯，今天你們三個出奇不意大幹她們一輪，包保下次去時可把那兩個護法妖女甚或法后引出來，那時我便可乘機溜進去偷東西，或順便把天命教徹底除去，只要破去胡惟庸這老畜生背後的力量，藍玉便易對付多了。」頓了頓向眾女道：「諸位妹子不會吃醋吧！」

谷姿仙正容道：「當然不會。」

谷倩蓮低笑道：「這叫以毒攻毒嘛！」

眾人都笑了起來。

這時夷姬走了出來，告知一切準備妥當。

韓柏伸了個懶腰，向風行烈和戚長征道：「不若兩位大哥亦和嫂子們洗個澡，我們才奉旨去鬼混吧！」

眾女又羞又好笑，差點要聯手揍他一頓重的。

第七章　大戰艷女

龐斑看著車窗外不住轉換的景色，神情靜若止水。

蹄聲響起，黑僕策騎來到車旁，恭敬報告道：「仍找不到花護法的行蹤，根據她最後出現的地方，應亦是到應天府去。」

龐斑嘴角飄出一絲苦澀的笑意。

黑僕道：「花護法違背了主人的命令，要不要下追殺令？」

龐斑嘆道：「追殺令？難道我眞要把她殺了嗎？她若能離開韓柏，那韓柏的魔種便是假的了，這事要怪便怪老天爺吧！」

黑僕愕然無語。

龐斑淡然一笑道：「解語一事交由赤媚親自處理，只要殺死韓柏，事情自會了局。」

黑僕連忙應是。

龐斑精神一振道：「聽說水月大宗已到了京師，眞希望他做一兩件蠢事出來，那我便有藉口試試他號稱無敵於東瀛的水月刀了。」言罷微微一嘆，望往烏雲密布的天空，平靜地道：「快要下雪了。」

雪粉飄飛下，年輕一代最出類拔萃的三大高手，步出變成了一個雪白世界的莫愁湖。

剛轉上大街，一騎疾馳而過，向韓柏彈出一張摺成三角形的信箋。

三人同感錯愕，由戚長征接到手中後，遞給韓柏笑道：「看是哪個暗戀你的妞兒約你私會的傳書。」

韓柏罵了聲去你的。打開一看，只見上面以清秀的字體寫著：

酉戌之交，清涼古寺，不見不散。

戚長征吹起口哨來。

風行烈皺眉道：「別忘了夢瑤約了你亥時頭見，相差只一個時辰，若你赴別的約會，恐怕有點不妥當，她究竟是誰？」

韓柏苦惱地道：「盈散花。唉！她永遠只會爲我帶來煩惱。」接著迅速把盈散花的事說了一遍，道：「我愈來愈感到她的危險性，若她能回心轉意，放棄對燕王的陰謀，我會少了很多煩惱。」

戚長征嘆道：「那麼說是不能不去的了。」

韓柏撕碎信箋，舉步便走，道：「趁現在有點時間，待我把從花解語、秀色和自己領悟得來的御女秘術，說給你們參考，對你們來說，應是一聽便曉。」接著把心得一一道出。

戚長征大感興奮，不住詢問，令風行烈亦得益不淺，暗忖假如把這些手法、心法用在谷姿仙等三女身上，會是怎麼一番情景，又想起立即便可去付諸實行，亦不由豪興大發，決意轟轟烈烈去幹個痛快，收服那群妖女。

三人愈走愈慢，足足半個時辰才經過玄母廟，戚長征忽道：「有件事，想請韓兄你幫忙。」

韓柏哂道：「說得這麼客氣，哪像老戚的作風，有事即管吩咐吧！」

戚長征笑道：「這位美人兒你還很熟呢！」於是簡單地把與韓慧芷的事說出來，還道：「她妹子寧芷連夢囈都叫著你的名字，若你有興趣，莫要放過她啊！這麼可愛的小妹子。」

韓柏聽得呆在當場。

在韓家當僕役時，自懂人事，便一直暗戀著這美麗可人的五小姐，可是偏是她害得自己入獄，現在忽然又改過來愛上他。眞教他不知是何滋味！但無論如何，她總是自己的初戀情人。

風行烈提醒道：「長征還未說要韓柏怎樣幫你。」

戚長征若無其事道：「很簡單，老韓現在和老朱的關係這麼好，出句聲叫老朱下旨，便甚麼問題都解決了。讓我也可以晚晚享受左擁宋媚、右擁韓慧芷之樂。」

風行烈失聲道：「你要老朱怎樣寫那聖旨？難道是『奉天承運，皇帝詔曰，某君之女立即下嫁朝廷欽犯怒蛟幫叛賊戚長征』？」

韓柏搔頭道：「這關節確有點問題，但我卻相信朱元璋這大奸王必有方法解決，讓我和他商量一下。噢！到了，就是這一間。」

大門打了開來，看門的一見韓柏，喜道：「專使大人來了，老闆娘盼了你整個早上。」忙把三人請進大廳，另有人往通知媚娘。

三人交換了個眼色，表示決意要大幹一場。既知道她們是何方神聖後，自然少了感情、道德、責任等的問題，說到底，哪個男人不是天生好色和貪新鮮的，此乃人之常情，與生俱來。

環珮聲響，由遠而近。

媚娘顯然刻意打扮過，華衣羅裳，梳了個燕尾髻，臉上帶著不能掩飾的狂喜，急步而來。

三人亦要暗讚她演技精湛，禮貌地站起來相迎。

媚娘攝魄勾魂的眸子先落到韓柏身上，再轉到風行烈和戚長征處，「啊」的一聲捧著了酥胸，難以自持地叫道：「媚娘眞不能相信，除了專使大人外，世間竟還有像兩位般的風流人物。」

韓柏笑道：「站近點，讓我爲你引見這兩位好兄弟。」

戚長征和風行烈盯著這體態撩人之極的成熟艷女，暗叫妖女厲害，這天命教掌握著的確是無與倫比的武器，能兵不血刃地佔城霸地，讓那些自以爲英雄好漢的人物死了尚未知問題出在何方。

當媚娘經過戚長征身旁時，這小子猿臂一伸，把她摟個結實，還未來得及抗議，朱唇早給戚長征封著了。

媚娘全身抖顫起來，迷醉在戚長征強烈的男性氣息和霸道的氣勢裡。

戚長征還把剛從韓柏學來的秘法，運氣刺激她舌底的穴道。

不片晌，媚娘纖手主動纏上他的脖子，玉掌摩擦著他的後頸，展開還擊的手段。

韓柏和風行烈看得大感刺激。

長吻後，戚長征離開了她的香唇，虎目射出可令任何女子顚倒傾心的神采，露出他充滿魅力的笑容道：「不要陪你的專使大人了，來陪我戚長征吧？」

媚娘敵不住他的目光，垂頭咬著唇皮輕輕道：「奴家身屬專使大人，若他准許，奴家自是願意陪伴戚爺的！」

韓柏和風行烈交換了個眼色，均讚她對答得體，既不會得罪韓柏，亦不會令戚長征失面子。

戚長征哈哈一笑，重重在她的豐臀捏了一記，放開她道：「既忘不了你的專使大人，我不逼你了。」

媚娘緊緊擠揩了他一下，才面紅耳赤地離開了這動人的男人，芳心一陣混亂，知道自己對戚長征，就像對韓柏一樣，有點情難自禁。

風行烈見她風情萬種，暗忖橫豎要施美男計，也瀟灑地探手把她勾了過去，湊到她耳珠處狠狠咬了一口，才放開她。

若純論英俊，三人中自是以風行烈穩坐第一把交椅，媚娘再被如此美男又抱又咬，差點軟倒地上，一對媚眼水光盈盈，內心騷亂得說不出話來。

韓柏大樂，卻嫌逗得她還不夠厲害，將她擁入懷裡，向戚、風二人示範般，藉身體的接觸，以魔氣刺激著她最敏感的部位。

媚娘雖是受過媚術訓練的天命教艷女，但哪禁得住魔門最高心法的情挑，何況剛被戚、風兩人先後逗起情火慾焰，忍不住張開小口嬌喘頻頻，喉頭發出搖魂蕩魄的呻吟聲，美目再張不開來。

韓柏大力摩挲著她的背臀，向兩人打了個得意的眼色，嚷道：「春宵一刻值萬金，乖乖寶貝快帶我們進去。」

媚娘一震下勉強清醒了少許，嗲聲道：「艷芳和奴家那六位乖女兒，正在內廳恭候三位大爺，噢！大人若再逗奴家，奴家……」

韓柏放開了她，戚長征乘機擰了她的臉蛋一記道：「怎可教美人久等，快帶我們進去。」

媚娘嫣然一笑，扭動腰肢，往內走去。

韓柏伸手搭著兩人肩膊，跟在後面笑道：「家花怎及野花香，兩位兄弟試過這溫柔鄉的滋味後，包保食過再翻尋呢！」

媚娘聽得跺足不依，回頭嗔望了韓柏一眼，那模樣兒可使任何男人只能想到一張溫暖的大床。

一女三男步入最後一進的內廳，艷芳和六女伏地迎迓。

風、戚兩人雖明知對方乃天命教的艷女，質素自然很高，但仍要泛起驚艷的感覺。尤其六女都有大家閨秀的氣質，尤使男人感受到能得青睞的寶貴。

六女亦是眼前一亮。

韓柏對女人的吸引力是不用說的了，她們雖是奉命行事，但深心確是盼望能與韓柏合體交歡，就像別的男人想得到她們的同一願望。

對她們來說，採補乃練功的唯一法門，韓柏這種體質的男人，正是她們夢寐以求的極品。而且即使不能從韓柏身上得益，她們亦心甘情願爲他獻上肉體。

豈知戚長征和風行烈，一個軒昂健碩，氣概勝比楚霸王，另一個俊俏儒雅，說不盡的瀟灑風流，看得她們心如鹿撞，六神無主，連任務都差點忘了。

媚娘著眾女起立，爲三人逐一介紹。

七女含羞低頭，又不時向這三位俊郎君大送秋波，眉眼間春情蕩漾，嬌美動人。

到這時韓柏才知道除了艷芳和兩隻美蝶兒外，其他四女分別叫彩鳳兒、紫燕兒、黃鶯兒和藍蟬兒。

廳外雨雪紛飛，一片迷茫，這裡卻是四角燒紅的火炕，溫暖如春。鬢影衣香，春情滿室，更使人心頭發熱。

眾女的衣衫羅裳均非常單薄，緊貼身上，令人看得心動神搖，誘人至極。

媚娘招呼三人坐到靠窗的大圓桌處，眾女喜翻了心兒的陪坐兩旁，殷勤伺候。

艷芳依韓柏指示，坐到風行烈之旁，眾女中自然數她最是羞人答答，但也最惹人憐愛。

自有美婢奉上美酒小食。

媚娘向戚長征身旁的彩鳳兒和紫燕兒打了個眼色，兩女離座而去，不一會兒返回廳中時，彩鳳兒手上多了枝玉簫，紫燕兒則抱著一面琵琶。

戚長征毫不客氣，移到綠蝶兒旁，拍掌叫好。

韓柏則左擁紅蝶兒、右摟媚娘，吹響了口哨，氣氛熱烈之極。

風行烈輕鬆起來，一方面感受著與韓、戚兩人深厚的交情，另一面亦要盡情享受這種偶遇下醉生夢死的生涯。

剛好艷芳正偷偷看他，豪情湧起，亦鼓掌叫好，比他兩人斯文不了多少。

近朱者赤，實是至理名言，何況風行烈今次行動又得到愛妻嬌妾的首肯，更能放開懷抱。

兩女來到廳心，彩鳳兒做了個幽思滿懷的表情，舉起玉簫吹奏起來，陣陣哀婉清怨的簫聲，蕩漾廳內那熱烈的空間裡。

曲調淒涼之極，如怨如訴，如泣如慕，連正對綠蝶兒上下其手的戚長征亦停止了對這俏女郎的侵犯，細心聆聽起來。

風行烈想起了素香和水柔晶，難以形容的傷憂襲上心頭，幾乎掉下淚來，一時意興索然，剛被挑起了少許的慾火一掃而空。

紫燕兒斜抱琵琶，待彩鳳兒吹奏了一節後，琤琤瑽瑽彈將起來。

兩種樂聲合在一起，平添無限悲淒哀怨。

韓柏心中大訝，爲何兩女今天奏的不是那晚般的歡樂小調，而是這等幽怨的曲子，而且完全發自眞心，沒有絲毫僞飾呢？

風行烈暗自神傷魂斷時，香氣襲來，另一邊的黃鶯兒投入他懷內去，緊摟著他的腰肢，火熱的俏臉貼在他胸膛上，想到她們成了艷女後任人採摘的飄零身世，憐意大起，大手自然地撫上她的粉背，但心中則無半點要侵犯她們的打算。

媚娘這時湊到韓柏的耳旁輕輕道：「我們青樓女子，最怕對人動情，可是見到你們這三個冤家，甚麼顧忌都拋開了，眞想連小命都給了你們呢！」

她這番話似眞似假，哄得韓柏心中一蕩，細看她和紅蝶兒的俏臉，都是臉蘊幽怨之色，那比拋媚眼更要厲害，足可勾掉任何男人的魂魄。

樂聲倏止，意卻未盡。

兩女放下樂器，纖腰輕扭，走了過來，神態嬌美無比。

三人暗呼厲害。

這些艷女已超越了純粹以色相和肉慾勾引男人的低下層次，改而利用能觸動人類心靈的音樂和深刻的情懷，挑起他們精神上的共鳴。

男女之道，變成了一種藝術。

可以想像那兩個護法妖女和法后單玉如應更是以倍計般地誘人遐思。

戚長征一聲長笑，放開綠蝶兒，起身迎上二女，左右環起她們僅盈一握的腰肢，笑道：「時間無多，我老戚先帶兩位可人兒到房內快樂快樂。」

韓柏笑道：「不要媚娘陪你嗎？」

媚娘立時羞得埋入他懷裡去，但又忍不住向戚長征拋送一個媚眼和甜笑。

戚長征看得食指大動，不過回心一想，韓柏教的御女術只是剛學了理論，實行起來不知能否得心應手，這媚娘顯是眾女之首，媚功自是最深厚，還是留給韓柏去應付好了。笑道：「她摟得你這麼緊，大人捨得推開她嗎？」大笑中摟著兩女登樓去也。

風行烈懷裡的黃鶯兒微仰俏臉，吐氣如蘭道：「讓黃鶯兒為公子侍寢好嗎？」

風行烈心中一嘆，望向艷芳，見她垂下螓首，神色帶著一種無奈和淒然，心中一動，一手拉起黃鶯兒，另一手摟著艷芳，向韓柏笑道：「小弟也失陪了。」

韓柏急道：「喂！大爺！再帶多個美人兒去好不好。」

風行烈既好笑又吃驚，謝道：「這事還是專使大人能幹一點。」追著戚長征後塵去了。

這時廳中除了媚娘和兩隻美蝶兒外，還有他尚未碰過的藍蟬兒，四女都抿嘴淺笑，快滴出水來的美眸偷盯著他。

韓柏魔性大發，暗忖若不能征服這四個天命教的艷女，哪還有資格與單玉如決戰床上，先扶正了媚娘坐到他左腿上，再拍拍右腿道：「好蟬兒！來！坐在這裡。」

藍蟬兒吃了一驚，道：「大人不和我們到樓上去嗎？」

韓柏正要說話，耳內傳來范良極的聲音道：「我的淫棍大俠，至少要關上門吧！我還要在隔鄰工作啊！」

韓柏哈哈一笑，掩飾心內的尷尬，道：「全給本大人站起來，站到廳中去。」

四女笑吟吟盈盈起立，馴若羔羊地到廳心一排站好，便像等待檢閱的紅粉軍團。

韓柏去把內外各門逐一關上，方便老賊頭辦事，才再回到廳內。

他並非愛在大廳內行事，只是如此可保證沒有人敢闖入這內進的禁區來，使老賊頭可專心探察地道的開關和通往之處。

韓柏來到媚娘身後，貼著她的粉背道：「乖乖寶貝！聽不聽我的話兒。」

媚娘面紅如火，閉目喘著氣道：「當然聽話！」

韓柏一手探前，掏著豐滿的果實，心忖這些艷女終年採陽補陰，功力自是相當不俗，自己何不以彼之道，還施彼身，由每女身上借點真元，集腋成裘，再遇上里赤媚時便不會像今早那麼丟人現眼了。

想到這裡，精神一振時，媚娘已一聲嬌吟，軟倒他懷裡。

韓柏心知她抵敵不過自己的魔氣，把她先放倒椅上，左右兩手摟上兩隻美蝶兒，如法施爲。

兩女比媚娘更加不濟，不片刻只剩下扭喘呻吟的分兒。

韓柏又讓她們軟倒椅裡，抱起臉紅過耳的藍蟬兒，一邊爲她寬衣解帶，待到對擁椅上時，這俏女郎早身無寸縷，嬌軀抖顫，任由韓柏任意施爲，大加撻伐。

他全心全意體察她體內元陰眞氣運行的狀況，起始時她還能掩飾，可是當一次又一次被送上劇烈的高潮時，體內元氣有若脫韁野馬，完全處於韓柏的控制下，眞是要她生便不能死，要她死便不能生。當韓柏徹底了解她媚功的心法後，便擷取了她內中精華，藍蟬兒再沒有抬起半個指頭的力量，但亦得了前所未有的快樂和滿足。

媚娘等三女看得心驚肉跳，面紅耳赤，偏又受不住引誘，意亂情迷下輪番獻上身體。最後到媚娘和他合體交歡時，幾乎是甫接觸媚娘便放恣地盡情逢迎，把自己完全開放，就像求饒的動物向強敵暴露出最脆弱的部分。

韓柏大感快意，知道其實在上回已把她徹底征服，這番自要再施出渾身解數，兼之痛恨她今早任那廉先生玩弄，更是硬著心腸，對她加以征伐。

他的元神不住提升。

自魔種有成以來，他還是第一次與自己歡好的女性用採陰補陽方法，增強自己的功力。也是第一次不追求肉體的快樂，全心全意借她們的元氣練功。但那種暢美，竟不下於只迷醉於男女肉慾的歡樂。

當然，若非媚娘等四女均是自幼修行魔門裡媚術的女人，和他的魔種異曲同功，他亦不能如此受益。

經過了虛夜月和莊青霜這兩位身具異稟的美女獻上元陰後，他的魔種實已鞏固壯大至可把任何媚功據爲己用的程度，媚娘等如何是敵手。

而魔門講的全是弱肉強食，一旦敗北，連心靈都要被勝者徹底征服，媚娘諸女便是這等情況，身心全給韓柏俘擄了，心甘情願地任他魚肉，半點反抗的心亦付諸虛形了。

媚娘在半虛脫中一聲狂叫，癱軟在韓柏腿上。

韓柏用手指托起她的俏臉，微笑道：「快樂嗎？」

媚娘媚眼如絲，無力地看著他，勉強點了點頭。

韓柏用先前對待三女的手法，把一道魔種勁氣輸入媚娘體內，使她們覺得對方已注入眞元，免被法后看破四女已被自己徹底收拾了。

媚娘在魔氣衝激下又再全身劇震，攀上另一次歡樂的高峰，緊摟著他道：「大人啊！媚娘以後跟著你好嗎？」

韓柏正要答話，耳旁傳來范良極的聲音道：「小柏兒小心，有身分不明的人來了。」

韓柏這時亦聽到屋外院落裡的異響，忙站了起來，把媚娘放在椅上，迅速穿衣，褲子剛拉上時。

「砰！」

窗門無風自開，一條人影穿窗而入，往韓柏一指點來，赫然是「人妖」里赤媚。

第八章　香居之戰

最早上樓是戚長征。

他爲人最不喜拖泥帶水，要幹就幹，比韓柏更肆無忌憚，才踏上樓梯，已用力勾摟著兩女纖腰，還故意由喉嚨發出充滿挑逗意味的笑聲。

彩鳳兒和紫燕兒忙以豐滿的胴體緊貼著他，主動向他揩擦著。

戚長征自問沒有像韓柏的魔種，純憑接觸就可把這些妖女迷倒，故不得不借助先天奇功，刺激韓柏提到的催情穴位，遂藉著手按她們的腰部，緩緩施展手法，牛刀小試。邊笑道：「是否要你們做任何姿勢都可以？」

彩鳳兒舉袖掩臉，吃吃笑道：「戚爺眞壞透了。」

紫燕兒把酥胸緊壓到他脅側，紅著臉道：「戚爺愛甚麼姿勢，我們兩姊妹全聽吩咐。」

戚長征暗叫厲害，兩女一扮害羞，一扮大膽，一唱一和，配搭起來分外令人動心。

這時三人來到二樓的小廳，一道小廊，兩邊各有兩個大房間。

戚長征在紫燕兒吹彈得破的臉蛋親了一下，另一手摸上彩鳳兒彈性驚人的胸脯，笑道：「不要說得這麼輕易，有些姿勢並不是那麼易擺得的。」

彩鳳兒還是首次和這麼有魅力的男人親熱，又給他的大手恣意撫弄，喘著道：「你教人家不就行了嗎？」扯著他進入右邊第一間房去。

幾乎剛關上門，情動難已的兩女爭著來爲他寬衣。

戚長征本乃青樓常客，哪還客氣，兩手同時出擊，邊揩油，邊扯開兩女單薄的衣裳，暴露出再無一物掩蔽熱辣辣、香噴噴的胴體，兩女冶艷迷人之極，不愧爲以色相玩弄男人於股掌上的天命教妖女，可惜今次卻遇上有備而來的剋星。

戚長征謹記韓柏之言，守著靈台一點清明，不讓丹田眞氣下洩，所以縱然在兩女的色情攻勢下，仍不失靈覺，並開始進行征服兩女的大業。

這時風行烈和艷芳、黃鶯兒兩女亦進入對面的房間。

他比戚長征斯文多了，拉著兩女坐到床沿，還想說幾句話時，黃鶯兒已把線條極美的紅唇送了上來。

風行烈見她星眸不堪日光刺激般闔上了一半，心兒狂跳聲清晰可聞，全身皮膚泛起艷紅，知她雖奉命對付自己，事實卻情不自禁愛上了他，所以連媚術都施展不出來，但卻只覺她可憐。眼睛偷看那艷芳，只見她無意識地玩弄著衣角，黑漆發亮的眼珠射出茫然之色，似乎內心矛盾之極。

黃鶯兒春情勃發，兩手拚命摟著他，逗人之極。

風行烈心中一嘆，硬著心腸點了她的穴道，放到床上去。

艷芳忽地聽不到黃鶯兒的聲音，俏目望來，愕然道：「公子爲何點了鶯姊的穴道？」

風行烈看著她嬌艷可比鮮花的玉容眉宇間的無奈自憐，微微一笑道：「因爲我不知怎樣拒絕她，惟有出此下策。」

艷芳移了過來，靠著他奇道：「公子不喜歡和我們好嗎？」

風行烈苦笑道：「不是不歡喜你們，而是覺得如此便上床交歡，有種男女苟合的不舒服感覺，所以只想大家談談，你反對嗎？」

艷芳定神看了他好一會兒後，點頭道：「妾身明白公子的想法，但亦希望公子知道，妾身之所以感到神傷魂斷，絕非怕把身體給你，只是爲了別的原因而已。」

風行烈故作驚奇道：「那是爲了甚麼原因呢？」

艷芳眼中閃過恐懼之色，垂頭咬著唇皮道：「妾身恐怕公子以後會討厭人家呢！」

風行烈知道這話半眞半假，事實上她的確對自己生出情愫，所以陷於忠於天命教和傾心於自己的矛盾裡。

假設日後她的眞正身分被揭破時，她當然怕他會鄙視和厭惡她。

風行烈嘆了一口氣，長身而起，來到窗前，俯覽下面園林美景，良久都沒有說話。

艷芳移到他身後，靠貼著他幽幽道：「公子在想甚麼？」

風行烈淡然道：「我正在想，人世間的仇殺爭奪爲何永無休止？千多年前，便有人提出『大道之行也，天下爲公』，所以『人不獨親其親，不獨子其子，使老有所終，壯有所用，幼有所長，鰥寡孤獨廢疾者皆有所養』。可是直到千多年後的今天，我們還是一點長進都沒有，是否人性本身眞的是醜惡的呢？」

艷芳呆了一呆道：「我倒從沒有想過這麼深奧的道理。」心中不由對這充滿正氣感的男子生出崇慕之心，只有這樣的人，才配稱英雄好漢。這時她心中充盈著高尚的情操，再無一絲縱慾之念。

就在此時，風行烈看到數條人影躍入園中，先警告了對房的戚長征，又吩咐艷芳躲到一旁，接起紅槍，搶出房外。

兩人破窗而入，分由長廊盡端和另一邊的小廳殺至，竟是由蚩敵、強望生兩大凶人。對房的戚長征只夠時間穿上短褲，在兩女驚呼聲中，提刀躍往下面的院落，尚未觸地，柳搖枝和鷹飛已狂攻而至，不教他有喘息的機會。

里赤媚早立定主意，要在甄素善接觸韓柏前將他殺死。

他本不贊成年憐丹和任璧去刺殺風行烈，當然不是對風行烈有好感，而是怕打草驚蛇，殺不了韓柏。

年憐丹賠了夫人無功而回，還惹來了范良極，使他被迫出手，更一不做二不休，單槍匹馬在街上公然行刺韓柏，可惜遇上乾羅致功虧一簣，只奪回了紫紗妃，殺韓柏的決心卻有增無減，聽得韓柏等三人到香醉居找媚娘鬼混，哪想到內有別情，還以爲他們風流成性。忙召來鷹飛等四大高手，立即出擊，趁三人纏綿床第時痛下殺手。

千算萬算，還是算少了個范良極，不知他竟早一步潛入了香醉居，他們來時，范良極恰由地道鑽回來，及時向韓柏發出警告，不致手足無措。

韓柏見來的是里赤媚，魂飛魄散，順手舉起另一張太師椅，迎頭往里赤媚拍去。

四女仍是一絲不掛，見狀大吃一驚，顧不得羞恥，往最遠的牆角躲去。

里赤媚一聲冷笑，一指點在椅上。

以酸枝木造成結實若鐵的太師椅立即支離破碎，拿著椅柄的韓柏悶哼一聲，往後跌退，來到范良極所在的門前處。

耳內傳來范良極的聲音道：「小柏兒！引他進來。」

腳尚未立穩，里赤媚一掌印至。

韓柏喝道：「來得好！」單掌迎上。

里赤媚一聲長笑，把掌勁提至十成，加速印去。

韓柏被他的凝陰真氣壓得差點窒息，哪敢硬接，背部運勁，「砰」的一聲撞破身後木門，正要掉進去，哪知里赤媚趁他撞門時稍慢了的剎那時間，再增速度，竟印實他肩上。

幸好韓柏正在退勢，又運起捱打奇功，饒是如此，里赤媚全力一擊怎會是說笑的一回事，無可抗拒的真勁沿掌而入，把韓柏整個人震得往後拋跌，但出奇地卻沒有噴血。

里赤媚想不到他的魔功又有長進，不過此時不暇多想，只希望快些取他小命，鬼魅般追進去，凌空撲下。

就在此時，勁氣橫來，一枝旱煙管準確快捷地朝他的脊椎痛打下來，若給敲中，保證他下半生都要在床上度過。

風行烈見由蚩敵和強望生兩人分兩個方向撲來，雄心奮起，大喝一聲，轉身攔在廊中，紅槍似要射向由廊端持連環扣索攻來的由蚩敵。

變成由後方攻去的強望生心中竊喜，手中獨腳銅人，全力往他後心搗去，暗忖這還不要了你的狗命時，風行烈的紅槍忽由左腰眼吐了回來，槍尾閃電般激射在他的銅人頭頂。

狂猛的燎原眞勁由槍桿傳來，「蓬」的一聲竟硬把強望生震退了七步，風行烈眼看亦被衝得踉蹌前跌，丈二紅槍由左手在背後交到了右手處，竟抵消了大半力道，只往前跌出了兩步。

由蚩敵見紅槍忽在眼前消失，想起了燎原槍法的「無槍勢」，雖大吃一驚，可是這刻實在是有進無退之局，咬牙全力把扣索蹬個筆直，眼看要射中對方時，丈二紅槍像一道閃電般由風行烈右腰眼吐出，與扣索絞擊在一起。

「鏘！」一聲清響。

由蚩敵慘哼一聲，整個人給紅槍帶起，送出窗外，掉往下面的園林去。

連風行烈都大感意外，想不到把「無槍勢」和「借勁反」兩種手法混合使用，竟可產生這麼大的威力。

他亦被由蚩敵反震之力，衝得連退五步，剛好強望生再次攻來，忙施出回馬槍，先擋了迫在眉睫的一擊，然後借勢扭身，全力使出「燎原槍法」三十擊中最凌厲的「威凌天下」，滾滾槍浪，嗤嗤氣勁，長江大河般往強望生捲去。

強望生雖悍勇，可是剛才被他硬撞退了七步，又見由蚩敵被他一槍轟得跌出窗外，氣勢早洩，這時忽然槍影滿廊，哪敢硬拚，忙改攻爲守，「篤篤」之聲連串響起，強望生手臂發麻時，左肩鮮血飛濺，尚未感到痛苦，已被對方槍鋒的龐大衝力，帶得倒跌下樓梯去。兩大凶人，竟沒有機會發揮出聯擊的威力。

風行烈志得意滿，神舒意暢，知道槍法在因緣巧合下，深進了一層，一聲長嘯，撞窗而出，往下面投去，援助正被鷹飛和柳搖枝殺得汗流浹背的戚長征。

戚長征沒有風行烈的幸運，一來因柳搖枝功力略高於強望生和由蚩敵兩人，更因爲鷹飛亦和他所差無幾。

幸好他由韓柏教落的方法，在兩女身上得到生力軍般的元氣，狀態臻至極峰，一見勢色不對，人還在半空時，左手天兵寶刀，閃電下劈，凌厲無匹地分別擊中兩人攻來的兵刃。

三人交錯而過，各自落地。

鷹飛和柳搖枝本欺他剛在女人身上耗用了體力，哪知此子功力有增無減，均心中駭然。此時戚長征天兵寶刀一揮，森森寒氣，狂飆怒濤般先捲向鷹飛，另外飛起一腳，朝衝來的柳搖枝小腹踢去，他看都不看帶著尖嘯，點向面門來的簫管，一出手便是與敵偕亡的招數。

鷹飛離他足有七步，仍給刀氣衝得差點站不住腳，心中驚疑，爲何這小子比上次又厲害了，晃了晃身，雙鉤再搶攻過去。

柳搖枝怎肯和戚長征同歸於盡，倏地橫移，簫管發出擾人耳目，教人摸錯方位的尖音，全力掃往對方右肩。

戚長征的右腿似長了眼睛般，一縮一撐，仍朝他小腹撐去，天兵寶刀「鏘鏘」兩聲，劈中鷹飛雙鉤。

他終是一足柱地，又分了一半力道、精神應付柳搖枝，頓時立足不穩，往橫跌退，此消彼長下，鷹飛、柳搖枝兩人攻勢大盛，狂襲而來，刀光、鉤影、簫嘯中，眼看小命難保，風行烈這救兵剛好天神般從天而降，一招「血戰千里」，全力攻向鷹飛。

戚長征精神大振，哈哈一笑，使出左手刀法最厲害的三下殺著之一的「箭刀寒生」，立時刀光潮湧，疾如激矢般往柳搖枝射去。

范良極眼看得手，忙加重力道，疾敲下去，竟發覺敲在空處。

原來里赤媚奇蹟地在空中拗腰往下，由平飛變成直插，指尖觸地時，兩腳上翻，一腳正中范良極的奪命桿，另一腳朝范良極的咽喉閃電撐去。

這一連串完全違反了常理的動作在彈指間完成，連范良極如此敏捷的人，亦差點來不及應變。老賊頭本已狡猾過人，藏在門上屋角處，教里赤媚衝進來時看不到他，豈知仍是暗算不了他。

「啪！」

腳、桿交接。

范良極虎口震裂，差點連盜命桿都被踢掉，再「蓬」的一聲，范良極空著的手切中里赤媚腳尖，雖擋了這必殺的一招，卻給對方腳上傳來的大力踢得往樓頂狂撞而去。

里赤媚亦挫了一挫，才騰起身，兩腳往范良極連續踢去，不給他喘息機會，同時笑道：「哈！老范竟以為可瞞過我嗎？」

韓柏早跌實地上，見范良極性命危如累卵，兩手一按地面，炮彈般斜沖而起，一拳往追擊范良極的里赤媚攻去。

范良極這時撞上樓頂，盜命桿回收先點在壁頂，化去了大半力道，才貼上樓底，接著由樓底翻滾往屋角，輕功之妙，教人嘆為觀止。

以里赤媚的速度，亦一腳踢空，在屋頂抽回腳時，壁頂赫然留下個深陷下去的腳印，可見這一腳所用的陰柔之力是如何驚人。

當范良極貼牆滑下時，里赤媚已凌空和韓柏交換了數招，卻比韓柏比賽速度似的多擊出了一拳，擊中韓柏肩頭。

幸好這一拳用不上全力，韓柏又藉捱打奇功化去了他大半力道，加上魔種本身的抗力，但縱是如此，仍痛得齜牙咧嘴，斷線風箏般飛跌開去，壓碎了貼牆的几子。

里赤媚待要乘勝追擊，范良極又橫攻而至，把他纏著。

里赤媚心中狂怒，這香醉居外布滿東廠密探，若再殺不了韓柏，惟有從速退去，竟不理對方掃來的盜命桿，硬撞往范良極懷裡，一肘往范良極胸膛撞去。

范良極大吃一驚，一個倒翻，頭下腳上到了里赤媚上方，盜命桿點往對方眉心必救之處。

里赤媚亦不由佩服這老賊獨步天下的輕功，吹出一口眞勁，迎上對方盜命桿，一掌往拍對方天靈蓋，再化爲爪，往范良極的頭頂抓去，五指同時射出指風，封著對方閃退的路子。

此時打不死的韓柏又跳了起來，旋風般撲來，完全不顧自身的安危。

里赤媚心中暗喜，心想今次還不取你韓柏之命。

就在這千鈞一髮的時刻，狂勁倏起，一人由後攻至。里赤媚倏地退後，後腳往來襲者撐去，「蓬」的一聲，竟被對方硬硬的一拳封著。

由蚩敵由地上彈了起來，正要撲入戰場，助鷹飛和柳搖枝對付風、戚兩人，嗤嗤聲響，只見牆頭盡是勁裝大漢，以強弩發箭朝他射來。由蚩敵嚇了一跳，長嘯一聲，拔身而起，大叫道：「風緊！扯呼啊！」

鷹飛剛被風行烈的丈二紅槍衝得跌退丈外，知道形勢不妙，亦一聲尖嘯，拔身飛退。

柳搖枝和剛衝出來的強望生立即分頭逃遁，不敢稍留。

這時屋內的里赤媚「咦」的一聲，閃到牆旁，避過了前後和上方的攻勢，回頭驚異地看了偷襲者一眼，才貼牆滑去，鬼魅般消失在窗外。

范良極落到地上，手肘翹高，枕到韓柏肩上，喘著氣道：「專使大人你的功夫眞窩囊，除了東歪西倒外，還有甚麼招數。」

韓柏亦雙腳發軟，看著那危急關頭及時趕來的短髯魁梧大漢，邊答道：「看來失去了童子功的侍衛長，亦是雄風不再。否則怎會像人球般被里人妖在空中拋上拋下，舞來舞去。」

兩人大劫餘生，口舌上仍一點不讓，事實是兩人都拚死去救對方。

滿臉短髯的豪漢向兩人施了個官禮，肅容道：「東廠指揮使嚴無懼，參見忠勤伯和侍衛長大人。」

兩人心中恍然，原來是少林派的俗家第一高手，以他三人合擊，難怪里赤媚要立即溜走。

這時風行烈和戚長征先後趕至，見兩人安然無恙，才鬆了一口氣。

范良極斜眼看著這一向行蹤神秘的東廠頭子，陰陰笑道：「嚴大人是否剛好在門外經過，聽到打鬥聲順道入來看看？」

嚴無懼笑道：「當然不是，卑職奉皇上之命，由現在這刻起，貼身保護忠勤伯，直至子時。」

范良極、韓柏兩人愕然對望一眼，朱元璋竟然如此著緊秦夢瑤。

嚴無懼道：「侍衛長大人眞的神出鬼沒，卑職完全不知大人在屋內。」

范良極嘆道：「卑職也是奉命保護忠勤伯，卻沒有嚴大人那麼舒服，子時後都要繼續辛苦下去。」

嚴無懼知他在諷刺朱元璋到了子時立即過橋抽板，惟有尷尬一笑。

韓柏愕然道：「你奉了誰人的命來保護我？」

范良極兩眼一翻道：「當然是我的頂頭上司專使大人你啦。」

四人同時一呆，才失聲笑了起來。

衣衫不整的媚娘衝了入來，撲入韓柏懷裡，哭道：「大人沒事就好了，嚇死奴家哩！」

嚴無懼目光落到媚娘身上，露出不屑之色。

韓柏等四人立知嚴無懼由朱元璋處得知媚娘乃天命教的人。

看來這人才是朱元璋眞正的親信。

第九章　情天驚變

漫天雪花中，對街的景物茫然不清，可是仍清楚看到從那幢莊院走出來戴著斗篷的兩個人中，有一個是武當派俗家高手田桐。

坐在斜對著這應是天命教總部所在的舖裡五個人中，韓柏、戚長征和嚴無懼齊齊一怔。范良極和風行烈都不認識田桐，忙問究竟。

韓柏收回透簾外望的目光，罵道：「好老賊，原來竟是天命教的人，難怪那天對老子這麼凶了。」

嚴無懼深吸一口氣道：「想不到田桐平時道貌岸然，現在看來他若非老淫蟲，就是天命教的高級人員了，眞教人想不到。」接著向戚長征道：「你也認識田桐嗎？」

戚長征神色凝重，兩眼殺氣瀰漫，冷然道：「我並不認識田桐，只是認出另外那人是敝幫以前的濟世華佗大醫師常瞿白。」

嚴無懼一震道：「他不是楞嚴的人嗎？」

戚長征語寒如冰道：「我不理他是甚麼人的人，卻知道天網恢恢，疏而不漏，看這臥底叛賊還有多少天可活。」

嚴無懼立即感到自己身分的尷尬，惟有閉嘴不言。唉！保護韓柏這幾個時辰眞是非常難捱，偏又大意不得。

風行烈劍眉一軒道：「長征切莫打草驚蛇，對付天命教只有一個機會，若給對方驚覺，便不知怎樣可再找到他們了。」

范良極嘿然笑道：「狡兔三窟，天命教自明朝開國以來便在這裡培植勢力，地道應不止一條，巢穴更不知有多少個。幸好即使我們不找單玉如，她亦會出來尋情郎。」接著對嚴無懼道：「你最好裝作完全不知此事，若把整個計劃砸了，大人應該知道後果多麼嚴重。」

嚴無懼淡淡一笑道：「皇上早有吩咐，教我配合你們，若有用得著本使的地方，隨便吩咐吧！」

韓柏喜道：「若我請大人不要吊靴鬼般直跟著我到今夜子時，你會否配合配合呢？」

嚴無懼苦笑道：「這項是唯一例外，請忠勤伯萬勿見怪。」

韓柏苦著臉看了左右兩桌坐著的十八名東廠高手，暗裡踢了范良極一腳，教他想辦法。口中道：「現在應到哪裡去好呢？」

戚長征站了起來道：「有老嚴陪忠勤伯，小弟已屬多餘，正好趁這機會辦辦私事。」

眾人愕然望向他。

風行烈道：「戚兄要不要風某在旁做個跑腿？」

戚長征哈哈一笑道：「心領了！這件事小弟一人便成，各位請了。」大步由後門溜掉了。

范良極想起雲清，兩眼一轉道：「嘿！我亦有點私事要辦，忠勤伯好好陪嚴大人聊天吧！」

風行烈亦慌忙起立，道：「風某失陪了，我這就到左家老巷打個轉，請了！」追在范良極背後去了。

剩下韓柏呆在當場，暗罵三人沒有義氣。

嚴無懼毫無尷尬或不好意思的神色，低聲道：「此處不宜久留，我們……」

韓柏嘆了一口氣道：「說得好！我也累了，想回鬼王府睡一覺。」

嚴無懼愕然道：「鬼王府？」

韓柏長身而起，忍著笑道：「當然是鬼王府，難道是沒有半個美女的莫愁湖嗎？」

哼！讓你這老小子做個守門將軍也好，待會有鬼王幫手，自能甩掉你們，否則如何去與盈散花相會？

戚長征依著地址，冒著雪花來到宋家大宅的高牆外，正想著如何混進去見韓慧芷，一輛馬車在數十名東廠侍衛護隨下，由長街緩緩開來。眼看要進入門內，有人掀簾叫道：「長征！」

戚長征聞聲看去，竟然是宋楠，這時才想起他亦姓宋，難道與宋翔是親戚關係？韓夫人正是要把韓慧芷許配給宋翔的四公子，又會這麼湊巧。

馬車停了下來。

戚長征舉步迎去。

車旁的廠衛頭目道：「街上談話不方便，兩位爺們先進去再說。」

戚長征求之不得，忙坐進車裡往院內去，下車時，已扼要告訴了宋楠整件事，亦知道宋楠的父親是宋翔的遠房兄弟，所以禮貌上要到宋府打個招呼。

宋翔早得宮內的人傳遞了消息，得知這遠房姪子是這麼有面子，領著四位公子降階出迎，使宋楠受寵若驚。

戚長征特別留心那四公子宋玉，生得一表人才，有若玉樹臨風，一看便知是書香世代的飽學之士，和韓慧芷比自己更登對，不由一陣不舒服，難怪韓夫人這麼想把女兒許配給他。只希望尚未成事就好了，否則這類有關家聲婚諾的事，想改變將會是非常困難的一回事。

宋翔和宋楠客氣過後，詢問的眼光落到戚長征身上。

宋楠引介道：「這位戚兄見義勇為，一直保護小姪上京，有若小姪的兄弟。」

宋翔並不清楚宋楠今次上京的原因，這時才知道內情大不簡單，又見有大批廠衛前呼後擁，不敢深究，忙請兩人入內。

那些廠衛派了四人跟隨入屋內，其他人守在屋外。

到了大廳，分別落坐。

自有下人送上香茗果點。

閒聊了幾句後，那宋玉請罪退去。

宋楠乘機問道：「四弟一表人才，不知成了家沒有？」

大公子宋果笑道：「楠兄問得好，近日我們家中來了貴客，乃江南航運鉅子韓天德和他的妻妾子女，奉召來京當官，暫居這裡。」

宋楠望了臉色發青的戚長征一眼，心知不妙，追問道：「這事和四弟的婚姻有何關係？」

二公子宋政答道：「當然大有關係，韓家二千金慧芷麗質天生，四弟一見鍾情，幸好原來韓翁夫婦亦有此意，不過萬事俱備，只奈東風無意，好在四弟連續三天書紙寄情，終於打動了韓二小姐的芳心，答應委身下嫁，已定了待韓翁正式拜官後，便即舉行婚禮，楠兄剛趕及喝這杯喜酒。」

戚長征聽得全身冰冷，尤其「打動芳心」一句，更使他如遭雷殛，差點呻吟起來。

宋楠望也不敢望向他，還要說些祝頌之詞，心裡卻陪著他一起難堪。

戚長征忽地站了起來，神色如常道：「各位久別重逢，必有訴之不盡的離情，戚某順便四處巡巡，以保宋兄安全。」

宋翔亦想詢問宋楠有關今次來京的事，恨不得他離去，自不挽留。

戚長征離開大廳後，依著宋玉離開的方向，一番閃騰，不片刻便找到令他牽腸掛肚的韓慧芷，正與宋玉兩人在後園一座小樓內喁喁細語。

他躲在一棵可平視二樓的樹上，只聽宋玉道：「說到情景交融，王觀的『水是眼波橫，山是眉峰聚。欲問行人去那邊？眉眼盈盈處』，這的是既寫江水美人，亦寫離情別恨的千古絕句。」

韓慧芷嘆道：「後面那『才是送春歸，又送君歸去』，寫春色又寫惜別，更是妙絕。」

宋玉沉吟半晌道：「慧芷小姐，為何宋玉總覺你有點心事？」

韓慧芷抬起俏臉，與他目光一觸，立時分不開來，纏結一起。

外面的戚長征看得如被人當胸打了一拳，暗叫罷了！看情形韓慧芷並非因拗不過父母，才答應婚事，而是真的和宋玉生出感情。

心中湧起自卑自憐之意，想自己一介武夫，怎配得起她。一咬牙，傳音過去道：「慧芷，我是戚長征，不要張望。」

韓慧芷嬌軀劇震，立時臉白如紙。

宋玉大吃一驚，抓著她香肩，叫道：「慧芷小姐是否不舒服哩？」

韓慧芷強作鎮定，道：「只是女兒家的小問題，宋兄可否讓慧芷獨自一人休息半晌。」輕輕掙開了他的手。

宋玉一番慰問後，無奈依依離去。

戚長征乘機掠入樓裡，冷冷看著韓慧芷。

韓慧芷並沒有撲入他懷裡，像個做錯了事的孩子，垂下頭去，不住顫抖。

戚長征淡淡道：「你是否心甘情願嫁給這四公子？」

韓慧芷抬起梨花帶雨的俏臉，淒然道：「長征！我……」

戚長征終是非凡人物，回復了不羈本色，微微一笑道：「我明白你的心情，這宋家四公子和慧芷你實是天生一對，忘記了老戚吧！我的生活方式和小姐你太不相同，而且必然得不到你爹娘的同意，算了吧！便當甚麼事情都沒有發生過。老戚衷心希望小姐幸福一生，多生幾個白白胖胖的好娃兒。」

韓慧芷的心似被血淋淋的裂作了兩半，說到吸引力，宋玉實遜於戚長征，可是宋玉卻是能與她心靈交融的知己，兼且在父母的壓力下，她亦不忍再使他們受到寧芷後另一次打擊和傷害。又以爲戚長征早命喪洞庭，才迷迷糊糊的答應了婚事。

她本以爲戚長征定會責她水性楊花，朝秦暮楚，豈知原來對方有如此氣度，更是爲之魂斷心碎，悲呼道：「長征！聽慧芷說幾句話好嗎？」

戚長征內蘊寸寸血淚，哂道：「事已至此，爲何還要糾纏不清，這豈是老戚的風格。由今天開始，我們各行各路，兩不相干，由我離開這小樓起，我戚長征向天立誓，以後都不會再煩擾小姐，請了！」

韓慧芷駭然道：「長征！」

人影一閃，戚長征去得無影無蹤。

韓慧芷一聲悲呼，哭倒地上。

浪翻雲和秦夢瑤對坐靜室裡，四掌相抵。

秦夢瑤俏臉閃動著聖潔的光輝，儼如普渡眾生的觀音大士。

浪翻雲不住把先天眞氣，緩緩注入她的經脈裡，增援她接連心脈的玄氣。

良久後，四掌分開。

秦夢瑤張開澄明清澈的秀眸，微微一笑道：「幸好有禪主和大哥先後力助夢瑤，否則能否捱到今夜子時，夢瑤亦沒有把握。」

浪翻雲鬆了一口氣道：「若非夢瑤體內精氣至眞至純，無論我們怎樣努力，恐仍於事無補。」

在屋外護法的了盡禪主此時走了進來，在兩人身側盤膝趺坐，悠然一笑道：「鷹緣活佛自見過韓柏後，便進入深禪境界。若了盡猜得不錯，他正以無上玄功，召喚龐斑前去相會呢！」

浪翻雲頷首嘆道：「禪功佛法到了鷹緣的境界，根本和武道之至極全無分別，可見不論何法，臻至最高境界和層次時，均可豁然相通。」

秦夢瑤淡然一笑道：「大哥說得好，由武入道，又或由禪入道，其理一也，活佛不循乃父途徑，自闢新天地，可見他乃大智大慧、一身傲骨的超凡之士，夢瑤眞想見他一面呢！」

浪翻雲輕責道：「夢瑤現在除了韓柏外，實不宜想及任何其他人事。」

秦夢瑤兩泓秋水般的美眸掠過深不可測的清湛神采，抿嘴一笑道：「夢瑤現在似若不著半點世塵，虛若晴空，甚麼都留不下、染不著，如何是好呢？」

浪翻雲和了盡禪主對望一眼，均擔心起來。

爲了接脈續命，秦夢瑤這些天來勵志修行，禪功道境突飛猛進，更勝從前，可是有利亦有害，對與韓柏的相戀卻有「不良」影響。

了盡禪主嘆道：「老衲眞怕韓柏破不了夢瑤的劍心通明。」

浪翻雲含笑道：「放心吧！夢瑤在不斷進步，他也不閒著，到時必有連場好戲，浪某能爲這魔道最高層次的決戰做護法，實深感榮幸。」

了盡道：「昔年師姊爲了天下，亦存了不惜獻身龐斑，作爲衛道降魔之志，現在夢瑤把身體交給韓柏，便當是賞他的報酬好了。」

秦夢瑤輕搖螓首，柔聲道：「禪主對夢瑤破身一事，始終不能釋懷，可是現在夢瑤的感覺卻是很好，非常好！自入道修煉以來，從未試過如此拋開一切，無憂忘慮哩！」

了盡失笑道：「夢瑤責得好，老衲實在著相了，又或始終覺得魔種來自魔門秘術，不肯相信眞可由魔入道。說到底，魔種道胎的結合，會生出甚麼後果，現在根本沒有人知道。」

浪翻雲微笑道：「那亦是最引人的地方嘛。」

秦夢瑤美眸亮了起來，射出無盡嚮往之色，輕輕道：「夢瑤眞的很想知道哩！」

韓柏抵達月榭時，榭內只有鬼王和七夫人。

七夫人于撫雲見到韓柏，美目立時爆起異采，霞生雙頰，垂下頭去。

鬼王欣然著韓柏坐到另一側去，笑道：「他們都到了內府打坐休息，若要找月兒、霜兒和你的金髮美人，可到月兒的月樓去。」

韓柏偷看了七夫人一眼，見她咬著朱唇，顯是正「苦待」著自己，怎敢這就去找月兒等人，順口問道：「岳丈大人，你看夷姬會否是燕王派來的間諜呢？」

鬼王爽快搖頭道：「應該瞞不過我的眼睛，而且此女確是最近才獻給燕王，燕王那晚亦是初次見她，所以盡可放心。」

韓柏放下橫在心頭的尖刺，很想向他再說盈散花與燕王的事，但又怕他通知燕王，把盈散花殺掉，猶豫間，早給鬼王察覺，皺眉道：「賢婿為何欲言又止？」

韓柏吃了一驚，轉到另一問題上道：「岳丈大人法眼如此厲害，為何府中仍有內奸，使朱元璋對府內很多事情都能瞭若指掌呢？」

這問題上接夷姬一事，連鬼王都給他瞞過，微笑道：「誰人充作朱元璋耳目，怎能瞞得過我，其中數人更是我特別安排，好讓元璋知道我想他知道的事，賢婿可以放心。」

韓柏暗呼厲害。

鬼王問起媚娘的事，韓柏如實托出，當說到里赤媚再次來襲，幸得嚴無懼援手，鬼王笑著看他，搖頭嘆道：「你這小子真的福大命大，里赤媚連續三次出手都殺你不死，會使他對虛某的相人之術深感無奈，對他的信心亦造成致命的打擊，等若幫了岳丈我一個大忙。只要我好好利用他心靈這絲隙口，定能一舉把他收拾。」

韓柏忍不住問道：「岳丈大人有鬼神莫測之機，是否對戰果早已未卜先知呢？」

虛若無露出個高深莫測的曖昧笑容，道：「月兒早向我問過這問題，想知道我怎樣答她，你直接問她好了。」

韓柏偷看七夫人，她一雙手不耐煩地玩弄著衣角，亦正偷眼瞟來，一觸下兩人同時一震。

虛若無見狀笑道：「撫雲先回琉璃屋，待會韓柏去找你好了，我還要和他說幾句話。」

于撫雲欣然起立，帶著一陣香風經過韓柏身旁，臨出榭前，回眸看到韓柏盯著她的背影，嫣然一笑，這才去了，看得韓柏心都癢了起來。

鬼王沉吟半晌，道：「你好友風行烈的夫人雙修公主，和浪翻雲亡妻紀惜惜長得有七、八分相像，眞是異數。」

韓柏一呆道：「這事我還是第一次聽聞。」

鬼王道：「浪翻雲自娶了紀惜惜後，便隱居在洞庭湖旁一條風景優美的小村裡，度過了三年只羨鴛鴦不羨仙的生活，所以見過紀惜惜的人並不多。你最好提醒風行烈，切莫讓谷姿仙被朱元璋見到，否則恐怕會生出不測之禍。」

韓柏心中一震，想起朱元璋因得不到紀惜惜深感遺憾，連忙點頭。

鬼王又道：「你雖輕易征服媚娘等艷女，但切勿生出輕敵之心，單玉如和那兩個護法妖女，均有數十年的媚功修養，兼之武功高強，又精擅魔門『弄虛作假』之道，如沒有看穿她們僞裝的把握，眞個不容易應付。好了！去會撫雲吧！虛某還是首次看到她這種小女兒的情態，心中著實高興呢！」

韓柏心中一懍，猶有餘悸道：「小婿眞不明白，爲何我直至和媚娘歡好，駕馭了她們後，仍是因心中早有成見，才能勉強察覺出她們身懷絕技呢？」

鬼王的臉色變得出奇地凝重道：「這就是她們的『弄虛作假』，乃媚術的最高心法。功力高者，沒有人能不被她們騙倒。所以能『化身千萬』，潛伏各處，完全不會被人識破，若非賢婿機緣巧合，亦勘不破媚娘等的眞正身分。所以我特別提醒了月兒她們，教她們絕不可透露有關媚娘的事與任何人知道，特別是女人。」

韓柏深吸一口氣道：「我現在才明白爲何天命教可潛伏京師多年都沒有給人抓到痛腳，只看媚娘等便清楚。可是岳丈精通相人之術，仍看不穿她們嗎？」

虛若無嘆了一口氣道：「此正是媚術最厲害的地方，就像你的魔種，可以變化出各種動人的氣質，教人難以啓疑。相學乃一種秘術，媚功則是另一種秘術，而且天性又可剋制相學，所以縱使對方功力遠遜於我，仍有可能把我瞞過，其中道理確玄妙之極。否則天命教早被我連根拔起了。」

韓柏吃了一驚道：「豈非京師任何美女，都可能是天命教的人，那怎辦才好？」

虛若無微微一笑道：「現在賢婿憑著魔功，已可通過與她們的接觸，察覺到她們的媚功妖氣，此本領極端重要，你可能是唯一可識破她們僞裝的人，要好好利用了。快去吧！撫雲等得定是很心焦了。」

第十章　出世戀情

風行烈與范良極分道揚鑣後，漫無目的般在街上溜逛著，似乎又回到了認識靳冰雲前那段獨往獨來的日子裡。

不知是否因靳冰雲的關係，他對女性生出了一種抗拒，若非谷倩蓮為他不惜犧牲一切，情深義重，怕亦不能打開他緊閉的心扉。

而情火開始點燃後，加上體內匯聚的三氣，他有點不克自持地先後戀上了白素香和谷姿仙，與她們結為夫妻。

白素香之死對他的打擊比厲若海求仁得仁的光榮戰死，更是嚴重。

小玲瓏是一種補償。

而他已感心滿意足，再不作他求。

他與戚長征和韓柏雖同是英雄之輩，但性格卻很不相似。

戚長征乃慷慨激昂的豪士，今朝有酒今朝醉，不大理世俗觀念，我行我素、放浪不羈，視男女之防有若遊戲，與女人歡好就若呼吸、吃飯般自然而然。

韓柏則是另一類型，在他的天地裡只有愛而沒有恨，就算對敵人他都大方得很，充滿了妙想天開的主意念頭。

他要追求是生命美好的一面，而對他來說，那只能在美麗的愛情裡求得。他既重舊情亦貪新鮮，兼之身具魔種，使他變成浪漫多情的人。偏又是這種性格，使美女們一給他纏上，便情難自禁，給他迷得死心塌地。

這小子在一般事情上沒有甚麼原則，全憑心之所好，恣意而爲。但他絕非貪色誤事的人，在重大的事情上，總能穩守不移，堅持目標和理想，不怕犧牲，令人激賞。

風行烈對這兩位好友最欣賞的地方，正是他們的「眞」。

大部分人都多多少少口說一套，做又是另一套！但韓、戚兩人卻絕對言行相符，所以有時說出來的話頗爲驚世駭俗，只因他們不會以美麗的謊言，掩飾自己眞正的意圖罷了。

初到媚娘的香醉居時，風行烈本亦有意荒唐一番。但終不能像他們兩人般與尚未發展到互愛相親階段的女子苟合。

他並非滿口道德禮教之士，亦不會認爲韓、戚兩人不對，根本男女間事乃人之常情，只要沒有強迫的成分，便沒有絕對的「對與錯」。

正想得入神時，耳內有傳音道：「風施主！可否過來一見？」

風行烈嚇了一跳，這悅耳的女聲爲何這般耳熟，環目四顧，終於看到暌違已久，當日被龐斑重創後，由廣渡大師送去讓她照顧了一段日子的玄靜尼。

她赤足在左旁一所寺廟的入門處，手持佛珠，寶相莊嚴，清麗出塵如昔，一點不變，就像重演那山雨迷茫的當日送別的一幕，只不過山雨換上了雪花，灑在她的光頭和粗布造的灰色尼衣上。

吸引了風行烈的目光後，她轉身走進寺內去。

風行烈心中一熱，追了進去，穿過無人的殿堂，在白雪皚皚的後園方亭裡，找到了她。

玄靜尼低喧佛號，和他對坐亭心的石桌兩旁。

風行烈大訝道：「玄靜師父爲何會離開空山隱庵，踏足到這滾滾紅塵的京華之地？」

玄靜尼數珠唸佛的手停了下來，眼觀鼻、鼻觀心，恬然道：「風施主尚未知道貧尼主持的空山隱庵乃慈航靜齋分出來的旁支，才會對貧尼忽然履足應天，感到驚異。」

風行烈這才明白，難怪當日廣渡會把自己送到那裡去。想起玄靜尼那種保持著距離卻又悉心關懷、無微不至地照顧著他的恩情，心中湧起感激，忙出言道謝。

玄靜尼容顏素淨、恬寧無波，清澈的眼神凝視著他，油然道：「有因必有緣，風施主勿著相了。」

風行烈微笑道：「玄靜師父說得好，有因必有緣，有緣當有因，今次師父遇到在下，自非偶然的事，不知是何因何緣呢？」

玄靜尼垂下目光，單掌做出法印，低喧道：「五塵障成作之智，六思蔽妙觀之境；往來火宅無安，漂流苦海何極。」

風行烈盯著她清麗樸素，不染半點人世華采的容顏，訝道：「爲何在下感到師父禪心裡隱有不安和痛苦呢？」

玄靜尼仰起俏臉，嘴角飄出一絲安詳的笑意，油然道：「罪過罪過，貧尼竟忍不住向施主吐露心聲，使施主因貧尼的孽障心生困惑。阿彌陀佛。」

言罷眼神投往雪花紛紛的園裡，神色一片平靜，但又似帶著淡淡的淒然。

風行烈心中一震，難道這拋棄塵世的方外美女，竟愛上了自己，那眞是罪過了，一時間說不出話來。

玄靜尼輕柔地道：「眞心不動，則是光明，一經妄動，即生諸苦；不動時，無所謂見，一經妄動，便生妄見。」

幽幽一嘆，別過俏臉，凝眸看著風行烈，靜若止水緩緩道：「世間諸相，無非幻象，惜吾等夢夢不覺耳。妄心一動，境界妄現，即起分辨之心，故有愛憎苦樂之別。愛則生樂，憎則生苦，念念追逐，慾慾驅迫，無有窮時。既生苦樂，便有執著，或困於苦境不脫，或耽於樂境不捨，施主能體會貧尼的心意嗎？」

風行烈心頭劇震，終於知道這美麗的女尼眞的對自己動了情，天啊！怎辦才好呢？

若換了是韓柏，哪管對方是否出家之人？可是風行烈卻感到罪孽深重，充滿壞了人家修行的歉疚。

玄靜尼露出一個淒美的笑容，幽幽道：「業相既起，境界爲緣，業起緣生，重重束縛，何有自在。貧尼今次發下宏願，下山來尋施主，就是要對症下藥，針治妄念，破除我執。」

接著垂頭道：「施主當日不理貧尼勸阻，逞強離去，貧尼竟因此揑斷佛串，貧尼便知墜入情障，生出妄念。此後雖加勤功課，絕食七天，可是顚倒妄執，卻仍有增無減，才知解鈴還須繫鈴人，於是下山尋來，終於見到風施主。孽障孽障！」

風行烈目定口呆看著她，但心中卻不但沒有絲毫看她不起之意，反因她高尚的情操生出景仰。

她對自己的愛，令人感到是一種超越了慾念或佔有的愛戀，完全發自眞心，沒有絲毫僞飾，心中憐意大起，柔聲道：「師父想在下怎麼辦呢？」

玄靜尼仰起俏臉，露出一個深情甜美的笑容，平靜地道：「眼耳鼻舌身意、色聲香味觸法，謂之六根六塵，因人而在，因在而生出世間諸般幻象。玄靜今次此來，非是要求施主憐惜愛寵，而是要見施主一面，把心中愛戀之思，徹底抖淨。今日一會，貧尼即重返空山隱庵，永不出世。行烈明白玄靜的意思嗎？」

風行烈心中一陣激動，用力點頭。

玄靜尼俏臉泛起神聖的光輝，美目閃耀著奪人神魂的采芒，盈盈起立，走出亭外，任由雨雪再飄到她身上。

風行烈湧起衝動，追了出去，叫道：「師父。」

玄靜尼停了下來，緩緩轉身，走了回來，當嬌軀抵上風行烈時，深情溫柔地輕輕一觸，吻了他的唇，低頭淺笑，緩緩轉身，輕移玉步，瞬即遠去，沒入雨雪交融白茫茫的深遠裡，雪地上被她赤足踏出來的印跡，轉眼被新雪蓋掉了。

戚長征找了間僻靜的小酒舖，先付了只有多沒有少的酒資，獨據一桌，看著外面雪雨迷離的世界，一杯杯苦酒灌落喉嚨裡去。

他很想笑笑，無奈滿腹辛酸過於濃重，無法笑得出來。

自出生以來，他還是首次慘嘗失戀的滋味，剛才對著韓慧芷說氣話時，他還能擺出不在乎的姿態，其實只是在心裡吞嚥著淚。

酒入愁腸，那種胸口被重壓堵塞的感覺，更是難過得差點要了他的命！

我是否比不上宋玉呢？爲何他可輕易便把韓慧芷奪去？

想到這裡，不禁暗恨起韓慧芷來。

好！我老戚爲她再多喝三杯後，便把她徹底忘記，以後她走她的陽關道，我自過我的獨木橋。

可是三杯下肚，忍不住又繼續喝下去，早忘了先前自己立下的決心。

忽然一把脆響悅耳的女子聲音在旁道：「這位兄台衣衫單薄，如此狂喝，不怕傷了身體嗎？」

戚長征勉力睜開醉眼，模糊間身旁出現了幾條影子，其中一人身材窈窕，似乎就是那出言的女子，便揮手道：「傷便傷吧！不要你們理。」心中湧起一陣淒苦，腳步踉蹌，奔出店外，走了十多步，一腳踏空，仆倒雪地上。

隱約中聽那女子道：「救人一命，勝做七級浮屠，找輛馬車來，先送他回道場去，我辦妥事後，才回來看他。」

接著被人扶了起來，他正要拒絕，一陣天旋地轉，已不省人事。

韓柏離開月榭，正要去找七夫人，前面出現了一位美女，只看她玉步輕移，嬝娜動人的美姿，便認得是白芳華。

想起昨晚她叫自己莫要管她的事，以他這麼不記仇的人，仍要心中有氣，忙閃入道旁的園林去，才走了十多步，白芳華的嬌喝在後方叱道：「韓柏！給芳華站著。」

韓柏攤開雙手，擺了個無奈的姿勢，轉過身來。

白芳華臉罩寒霜，來到他身前，怒道：「芳華那麼討你厭嗎？一見人家來便要避道而走！」

韓柏一向吃軟不吃硬，冷言回敬道：「白小姐想我怎樣對待你呢？既不准我管你的事，我避開又不獲批准，究竟要怎樣才可令你滿意。」

白芳華兩眼一紅，跺腳道：「好了好了！甚麼錯都錯在芳華身上，你走吧！以後都不用你管了。」

韓柏大感頭痛，她既決定了不離開燕王棣，還來找他做甚？搖頭苦笑道：「記著！是你叫我走，叫我不要管你，不要下次又忘記了。」

白芳華氣得差點給他再來一巴掌，掩面痛哭道：「我恨你，我恨你，我恨死你！」

韓柏哪見得女人眼淚，立即無條件投降。踏前三步，展開雙臂，把她摟入懷裡。白芳華象徵式地掙扎了幾下，便伏入他懷裡委屈地哭成了個淚人兒。

哭得韓柏心都痛了，又逗又哄，才勉強令她止著了眼淚，摟到一旁的小亭內緊挨著擁坐一起。

韓柏升起一種奇異的感覺，覺得這次接觸，比之以往任何一次更刺激熱辣，使他心顫神動，體溫騰升，心跳加劇。

只恨不能立即與她融化爲一體。

白芳華變得溫婉嬌癡，無限柔情道：「都是芳華不好，累得專使大人這麼氣惱。」

韓柏被她一聲「專使大人」叫得魂魄不全，在她臉蛋親了一口道：「好姊姊！離開燕王吧！他根本不尊重你，充其量姊姊不過是他另一件用具而已！」

白芳華輕輕道：「離開了他又怎樣呢？」

韓柏一手捏著她的下頷，仰起她的俏臉，迫她看著自己，大喜道：「當然是嫁給我哩！我包保你會幸福快樂。」

白芳華俏臉霞飛，羞喜交集，但又黯然搖首道：「你想得事情太簡單了，你見燕王肯送你金髮美人，以為他對女人大方得很，那就完全錯了。若我改從了你，他必然會懷恨在心，想辦法報復。」

韓柏聽得吁出一口涼氣，這才明白京官們為何這麼怕燕王登上帝位。想起這傢伙連老爹都要宰，還有甚麼事做不出來。

燕王找人殺他，雖說是為了他的大局著想，但亦隱然含有對他的恨意，說不定便因白芳華愛上自己而引起的。

如此說來，白芳華不跟自己，可能只是不想他受到傷害，完全是他錯怪了她。

憐意大起，先來了一個火辣熱烈的長吻，才看著面紅耳赤，雙目充滿情焰慾火的白芳華道：「哼！別人怕他燕王棣，我才不怕他！而且他一天做不成皇帝，便一天不會和我反臉，嘻！說不定我有方法教他自動把白小姐送給『浪子』韓柏哩！」

白芳華聽到他充滿男子豪氣的情話，更加迷醉，情深款款道：「韓郎啊！芳華這幾晚片刻都沒有睡過，因為一闔眼便見到你，人家差點苦死了。幸好現在有了你這番話，芳華縱死也甘願了。」

韓柏湧起不祥的感覺，責道：「不准你再提『死』這個字。」

白芳華千依百順地點頭，回吻了他一口道：「芳華領命。」

韓柏嗅著她熟悉的體香，色心又起，俯鼻到她敞開的領口，邊向內裡窺視，同時大力嗅了幾口，一本正經地道：「那以後白小姐是否全聽我的話呢？」

白芳華對他充滿侵略性的初步行動擺出欣然順受的嬌姿，含羞點了點頭。

韓柏喜出望外，這個似是有緣無分的美女，忽然間又成爲他房中之物，還發生得如此突然，如此戲劇化，心中一熱，把她拉了起來道：「隨我來！」

白芳華大力把他反拉著，垂頭淒然道：「韓郎啊！若這樣就背叛燕王，芳華會覺得很不安的。」

韓柏像給一盤冷水照頭澆下。

不是已答應了全聽從我韓某人的話嗎？

爲何心中還想著燕王，怕他不高興？

白芳華見他臉色一變，大吃一驚，撲上去縱體入懷，歉然道：「韓郎千萬不要生氣，芳華再不敢說這樣的話了。」

韓柏想不到她可以頓時變得比朝霞、柔柔更馴服，哪還可以惱得來，抱緊她道：「好吧！待你再沒有半點心事後，才和我好吧。」

白芳華幽幽一嘆道：「韓郎你不要說話不算話，剛才你說過有方法教燕王自動把我給你，不要說過便忘記了。」

韓柏暗暗叫苦，剛才衝口而作的豪言壯語，其實主要是爲了安她的心，完全沒有具體的計畫，而且燕王棣如此厲害精明，他韓柏哪有資格擺布他。

白芳華見狀駭然道：「難道你只是說來玩玩的嗎？」

韓柏硬著頭皮道：「當然不是。」怕她追問，岔開話題道：「那盈散花和燕王間有甚麼新發展，上過床沒有？」

白芳華沉吟片晌，道：「應該還沒有，否則燕王不會於明晚特別在燕王府設宴款待她。」

韓柏鬆了一口氣，暗忖待會怎也要見她一面，弄清楚她何苦來由要不惜獻身給燕王棣。

白芳華奇怪地瞧著他道：「你和盈散花究竟是甚麼關係？」

給她看穿了，韓柏尷尬道：「總之沒有肉體關係，就像和白小姐那樣。」

白芳華嬌哼著白他一眼道：「但卻是有男女私情啦！花心鬼！」

韓柏想不到她會吃起醋來，大喜道：「好姊姊眞的下了決心從我了，所以才露出眞情來。哈！原來白小姐這麼凶的。」

白芳華赧然道：「芳華以後都以眞心待韓郎好嗎？」

韓柏笑道：「算你還有點良心吧！原來一直在騙我，眞正的白芳華其實是這麼乖的。」

白芳華似感到和這風流浪子調足一世情都不會有半點沉悶，喜道：「知道就好了，看你以後還會不會避開人家。」

韓柏差點以爲她是虛夜月扮的，這麼小心眼兒，失聲道：「和我算賬嗎？那你欠我的賬韓某人找誰算？」

兩人對望一眼，忍不住笑作一團。

所有怨恨立時不翼而飛。

四片嘴唇又纏綿起來，白芳華的體溫不住高升，還劇烈扭動著，顯然抵不住韓柏催情的魔氣，像中了媚藥般動情起來。

韓柏亦是慾火焚身，難以遏抑，心中大奇，以往他每逢湧起情火時，人只會變得更靈澈，更清醒，爲何今次卻像有點不克自持呢？

究竟是自己魔功減退，還是白芳華特別有誘惑力呢？

難道她比虛夜月和莊青霜更厲害嗎？

白芳華開始發出動人魂魄的嬌吟。

腦際似「蓬」的一聲，韓柏整個人都燃燒起來，體內魔氣若脫韁野馬，隨處亂竄，嚇了一跳，忙運起無想十式中的「止念」，回復神朗清明，心中一懍，立即表面仍裝出全力以赴的急色姿態，兩手侵犯著她峰巒秀麗處，趁機輸入勾魂的魔氣，同時暗察她體內眞氣運行的情況。

心中的寒意不住轉濃，同時記起了鬼王剛說過了的一番話。

對方眞氣流動的情況，儼然竟和媚娘的媚功大同小異，但卻是強勝百倍。

此刻他已可肯定白芳華假若不是天命教的法后單玉如本人，必是兩位護法妖女的其中之一。天命教眞厲害，竟能打進鬼王和燕王兩股勢力的核心處。而如鬼王所言，連他都眞的給她瞞過。難道她就是那單玉如，否則誰可這麼厲害？

白芳華狠狠嚙了他的耳珠，嬌喘著道：「韓郎啊！人家甚麼都不理了，立即要嫁你呢！」嚙耳的痛癢傳遍全身，韓柏的神智立時迷糊起來，慾火熊熊燒起，嚇得他暗咬舌尖，笑道：「我不能這麼急色！怎可令姊姊心內不安呢？」

白芳華驚異地看著他，道：「不准你再提這句話，芳華把它收回來，來吧！韓郎，芳華帶你到她的閨房去。」

韓柏被她拉著朝虛夜月小樓的方向走去，暗暗叫苦，剛才她只略施手段，他便差點給攝了魂魄，而自己的魔氣卻對她一點抗拒的作用都沒有，上床登榻後，豈非更不是她對手。

何況鬼王說過單玉如武功和他相若，那即是和里赤媚同級，反臉動手更是不成。我的娘啊！怎辦才好呢？當然！還有一個問題是她是否單玉如，或只是其中一個護法妖女。

但只看她隱藏得這麼好，便知她如何可怕。

也感到自己像一頭被帶往屠場的小羊兒。

就在這時，一把聲音傳遍鬼王無心府的上空，朗朗道：「在下鷹飛，望能與韓柏決一死戰。」

第十一章　鬼府之戰

韓柏聞得鷹飛公然挑戰之語，差點要抱著他吻上兩口表示感激。忙把白芳華拉入懷裡，尚未來得及說話，鬼王笑聲在月榭處響起道：「後生可畏，鷹飛你果是英勇不凡的蒙人後起之秀，請到大校場來，讓虛某看看你如何了得！」

鷹飛一聲應諾後，沉寂下來。

韓柏吻了白芳華的香唇，故作依依不捨狀笑道：「待我收拾了他後，再來和白小姐接續未竟之緣。」

白芳華欣然回吻他道：「讓芳華在旁為你搖旗吶喊，喝采助威。」

韓柏立時知道她絕非單玉如，最多只是兩位護法妖女之一，因為若是前者，絕不敢去與乾羅見面。

無數念頭閃過腦海。

白芳華既為天命教在鬼王與燕王間的超級臥底，那即是說，打一開始屬於天命教的胡惟庸，便知道了有關自己這假使節團的所有情事。可恨他還擺出一副全不知情的姿態，既向他索靈參，甚至故意於晚宴後通知楞嚴來調查自己，教人全不懷疑到他乃知情之人。只是這點，便可備見其奸險。

天命教不但要瞞過鬼王和燕王，還要瞞過藍玉與方夜羽等人，自是希望左右逢源，收漁人之利。

通過了臥底的白芳華，單玉如隱隱操縱著鬼王和燕王，至少清楚他們的布置和行動，若非自己從媚娘處把握到察破她們媚術的竅訣，那鬼王和燕王慘敗了還不知為何敗得那麼窩囊。

護法妖女已出現了一個，那另一個到底又是誰？此女必潛伏在非常關鍵性的位置，她會是甚麼身分和地位呢？

當得上白芳華那級數的美女，而又最有可能性的，現在只有三個人，就是盈散花、蘭翠晶和陳貴妃，會否真是其中一人？

這些問題令他頭都想痛了。

天命教有白芳華這大臥底，要殺死自己絕不會是困難的一回事，因為他確被騙得貼貼服服。反而范良極和左詩等三女因少了自己那重色障，直覺地不歡喜這煙視媚行的妖女。

虛夜月亦因她蓄意逢迎和討好鬼王，而不歡喜她。於此可見天命教的媚術對男人特別奏效，連鬼王都不免被矇過。

當日秦夢瑤的慧心曾在一牆之隔的偵察中，察知她騙得自己很辛苦。可見白芳華對他是早有圖謀，而自己則把秦夢瑤的忠言當作耳邊風，全不覺醒，否則早應知道白芳華是有問題的。

想到此處，腦際靈光一閃，把握到單玉如為何肯留著他的性命，因為她的目的是自己體內的魔種。

對單玉如這種專以採補之術提高本身功力的魔門宗主來說，沒有補品可及得上魔門最高的心法——魔種了。她自然不敢碰龐斑，但絕不會懼他韓柏。

假設讓她得到了他的魔種，配合她本身的功力和媚術，假以時日，恐怕只有龐斑和浪翻雲方能和她一爭短長。

媚娘這些先頭部隊，只是單玉如的探子，測試自己的虛實，好待單玉如對付起自己來時更得心應手。誰都知道媚娘等奈何不了他，但做探子卻是綽有餘裕。以單玉如的眼力和識見，只要檢查剛和自己歡好的媚娘諸女，便可推知他的道行強弱淺深。

這亦是白芳華一直不肯和自己歡好的原因，因為他韓柏已成了單玉如的禁臠。說不定今次白芳華誘自己歡好，可能是一種見獵心喜的背叛行為。因為再不動手，將會給單玉如捷足先登，拔去頭籌了。

心兒不由「霍霍」跳動起來，假若自己反採了白芳華的元陰，豈非亦可功力大進，因為她並不知道他察破了她的身分。

深吸一口氣時，大校場出現眼前。

戚長征頭昏腦脹的醒了過來，發覺躺在一間小房子裡。

記憶重返腦際，記起了昏倒前仆在雪地上的事，苦笑著坐了起來，想不到自己自命風流，竟會嘗到失戀的痛苦滋味！

房門推了開來，一名勁裝的成熟美女推門而入，見他坐了起來，微笑道：「兄台醒來了，怎麼樣？好了點沒有？」

戚長征見她端莊美麗，態度親切大方，大生好感，以微笑回報道：「姑娘恩德，在下銘感心中，請問姑娘高姓大名？」

那美女坐到床旁的椅裡，饒有興趣地打量看他道：「先答我幾個問題，我才可決定應否把名字告訴你。」

戚長征舒服地挨著床頭，欣然道：「姑娘問吧！小弟知無不言，言無不盡。」

美女見他神態瀟灑，流露出一種含蓄引人的傲氣和自信，芳心不知如何劇烈地躍動了幾下，才能收攝心神道：「兄台何故要借酒消愁呢？究竟有甚麼難解決的事？」

要知以戚長征如此人才，只有鶯燕爲他傷心失意，怎會反變了他成爲傷心人，所以引起了她的好奇心。

戚長征被勾起韓慧芷的事，兩眼射出深刻的情懷，嘆道：「俱往矣，在下街頭買醉，是因爲鍾愛的女子移情別戀，才一時感觸，多喝了幾杯……」

美女「噗哧」笑道：「多喝了幾杯，酒舖的老闆說你喝了足有三大罈烈酒，換了普通人，一罈酒便爬也爬不起來了。」

接著道：「所以第二個問題是，兄台究是何方神聖？既身上佩有寶刀，又身懷內家先天眞氣，應不會是無名之輩吧！」

戚長征心中大訝，此女竟可察知他已晉入先天秘境，大不簡單，但仍坦然道：「小子乃怒蛟幫戚長征……」

美女色變道：「甚麼？你就是『快刀』戚長征？」

戚長征奇道：「姑娘的反應爲何如此激烈？」

美女秀目射出寒芒，罩定了他，好一會兒後容色稍緩，嘆了一口氣道：「算了，戚兄雖是黑道強徒，但一直並無惡行，唉！」不知如何，心中竟湧起了惆悵之情。

戚長征心中一動道：「姑娘是否八派之人？」

美女點頭道：「這事遲早不能瞞你，這裡是西寧道場，戚兄若沒有甚麼事，請離去吧！」

戚長征見她下逐客令，灑然一笑，露出雪白的牙齒，站到地上，順手取起几上的天兵寶刀，掛在背上，又坐在床沿，俯腰穿上靴子。

美女從未見過男人在她眼前著襪穿靴，對方又是如此昂藏灑脫的人，而且此子一邊穿鞋，一邊含笑看著自己，不由別過俏臉，故意不去看他。

戚長征終穿上了皮靴，長身而起，拍拍肚皮道：「其實有甚麼黑道、白道之分？或者只有好人、壞人之別！不過那亦非涇渭分明，若姑娘能拋開成見，不若和我到外面找間館子，吃他一頓，聊聊天兒，不是人生快事嗎？」傷心過後，這小子又露出浪蕩不羈的本色，不過眼前美女，確使他既感激又生出愛慕之心。而更重要的是，他需要新鮮和刺激，好忘記韓慧芷這善變的女人。

這花信美人體態娉婷，極具風韻，而且看她神情，應尚是雲英未嫁之身，那對晶瑩有神的秋波，似有情若無情，非常動人。

美女陪著他站了起來，故意繃起俏臉道：「我並不習慣隨便赴陌生男人的約會。唉！你這人才剛爲負情的女子傷透了心，曾幾何時，又打別人的主意，不感慚愧嗎？」話出口才微有悔意，自己怎可和對方說起這麼曖昧的話題。

戚長征啞然失笑，瞧著她道：「對酒當歌，人生幾何。想人生在世，只不過數十寒暑，若不敢愛不敢恨，何痛快之有？不若這樣吧！明天日出後，老戚在落花橋等待姑娘，若姑娘回心轉意，便到來一會兒，我保證絕無不軌之念，只是眞的想進一步感謝和認識姑娘。」

美女給他大膽的目光，單刀直入的追求態度，弄得有點六神無主，竟不敢看他，咬牙道：「不要妄想，我薄昭如絕非這種女人。」

戚長征哈哈一笑道：「原來是古劍池的『慧劍』薄昭如，既有慧劍，難怪能不被情絲所縛。可是老戚要鄭重聲明，我絕無半分想輕薄薄姑娘之意，反而是非常感激和敬重，明天我會依時到落花橋，等待姑娘芳駕。」

薄昭如被這充滿霸氣的男子搞得手足無措，可恨心中卻全無怒意，這對她來說乃前所未有的事，輕輕道：「你有了寒碧翠，還不心滿意足嗎？」

戚長征一呆道：「你認識碧翠嗎？」

薄昭如微一點頭，勉強裝出冷漠神色，道：「走吧！明天不要到落花橋好嗎？」

戚長征聽她竟軟語相求，知她有點抗拒不了自己，更鬥起了豪氣，斷言道：「不！若我不到落花橋去，以後想起來都要頓足悔疚。」露出他那陽光般的招牌笑容後，大步去了。

薄昭如暗嘆一聲，追著出去，沒有她的陪同，他要離開道場當會非常困難。今次她是否「引狼入室」呢？

雪花漫天中。

大校場上站了十多人，虛夜月諸女全來了，只欠了宋媚，她沒有武功，未能驚覺醒來，仍沉醉夢鄉裡。

鬼王府除了鬼王外，就只有二十銀衛的其中五人在站哨，其他鐵青衣等高手一個不見，予人高深莫測的感覺。

奇怪的是乾羅並沒有出現，不知是否離開了鬼王府，或者是根本沒有來過。

鷹飛背掛雙鉤，傲然卓立，目光灼灼打量著諸女，尤其對莊青霜驕人的身材，特別感興趣。

韓柏一聲長笑，步入廣場，領著白芳華，先來到鬼王之側，看也不看鷹飛一眼，冷哼道：「這小子眞大膽，暗裡偷襲不成，又明著來送死，請岳丈大人准小婿出戰此人。」

鷹飛明知對方想激怒自己，所以毫不動氣，留心打量韓柏，見到諸女自他現身後，俏目均亮了起來，露出雀躍之色，虛夜月和莊青霜更是情火高燃，連谷姿仙等三女都是一面喜色，心中暗懍。

這小子對女人確有魔幻般的魅力，若甄素善來惹他，說不定亦眞會給他征服。爲此更增殺他之心。

他今次公然挑戰韓柏，實是沒有辦法中的最佳辦法，因爲甄素善已正式向方夜羽提出要由她負起對付韓柏的責任。她身分超然，本身武功又高，手下猛將如雲，方夜羽亦難以拒絕她的要求。

情勢急迫，在里赤媚的首肯下，他才有此行動。

韓柏的魔種尚未成氣候，但卻是日飛猛進，愈遲便愈難殺死他。

所以他立下決心，今次一戰，不是他死便是我亡。

虛若無正要說話，嚴無懼的聲音傳來道：「想向忠勤伯挑戰嗎？首先要過嚴某此關。」風聲響起，這東廠的大頭子躍入場中，來到韓柏身旁，向虛若無施官式晉見禮。

虛若無笑道：「無懼不必多禮，忠勤伯能與如此高手決一死戰，實乃千載難逢的機會，一切後果由虛某負責。」

嚴無懼正要他這句說話。應諾一聲，守在一旁，暗忖我有皇命在身，若見勢色不對，隨時可出手救援，別人亦怪我不得。

虛夜月興奮地鼓掌道：「來人！快給我抬幾個兵器架出來，讓月兒的夫郎大顯神威，宰掉這奸徒。」

五名銀衛應命去了。

鷹飛表面神色不變，心中卻勃然大怒。暗下決心，若將來能殺掉鬼王，必要弄這絕色嬌娃來盡情淫辱，教她愛上自己後，再把她拋棄。

韓柏乘機離開鬼王和白芳華，伸手摟著虛夜月和莊青霜到另一旁去，裝作和她們說親熱話，低聲吩咐道：「現在為夫說的是至關緊要的話，切莫露出任何驚異神色。」

兩女為之動容，連忙點頭答應。

韓柏向虛夜月道：「無論你用甚麼法子，立即給我把岳丈從白芳華身旁弄開，並告訴他白芳華乃天命教的臥底，但切要不動聲色，因為她仍有很大利用價值。」

兩女雖有心理準備，仍震駭得垂下頭去。

韓柏吻了她們臉蛋後，銀衛剛取了三個兵器架來，放在廣場與鷹飛遙對的另一邊，韓柏悠然走了過去，伸手逐件兵器撫弄把玩著。

虛夜月向莊青霜打了個眼色，走到白芳華身旁，裝出嬌嗔之色，不服氣地道：「開心了吧！我們夫君說要納你為妾，你得償所願了。」跺足走了開去。

白芳華哪知身分被韓柏悉破，堆起笑容，追著虛夜月想趁勢討好她。

莊青霜暗喜虛夜月妙計得逞，忙到鬼王旁，輕輕轉達了韓柏的話。

鬼王眼中驚異之色一閃即逝，哈哈笑道：「霜兒不用擔心，我包保你的嬌婿旗開得勝。」兩句話便掩飾了莊青霜接近他的目的。

「鏘！」

韓柏取起一把長刀，拔了出來，轉身向鷹飛大笑道：「本人就代表戚兄，向你討回血債。」橫刀而立，屹然若山，鋒芒四射，大有橫掃千軍之概。

谷姿仙、谷倩蓮和小玲瓏三人雖是第二次見他和別人動手，可是上一次對著里赤媚，完全是捱打求生之局，到這刻才得睹他的英姿風采，竟不遜色於愛郎風行烈，不由大改印象中這傢伙只懂嬉皮笑臉、大耍無賴的形象。

虛夜月和莊青霜更是美目閃亮，恨不得投身到他懷裡，恣意纏綿。

鷹飛見他霎時豪邁得像換了另一個人似的，暗暗心折，但亦更增殺他之心。韓柏對女人便像一團烈火，遇著甄素善這乾柴，後果眞想都不敢想！

冷哼一聲，兩手探後，同時拔出「魂斷雙鉤」，擺開架勢，上身微俯向前，兩眼射出懾人神光，像頭餓豹般緊盯著對手。氣勢絕不遜於韓柏，冷狠則猶有過之。

眾女都看得呆了一呆，心中縱不願意，亦無法不承認這邪惡的蒙古年輕高手，有種妖異的引人風采。

不由不暗為韓柏擔心起來。

虛若無和嚴無懼對望一眼，都看到對方眼內驚異之色，難怪鷹飛敢單人匹馬，到來挑戰。

兩人相持不動，互相催發氣勢，一時間殺氣嚴霜，氣氛拉緊，一觸即發！

雪花仍永無休止地灑下，整個廣場和四周的建築物均鋪上白雪，轉化爲純白淨美的天地。

兩人的目光一點不讓地對視著，尋找對方的破綻，若有任何一方稍露虛怯的情態，另一方必生感應，即乘虛而入，發動最猛烈的攻勢。

天地一片寂然，連雪花灑落地上都是靜悄無聲。

韓柏觀察了一會兒，知道休想在氣勢上壓倒鷹飛，沉喝一聲，往前衝出，揮刀疾劈。

假若戚長征在此，看到這一刀，亦要大聲喝采。

這刀除了凌厲無匹，充滿一往無前的霸氣外，更精采的是變化無方，含有驚世駭俗的奧妙後著。教人泛起不但硬碰不得，還完全沒法捉摸他要攻擊的位置。兼且此刀全無成法，便像才氣橫溢的詩人妙手偶得而成的佳句，看得人心神皆醉。

事實上連韓柏自己都不知爲何會使出這一刀來，他見鷹飛雙鉤守得無懈可擊，魔種被刺激得往上提升，一股衝動狂湧而來，自然而然劈出了這天馬行空的一刀。

虛若無看得呆了一呆，皺起眉頭，像想到了甚麼非常有趣的事。

眾女則緊張得屏止了呼吸，恨不得韓柏一招克敵。

嚴無懼放下心來，暗忖難怪里赤媚三次暗襲都殺他不死，原來竟眞有如此本領。

鷹飛更是心下懍然，想不到他的刀法比戚長征更難應付，知道退讓不得，狂喝一聲，雙鉤前後掃出。

兩大年輕高手，終於短兵相接。

人影交接。

鷹飛先一鉤眼看要掃中長刀，長刀忽生變化，緩了片刻，避過鉤尖，閃電破入，朝鷹飛面門劈去。

鷹飛臨危不亂，施出渾身解數，後一鉤恰掃在刀身處。

噹地一響。

兩人錯身而過。

鷹飛猛扭腰身，雙鉤一上一下，分向韓柏頭頂和腰側鉤去，狠辣凌厲。

韓柏頭也不回，反手一刀揮去，切入雙鉤間的空門，取的是對方咽喉。

竟然第二招便是與敵偕亡的招數。

虛夜月等嚇得花容失色。

只有鬼王和嚴無懼暗暗點頭，看出韓柏的長刀取的是短線，必能在鷹飛雙鉤擊中他之前，先一步割破對方喉嚨。

要知韓柏第一招早取得了先勢，假若現在改採守勢，便會給鷹飛爭回主動，陷入捱打之局，所以才以險著力保優勢。

箇中玄妙處，實是精采絕倫。

鷹飛果然悶哼一聲，兩鉤回收，「鏘」的一聲，把韓柏這無堅不摧的一刀夾著。

韓柏也不由心中暗讚，並在對方雙鉤把刀鎖死前，運功一震，底下飛起一腳，踢往對方下陰。

內勁通過鉤刀接觸處，硬拚了一記。

鷹飛亦同時一腳掃出，希望能把韓柏掃得横移少許，失去平衡，那他的雙鉤便會像長江大河般，滾滾而去，直至把對方擊斃。

「蓬！」

氣勁交接，刀、鉤分了開來。

兩人同時被震得往後退去。

「砰！」

韓柏底下那一腳倏地緩了一緩，變成踢在鷹飛腳側處，而不是被他掃中。

看得連鬼王都忍不住雙眉上軒，叫了一聲「好」。

鷹飛想不到對方的感應如此玄妙，竟像腳尖生了眼睛般，至此才知魔種的厲害。他亦是一代人傑，知道已變招不及，一聲長嘯，就在雙腳交觸時，往後翻騰，轉動身子，化去韓柏的腳勁。他吃虧在腳下是横掃之力，給對方的直踢擊中，變成純是捱踢之局，不得不以倉卒應變的奇招化解。

心中大感苦惱，交戰至今，竟然一直陷入被動捱打的下風，實是平生破題兒第一遭。

韓柏一腳得逞，哪還遲疑，哈哈一笑，貼地掠出，竟要先一步搶往鷹飛的落點，再加攻擊。

眾女本以爲他會凌空追擊，想不到這小子如此狡猾，都看得緊張萬分。

人影閃處，韓柏來到由空中落下的鷹飛下面，唰唰唰接續劈出三刀，往身懸虛空，像與天上雪花融合爲一的鷹飛揮去。

三丈方圓內的雪花被驚濤駭浪般的刀氣帶得旋動起來，更添聲勢。

韓柏傲立在這雪雨漩渦的中心點，有若天神。

他再不是那只懂與美女調情的多情種子，而是無可比擬的武道霸主。

就若赤尊信復活了過來。

眾女看得心神皆醉。

虛若無眼中掠過異采，再喝道：「好！」

鷹飛卻是心中叫苦，只見寒芒電掣，刀氣漫空湧來，知道再無可能搶回主動之勢，此時若不退走，如此下去，最多是得個兩敗俱傷之局，暴喝一聲，雙鉤下擊。

「噹噹」之聲不絕於耳。

鷹飛不住借勁上升，又猛地回撲，忽緩忽速，竟是招招硬封硬架，仗著強猛的鉤勁，消解韓柏凌厲的刀勢。

韓柏殺得性起，趁鷹飛又彈往高空時，沖天而起，長刀幻作長虹，衝破雪花，向鷹飛直擊而去。

鷹飛發出厲嘯，往下狂撲，雙鉤使出看家本領，立時掛中對方長刀。

鉤、刀相交時，韓柏長刀忽地像延長了般，送出一道刀氣，割往鷹飛胸膛。

鷹飛本要單鉤鎖刀，另一鉤則突襲對方，這時哪敢逞強，悶哼一聲，雙鉤吐勁，凌空飛退。

「啪喇」聲中，鷹飛胸膛衣衫盡裂，險險避過這必殺的一招。

同時借力改變去勢，橫移開去，竟是打算逃走。

韓柏還是首次發出刀氣，亦自呆了一呆，落回地上，竟忘了乘時追趕。

鐵青衣倏地現身屋簷處，阻著鷹飛逃路，大笑道：「勝負未分，鷹兄怎可離去？」

虛若無喝道：「青衣！讓他走吧！」

鐵青衣微一錯愕，鷹飛已掠過他頭頂，迅速遠去。

虛夜月和莊青霜撲了出來，不顧一切投進韓柏懷裡。

眾人均欣然圍了過來。

嚴無懼忍不住問道：「威武王為何竟容此子逃去呢？此人武功如此高強，連先天刀氣都可避過，給他溜掉，實是後患無窮。」

眾人都不解地望向鬼王。

虛若無淡淡一笑道：「因為里赤媚來了，所以才放他一馬罷了。」轉向韓柏道：「賢婿到我的書齋去，我有幾句話和你說。」接著伸手截著想跟來的虛夜月和莊青霜道：「你們到月樓等韓柏吧！」

再向眾人打個招呼，領著韓柏去了。

白芳華則秀眸一轉，離府而去。

第十二章　古廟驚魂

風行烈回到鬼王府時，虛夜月正嘟長小嘴，坐立不安地苦候韓柏。莊青霜比她文靜多了，和谷姿仙有一句沒一句閒聊著。谷倩蓮則和小玲瓏坐在一角，不知說著些甚麼知心話兒。金髮美人兒夷姬和虛夜月的貼身俏婢翠碧負責伺候眾女的茶水。

虛夜月的月樓在鬼王府雖不算大建築，但多住兩家人，仍有足夠的空間。所以在她的堅持下，風行烈和戚長征均分了樓上的四間大房，廳子當然是公用的了。

谷姿仙見風行烈回來，大喜迎去。

風行烈看了虛夜月的可愛樣兒，忍不住笑道：「誰開罪了月兒呢？」

虛夜月跺足道：「行烈在笑人家。」

各人都笑了起來。

谷倩蓮怎肯放過他，扯著他衣襟笑道：「試過野花的滋味，以後再不覺家花香了？」

谷姿仙嗔怪地瞪了她一眼。

風行烈笑道：「皇天在上，我風行烈只做陪客，並沒有嘗到野花的滋味。」

三女大喜，但又礙於虛夜月和莊青霜在旁，不好意思追問細節。

虛夜月記起了白芳華的事，使開了翠碧和夷姬，招呼眾人坐到一塊兒，道：「現在月兒有件至關緊要的事，要告訴你們。」

鬼王和韓柏兩人在金石藏書堂坐下後，沉吟片晌道：「現在我真的放心了。賢婿的武技已臻上窺天道的境界，就算再遇上里赤媚，雖仍不免落敗，但應可保命逃生。」

韓柏呆了一呆，搔頭道：「他的天魅凝陰如此厲害，敗即死，我哪逃得生呢？」

鬼王微微一笑，在身後取出一把刀來，遞給他笑道：「有了這寶貝，沒可能的事當會變成有可能了。」

竟是天下武林夢寐以求的鷹刀。

韓柏不敢伸手去接，苦著臉道：「若我失掉了它，豈非更糟。」

鬼王把厚背刀塞入他手裡，笑道：「信我吧！你若拿著此刀，會有意料不到的效果的。」

韓柏兩手接上鷹刀，一種奇異的感覺立時傳遍全身，有點像與美女交歡時那種既濃郁又空靈的境界。不禁點頭道：「可能真是這樣，但鷹刀來了我處，小婿豈非成了眾矢之的嗎？」

鬼王哂道：「有誰見過鷹刀呢？除了紅日法王或龐斑等人外，沒有多少人能感應到此刀的靈異。所以你即管把它揹著，後天早上才來還我，包保不會有人知道。」

韓柏道：「假若我真的丟失了它，那怎辦才好呢？」

鬼王若無其事道：「得得失失，何用介懷！」

韓柏和他對望一眼，齊齊放聲大笑起來，充滿了知己相得的意味。

鬼王嘆道：「或者你會說我是馬後砲。其實連單玉如都會瞞我不過，可是我對芳華卻全無懷疑，只是基於一個原因，使我願意欺騙自己。」

頓了頓續道：「你或者尚未知道，芳華乃瑤族女子，而月兒的生母亦屬瑤族，兼且她們的神態都有著某種微妙的酷肖和韻味，所以我才願意接受她，讓她作伴。到今天始知道這是單玉如針對虛某的弱點而作出的擺布。」

韓柏吁出一口涼氣道：「這單玉如的手段眞教人心寒生懼。」

鬼王雙目閃起精芒，冷哼道：「幸好她給賢婿悉破了，你這兩天最好不要動她。因為我還要利用她送出一些消息，害害單玉如。哈！確是愈來愈精采了。」

韓柏記起見不到乾羅，順口詢問。

鬼王道：「我們得到消息，乾羅的女人『掌上舞』易燕媚和丹清派的女掌門等止乘船來京，老乾知道後，立即趕去接應，我派了城冷陪他，好方便應付京師的關防。」

韓柏又皺眉道：「戚長征到哪裡去了？」暗忖不是又到了青樓鬼混吧！這小子可能比自己更放任。

看了看天色，這樣被白芳華和鷹飛一鬧，鬼王又扯了他到這裡說了一番話，已是酉時之初，離散花清涼古寺的約會，不足一個時辰，不要說難抽空去和七夫人纏綿，連月兒、霜兒都不宜再見。她們當然不會攔阻他於亥時去會秦夢瑤，但卻休想她們批准那刻前的任何約會。

嘆了一口氣道：「這嚴無懼陰魂不散的纏著小婿，累得我想赴一個重要的約會亦有所不能，岳丈大人可否幫我把他甩掉呢？」

鬼王神秘一笑道：「這個容易得很，是否指與秦夢瑤的約會哩？」

韓柏不敢瞞他，道：「岳丈可否看在小婿分上，儘管聽到我即將要說的事，亦不要通知燕王呢？」

鬼王沉吟片晌，嘆道：「假設你在三日前這樣對我說，我會著你不要說出來。可是燕王這幾天那種不擇手段的做法，已使我心灰意冷，燕王實在和朱元璋屬同樣的料子，賢婿放心說吧！」

韓柏遂和盤托出了盈散花與秀色的事。

鬼王聽罷皺眉道：「假若我猜得不錯，盈散花可能是高麗上一任君主無花王的後代。無花被正德奪了王位，妃嬪、兒子、親族近五千人盡被誅戮，想不到仍有人倖存下來。」

韓柏奇道：「冤有頭債有主，為何盈散花會找上燕王棣來報復呢？」

鬼王道：「那次宮廷之變所以能成功，全賴燕王派出手下助陣，也可以說，只要燕王一天當權，正德的地位便穩如泰山。盈散花若是無花的後人，把燕王列作刺殺的對象，絕不稀奇。可是燕王此人雖是好色，對女人卻防範甚嚴，和女人歡好前，必以手法制著她的穴道、內功，想在床上行刺他，根本是沒有可能的。」

韓柏一聽更是心焦如焚，這豈非賠了夫人又折兵！恨不得脅生雙翼，立即飛去見盈散花，勸她打消主意。

鬼王又道：「就算盈散花行刺燕王成功，正德固是失了大靠山，但她也絕佔不到便宜。因為藍玉和胡惟庸所以能請得動水月大宗來幫手，必是以高麗的領土作報酬。若讓倭子取得這鄰近中土的踏腳石，中原危矣！」

韓柏聽得目定口呆，始知自己根本不懂國情政治，呆了半晌後道：「如此我更要去見盈散花，勸她打消念頭。明晚燕王設宴招待盈散花，誰都可想到宴會後的餘興節目會是甚麼。」

鬼王問道：「盈散花約了你在哪裡見面？」

韓柏說了出來。

鬼王伸手搭著他肩頭，語重心長道：「我知賢婿你以誠待人，所以對人沒有太大防範之心。我年輕時亦有你那種想法，可是現在多了數十年的經歷，甚麼都看透了。總之防人之心不可無，尤其牽涉到國仇家恨，最正常的人亦會變成不顧一切的瘋子。」

頓了頓續道：「現在你成了盈散花對付燕王行動的唯一障礙，說不定她會把你看作第一個要對付的目標。」

韓柏對此充滿自信，哪會放在心上，敷衍道：「多謝岳丈大人提點，我會小心應付她的了。」

他的內心想法哪瞞得過鬼王，啞然一笑道：「只有經驗和教訓才可以使你們這些年輕人明白長輩從血淚得來的處世知識。我亦不多言了。我可包保你能撇開小嚴，神不知鬼不覺在清涼寺內出現，不過你最好先摸清形勢，才好去見盈散花，知道嗎？」

韓柏爽快應道：「曉得了！」

鬼王嘆了一口氣，知他只當自己的話是耳邊風，再加幾句道：「現在誰都知你魔功高強，所以若要對付你，必是定下最毒辣的陰謀或是集中武功最高的好手，不教你有任何脫身的機會，否則我亦不會迫你帶著鷹刀，免得你與秦夢瑤尚未見著，便一命嗚呼。」

韓柏奇道：「岳丈不是說我福大命大嗎？」

鬼王嘴角逸出笑意，站起來道：「來吧！讓我指點你一條到清涼寺的暗路，月兒方面自有我為你安撫。」

韓柏大奇，暗路究竟是指甚麼呢？

穿過地道，韓柏由另一出口鑽了出來，竟是清涼古寺後院的一間僻靜禪室。

至此亦不由深深佩服鬼王的深謀遠慮，早在鬼王府下秘密開鑿了四通八達的地道，通往遠近不同的地方，就算和朱元璋反臉動手，逃起來亦輕而易舉。自己若非成了他的女婿，自亦不會知悉這秘密。

他把地道出口掩蓋好後，以佳人有約的輕鬆姿態，步出室外，往主廟走去。

刻下乃晚課時間，經堂傳來陣陣禪唱，鐘鳴鼓響，充滿寧和的宗教氣氛。

由昨天開始，明軍封鎖了到清涼山所有道路，除非是高手，一般人自然不能上山禮佛，所以偌大的清涼古寺，除了經堂之外，都是靜悄悄地，闃無人聲。

韓柏施展身法，避過了幾個打掃的僧人後，來到大殿內佛像後的空間。

探頭出去，佛座前的長明燈映照裡，有三個僧人伏倒地上，似正拜佛拜得忘了站起來。

韓柏大感不妥，記起了來前鬼王的忠告，伸手在佛座下的蓮花浮雕運功抓下一粒木碎，朝其中一僧的敏感穴位彈去。

正中目標，只是該僧全無應有的反應。

韓柏心中一寒，是誰點了三僧穴道呢？難道這真是個陷阱？

鬼王的話言猶在耳，不禁對盈散花的信心動搖起來。旋又想到或者是有人知道他們的約會，所以先行布局對付他們也說不定？趁現在離約會仍有小半個時辰，自己不若早一步截著盈散花，和她逃之夭夭，才是上策。

想到這裡，暗笑任敵人千算萬算，都算不到自己是由秘道潛來的。於是凝聚精神，運轉魔功，把感應提升至極限。先由佛座的後門退了出去，再閃入主殿旁幽深的園林裡，不片晌曲折迂迴地繞到大殿正前方廣場側的密林中，藏身一棵枝葉茂密的大樹上，把身體隱蔽得天衣無縫，除非不幸地敵人亦選了這棵樹爬來，還要揀中他藏身的橫椏，否則休想發現他的存在。

下了一天的雨雪此時漸由大轉細，緩緩停下。但整個清涼山所有廟宇建築，早變成了個白色世界。

大廟前的廣場靜悄無人，在大殿簷沿高掛的十多個燈籠映照下，積雪的廣闊空地反映著燈光，似若個不具實質的幽靈世界。

韓柏由藏身處看去，除了大殿的正前方盡收眼底外，由於居高臨下，亦可看到刻有「清涼古寺」大石牌匾入口下大截的登山石階。此乃到古寺的必經之路，盈散花要來，理應是循此石階登寺，否則就須攀山越嶺了。

韓柏盡力收斂本身精氣，免惹得敵方能生出反應。

正如鬼王所言，來者不善，善者不來！

四周靜如鬼域，蟲鳥等都因大雪不知躲到哪裡去了。天色開始轉晴，星空晶瑩通透。

就在此時，韓柏生出感應，往巍然矗立的大殿上空望去。

在星夜的背景襯托下，一道鬼魅般的人影從天而降，落到殿頂，盤膝安坐瓦背，穩若磐石。肩背處露出一截刀把，在星光下閃起微微的異芒。情景詭秘至極點。

韓柏忙闔上眼睛，只餘一絲空隙，怕給對方看到眸子的反光。心中冒起一股寒氣。

此人應是逃過所有守兵耳目，而且是攀山上來，只是此點，便知此人大不簡單，充滿了夜行者捨易取難的精神。

更駭人是他的從容氣度，動作迅捷完美，疾若電閃，那種身法，韓柏只曾從龐斑、浪翻雲、秦夢瑤、里赤媚、鬼王等有限幾人身上看過。

我的娘啊！這人究竟是誰？

韓柏至此更不敢大意，收攝心神，把魔種潛藏匿隱的特性發揮到極致，心中無念無思，連呼吸都收止了，全靠內息循環不休，就若冬眠了的動物，把生命的能量降至無可再低的水平。

時間緩緩轉移。

「嗚！」

山路處傳來一聲鳥鳴。接著另一下鳴叫在更遠的山路下回應著。當然是埋伏山路旁的敵人在暗通消息。

現在時近酉亥之交，盈散花為何仍未出現呢？難道……不！盈散花絕不會出賣我的。

步履聲由山路下傳來。

韓柏暗叫不好，果然是散花來了。

怎辦才好呢？應否立即撲下去，帶她一起逃之夭夭。可是只要埋伏山路兩旁的高手擋他們片刻，在殿頂那可怕的人便可趕上他們，豈非仍是死路一條。

旋又想起大殿內的三個僧人，說不定對方不會立即動手，會讓散花到殿內等他，待他兩人到齊時才將他們一網打盡。

猛下決心，決意靜觀其變。

手探往後，輕捏大宗師傳鷹的厚背刀把，一種奇異的感覺透體而入，心神更是空靈通透。

一道黑影在目光所及的山路盡處出現。

韓柏鬆了一口氣，原來竟是個儒生打扮的魁梧男子。

他迅速來到石階之上，停定向殿頂遙遙拱手道：「『布衣侯』戰甲，見過水月大宗。」

韓柏大吃一驚，慌忙收攝心神。我的天！原來竟是水月大宗親自出手來對付我，我都算有面子了。這時從不信神信佛的他，亦不禁求神拜佛教盈散花千萬不要上來。

低沉冰冷，帶著異國口音的聲音由殿頂飄下來道：「韓柏何在？」

戰甲沉聲道：「戰某亦大惑不解，不知此子為何會不來赴約。」

盤坐殿背的水月大宗冷哼道：「藍玉不是保證過韓柏必來的嗎？第一次行動便教本宗失望，我們還如何可以合作下去？」

戰甲唉聲道：「大宗請聽戰某一言，今次我們的計劃應是天衣無縫。何況韓柏此子最是好色，只要有美女約他，天大事情都可擱在一旁，除非是他死了，才會不來。」

韓柏聽得心中大恨，又是好氣兼好笑，這戰賊子竟敢如此看扁我韓某人。

水月大宗冷然道：「是否在邀約上出了漏子，他根本不知道有這約會，又或那盈散花吸引力不夠，誘他不動呢？」

戰甲道：「盈散花乃江湖十大美女之一，有她親筆之信，韓柏怎會不來，可能是其中另有問題。」

韓柏驟聽入耳，像給勁箭穿心，心頭一陣劇痛，甚麼內息都運不起來，連呼吸都感到困難。

盈散花，你這狠毒婦人，對得住我韓柏嗎？原來你竟是藍玉的人。

就在此時，呼嘯之聲由殿頂破空而至。

駭然下知道因心中驚震，魔功消散，立時惹起蓋代高手水月大宗的感應。

他往上望去，只見漫天刀芒，重重殺氣，籠罩著以自己爲中心的方圓三丈之處。

第十三章　鷹刀救主

戚長征一邊想著明早如何向薄昭如入手，俘擄她的芳心，步履輕鬆地到了鬼王府，此時他已成功地把韓慧芷拋於腦後。

雖在想起她時仍有點心中刺痛，但再非在宋府時那種滴血絞痛的淒絕感覺了。醫治失戀的良方，還有甚麼比找到新的愛情更有效。待會定要和宋媚好好親熱，讓她溫灼的胴體暖暖我老戚受了創傷的心兒。

在府門報上姓名後，府衛把他帶往內府。

他還是首次踏足鬼王府，被那有若表演建築藝術的瓊樓玉宇、園林美景吸引得神爲之迷，大感興趣。

府內燈火通明，亮若白晝，但卻不覺有人把守，難道任由來搶鷹刀者如入無人之境嗎？

正嘀咕間，有人叫道：「戚長征！」

戚長征循聲望去，只見左側花園深處的亭子裡，隱有人影。

他認得是風行烈的聲音，忙遣走府衛，走了過去。

亭內不但有風行烈和三位嬌妻，還有虛夜月與莊青霜兩女，獨不見宋媚。

谷倩蓮道：「你這傢伙溜到哪裡去了，你義父說要打你屁股呢！」

戚長征向亭內諸人抱拳一揖，才登上石亭，道：「義父他老人家在哪裡？」

風行烈神秘一笑道：「乾老和虛老兩位老人家正在書齋處下棋，爲甚這麼晚才回來呢？有人等得你很心急了。」

戚長征嘆道：「此事一言難盡。」望往雖繃著俏臉，模樣仍是那麼動人的虛夜月，不禁又死性不改，故作驚奇道：「誰惹得虛大小姐不高興了，是否韓柏那小子，讓我揍他一頓給你出氣。」

虛夜月正因韓柏偷偷溜走，大發脾氣，卻苦無發洩對象，戚長征竟自動獻身，送上門來，扠腰大嗔道：「去你的大頭鬼，韓柏剛認識了你這個損友，立即近墨者黑，學足你的壞榜樣，本小姐要揍你一頓才眞。」

戚長征被她扭腰不依的俏樣兒弄得大暈其浪，哈哈笑道：「虛大小姐要感激我老戚才對。只要韓柏小子學到我三成哄妞的本領，包保哄得我們的虛大小姐心花怒放，快樂無窮，來！韓兄既不在，便讓老戚來陪你聊天，包保你不會寂寞。」

虛夜月終忍不住「噗哧」一笑，玉容解凍，別過頭去，狠狠罵道：「死老戚！眞希望碧翠把你治死了。」

戚長征全身一震道：「你說甚麼？」

虛夜月大樂鼓掌道：「不要言而無信，快坐到月兒身邊來，把你由出世開始的種種醜事由頭到尾詳細道來，逗得本小姐開開心心，才准離去。」

她身旁的莊青霜、谷倩蓮、小玲瓏全抿嘴偷笑，看著他呆然失措的苦臉。

風行烈感受著各人間眞摯無僞的感情，心中湧起溫暖。

還是谷姿仙心中不忍，笑道：「乾老剛把寒掌門等三人接了回來，現在她們正沐浴更衣，還不快去會見她們。」指著一排疏樹後的月樓道：「她們就在月兒小樓的二樓處。」

戚長征一聲歡呼，拔身而起，往小樓投去。

水月刀離他至少尚有三丈，樹上掛著的冰雪已被刀氣迫得照頭照臉吹打過來。如此凌厲的氣勢，韓柏還是首次遇上。

韓柏的眼光落在對方高舉過頭的水月刀上，只見刀身扁狹，鋒刃和刀柄都比中土之刀長上一半，在空中似緩似疾地隨著馭刀飛臨的水月大宗，帶著一種使人目眩神迷的邪異力量，朝他前額劈來，眼前的茂木密葉，塵屑般分向兩旁碎飛開去，刀未至，寒鋒已到。

眨眼不及的工夫，對方飛臨上空。

韓柏在這生死關頭，魔種剎那間提升至極限。

同時知道水月大宗由出刀開始，其精神力量便緊攝著自己的心魄，教自己連逃走都辦不到。如此刀法氣勢，確是先聲奪人。

韓柏這時亦早蓄滿勁氣，狂喝一聲，背上鷹刀電掣出鞘，風捲雷奔般一刀劈往水月刀上。

「鏘」的一聲激響，傳遍山野。

韓柏腳踏的粗幹竟化成碎粉，不由慘哼一聲，掉往樹下。

水月大宗則一個翻騰，在空中打了個後翻，頭下腳上，水月刀化作一道激芒，再炮彈般往墜往地上的韓柏射去，同時長笑道：「好小子，竟能擋我一刀。」

韓柏手臂發麻，全身真氣亂竄，暗叫吾命休矣時，忽地一種奇異的能量由刀柄處傳入體內。

那並非鷹刀本身蘊藏甚麼力量，而是鷹刀似能把宇宙某種神秘的能量，吸收過來，送往他體內。而在同一時間，他腦海內電光石火般升起一幅幅的圖像，隱含深意，只是一時尚不明白罷了。

水月刀破空而下，直刺他胸膛。

剛落到地上，韓柏的魔種立時復活過來，還比以前更有霸氣，哪敢遲疑，鷹刀再揮，「噹」的一聲再封架了水月大宗必殺的一刀。

一股無可抗禦的巨力由水月刀傳來，刀氣直侵臟腑。

韓柏狂噴鮮血，再往山下拋飛的同時，水月大宗亦給震得一個筋斗，落到廣場處。

韓柏跌落山野之前，勉力看了他一眼。

只見這水月大宗高挺筆直，穿著猩猩紅血般的無袖外褂，下著純白嶄新的褲子，腳踏草鞋。雪白濃密的頭髮垂在寬寬的肩上，水月刀攔腰橫抱，兩眼神光電射，一瞬不瞬盯著自己，陰鷙若兀鷹的面容半點表情都沒有。

「啪喇」一聲，背脊壓斷了一株長在山坡的小樹，翻滾下去。

站在一旁的布衣侯目定口呆地看著韓柏掉下去的地方，仍未從水月大宗驚天地泣鬼神的水月刀法回過神來。

山下尖嘯響起，顯是埋伏山路的風林火山四侍往韓柏撲去。

戰甲這時才記起要追殺韓柏，剛舉步時，水月大宗喝道：「戰兄且慢，此子已被本宗重創，他們四人足可收拾他有餘了。」

戚長征旋風般衝入月樓，嚇得廳內的夷姬和虛夜月的貼身俏婢翠碧差點跳了起來。

他向她們打了個請原諒的手勢，五步化作一步，兩下便來到樓上的小廳，只見一位美人兒坐在椅上，駭然撫胸地站了起來。

竟然是褚紅玉。

戚長征不好意思地停了下來，喜道：「你醒來了！」

褚紅玉見到他，就像見著了親人，兩眼一紅，垂下頭去，低聲道：「可以求你一件事嗎？」

戚長征想起她被鷹飛污辱和她戰死花街的丈夫尚亭，心下惻然，說起來，她的不幸還是全因他而來，百感交集，嘆道：「說吧！無論甚麼事，我戚長征都答應。」

褚紅玉平靜地輕輕道：「給我殺死鷹飛。」

戚長征走到她旁，伸手抓著她香肩，湊到她垂下的眼睛前，一字一字肯定地道：「戚長征不但一定殺死鷹飛，爲尙兄報仇和爲你雪恥，今後還會代尙兄好好照顧你。」

褚紅玉嬌軀一震，熱淚奪眶而出，搖頭泣道：「不！妾身是殘花敗柳之軀，而且你還不知那畜生對我做了甚麼可恨的事，我……」已是泣不成聲。

戚長征心中恍然，知道鷹飛這女人剋星，必是在她身上使了類似韓柏教他和風行烈的手法，挑起了她最原始的情慾，令她午夜夢迴時，亦忘不了這魔鬼。那種矛盾和煎熬，才是最折磨她。所以她認爲唯一解救之法，就是殺了鷹飛，否則說不定有一天，她會再投入鷹飛懷抱。

哼！我絕不會讓鷹飛詭計得逞。

不過現在她乍見自己，情緒激動，不宜使她難堪，遂微微一笑道：「放心吧！我知道他對你用了甚麼卑鄙手段，我會把你解救出來的。」

褚紅玉抬起淚眼，自責道：「唉！我是否天生淫賤的女人呢？」

戚長征對自己的推斷，更無疑問，柔聲對這美麗少婦道：「你絕不是天生淫賤的女人，相信我好嗎？鷹飛施於你身上是一種厲害的媚術，不但控制了你的身體，還控制了你的心靈。」

褚紅玉嬌軀一顫，淚眼瑩瑩看著他道：「你眞的明白！那怎辦才好呢？寒掌門救醒了我後，我總情不自禁地想著那魔鬼，媚術眞的那麼厲害嗎？」

戚長征至此才知道精通穴法的寒碧翠眞的破解了鷹飛玄奧的制穴秘法，對她的武功必大有進益。點頭道：「媚術就是控制異性的方法，觸及到最原始和非理性的情慾，所以紅玉你明知對方是窮凶極惡的奸淫之徒，仍忍不住想再嘗那種刺激和快樂。」

褚紅玉俏臉一紅道：「那怎樣才能破他的媚術呢？」

戚長征傲然一笑道：「當然是由我老戚以更厲害的媚術，加上你的意願和合作，去破解他的妖法。」

褚紅玉連耳根都紅了起來，興奮的感覺傳遍胴體，垂下頭咬著唇皮輕輕道：「只要能使我不再想他，紅玉甚麼事都願意做。」

戚長征大喜，吻了她的額頭，嚷道：「碧翠、紅袖，還不給爲夫滾出來。」

嬌笑聲起，寒碧翠和紅袖這對粉妝玉琢的美人兒由內進掀簾而來。

紅袖笑意盈盈地含情看著他，寒碧翠則苦忍著笑意，扠腰氣道：「好老戚，人家三姊妹千辛萬苦上京來尋你，居然一見面便呼呼喝喝，我們還未和你算賬哩！」

戚長征在褚紅玉臉蛋擰了一記，朝兩女走去。

兩女當然不會怕他，挺起胸脯，嚴陣以待。

戚長征來到兩女中間，猿臂一伸，把兩女摟入懷裡，高呼道：「天啊！你們知否我想得你們多苦。」

兩女也死命摟著他，相思苦淚奪眶而出。

寒碧翠大哭道：「戚郎啊！你這忍心的人，怎可丟下人家不理呢？」

戚長征亦激動得熱淚盈眶，想起她們與自己生死與共，在花街血戰敵人。想起了無數戰友、尙亭、封寒等逐一力戰而亡，眞像發了一場噩夢。

忽地背後貼上了褚紅玉柔軟豐滿的肉體，一男三女，終忍不住壓抑著的情緒，抱頭痛哭起來。

韓柏在斜坡滾動著，也不知壓斷和撞碎了多少橫枝和掛著的冰雪。心中不驚反喜，水月大宗雖厲害，怎知自己有捱打神功，一口血便化了他摧心裂肺的刀氣，眞是便宜得很。而且鷹刀似與自己的血肉和心神緊連在一起，亦把自己和四周的天地連在一起，人心、天心合而爲一，再無半分隔閡。那奇妙的感覺，使他更是圓滿通透，想到了死裡求生的唯一方法。

就在此時，強烈的刀氣又由下湧至，往自己猛攻而來。

漆黑的密林裡，一切全靠感覺，而韓柏的感覺比用眼看還要清楚，他甚至知道襲擊他的是個魁梧的倭子，左盾右刀，那把刀又重又長，欺自己受了傷，採取了衝鋒陷陣的硬拚方式。心中冷笑，藉著由上而下的跌勢，厚背刀全力劈出。

同時他更感應到有人由山路那邊潛了過來，向他擲出偷襲的飛刀。

「噹」的一聲巨響，下面的山侍舉盾擋刀，同時倭刀橫劈反擊。

豈知厚背刀劈中鐵盾時，勁若激流的力道劇衝而來，一向以勇力見長的山侍竟立足不穩，往斜坡下直滾落去，那橫劈的一刀自然甚麼都劈不著。

韓柏又一手接著飛刀，詐作中了暗算般慘叫一聲，往橫滾開去。

放飛刀的火侍以爲偷襲得手，拔出另一腿上的匕首，全速撲去。

此時短小精悍的林侍和俏麗嬌美的風女分由上方和右下側趕至，正要乘勢追擊時，火侍已發出一聲痛哼，步山侍的後塵，滾落山坡。

原來當火侍追至半途時，發覺韓柏竟然竄了回來，驚駭下運起匕首勉強擋了對方凌厲無匹的一刀，卻避不開對方由下斜上的一腳，股側慘中一腳，被踢得飛跌下坡。

上面的水月大宗亦不由動容，暗忖這小子爲何在垂死掙扎下，仍如此厲害，一聲長嘯，往斜坡掠去。戰甲忙緊隨其後。

韓柏此時剛一連三刀殺得林侍屁滾尿流，滾避開去，風女一長一短兩刀迎面攻來。

韓柏哈哈大笑，一個滾身，橫移五丈，才高嚷道：「老子走了！」再一個翻身，往山下滾去，到了一半，倏地停下，把早拿在手中的一塊大石呼地往下擲去。

枝斷雪碎的聲音由近而遠，便像是他正全速掠逃，自己則收斂神氣，隱匿不動。

果然風聲響起，敵人全往山下追去。

韓柏心中好笑，展開身法，往上面的清涼寺潛回去。

乾羅和鬼王正在書齋對坐下棋。

易燕媚興趣盎然地在旁觀戰，能看著這天下兩大高手在棋盤挑燈夜戰，實是畢生難忘的美事。

兩人棋力相若，殺得難分難解時，一起停了下來，往地下望去。

「篤篤篤！」

鬼王失聲道：「是我的好女婿。」站了起來，到了書齋一角，發動機關，開啓秘道。

韓柏鑽了出來，驚魂甫定後，尷尬笑道：「盈散花原來是藍玉的人，竟出動水月大宗來殺我，幸好我逃回來了。」

以鬼王和乾羅的修養，仍聽得目定口呆，面面相覷。這小子真的福大命大。易燕媚更是呆瞪著他。

韓柏跳了起來，嚷道：「時間無多，我要去了。」又旋風般奔了出去。

這時風行烈和眾女散步完畢，正步回月樓，忽地韓柏迎面奔來。

眾人無不愕然止步。

最先有反應的是虛夜月和莊青霜，一聲歡呼，不顧有人在旁，縱體入懷。

韓柏左擁右抱，向風行烈咧嘴一笑道：「風兄和美嫂嫂們請恕失禮之罪。」竟一把封著虛夜月的小嘴，貪婪地狂吻猛啜，親得她嬌體發顫，咿唔作聲。

風行烈曾和他有香醉居之行，早見怪不怪。谷姿仙等三女卻作夢亦想不到這混蛋竟敢在她們眼前對虛夜月無禮，羞得面紅耳赤，躲到了風行烈身後，羞於瞧看。

吻完虛夜月後，再親早羞得面紅耳赤的莊青霜，這妮子的反應更是不堪。

吻完後，韓柏輕易地從連站立都有問題的兩女處脫身逃走，當經過擠作一團的風行烈等身旁時，叫道：「美嫂嫂給小叔我攙著兩位嬌妻回去。月兒、霜兒啊！爲夫雖是愛煞你們，卻無法不暫時離去了。」到最後一句時，早走得影蹤全無。

虛夜月和莊青霜這對難姊難妹，互相扶持著。前者跺足大嗔道：「死韓柏！看人家明天怎樣和你算這筆賬。」話完自己忍不住也笑起來。

第十四章　枝節橫生

韓柏剛出府門，嚴無懼趕了過來，笑道：「下官還以爲忠勤伯會由後山楠樹林那方離去。」

韓柏嘻嘻笑道：「指揮使大人，我們比比腳力看看。」一溜煙竄落道旁的斜坡裡。

一陣急奔後，又跑上了大路，其他東廠高手早給他遠遠拋在後方某處，可是這東廠頭兒仍臉不紅，氣不喘，若即若離跟在他身後，似仍未盡全力的輕鬆模樣。

韓柏知跑他不過，大感洩氣，軟語求道：「嚴高手指揮大人，算我求你吧！現在我是佳人有約，你這樣名副其實貼身保護，不嫌大煞風景嗎？」

哪知嚴無懼比他更絕，嘆道：「皇命在身，違背了即是抄家誅族的大罪，就當可憐下官，讓我多跟兩個時辰，好交差了事。」

韓柏爲之氣結，邊跑邊道：「你子時在宮門等我，到時我和你一起進宮，不亦是可以交差了嗎？」

嚴無懼再嘆一聲道：「禍福無常，說不定忠勤伯有甚麼三長兩短，而皇上又發覺我在宮門處和侍衛閒聊，你說下官是否還有命回家伺候我那些嬌妻美妾？」

韓柏差點氣絕當場。

後方風聲響起。

兩人駭然後望。

范良極笑嘻嘻趕上，來到嚴無懼旁，三人疾若流星往秦淮河奔去，這老賊探頭瞧著韓柏，笑道：「小忠勤伯兒，假若我給你擋著嚴老鬼，你拿甚麼謝我？」

嚴無懼聽得眉頭緊蹙，韓柏卻是大喜過望道：「甚麼都成。」

范良極怪叫道：「那就行了。」一指往嚴無懼點去。

嚴無懼哇哇大叫，舉手擋格。

韓柏倏地加速，「呼」一聲閃入道旁，消沒不見。

風行烈與三位愛妻美妾，伴著虛夜月、莊青霜步回月樓。

虛夜月悶氣全消，笑吟吟挽著莊青霜，交頭接耳，細聲說大聲笑，若有人告訴風行烈她們的話題是與韓柏無關，殺了他都不會相信。看得他心頭欣慰，嘴角蘊著一絲笑意。

谷姿仙挨了過來，溫婉嫻淑地道：「風郎！有沒有羨慕你的好朋友呢？」

風行烈哈哈一笑，伸手環著她僅堪一握的腰肢，誠摯地道：「有了你們三個可人兒，風某早心足意滿了。只望你們早日給我生幾個白白胖胖的寶貝兒女。」

左旁的谷倩蓮和小玲瓏聽得心神俱醉，媚眼兒不住飄來，神態誘人之極。

谷姿仙喜孜孜赧然道：「但現在尚非適當時候哩！」

談笑間，眾人踏進月樓。

翠碧和夷姬迎了上來。

虛夜月自給韓柏大嘴一吻，心情轉佳，嚷道：「夷姬到我房來，給我和霜夫人說些塞外的美麗故事。」

夷姬連忙應諾。

莊青霜別過頭來，俏臉微紅道：「行烈晚安，我們不阻你和夫人去生孩子了。」

風行烈想不到嫻雅文靜的莊青霜竟會來這麼一句只應是韓柏和戚長征才說得出口的俏皮話。立即對她刮目相看，谷姿仙等三女則霞生玉頰，連谷倩蓮亦一時乏反擊之言。

虛夜月重重在莊青霜的腰肢扭了一把，笑罵道：「死丫頭，好的不學，卻學了夫君的口不擇言。」

兩女扭打笑鬧著到內進去了。

夷姬和翠碧當然緊隨其後。

風行烈看著羞態可掬的三女，眨了眨眼睛，又拿眼往樓上打了個不懷好意的眼色，逗得三女羞不可抑，心生歡喜，才領著她們登上二樓。

戚長征和寒碧翠、紅袖、褚紅玉、宋媚正親密地坐在同一組酸枝桌椅裡，喁喁細語，戚長征見風行烈回來，忙邀他們加入。

風行烈等見除宋媚外，四人均兩眼紅腫，知他們勾起了舊事，心中亦戚然。

坐好後，谷倩蓮為減他們淒酸之情，擠入寒碧翠和紅袖間，笑道：「翠姊、紅袖啊！好好管管老戚吧！媚姊對他一點辦法都沒有。」

戚長征明白她的用意，他亦想她們減輕回憶的包袱，尤其是飽受心魔折磨的褚紅玉，笑道：「風兄！可否讓小弟親小蓮的臉蛋一下，好獎勵她這麼關心我老戚呢？」

眾人當然知他說笑，都忍俊不住。

谷倩蓮氣得扠起蠻腰，杏目圓瞪，旋又「噗哧」一笑，白了戚長征一眼，把臉蛋湊往戚長征那方向，嬌聲道：「來吧！看你的膽子有多大，連朋友妻都敢調戲。」

眾人哄堂大笑。

戚長征老臉一紅，尷尬地舉手投降道：「風兄！我眞的心動得很，可恨小蓮獻遲了臉蛋，若在識你之前就好了。」

這次輪到谷倩蓮落在下風，跺足不依嗔罵道：「死老戚，找天我要和月兒聯手揍你一頓。」接著挨著寒碧翠道：「翠姊會心疼嗎？」

寒碧翠狠狠搔她腰窩，氣道：「你這蓮丫頭敵友不分，讓我求仙姊好好治你。」

谷倩蓮怕癢，逃回風行烈處，口舌不讓道：「你捨不得才眞呢！」

寒碧翠望往戚長征，甜甜一笑，會說話的眼睛像在道，被相思折磨了這麼久，當然捨不得啦！

戚長征心中大癢，暗忖今早才試過連御兩女的滋味，不若就今晚破了這紀錄，不是更精采絕倫嗎？

兩手探出，分別握著褚紅玉和寒碧翠的纖手。

褚紅玉顫了一下，沒有拒絕，只是垂下頭去。心情又歡喜又難受。她對戚長征早有情意，但那時乃尙亭的妻子，自不可做出牆的紅杏。但接著就給鷹飛以最可恨的方式得到了她的身心，若非醒來時受尙亭之死和湘水幫被殺絕的事實所刺激，定會偷偷去向鷹飛投降。

現在戚長征成了她唯一能擺脫鷹飛的希望，所以尙亭雖屍骨未寒，她仍要投進戚長征的懷抱去。

若尚亭在天有靈，應該不會怪她的。

思忖間，身體同時掠過難以形容的興奮。

鷹飛施於她身上的手法非常卑鄙，牽涉到她生理的分泌和竅穴的刺激，使她每晚都受到情慾的煎熬，戚長征真的可解救她嗎？

另一邊的寒碧翠自失身於戚長征後，便再沒有和他親熱的機會，今次難遏想思之苦，追上京師，自然渴求和愛郎魂夢巫山，見他抓著自己小手，雖有外人在旁，仍情不自禁死命反抓著他，心意不言可知。

戚長征暢美刺激得差點吼叫起來，向風行烈等眨了眨眼道：「行烈！很晚了！是嗎？」

谷姿仙等三女立時俏臉飛紅，垂下頭去，暗罵夫君這兩個好朋友，沒有一個不是急色鬼，但他們的浪蕩不羈，亦正是吸引人之處。

風行烈其實亦很想把剛由韓柏處學來的心法手段，施諸自己三位美人兒身上，聞言笑道：「在這冷酷競爭的現實中，還有甚麼比上床睡覺更能樂而忘憂呢？」

今次連紅袖和宋媚都臉紅了，春意盎然。

「噹！」

一聲鐘響傳遍鬼王府。

眾人愕然，想不到在這要命時刻，鬼王府這盤偷搶鷹刀的生意終發市了。

韓柏踏足亮若白晝、升平熱鬧的秦淮大街，心情之暢美，確是難以形容，每一個毛孔兒都像在歡呼，心兒則自動哼著最美麗的小調。

想到即可見到秦夢瑤，赴過朱元璋之約後，便可和這仙子同赴巫山，共享雲雨之歡，立即興奮至全身酥麻。

有誰能比我韓某人更幸福呢？

街上人來人往，氣氛熱烈，比對起其他昏沉沉的街道，眞不敢相信是在同一個城市中。

韓柏的腳步就像裝了個強力彈簧般，走起路來毫不費力，有若飄泛雲端。

林立兩旁的青樓門外，站滿了滿盈笑臉的鴇婦，迎客送客，充滿著「十年一覺揚州夢」那令人心迷意軟的頹廢氣氛。

可是現在所有青樓紅妓加起上來，都不及秦夢瑤對他吸引力的萬一。

鮮衣華服的尋芳客，坐著駿馬高車，絡繹不絕於途，累得龜奴們猛掃門前的積雪。

韓柏揹著鷹刀，昂首闊步，深切地感受著繁華盛世下必然會有醉生夢死的一面。

人生在世，所爲何來？

最要緊是把握眼前美好的事物，不教光陰虛擲。

有人選了功名富貴，又或濟世匡國之業，他選的卻是美女與愛情。人各有志，只要不是偷搶濫殺，誰能說我韓某人做錯了。

落花橋遙遙在望。

兩刻鐘後便是亥時，天下第一美女秦夢瑤會在那裡見他。

就在此時，一位秀髮垂肩的麗人嬝娜多姿迎面而來。

韓柏心神雖全放在秦夢瑤身上，亦不由本能地對她行注目禮，因爲此女雖略嫌蒼白，可是杏眼桃腮，秀色可餐，姿容直追虛夜月和莊青霜，不比盈散花遜色，早惹得路人紛紛駐足打量。尤其她單身一人，令人倍添遐想。

更引人注意的是在這嚴寒的天氣，她只是在白色的羅衫上加了一件垂地的淡黃披風，愈顯娉婷多姿，周圍的女子和她一比，就如燭火與星月般，相差了十萬八千里。

韓柏大奇，如此美女，怎從未謀面和聽人提及。

那女子直往韓柏走來，到了五步許處，抬起俏臉，星眸一亮，緊盯著他。

韓柏見她腳步不停，若再走前，肯定會撞個滿懷，換了平時，他定會停步不讓，看她會否這麼便宜他。不過現在要去與心中玉人相會，惟有壓下這誘人的想法，橫移兩步，避往道旁。

豈知人影一閃，那女子仍攔在身前，不過已停下腳步，婷婷俏立，笑吟吟的看著他。

韓柏大奇道：「小姐認識我嗎？」

美女甜甜一笑，由羅袖中抽出一卷畫布，玉手輕捏上下兩端，在他眼前拉了開來。

他定神一看，立即愕然動容，原來是幅人像畫，畫的赫然就是他韓柏。

美女把畫像移到貼在聳挺的酥胸上，微笑道：「兄台是否畫內之人？」

韓柏苦笑道：「畫得這麼像，韓某想不認行嗎？」

近看此女更不得了，明亮的眼睛，漆黑的眸子，悅耳柔美的聲音，帶點病態美的雪膚，加上她莫測高深的行止，合起來形成了神秘詭異的誘人魅力。

美女笑道：「你肯認就成了，我是專靠捕捉被通緝的採花大盜歸案賺取懸賞生活的獵頭人，乖乖的跟奴家去吧！」

韓柏失聲道：「甚麼？誰說我是採花大盜？」

兩人站在路旁，一個丰神俊朗，一個美艷如花，引得路人停了下來，對他們圍觀指點。

美女「噗哧」一笑道：「京城最美的兩位人兒都給你採了，還不肯認嗎？」

韓柏有點明白了，若非約了秦夢瑤，定會和她胡纏一番，但現在卻絕不適宜。哈哈一笑道：「原來你眞的知道，那最好不要跟來，否則我定要連你也採了。」舉步橫移，往另一邊行人道走去。他施展了急行法，似緩實快，暗忖看你怎追得上我。

美女蓮步輕搖，不即不離和他並肩而行，還好整以暇地嗔道：「人家的一日三餐都靠著你了，明知危險，卻怎可放過你呢？」

她這些話語帶雙關，充滿了挑逗性。

韓柏心中暗嘆，美人兒爲何來得如此不是時候？同時亦暗懍對方武功高強。

踏上另一邊行人道時，韓柏嘻嘻一笑，往她香肩撞去，口中卻道：「小姐高姓大名，嫁了人沒有？」

美女香肩亦反撞過來，含笑道：「小女子姓甄名素善，尚未有夫家。」

「砰！」

兩人肩膊硬拚了一記，分向兩旁移開，竟是平分秋色之局。

韓柏想不到來者竟是累得怒蛟幫差點覆亡的甄夫人，心叫不妙，一指往她腰脅點去，笑道：「那不若嫁了給我吧！」

甄夫人甜甜一笑，纖手迎上韓柏，拂往他手腕，嬌笑道：「若是明媒正娶，非是男女苟合，嫁你何妨。」

韓柏見她手法玄奧精妙，猶勝鷹飛。嚇了一跳，慌忙縮手，心中叫苦。自己拚將起來，雖未必一定敗北，可是還怎能依時赴約，更何況她可能還有幫手。立定腳步再拱手一揖軟語求道：「我的美人兒啊！求你做做好心，暫放我一馬，我現在有急事趕著去辦，明晚再和你玩過行嗎？」

甄素善移了過來，到差點靠入他懷裡，兩手後移，挺起酥胸，以示不會突襲，仰起迷人的俏臉，吐氣如蘭道：「韓郎的約會在甚麼時間呢？」

若非她報稱是甄素善，韓柏眞會以爲是遇上了單玉如，否則怎會如此妖媚迷人，嘆道：「離現在只有一刻時光多一點。」

甄素善明媚的眸子閃起亮光道：「道左相逢，遇聚一刻，實乃人生美事。韓兄陪素善到酒舖喝過三杯酒，素善立即放人，任你去採花偷心，全都不管，你肯答應人家嗎？」

「錚！」

四個鉤子掛到屋簷，卻只發出一下單音，接著四道黑影避過了近十個銀衛的截擊，憑著鉤索之力，迅如鬼魅般躍上府外最高的鐘樓上空，再鬆掉鉤索，像一群隊形整齊的雁兒般，飛過積著厚雪的重重屋頂，投往內府的大廣場處，鬼王府空有重重守衛，除了彎弓搭箭勁射敵人外，再無他法。

刀光閃起，勁箭不是落在空處，便是給這四個身形各異的蒙面人砸飛。

眼看他們飛降另一屋頂，小鬼王荊城冷出現屋脊上，手提鬼王鞭喝道：「既有如此身手，為何卻要藏頭露尾？」

「颼颼」聲連串響起。

那四人左手連揚，四串十字鏢一個追著一個，電火般分射荊城冷身上各個必救要害，聲勢驚人，充滿死亡的威脅力。

荊城冷雖是武技高強，亦難同時接下近百個殺傷力強大的十字鏢，尤其他們以特別的手法勁力擲出，利用旋轉的特性，不但加強了速度，還可專破內家護身眞氣。

荊城冷暗叫厲害，橫移閃躲。

那四人在空中像球兒般互相碰撞，散開來時或高或低，或左或右，變成由不同角度往荊城冷攻去，其詭變和巧妙處，教人難以揣摸。

這樣四合為一，又一分為四的聯擊之術，荊城冷還是首次遇上，鬼王鞭化作一團鞭影，護著全身。

四道寒芒，再由蒙面人處激射而出，往荊城冷攻去。

荊城冷施盡渾身解數，擋開了兩刀，又撐出後腳迫退了後方攻來的敵人，終攔不住那輕功最佳，身形嬌俏的女敵手有若兩道激電般一長一短的兩把倭刀，冷哼一聲，翻落瓦面，退往廣場。

那四人終成功登上屋脊，十字鏢連續發出，想搶上來的銀衛紛被迫退，其中一人還肩頭中鏢，卻苦忍著沒有發出叫聲。

這四人自是水月大宗座下風林火山四大高手。

這時他們傲立屋脊，儼然有君臨鬼王府，不可一世的氣概。

荊城冷落到廣場處，沒有再攻上去，退到卓立廣場中心的鐵青衣、碧天雁兩人間，這時風行烈、戚長征、谷姿仙、寒碧翠、虛夜月、莊青霜、谷倩蓮、小玲瓏、褚紅玉等全趕了到來。宋媚、紅袖等不懂武功，所以仍留在月樓裡。

銀衛則全隱沒不見，變成兩組人一上一下，在這雪白的天地裡，成對峙之局。

鐵青衣灑然一笑道：「原來是東瀛好手，不過你們聯手之法雖妙，卻尚嫌不夠斤兩，若你們再沒有人出現，我們便立即將爾等生擒活捉，嚴加懲辦。」

魁梧的山侍大喝道：「韓柏何在？」

下面的戚長征湊到風行烈耳邊道：「原來又是韓柏這傢伙累我們壞了好事，還要爲他擋災。」

風行烈笑道：「手腳快點，長夜漫漫，還怕沒有時間嗎？」

眾女中只有最接近的谷姿仙和寒碧翠聽到他們的對答，沒好氣地瞪了他們一眼，怪這兩人在此時刻還要不正經。

鐵青衣哈哈笑道：「先報上名來，再好言相問，待我想想會否答你。」

這鐵青衣不愧鬼王倚重的大將，不但說話得體，還穩穩壓著對方。

山侍喝道：「我們乃水月大宗座下四大侍衛，韓柏若在，立即叫他滾將出來，不要做縮頭烏龜。」

虛夜月聽得他對自己愛郎口出狂言，嬌笑道：「大個子你約好了他嗎？不讓人家出去逛街的嗎？還未弄清楚事實，便胡言亂語，快滾下來待本小姐掌嘴。」

山侍聽得愕了一愕，暗忖她罵得也有道理，一時作聲不得。

火侍最是風流自賞，虛夜月這種絕色，在東瀛眞是從未之見，而其他各女都是姿色上乘，谷姿仙和莊青霜更可與虛夜月一較短長，色授魂與之下叫道：「好一個牙尖嘴利的美人兒，就讓我們親熱親熱。」

虛夜月鼓掌道：「跳下來時小心點，不要尙未和我的寶劍親熱，便先跌歪了你的狗頭。」接著不依道：「快點吧！人家等得不耐煩了。」

眾人爲之莞爾。

谷倩蓮更挽著她笑彎了腰，喃喃道：「死月兒！給你笑壞了。」

火侍亦啞口無言，難道他眞要跳下去嗎？

四人見他們談笑自若，視他們如無物，均大不是滋味。

就在此時，一聲冷哼，一個高大人影，現身四侍正中。

四侍忙跪下拜見。

鐵青衣他們眼前一花，上面已多了個人，背對著他們。最使人印象深刻的，首數他斜掛背上式樣特異的水月刀，還有就是兩條細帶，連著無袖外褂的邊沿，再轉繞到背上縛成交叉的十字，使人一看便知是東瀛獨有的服裝。

竟是水月大宗來了。

第十五章　秦淮仙蹤

在一間高尙的老字號酒樓二樓臨街的廂房裡，甄素善殷勤地爲韓柏斟酒，然後舉杯道：「這一杯是慶祝我們終於碰上面的。」

韓柏欣然喝下，奇道：「聽美人兒你的口氣，好像一直急著要見我，是嗎？」

甄素善放下酒杯，嫣媚一笑道：「是的！自素善踏入中原，便一直想見你，看看你能否迷倒素善。」

韓柏大訝，忍不住搔起頭來。

甄素善風情萬種地白他一眼，微嗔道：「你的頭很癢嗎？」

韓柏尷尬地收回大手，苦笑道：「不是癢，而是痛，因爲到現在我還弄不清楚你要拿我怎辦？也不知你的話是眞是假？我從未見過比你更高深莫測的女人。唔！或者那陳貴妃可與你一較短長。」

甄素善神情一黯，輕嘆一聲，微搖螓首，望往街上的熱鬧情景。

韓柏竟忍不住心頭一顫，探手過去，抓著她的柔荑道：「乖寶貝，我們不是敵人嗎？爲何我一點都察覺不到你的敵意，假設你的情意是裝出來的，我豈非給你害死了仍糊裡糊塗？」

甄素善給他握著玉手，立時全身發軟，幽幽地橫他一眼，垂頭柔聲道：「韓柏！放開人家的手好嗎？否則素善便要纏你不休，教你赴不了約。」

最後一句比甚麼都有效，嚇得他連忙鬆手，訝道：「若我法眼無差，美人兒你尙是處子之身，爲何卻擺出可隨時和我搭上的姿態？」

甄素善抬頭看到他似認眞非認眞的傻相，「噗哧」笑了起來，再睨他一眼，神態嬌美無倫，哪像個領袖群雄的統帥。

韓柏哪忍得住，再伸手過去把她一對柔荑全納入手裡，正容道：「爲甚麼我像認識了你很久的樣子，不但不覺得你是可怕的敵人，還願意信任你，不怕你會傷害我呢？」

甄素善給他握得嬌軀一顫，幽怨地看他一眼，淡淡道：「我現在明白爲何沒有女人能抗拒你的魔力了，可是我卻不能具體地描述出來，因爲那只是一種深刻的感受。你若要佔有素善，恐怕我連推開你的力量都欠奉。唉！造化弄人，素善卻必須毀了你，因爲你已成了我們最大的障礙。」

韓柏大力一拉，把她扯了過來，坐到腿上，甄夫人還未來得及抗議，朱唇早給韓柏封著。立即神志迷糊，迷失在那甜美醉人的天地裡。尤其韓柏那撫著她大腿的手，更令她神魂顚倒。

兩張嘴唇依依不捨下分了開來。

韓柏把她摟得緊貼胸前，額碰著額，看著她的眼睛道：「我明白的，這一吻之後，我們就變成生死大敵，若你有本領，即管來取我的小命吧！可是你若敗了給我，就須乖乖把身體給我。而在這之前，不准你讓任何男人碰你，知道嗎？」

甄素善迷惘的星眸回復清明，柔順地點頭道：「我會遵守這約定，但卻要警告你，我會變成絕對無情的狠心女人，不擇手段的迷你、騙你，若你再讓素善像現在般和你親熱，便等若你自願把性命交給我。」

韓柏抱著她站了起來，再來了個長吻，才把這滿臉紅暈、羞人答答的美人放開，又伸手在她臉蛋輕佻地擰了一把，笑道：「美人兒！我們走著瞧吧！」哈哈一笑，瀟灑飄逸地欣然去了。

甄素善看著他的背影，先甜甜一笑，然後倏地收斂了笑意，露出森冷無情的顏容，足可令任何人心生寒意。

水月大宗兩手負後，背著下面廣場眾人道：「素聞『鬼王』虛若無乃明室第一強手，本宗則為幕府首席刀客，今本宗不遠千里涉洋渡海而來，但求能與虛兄決一死戰，於願足矣！」

虛若無尚未答話，戚長征已「呸」的一聲，不屑喝道：「老戚還當你是甚麼人物，原來只是卑鄙無恥之輩，分明知道虛老與里赤媚決戰在即，他是傷不起，你卻是傷得起，那虛老怎能放手而為？想見虛老嗎？先過得我戚長征這把刀再吹牛皮。」

水月大宗倏地轉身，兩眼射出寒芒，罩定戚長征，人雖未動，迫人的殺氣直壓下來。

眾人紛紛擺開架勢，一方面防範他突然出手，亦為了應付他淩厲的氣勢。

虛若無的笑聲由右後方書齋處傳來道：「罵得好，老戚你真對我脾胃，若我有多一個女兒，必會也招你為婿。」

戚長征不忘向虛夜月眨了眨眼，氣得虛夜月跺腳不依，偏又歡喜他的英雄霸氣，暗忖若非有了韓郎，否則真說不定甘心從他。

水月大宗面容古井不波，長笑道：「想不到虛若無竟是膽小如鼠之輩，以後還有臉見人嗎？」

虛若無的聲音斷喝道：「無知倭賊，給我閉口。以為我不知你意圖把我引開，好讓藍玉來搶奪鷹刀嗎？你過得了眼前這關，才有資格來見我。不過說不定虛某一時手癢，會出來取爾狗命。」

乾羅的聲音笑道：「何用為這種倭賊小鬼動氣，來！這一著輪到你了。」

水月大宗首次動容，只聽乾羅說話勁氣內蘊，揚而不亢，便知此人乃與鬼王同級的高手。不過他已騎上了虎背，冷喝道：「好！便讓我找幾個人的血先餵寶刀，再來看你下棋。」

下面各人倏地散開，谷倩蓮、褚紅玉和小玲瓏在鐵青衣指示下，退出場外，以免受傷。

水月大宗一聲尖嘯，領著四侍，躍入場中。

韓柏才走不久，一人步入廂房內，原來是文武兼資的方夜羽。

甄素善默默坐著，看著杯內晶瑩的美酒，沒有抬頭看他。

方夜羽坐到她旁，皺眉道：「找不到機會下手嗎？」

甄素善微一點頭道：「這小子其奸似鬼，只要我稍動真氣，他會立生感應，那時鹿死誰手，尚未可知。」接著突然伸手按在方夜羽的手背上，甜甜一笑道：「可是素善應已成功地令他相信我真的愛上了他，嘻！這個傻瓜。」

方夜羽反手抓緊她的玉手，柔聲道：「那你是否真愛上了他呢？」

甄素善狡猾一笑，點了點頭，又搖了搖頭，沒有答他。

方夜羽心中微痛，溫柔地搓著她纖美的玉手，輕輕道：「今晚事成後，素善陪我好嗎？」

甄素善俏臉略紅，嘆了一口氣，伸出另一手撫上他的俊臉，柔聲道：「你能狠心殺了秦夢瑤再說吧！我所以能騙得韓柏信我，全因我尚是完璧，你當明白我的意思吧！」

方夜羽眼中射出難以形容的神色，冷冷道：「縱使秦夢瑤有浪翻雲和了盡做她的護法，她恐仍難活著去見朱元璋。唉！若非得青青公主點醒，我們仍猜不到雙修大法加上魔種，竟可接回秦夢瑤的心脈。」

秦淮河上落花橋。

當韓柏走上橋上時，蜿蜒曲折的長河中花艇往來，燈火處處，笙歌絃管，舞樂升平，不由想起了香醉舫和天命教。與他肩摩踵接到此求醉買笑的文人雅士、風流浪客，有誰知道在這美麗的外衣下，京師正展開了內外各大勢力，動輒可使天下傾頹，萬民塗炭翻天覆地的鬥爭？

亥時了，爲何我的乖寶貝小親親好夢瑤還未現出仙蹤呢？

嘿！見到她時，是否應立刻對她放恣，趁到皇宮前好好在她美若神物的仙軀嘗點甜頭，欣賞她欲拒還迎的羞態呢？想到這裡，心都熱了起來，慾火狂升。

韓柏大吃一驚，若自己不能晉入有情無慾的境界，豈非害了好夢瑤。

忙運起無想十式的止念，慾火消退，心靈通透。

「韓柏！」

韓柏虎軀劇震，挨到橋欄處，朝下望去。

一艘小艇緩緩由橋底下駛了出來，一身雪白襯得烏黑秀髮閃著亮光，淡雅美艷，飄逸如仙，來自慈航靜齋的絕色嬌嬈，安坐艇內，悠然自若地划著小艇，仰起令他神醉心迷，秀美無倫，不沾半點人間塵俗的絕世臉龐，深情地看著他。

韓柏的魔種騰地升至頂峰，全身輕飄飄的，毫不費力拔身而起，落在艇中。哪還客氣，緊貼著她坐了下去，接過她左手木槳，另一手抓緊她的柔荑，心神俱醉地嗅著她熟悉的芳香。

兩槳同時探出，不分先後地輕輕划入水裡，小艇溫柔地向前滑去。

被大雪淨化了的兩岸景物，反映著河岸的燈火，便若一個美得不願醒來的甜夢。

秦夢瑤嬌吟一聲，似不勝與他貼體的接觸。小半邊身挨入他懷裡，螓首後仰，枕到他寬肩上，美眸閃著攝人心魄的異采，看著他身後的鷹刀，「噗哧」笑道：「韓郎啊！為何你會揹著天下人人爭奪的鷹刀，肆無忌憚地隨處走動呢？」

韓柏給她嬌甜軟語，迷到身癢心酥，搓捏著她香軟的小手，側頭往她望去，一見下劇震道：「天啊！夢瑤你完全回復了以前那不食人間煙火的樣子了。」

漆黑的星空下，岸旁河上的燈火中，秦夢瑤玉容閃著聖潔的光澤，有若降世的觀音大士，教人難起半分邪念。

秦夢瑤含情脈脈地凝視著他，淡然淺笑道：「人家本就是那個樣子嘛，今天是我們的大日子，自然要以真面目見夫君大人！」

韓柏心神俱醉，狠狠道：「我今晚誓要把你的仙法徹底破掉，將你變成這世上最幸福的女人。」

秦夢瑤坐直嬌軀，微微一笑道：「大雪初晴，星綴長空，如此良辰美景，正好讓道胎魔種，作出史無先例的決鬥。不過真不公平哩！人家還要心甘情願助你這壞人得勝。」

韓柏心中狂喜，看著她刀削般輪廓分明、為天地靈氣所鍾的美麗側臉，心中澄明透澈，只覺若能像現在般飽餐秀色，直至宇宙的盡頭亦不會有半分沉悶或不足。

秦夢瑤秀眉輕蹙，道：「韓柏你為何身帶女兒香氣，不是剛鬼混完才來找夢瑤吧？」若非兩手均不閒著，韓柏定會大搔其頭。支支吾吾間，秦夢瑤笑道：「夢瑤不追問我的好夫君了。韓柏啊！夢瑤這些天來想得你很苦，為何見到人家都不親一口呢？」

韓柏劇震道：「這話本應該由我來說，為何反從你的仙嘴吐出來呢？」接著苦笑道：「我真的起不了親你那張小甜嘴的念頭，因為覺得對你的任何冒犯，都會破壞了你這天地間最完美的仙物。」

秦夢瑤美眸一轉，情致嫣然，動人之極，挨了過來，香唇印在他臉頰上，欣然道：「若韓郎一直保持這種心境，怎能挑起夢瑤的情慾呢？」

韓柏一呆道：「我還以為這就是有情無慾哩！」

小艇緩緩在花舫間穿插前行，秦夢瑤嬌笑道：「若真個無慾，如何可以和夢瑤合體交歡？夢瑤要的是情慾分離，你明白我的意思嗎？」

韓柏放開她的玉手，抄了過去，摟著她的小蠻腰，笑道：「當然明白，我最近不但領悟了使你生孩子的竅訣，還學曉在欲仙欲死的緊要關頭，保持心神的澄明通透，那種雙重的享受，真教我魂為之銷。」

摸著她的小蠻腰，消失無蹤的慾念又再蠢蠢欲動，忍不住手往上移，試探地輕輕觸碰她柔軟豐滿，充滿了彈性的椒乳。

秦夢瑤嬌軀微顫，沒有拒絕。但神情仍是那麼恬靜嫻雅，臉蛋側枕到他肩上去，幽幽一嘆道：「韓柏，這可不行哩！你要由一開始時，便晉入情慾分離的道境，才可破夢瑤的劍心通明。像你現在這類下乘手法，雖可藉魔種挑起夢瑤表面的情慾，卻絕不可征服夢瑤的禪心，達不到使夢瑤有慾無情的要求。一日情慾不分，便只是後天下乘境界，憑甚麼制服人家的道胎呢？」

韓柏一震，手由她酥胸滑回她腰肢處，愕然道：「這些境界如此玄妙，先不說我那方面，請問我怎樣才能知道已逗得夢瑤有慾無情呢？」

秦夢瑤白了他一眼，小嘴湊到他耳旁，輕輕道：「今晚夢瑤和你之間每一件事，每一句話，都不准你透露與任何人知道，否則會羞死夢瑤，肯答應人家嗎？」

韓柏被她這誘人話兒再挑得慾火狂升，心中叫苦，壓下不是，不壓下又不是，怎樣才能情慾分離呢？

秦夢瑤狠狠咬了他耳珠，嗔道：「無賴快答我！」

韓柏心中一蕩，側頭看著這紅暈滿頰，嬌秀無倫的仙子，故意奇道：「你究竟想說出甚麼心事兒，爲何害羞得這般厲害？」

秦夢瑤羞態有增無減，連小耳根都紅透了，把俏臉埋入韓柏頸裡，不依地撒嬌道：「只要想起須親口告訴你有慾無情這羞人事，人家甚麼劍心通明都生出小翼飛走了。」

看著她前所未有的羞態，更加慾火焚身，又好奇心大熾，緊摟著她香肩，求道：「快說給爲夫聽，怎樣才算是有慾無情？」

秦夢瑤小嘴貼著他耳朵輕輕吐言道：「當你逗得人家不論對甚麼男人都願意欣然獻上身體時，那就是有慾無情的羞人境界了。」

韓柏立時如給冷水照頭淋下，慾念盡退，首次認識到今晚的任務是如何艱鉅。

要使秦夢瑤心甘情願和自己歡好，現在對他來說是輕而易舉的事，因爲他們間早建立了深厚的愛情。

但若要這自幼修行的仙子，情不自禁去接受完全沒有感情的男人，變成純肉慾的追求。那除非餵她服食了連這仙子都受不起的烈性催情春藥，否則怎會有此可能呢？

更要命的是看到她春情勃動的誘人神態，自己又怎能情慾分離。

起始看來很簡單的事，忽地變得複雜艱難無比。

韓柏呼吸急促起來，望往秦夢瑤。

秦夢瑤大嗔道：「不准在這時看人家。」

韓柏劇震嚷道：「老天爺啊！現在你媚惑誘人至這模樣，我怎還可記得甚麼有情無慾呢？夢瑤教我救我！」

小艇這時來到與長江交接的水口，秦夢瑤收槳，好讓韓柏調轉船頭，嫣然嬌笑，白他一眼道：「人家怎麼知道呢！總之今晚不理結果，都要把身體交給你了，就算燃盡了生命之火，也好帶著你的愛情，到死後那神秘的境界去。」

第十六章　蓋世刀法

水月大宗雙腳尚未觸地，碧天雁箭般飆前，雙枴一先一後，朝水月大宗擊去，速度氣勢，均達第一流高手的境界。

水月大宗仍在半空，冷哼一聲，不覺任何動作，水月刀竟高擎半空，迎頭往碧天雁蓋下去，比碧天雁還快了一線。

鐵青衣等齊生寒意，這麼快的拔刀、出刀動作，還是初次見到。

水月刀才離鞘，凜冽有若實質的殺氣籠罩了方圓三丈之地，連在最外圍的谷姿仙、莊青霜和寒碧翠，亦要運功抗禦，才不致牙關打顫，往後退開。

水月刀果是先聲奪人。

十字鏢雨點般由水月大宗身後屋脊上的四侍連珠發出，射向想撲前援手的風、戚等人。

碧天雁與水月大宗正面交鋒，感覺更是難禦，對方劈下來的倭刀似帶著一種使人目眩神迷、似實還虛的詭異邪力，教人全無辦法捉摸它的速度與來路。更驚人是他的先天刀氣，刀未至刀氣已至，若給刀氣劈中，傷的將是內臟而非皮肉，但殺傷性卻同樣可怕。

在這生死時刻，碧天雁自知無法在刀氣襲身前先傷對方。立反攻為守，雙枴交叉作十字，「卡嚓」脆響，接著了水月大宗這驚天動地的一刀。

無可抗禦的刀勁透枴而下，碧天雁竟不得不坐馬沉腰，以化勁道，腳下厚達數尺的石板立時「喀勒」的一聲裂碎，遠看去就若水月大宗一刀把碧天雁劈入地裡。

碧天雁知這乃生死存亡之一刻，狂喝一聲，抽出右枴，閃電出擊，同時以左枴把水月刀向左方卸去。

水月大宗一聲大笑，腳踏實地，水月刀彈了起來，刀光再閃。

碧天雁悶哼一聲，踉蹌後退，眾人明明見水月刀沒有碰到他，都不明所以。

鐵青衣長嘯一聲，卸下長衣，手捲衫束，變成一卷棍狀之物，向水月大宗搗去。

荊城冷駭然扶著倒退的碧天雁，驚叫道：「雁叔沒事吧！」

碧天雁面無血色，顯是損耗極鉅，搖頭道：「幸好他破不了我的護體眞氣。」人叫道：「青衣，小心他的先天刀氣！」

「蓬！」

衣束、水月刀交擊。

這時四侍分散落到水月大宗後方，擺開架勢，虎視眾人，卻沒有出手。

水月大宗動也不動，鐵青衣卻全身一震，急退三步。

倏地水月大宗以玄奧之極的步法移前五步，刀光一閃，疾取鐵青衣胸膛。

鐵青衣給他凌厲無匹的刀勁震得手臂痠麻，見水月刀電射而至，施出看家本領，衫束化回長衣，潮水波浪般揚起，「蓬」的再擋了一刀，這回只退了一步。

水月大宗讚道：「好本領！竟懂以柔制剛之理。」驀地刀光大盛，幻出重重刀影，催出陣陣刀氣，漫天蓋地隨著玄奇步法，狂風掃落葉般往鐵青衣捲去。

鐵青衣夷然不懼，長衫化作一片青雲，反往對方捲去。

戚長征和風行烈打個眼色，均看到對方臉上驚容，如此蓋世刀法，實是未之前見。

就在此時，虛夜月嬌叱一聲，鬼王鞭靈蛇般先落到地上，瞬眼間沿地竄去，捲往水月大宗的右腳。

水月大宗喝止後方四侍道：「不准動手。」哈哈一笑，水月刀揮擊在鐵青衣貫滿眞勁的長衫上，把他震得側跌開去，自己則倏地閃開。虛夜月詭異無比的一鞭立時師老無功。

鬼王鞭由地上彈了起來，隨著虛夜月前衝的身子，追著水月大宗攻去。

荊城冷一把攔著想上前援手的莊青霜和谷姿仙，厲聲道：「我去！」反身亡命撲去。

水月大宗見引得虛夜月追來，心中竊喜，只要擒得這女娃，哪怕鬼王不任由宰割。

秦夢瑤坐到艇尾，把划艇之責交回韓柏，後者逆流把小艇往落花橋駛去。

秦夢瑤神態嫻雅，心靈一片平靜。今次再會韓柏，她感到一切都不同了。她從未有一次像現在般全心全意渴想和韓柏在一起，共享那種難以言喻的超然感覺。這與男女之情絕對無關，就像和浪翻雲、龐斑又或言靜庵相處時那種醉人的感受。

更何況她對韓柏情根深種，使她知道無論韓柏對她怎樣放恣，她只會欣然接受，不會生出抗拒之心，就像他剛才那麼溫柔地摟了她的腰肢，輕撫了她的酥胸。

她感到道胎和魔種在精神的層面緊鎖在一起，誰都不肯和不願分開來，那種情慾交融的感覺，是捨韓柏外再無任何人可賦予給她的。

若非尚未接回心脈，她便可和韓柏共嘗魔種道胎靈慾渾融的甜美滋味。

但現在他們必須分別達到有情無慾、有慾無情的境界。

成功與否，已完全要看韓柏的表現。她只能從旁引導。

但她並不放在心上，自劍道有成以來，她早看破生死得失，沒有任何事會放不下，包括自己的生命。

韓柏呆看著她，一瞬不瞬。

秦夢瑤蠻腰輕扭，白了他一眼道：「還穿著衣服都要看得這麼色迷迷嗎？」

韓柏早認識到這仙子出世和入世的兩面。出世的她，凜然不可冒犯；入世動情時，則比任何女人更加姣美誘人，嬌艷媚惑至使人迷惘顛倒的境界。

韓柏今晚自見到秦夢瑤後，魔種一直處在最佳的狀態下，他可以清楚體會到秦夢瑤對自己的海樣深情，感應到她甘願委身從他的心意。更使他感動的是秦夢瑤拋開了包括生死與師門責任在內的一切，把芳心和肉體完全絕對地向他開放，任他爲所欲爲。只恨不知如何才能由始至終，都保持在情慾分離的先天道境裡。

這幾天當他和諸女歡好時，每可在神醉魂銷的一刻，攀上那種境界。但那只像妙手偶得的佳句，這刻想蓄意爲之，卻是可想不可得。

若以無想十式的玄門正宗爲之，則未開始早肉慾退盡，亦是不行。

現在他甚至不敢挑起秦夢瑤的情慾，因爲若以後天之法，只能挑起後天的情慾，可能尚未與秦夢瑤合體，她即受不住凡俗慾火的衝擊，心脈斷折，玉殞香消，這如何得了。

秦夢瑤見自己出言逗他，這小子仍是一本正經，輕輕一嘆後，俏目凝注河水，幽幽道：「河水流過的地方，草木欣欣向榮，生命像花般盛放繁開。河水去了又來，生命亦一代一代接續下去，這一切的背後究竟有甚麼目的呢？」

韓柏呆了一呆。

他是個熱愛生命和入世的人，很少會想及這類哲理性的問題，但知道秦夢瑤一言一語，均大有深意，忙思索起來，沉吟道：「那目的定是超出了生命本身的範疇，而我們則是生命的一部分。所以若只憑生命賦予的能力，可能永遠不能勘破這生死之謎，因爲生命本身局限了我們。」

秦夢瑤挺直嬌軀，秀眸射出深不可測的智慧，喜孜孜地道：「這就是鷹刀的意義。我有一個尚未告訴你們的秘密，鷹刀的來歷詭秘莫測，是在鷹緣十八歲時，突然出現在布達拉宮的大殿，那時宮內正舉行鷹緣正式登上活佛寶位的大典。沒有人知道它從何而來。由那天起鷹緣把蓋世武功徹底忘記，變成一個完全不懂武功的人，任其他人怎樣測試，亦探測不出他體內有絲毫眞氣，亦由那天開始，鷹緣成了西藏最受尊敬的活佛。」

韓柏聽得目瞪口呆，咋舌道：「我的乖乖小夢瑤，這究竟是甚麼一回事，我就像在聽神仙故事。」

秦夢瑤見他回復了平時的狀態，輕挽被夜風吹亂了的秀髮，甜甜一笑道：「由亙古至今，每一代都有神仙故事，有些是眞，有些是假。但它們都代表著人類的憧憬和夢想，那就是想知道『我們究竟在這裡幹甚麼』？那答案可能就在你背上的鷹刀之內。否則傳鷹何須以無上神力，在破碎虛空而去後仍念念不忘將它交給自己的寶貝兒子呢？」

韓柏一臉難以置信地伸手撫往背上的鷹刀，瞪大眼睛瞧著秦夢瑤道：「破碎虛空？」

秦夢瑤站了起來，移入韓柏懷裡，坐到他腿上，臉貼著臉，柔聲道：「是的！破碎虛空是四十九章『戰神圖錄』最後一章，說的是道界魔門千古追尋那最後的一著，就是如何超脫宇宙那『虛空』的本體，進而成仙成佛。再不用受這宇宙的規律約束。那便等若棋子超越了棋盤，明白到自己只是棋子。」

貼著她的小臉蛋，嗅著她身體的芳香，享受著腿股交疊的感覺，聽著她這麼啓人玄思充滿智慧的說話，韓柏心神皆醉，嘆道：「我明白了，夢瑤是否要我向鷹刀求救，因爲我現在慾火焚身，只要一旦能令情慾分離，我不理甚麼場合，亦要破進秦夢瑤的仙體內去。」

秦夢瑤知道激起了他的魔性，因爲魔種已在精神的層面上向她的道胎進侵，使她感到心動神搖，伸手撫上他的臉頰，同時以臉蛋廝磨，深情地道：「只要夫君認爲可以的話，夢瑤隨時隨地願薦枕席。」

風行烈和戚長征見虛夜月和莊城冷兩師兄妹不顧自身地向水月大宗攻去，哪敢遲疑，亦分由兩側搶攻。

碧天雁這時調息完畢，和鐵青衣由兩翼切進，一邊監視後面四侍的動向，防止他們出手突襲，亦全神觀戰，隨時準備加入戰團。

酣戰至此，鬼王府四大家將已有兩人出手，都是招架乏力而退。只從這點，可看出水月大宗不愧東瀛首席刀客教座，直有挑戰龐斑、浪翻雲的資格。

他的刀法霸勁狠辣，專走偏鋒，勝敗動輒分於一刀之內。

現在誰都知道在場者無人可獨力對抗此人。

在荊城冷趕上增援心愛的小師妹前，水月大宗向虛夜月劈出了有若繡花般細膩纖巧的三刀，把她神出鬼沒的鞭法封擋得一籌莫展，然後刀芒暴盛，硬搶入鞭影的空間，一探手竟給他抓著鬼王鞭，水月刀則化作激電，風雷狂起般往荊城冷擊去，使他不能插手壞事。

在這種勝敗立判的時刻，即可見鬼王對女兒的苦心栽培，並沒有白費。虛夜月想都不想，立刻棄鞭，抽出背上雪梅香劍，挽起一球劍花，往水月大宗胸膛露出的空門送去，嬌秀的俏臉現出一個甜甜的笑容。

水月大宗本想把她硬扯入懷，哪料得到她反應如此正確決斷，一指點出時，看到她那可愛動人的表情，竟下不了辣手摧花的狠心腸，收回了三成力道。

荊城冷藉鞭長之利，鞭梢一把抽在水月刀近手把處，梢後的一截鬼鞭同時起了一重波浪，海潮般拍打在刀鋒處，用勁之妙，教人深為驚嘆。

凌厲的一刀竟被他化去。

水月大宗仰天一陣長笑，道：「好鞭！」回刀固守，結實得有如銅牆鐵壁，沒有絲毫空隙，霎時間擋了荊城冷五鞭。

這時他左手一指點在虛夜月雪梅香劍的鋒尖處。

虛夜月催出劍氣，只覺內勁如泥牛入海，空虛飄蕩，難受得要命。

水月大宗手指縮退回帶，竟硬生生把虛夜月拖得往他撞過去。

戚長征和風行烈兩人離得最近，大驚失色下，分由外檔撲上搶救。

水月大宗右手水月刀反守爲攻，一個中劈，往荊城冷咽喉破去，恰是荊城冷唯一的空隙，並正好避過了他的鬼鞭。

荊城冷無奈後退，沒法援手。

眼看誰都來不及救虛夜月，這可愛的妮子一聲嬌叱，棄去香劍，嬌軀一旋，竟脫出了水月大宗的牽引，橫移兩步，避過了遭擒厄運，纖手往下一探，拔出插在靴筒一長一短的匕首，挽起一堵刃網，使水月大宗不能乘虛進犯。

谷姿仙、莊青霜和寒碧翠驚魂甫定，同時叫道：「月兒退下。」

虛夜月嬌聲應道：「月兒不怕他！」

「鏘鏘」兩聲，施出玄奧招法，竟擋開了水月大宗鬼神莫測的一刀。

此時戚長征和風行烈開始和水月大宗近身接觸。

荊城冷向水月大宗硬攻了十多鞭，給他凌厲無匹的刀氣震得血氣翻騰，心跳日眩，乘機退出戰圈。回氣休息，這時才明白鐵、碧兩人爲何不能迅速回到戰場。

最先攻往水月大宗的是風行烈的丈二紅槍，一上場他即使出燎原槍法最厲害的殺著「威凌天下」，一時槍氣嗤嗤，驚濤裂岸般往水月大宗捲去。

水月大宗爲之動容，掠過驚異之色，空著的手回握刀柄，刀指地上，刀柄先後撞上虛夜月的鴛鴦匕首，把她擋退。然後水月刀斜挑向上，竟在重重槍影裡找到眞命天子，挑中丈二紅槍槍頭。

眼看紅槍往上盪起時，他便可搶入對方空間，一刀克敵。豈知風行烈得厲若海眞傳，又是體內三氣匯聚，兼曾目睹厲若海與龐斑的決戰，哪會如此容易給他收拾，施出了拖槍勢化上盪之勢爲回拉之力。

丈二紅槍倏地消失不見，到了腰背之後，擬出無槍之勢。

水月大宗何曾見過如此玄妙槍法，這時戚長征天兵寶刀已至，埋身疾劈，竟半點都不懼他的水月刀。

水月大宗面容古井不波，水月刀高舉橫在頭頂，往後疾退，做了個大上段，冷冷看著左右攻來的兩大年輕高手，首次露出凝重的神色。

虛夜月被水月大宗的刀柄撞得兩手痠麻，不敢逞強，退到谷姿仙和莊青霜身旁。

寒碧翠得這機會，補了虛夜月的空隙，持劍由中路欺上去。

第十七章　鬼王秘技

韓柏神魂顛倒地離開秦夢瑤的香唇，看著這不勝嬌羞的仙子凡心大動的誘人樣兒，大口急速地呼吸道：「夢瑤啊！我知你眞是由天上下來的仙子，快告訴我怎樣可悉破鷹刀的秘密，使我的魔種生出道心，那我將可隨時臻至情慾分離的先天境界，求求你吧！我知道你定有答案。」

秦夢瑤嗔道：「你這人呢！到此刻還要對人家嚼舌頭。」又「噗哧」嬌笑道：「想悉破鷹刀還不容易嘛，只要你的精神能嵌進傳鷹存於鷹刀的精神烙印去，自然可分享到傳鷹的經驗。」

韓柏心頭劇震，想起與水月大宗交手時，曾和鷹刀產生奇異的連繫，隱隱間似抓著了某種微妙的東西。

秦夢瑤摟著他脖子，吻了他面頰，柔聲道：「夢瑤愛看你現在那種凝神沉思的表情，有種震撼人心的魅力。」

韓柏接觸到她深情的眸子，緩緩道：「我或者有方法勘破鷹刀的秘密，只恨時間無多，夢瑤若再不能續回心脈，恐難捱過今晚。」

秦夢瑤微笑道：「除非能像傳鷹般躍馬虛空而去，否則誰能不死！遲些早些，不外如是，韓郎何須介懷。但我卻有奇妙的預感，知道韓郎定可爲人家接回心脈，讓夢瑤乖乖的做你的妻子。」

韓柏興奮起來，道：「我差點忘了自己是福將，何況你這仙子的預感定錯不了。不過你休要騙我，你絕不可能像詩姊姊等般甘心做我韓某的顧家娘，是嗎？」

秦夢瑤橫他一眼道：「若給你徹底征服了，誰說得定人家會變成甚麼樣子。無賴大俠，落花橋到了，上岸吧！有很多人等著我們呢！」

韓柏愕然道：「很多人？」

秦夢瑤嘆道：「由你下船開始，一直有人跟著我們，由這裡到皇宮，絕不會太平無事。」

韓柏豪氣狂湧，哈哈一笑，拔出鷹刀，扶著她站了起來，道：「我忽然信心十足，就算來犯的是里赤媚，亦有把握把你送入宮去。」

秦夢瑤移到他身後，攀上他的背脊，兩腿挾著他的腰腹，湊到他耳旁道：「由此刻起，夢瑤把一切全交給你了。」

韓柏伸手往後，在她的美臀大力拍了兩記，笑道：「放心吧！一切包在為夫身上。」一聲長嘯，拔足離艇，揹著這天下第一美女仙子，投往岸上去。

風行烈箭步前移，丈二紅槍由腰眼吐出，像一道激電般射在水月刀上，絞擊在一起。

水月大宗雄軀劇震，往後一晃。

風行烈亦退了開去，卻是退而不亂，丈二紅槍彈往高空，化作千百槍影。

戚長征像頭猛虎般撲到水月大宗左側，「嚓嚓嚓」一連劈出三刀，天兵寶刀決蕩翻飛，每一刀均若奔雷掣電，全不留後手。

水月大宗剛擋了風行烈凌厲無匹的一槍，本應乘勢追擊，可是戚長征驚人的刀勢卻使他不敢輕忽，全力施出水月刀法，捲往戚長征，刀光刀氣，激昂跌宕，不可一世。

刀鋒交擊之聲不絕於耳。

戚長征完全陷進了水月刀使人身不由主的激流裡。只覺對方每一刀均若羚羊掛角，無跡可尋，且重逾萬鈞，奮力擋了十多刀後，早給他殺得汗流浹背，擋三刀只能還一刀，暗叫厲害，但又痛快之極。

寒碧翠寶刃已至。

水月大宗踏著玄奇步法，水月刀潮影一展，把她亦捲了入去，竟仍應付裕餘。

「鏘！」

丈二紅槍又至。

一時間四道人影分合不休，兔起鶻落，兵刃交擊聲不絕於耳，看得雙方之人均目眩神迷。

就在此時，鬼王驀地出現戰圈近處，哈哈大笑道：「水月兄，假若虛某現在出手，保證能在三招之內取你性命。」

風林火山四侍立即移前過來，卻給鐵青衣和碧天雁截著，不敢輕舉妄動。

水月刀光芒暴盛，卻仍迫不退三人。

水月大宗猶可開口道：「以多勝少，算甚麼英雄。」

虛若無冷冷道：「我們是兩國交鋒，非是江湖比武，有甚麼公平不公平，給我住手。」

水月大宗收刀後移。

三人當然同時退開。

水月大宗尚未站穩，鬼王欺身而上，水月大宗一刀劈去，鬼王哈哈一笑，衣袖裡滑出一截名震天下的鬼王鞭，激射在刀鋒處。

鬼王晃了晃，水月大宗卻後退了小半步。

表面看雖似是鬼王佔了上風，可是水月大宗在力戰之後，所以仍應是平分秋色。

鬼王鞭又由衣袖滑回去，另一截竟又從褲管滑出來，像能自己作主般往水月大宗腳下掃去。

水月刀猛插地上，險險擋了他這詭異莫測的一鞭。

戚、風等人大開眼界，想不到鬼王單憑肌肉的移動和內功的駕馭，把鬼王鞭用至如此使人防不勝防、出神入化的地步，令水月大宗亦要改採守勢。

鬼王鞭縮入褲管裡，影蹤全無，但誰也不知道下一刻會由甚麼地方鑽出來。

水月大宗刀回鞘內，微微一笑道：「鬼王終是英雄人物，水月領教了，在決戰浪翻雲前，再不會來擾閣下清修。」

眾人都暗訝水月大宗能屈能伸，這麼一說，鬼王自不好意思把他強留。

鬼王點頭道：「水月兄確有挑戰浪翻雲的資格，請了！」

水月大宗一聲呼嘯，領著四侍去了。

乾羅的聲音在後方響起道：「水月刀確是名不虛傳，若虛兄不親自出手，我看他還不肯死心。」

鬼王轉身笑道：「我怕受傷，他也怕受傷，不能以最佳狀態對付浪翻雲，這叫兩者都怕，怎打得起來。來！我們繼續下棋。」

秦夢瑤耳際風生，在韓柏強壯安全的背上隨他躥高躍低，這一刻還在簷頂間駕霧騰雲，下一刻則在橫街小巷裡急竄，又或跨牆進入人家的院落裡，所採路線莫可預測，迅快無倫。

她的道心澄明不染，清楚感到韓柏利用魔種敏銳的特性，先一步避過敵人的攔截。

韓柏愈是狂奔疾走，愈是歡欣莫名。

揹著使自己夢縈魂牽的仙子，他感到雙方不但在精神的層面上，緊密和融渾無間的結合著，即使在物質的層次中，他們的血肉亦連接起來，成爲一體。那種深刻的感覺，絕不會比男女合體交歡遜色分毫，但卻又是那般超然醉人。

更奇妙的是手中的鷹刀像變成了有生命似的靈物，使他的心靈擴展開去，忘憂無慮，沒有半分驚懼惶恐。

魔功不住運轉，突破了以前的任何境界，超過了體能的限制。

那種感覺像魔種初成，由被埋處鑽了出來，在荒野狂奔，後來更遇上靳冰雲時的情景，只是那感覺更強烈百倍。

整個白雪覆蓋了的世界與他再沒有彼我之分，包括了緊貼背上的蓋代美女和手握的鷹刀。

當他再躍上一座巨宅的瓦頂時，皇城遙遙在望。

兩道人影落到他身旁，陪著他朝前掠去。

左邊是天下無雙的劍手浪翻雲，右邊是兩大聖地淨念禪宗之主了盡禪主。

由這裡開始，房舍稀疏起來，更多的是園林和曠地，再無法藉地勢來躲避敵人的追擊，敵人截擊的重兵亦將布在由此往皇城的路上。

韓柏分別和兩人打了個招呼。

浪翻雲笑道：「鬼王眞懂看氣色，看出韓小弟今晚有難，所以把鷹刀交給你。」了盡淡笑道：「能否闖到皇城，全賴檀越了。」接著低喧一聲佛號。

秦夢瑤閉上美目，緊摟韓柏，對身邊的事不聞不問，晉入了禪定的至境。

交談間，四人掠過了二十多幢房舍，前方忽地現出數道人影。

韓柏定睛一看，暗叫乖乖不得了。最礙眼當然是里赤媚、年憐丹和那「荒狼」任璧，其他兩人乃由蚩敵和強望生，看來今夜方夜羽的人傾巢而來，存心置自己於死地。

浪翻雲一聲長嘯，遠近皆聞，超前而出，雄鷹搏兔般往敵人投去。

那邊的里赤媚知道他是故意驚動皇城嚴無懼方面的人，心中暗恨。

初時他們打算在韓柏和秦夢瑤會面時，立即出手。哪知秦夢瑤竟坐艇而至，秦淮河上，又有浪翻雲和了盡做護法，不宜群鬥，惟有苦待他們上岸。豈知韓柏這小子忽然功力大增，又利用地勢鬼神莫測地避過了他們的追截，直到這裡才攔上他們。不過亡命相搏，生死判於數招之間，只要纏住浪翻雲和了盡，哪怕不能立即以雷霆萬鈞之勢，把韓柏和失去作戰能力的秦夢瑤絞個粉碎。

一聲冷笑，往落在瓦面的浪翻雲攻去。

浪翻雲臉蘊微笑，「鏘」的一聲覆雨劍落到手上，先爆起一個劍花，接著化成千千萬萬的劍芒光點，巨浪激濤般往五人沖灑而去。

任璧還是初遇浪翻雲，雖久聞他的厲害，仍想不到臻至如此出神入化的地步，劍雨起時，整遍瓦面全陷入光點裡，更懾人心魄是隨著劍雨而來凝若實物、無堅不摧的劍氣，令他覺得己方雖人多勢眾，但卻完全沒法發揮群鬥的威力，變成處於各自獨立作戰的劣勢裡。

任璧一聲狂喝，把蓄滿的氣功，遙遙一拳擊往光點的核心處。

年憐丹早有和浪翻雲對戰的經驗，哪敢遲疑，手中重劍似拙實巧，一劍劈去。

由蚩敵和強望生的連環扣與獨腳銅人，並肩由兩側攻去。

大戰終於由浪翻雲的覆雨劍揭開序幕。

風行烈、戚長征和諸女回到月樓時，仍在興致勃勃討論著把水月大宗迫走一事。

這時各人睡意全消，由翠碧和夷姬獻上香茗。

宋媚和紅袖歡天喜地迎上戚長征，自有說不完的關懷情話。

他們已從虛若無處得知水月大宗伏擊韓柏不成，才到鬼王府來尋晦氣。

坐好後，戚長征搖頭嘆道：「韓柏這小子眞是潛力無窮，深不可測，我們三人還是僅可擋著這倭鬼的攻勢，眞令人想不透他爲何可夷然無損地溜回來。」

谷倩蓮抿嘴笑接道：「這傢伙還龍精虎猛的吻了我們的月兒和霜兒，化解了她們慭滿一小肚子的怨氣呢！」

虛夜月和莊青霜被她笑得臉染紅霞，嬌嗔不依。

谷倩蓮笑嘻嘻坐到兩人的長椅間，鬧作一團，氣氛熱烈。

戚長征向寒碧翠誇獎道：「碧翠劍術大有精進，可喜可賀。」

寒碧翠得愛郎讚賞，心生歡喜，白他一眼道：「人家以前雖是一派之主，但卻像長在溫室的花朵，沒有歷練的機會，唔！人家不說了。」

谷姿仙和她最是相投，一直不敢問她丹清派的事，這時見她心情大佳，趁機關心地探問。

寒碧翠神色一黯，但旋又露出一絲興奮的神色道：「我們的犧牲並沒有白費，很多平時對我們冷漠的幫會家派，忽然都對我們熱心和尊敬起來，在外地的師叔伯和師兄弟，更是眾志成城，回來重整丹清派，所以我才能抽身上來尋這狠心的人。」

戚長征舉手道：「好碧翠，為夫早投降了，還要我怎樣討你歡心，儘管劃下道來。」

虛夜月輕輕道：「你定是吻得翠姊不夠。」

寒碧翠跺腳嬌嗔，卻是暗自歡喜。

戚長征坦然道：「最可憎就是水月這傢伙，否則寒大掌門早像月兒、霜兒般怨氣全消了。」

眾女嬌嗔笑罵，喜氣洋洋。

任誰與水月大宗這麼可怕的刀法大師交手後，仍絲毫無損，自是值得心悅歡騰的事。

谷倩蓮摟著虛夜月道：「月兒爹的鞭真厲害，真沒想過可以這麼使鞭的，月兒會不會這樣用鞭？來！給蓮姊看看有沒有把鞭子藏在衣服裡？」

自然又是一陣扭打笑鬧。

風行烈想起韓柏，皺眉道：「現在京師處處危機，韓柏不知是否可應付得了？」

戚長征笑道：「放心吧！這小子詭變百出，又不像我們愛逞英雄，況且大叔定會護著他，有甚麼好擔心的。」忽然像想起甚麼事似的，拉著風行烈到了一角道：「我們屢次被襲，憋得一肚子悶氣，現在好應主動出擊，找方夜羽的人祭祭旗。」

風行烈皺眉道：「敵暗我明，如何可以下手呢？」

戚長征的聲音低下去道：「可以用誘餌的方法。」

眾女本豎起耳朵，聽他兩人說話，見他們說的是正事，遂不在意，各自談笑起來。

谷姿仙最愛關心別人，走到褚紅玉旁，爲她解悶，紅袖則向宋媚問起到京的經歷，氣氛融洽。

戚長征見眾女再不注意他們，壓低聲音道：「我明早約了古劍池的薄昭如，說不定可由她處獲得寶貴的資料，風兄可否爲我掩飾，使我可脫身去赴約？」

風行烈爲之愕然，苦笑道：「你這風流的混蛋。」

戚長征除了陪笑外，還有甚麼可說，愈在生死決戰的時刻，他便愈需要美女的調劑和鬆弛，他的生性就是如此。

第十八章　戰神圖錄

首當其衝的是里赤媚。

他迎上覆雨劍獨有劍芒形成的雨暴，兩手幻出千重掌影，在刹那間的時光擋了浪翻雲十二劍，全是以快對快，沒有一絲取巧。

他全力展開身法，在劍雨中鬼魅輕煙地移動，把速度不斷提升，達到天魅身法的極限。

他的凝陰眞氣與天魅身法二而爲一，當速度增加時，眞氣亦加強，確是玄奇秘奧的神功，即管覆雨劍一時亦莫奈他何，何況浪翻雲仍要分神應付其他高手的進攻。

「鏘鏘鏘！」

浪翻雲同時擋了年憐丹三下重劍，化解了任璧的一記隔空拳。

覆雨劍驀地再盛放擴展，把由蚩敵和強望生同時捲入了劍雨裡。

他亦消失不見。

頓使與戰者均有種玄之又玄的詭秘感覺。

韓柏和了盡禪主與浪翻雲早有默契，趁浪翻雲纏著敵方最強的里赤媚等人，由戰圈旁迅速逸去，剛躍下瓦面，腳尚未觸地，色目高手「吸血鐽」平東手持血鐽、「山獅」哈刺溫舞動雙矛，加上色目陀的大斧，由前方撲至，分取韓柏前額、左脅和右腰三處要害。高手出招，自然而然配合無間，教韓柏完全不可取巧竄逃，除非他能硬闖過去。

同一刻四條人影分從兩側閃出，攻向墜後掩護韓柏揹著秦夢瑤的了盡禪主。左後側來的是絕天滅地的一刀一劍，右後側則是初次出現的女真高手赤佳爾和貞白牙。赤佳爾的獨門兵刃乃精鋼打製的狼牙棒，年在六十間，鬚髮俱紅，有若一團烈火。貞白牙外號「流星」，使的是由一條粗鐵鍊連起的兩個鋼球。這兩人乃女真族公主「玉步搖」孟青青的護將，武技強橫，絕不比色目高手平東和哈刺溫遜色。

七個人分三方向兩人進擊，一出手就封死了所有進退之路。

了盡禪主縱使在此陷身重圍、強敵環攻的要命時刻，仍是那麼從容不迫，低喧一聲佛號，一掌拍在秦夢瑤背上。

韓柏本要出招抗敵，一股沛然莫測的龐大內勁，透過秦夢瑤的身體，千川百河般湧入經脈裡，再結聚成上沖之力，把他帶得離地而起，斜斜往上掠飛。

了盡禪主兩袖後拂，把後方兩組人硬生生迫開時，閃電移前，再兩袖前揮，迎上平東的血鏟和哈刺溫的雙矛，正中飛出那一腳才是精華所在，先是腳尖一擺，盪開了色目陀的大斧，才破入色目陀的空門，若非色目陀回手擋格，包保立給一腳蹴死，饒是如此，色目陀仍給他踢得口噴鮮血，倒跌開去。

了盡禪主這一出手，立時震懾了在場的其他高手。

韓柏早大鳥般越過了敵人的封鎖網，落到一棵大樹上，借力再飛起，投往另一屋頂去。

了盡乘著色目陀露出的破隙，平東和哈刺溫又給他震得退往兩邊，搶出重圍，追著韓柏去了。這批高手，竟不能阻他片晌。

韓柏剛踏足瓦面，屋脊上撲出了鷹飛，身在半空，早揚起魂斷雙鉤，向韓柏當頭擊落。動作快逾電光石火，勁氣如山，凌厲無匹。

韓柏吃虧在未曾立穩，無法使出全力，去擋他蓄滿勢子的狂擊，一晃下行雲流水般橫移開去。

「獷男」廣應城的鐮刀和「俏妹」雅寒清的長劍，亦隨著他們撲上屋頂，撒出一面刀劍形成的防禦網，務要教他無路可逃。

此時鷹飛的雙鉤追擊過來，取的是他背上的秦夢瑤，更令他腹背受敵，難以兼顧。

他陷於險境時，了盡禪主正凌空飛來，要爲他解圍，豈知一道寒氣，由下方沖天而上，往他戳來。

了盡禪主立即判斷出若不全力應付，只怕未到達韓柏處，自己便一命嗚呼，以他堅定的禪心，亦不由無奈一嘆，往下瞧去，只見一位天香國色的黃衣美女，身劍合一，御劍攻來。人未至，先天劍氣撲體而至，正是戚長征曾有一面之緣的女眞族絕代高手「玉步搖」孟青青公主。

了盡禪主想不到對方在里赤媚外，尙有如此高手，心中再嘆，晉入無心無念的禪境，放下對韓、秦兩人的擔憂，全力一掌下拍，但當然趕不及去救韓柏和秦夢瑤了。

韓柏在此生死存亡的時刻，後背仍全面享受著與秦夢瑤仙體接觸的感覺，魔種臻至前所未有的道境。手中握著那神秘莫測的鷹刀，忽地像成爲了他不可分割的一部分，思想的延伸。

一種絕不可以形容的感覺蔓延全身。

忽然敵人和屋頂都消失了，他發覺來到一座廣闊無匹的巨殿裡，殿頂有個透著光暈若星空般的大圓圖，離開他最少有四十丈的驚人距離。

勁風前後襲來。

韓柏想都不想，鷹刀往後揮出，手腳同時朝前拍踢。

「噹」的一聲巨響。

巨殿消失無蹤。

鷹飛硬被他鷹刀震得踉蹌倒退，而前方的廣應城和雅寒清更是一臉驚駭，雅寒清竟給他連人帶劍，掃下屋頂。

韓柏福至心靈，知道自己剛才因緣巧合下，嵌進了鷹刀內那傳鷹留下的精神烙印裡。就像通過傳鷹的眼睛，看到了他某一段神秘莫測的經歷，心中狂喜，伸手摸上秦夢瑤的香臀，大笑道：「好夢瑤！讓為夫帶你到皇宮去。」長嘯聲中，拔身而起，避過了鷹飛第二波的攻勢，落往另一屋頂去。

甄夫人和方夜羽兩人站在另一屋頂之上，瞪大眼睛看著韓柏，都有點不相信所看到的事實。

此時皇宮方面隱隱傳來號角之聲，顯示嚴無懼正調動高手，趕往這邊來。

方夜羽和甄夫人對望一眼，拔出兵器，全速向韓柏迎去。

這邊的了盡禪主和清美絕艷的孟青青交換了十多招，剛佔了少許上風，平東等又趕至，加入戰團，把他纏實不放。

韓柏仍在凌空當兒，又晉入了鷹刀內那奇異的天地裡，只見巨殿一邊壁上，由上至下鑿了「天地不仁以萬物為芻狗」十個大字。

當腳踏瓦面時，那腦海中的幻象才消去，使他回到重重被困的現實裡，四個人聲勢洶洶狂攻而來，匆忙間，只認出了其中一人是「白髮」柳搖枝。

其他三人是年憐丹的師弟竹叟和甄夫人以下最厲害的兩名花刺子模硬手「紫瞳魔君」花扎敖、「銅尊」山查岳。他們本以為鷹飛加上獷男俏姝，足可收拾受到秦夢瑤牽累的韓柏。豈知這小子大發神威，竟能同時擊退三人，還逃了出來，駭然下全力攻截，全是不留後著的拚殺招數，暗忖以他們四人聯手之威，即使浪翻雲亦不敢輕忽大意。

韓柏感到自己精足神滿，體內魔種似有無盡無窮的潛力，但亦自忖無法同時擋著這四名可怕的高手，何況背上的秦夢瑤是如此地不堪一擊，身形忽動，先避過了花扎敖劈往秦夢瑤粉背，力能摧心裂肺的隔空掌，又閃過了竹叟橫砸過來有移山拔嶽之勢的寒鐵杖，快逾脫兔般迎往右側撲來的老相好柳搖枝，哈哈一笑，手中鷹刀化作長虹，使出了有史以來最天馬行空的一刀，劈在對方鬼嘯連連的玉簫上。

他的動作既瀟灑，又意態高逸，但偏使與戰者無不感受到他堅強莫匹的鬥志，那種氣勢可令人心虛膽怯和折服。

感受最深的是秦夢瑤，她靜若止水，有若洪爐火上仍不竭不滅般的冰雪心靈，隱隱感到一些玄奇美妙的變化正在自己緊摟著的愛郎身上發生著，那使她的道境因著與韓柏精神的連繫，亦晉入前所未有的境地和領域去。

她確切地領受到與韓柏合而為一，道胎融入了他魔種裡去的感覺，韓柏的血肉在她懷裡勃發著強大的魅力和生機，一時心神皆醉，首次生出神魂顛倒，恨不得立即與他更進一步合體交歡的強烈反應。

韓柏的魔種受她道胎刺激，亦立生感應，身體湧起強烈至能淹沒大地的慾火，可是精神卻與鷹刀連結難離，忽然間達到了情慾分離的境界。

「鏘」的一聲巨響，柳搖枝硬生生被他劈開了五步，使包圍網露出了珍貴的空位。

其他三人大驚失色，緊撲而至，目標取的都是韓柏背上的秦夢瑤。只要殺死秦夢瑤，韓柏縱能逃去，他們亦完成了最主要的任務。

韓柏殺得性起，魔功傳入秦夢瑤體內，護著她不受氣勁侵害，猛一扭身，先移往右，變成對著山查岳的重銅鎚，鷹刀電掣而出，「噹」的一聲，竟劈得對方退了兩步，接著再一連三刀，殺得山查岳左支右絀，毫無還手之力。

鉤風由上攻至，韓柏揮刀上迎，赫然是剛趕到的鷹飛。

山查岳手臂痠麻，乘機退了開去，好讓撲過來的竹叟和花扎敖放手施為。

就在這要命時刻，韓柏的腦海浮出了一幅清晰的圖像，上方刻有「戰神圖錄」四個字。

更奇妙的是一種不知由何處而來的明悟隨著這幅圖像流入心田裡，使他發自衷心的雀躍鼓舞，刀勢忽變，竟若最擅騰挪閃避敵人的魚兒般，游入了雙鉤的空隙去，一刀劃往鷹飛的胸膛。

鷹飛怎想得到他的刀法如此奇幻玄異，魂飛魄散下哪還記得攻敵，兩鉤迴守，險險勾著了鷹刀。

「錚」然聲響，給他劈得拋飛開去。

就在刀、鉤相觸時，韓柏「看到」了另一幅戰神圖錄，湧起另一股深刻的明悟。

而宇宙某一種秘不可測的力量，亦由鷹刀作媒介，輸入了他體內，與他的魔種結合為一。

韓柏忍不住仰天歡嘯，大手撫上秦夢瑤的粉背，把那股與魔種匯流凝聚的力量注入她的仙體去。

秦夢瑤被從他兩個不同層面而來的力量送入曼妙無匹的天地裡。

一方面是他身體不住壯大的生氣和血肉的刺激，另一方面卻是由他大手轉介而來神秘的精華和力量。使她既是愛思情火難禁，同時亦是禪境道心更趨通明。

她感到斷了的心脈躍動著無限的生機，再不若以前的死氣沉沉，雖仍未死脈重生，但已非全賴眞氣維持生命可比。

花扎敖和竹叟兩大高手殺至。

前者化抓爲刀，刺往他咽喉，同時飛起一腳，疾踢他的小腹；後者的寒鐵杖，由大外檔橫掃過來。

韓柏大笑道：「來得好！」森厲的殺氣由鷹刀潮湧而出，罩向兩人，倏忽間刀光生寒，劃出一圈虹芒，護著全身。

花扎敖的掌、腳和竹叟的寒鐵杖，眼看可擊中對方，最後都只是擊在他劃出的刀光上，齊被震退。

此時甄夫人和方夜羽已來到屋瓦上，見韓柏反手摟著秦夢瑤，鷹刀一揮，從容不迫地擊退花、山兩人，那種不可一世的氣度，有若降世的天神，都心中懍然。

甄夫人更瞧得芳心一軟，恨不得投入他懷裡，向他投降和奉上處子之軀。全賴一咬舌尖，才回醒過來。知道自己由於對他的一絲情愫，於焉基於男女間微妙的吸引，不克自持起來，暗抹了一把冷汗。

方夜羽一聲長嘯，左右三八戟電射往韓柏，甄夫人猛咬銀牙，狠下心腸，腳下行雲流水、珠走玉盤般，手中寶劍化作漫天劍影，臨近時束聚爲一線，往這使她愛恨難分的軒昂男兒刺去。

他兩人一出手，聲勢自是不同凡響。

韓柏雖連番卻敵，威風八面，仍不敢硬攖這兩人聯手之勢，猛提一口眞氣，疾如激矢般往右橫移五尺，變成來到方夜羽的右側，微笑道：「夜羽兄你好！」手中鷹刀卻不閒著，揚刀迅劈。

方夜羽想不到他苦戰之後，仍似留有餘力，全無罣礙，心中大訝，施出魔師秘傳，三八戟奇詭絕倫的先後揮打在鷹刀之上，化去對方疾擊。

「鏘鏘」兩聲脆響，兩人同時外移，抽空調元運息，原來兩人都是全力出手，暗寓眞勁，不用兵器臨身，只要有一方功力稍弱，重則功散人亡，輕則氣虛力耗，其中凶險，實非表象那麼簡單。

初步接觸，似乎兩人勢均力敵。可是方夜羽卻知自己遜了一籌，因爲他是全仗精妙的戟法，化去了對方小半力道，才能保持平分秋色之局，若是毫無虛假以硬拚硬，說不定會當場出醜。

但他卻不會認爲自己及不上韓柏，因爲自見到秦夢瑤緊貼韓柏背上，星眸緊閉，一臉陶醉寧恬，他便妒火中燒，不能全面發揮眞實的本領。

甄夫人由他身旁掠過，長劍箭般射往韓柏，森寒的劍氣，潮湧浪捲，緊緊罩著仍在往後退開的韓柏。

韓柏見到甄夫人，兩眼立時射出令她心軟力疲的神光，哈哈笑道：「美人兒啊！我想得你很苦。」

甄夫人心中一軟，劍勢立時轉弱，韓柏的鷹刀剛砍在她劍上。

花、山兩人和休養生息後的竹叟、柳搖枝，再次攻至。

韓柏氣定神閒，再擋了甄夫人兩劍，腦海裡閃過一幅接一幅的戰神圖錄，湧上一浪接一浪的哲思明悟。驀地身隨刀走，覷準一個空隙，竟撞入方夜羽和甄夫人間。

兵刃交擊聲連串響起。

眾人絕想不到他竟會取他們最強的兩人間遁走，到他迫開了方夜羽和甄夫人時，韓柏一聲歡呼，沖天而起，投往遠處另一屋頂。

韓柏尚在半空之際，眼角紅影一閃，狂飆襲體而至。伏伺一旁的紅日法王終於來了。

韓柏這時腦海中升起戰神圖錄最後一幅的「破碎虛空」，心領神會，想都不想，手中鷹刀精芒揮灑，看似隨意般一刀往紅日法王劈去。

紅日法王「咦」地一聲，手掌驀地脹大，印在刀鋒上。

一股摧心裂肺的狂勁由紅日大掌送出，沿刀而來，破入韓柏體內。

韓柏心知此乃生死關頭，一邊全力凝勁反擊，又運起捱打神功，化去對方驚人的內勁，免得傷及秦夢瑤。

兩人同時在空中往後拋飛。

紅日兩個翻身後已控制了跌勢，輕飄飄落往另一屋頂上。

韓柏則口噴鮮血，斷線風箏般墜往地面。

後面啣尾追來的方夜羽、花扎敖等人見狀大喜，全力追殺而上。

反是甄夫人故意墜後，不欲劍上沾上韓柏半滴血跡，還要壓下救他的強烈衝動。

韓柏腳觸地上，一個踉蹌後立即站穩，手臂痠麻，看著湧來的戟光掌影，暗嘆一聲，正要拚死迎戰，一道人影閃至身前，手中盜命桿化作漫天光影，同時擊中方夜羽的三八戟和花扎敖的雙拳。

嚴無懼的喝聲由上空傳來，叫道：「誰敢在京師撒野！」

葉素冬的聲音亦由遠而近高呼道：「捉拿反賊！」

方夜羽知道錯過了殺死韓柏的機會，差點要大哭一場，往後飛退，同時發出撤退的暗號。

紅日法王早走得無影無蹤。

第十九章 兩代情怨

里赤媚等現身攔截，至方夜羽下令全面撤退，前後絕不超過一盞熱茶的短促光陰，可見所有動作是如何連續迅捷，過程如何凶險。

即使以浪翻雲蓋絕天下的劍法，仍沒有可能同時擊退有里赤媚在內的五大域外高手的圍攻。所以待韓柏遠去，他立即飛身而出，又在前路攔截上里赤媚向韓柏的追擊。

其他四人均怕里赤媚不敵，被迫擁過來共抗天下無雙的覆雨劍。

兩次成功地阻截了里赤媚後，撤退的尖哨聲傳遍夜空，里赤媚等惟有無奈退去。

誰想得到以他們如此強勢，仍幹不掉一個揹著秦夢瑤的小子韓柏？

那邊的了盡禪主雖採用了游鬥的方式，始終避不開女眞公主孟青青與多個域外高手的苦纏，不過他縱使在最凶險的時刻，最強大的壓力下，仍是那副從容不迫的樣子，顯示出一派宗主的大家風範，不愧兩大聖地之一的最高領袖。

孟青青退走時，向他露出一絲迷人的笑容，輕柔道：「得罪禪主了！」這才與平東等人隨大隊撤走。

了盡和浪翻雲均不願與東廠的人相見，向韓柏傳音道別，功成身退，沒入了暗黑裡。

秦夢瑤由韓柏背上落回地上，竟有種依依不捨之情，那種強烈的依戀感覺，還是首次生出。

范良極調元運氣，平復了獨擋方、花兩人幾招後的翻騰血氣，先向韓柏道：「你這小子不但艷福齊天，還傻福齊地，這樣都死不了。」接著望往秦夢瑤時，全身劇震道：「瑤妹竟可變得如此聖潔無瑕，偏又是這麼有女人味，這小子究竟對你做過甚麼手腳？」

秦夢瑤對范良極甜甜一笑，湊到韓柏的耳邊柔聲道：「夢瑤伏上韓柏的虎背上，便感到自己變成了祈碧芍，韓郎則是傳鷹，重演當年傳大俠於千軍萬馬中救出愛人的美景。」

韓柏尚未回答，嚴無懼和葉素冬等人已落到身旁，齊聲請罪。

韓柏看了秦夢瑤一眼，回刀鞘內，急不及待道：「我們立即去見皇上，我還有很多事要做。」

秦夢瑤俏臉一紅，垂下螓首，自是知道這小子想到要做的是甚麼。

看得初見這仙子的嚴無懼和葉素冬全呆了眼，天啊！世間竟有如此絕代仙姿，不由暗羨起韓柏來。

踏入皇宮後，秦夢瑤回復了她一貫的寧恬超然，淡雅如仙，傍在韓柏之旁，嬝娜娉婷地輕移玉步。

韓柏臉上多了一重奇異的神采，使他更是魅力四射，連秦夢瑤亦忍不住多看了他兩眼。

他自己亦知道在剛才的苦戰裡，發生了一些奇妙的事，看到了深藏鷹刀內的《戰神圖錄》，使他的魔種終到了收發由心的境界，以致功力陡增。

可是他仍不能掌握鷹刀傳給他的智慧，看來那是需要一段時間去消化吸收的。況且他根本沒有興趣在這時去思索這方面的事，現在他只希望趕快爲秦夢瑤續回心脈，其他的一切在相比下都變得微不足道。

進入端門時，秦夢瑤把韓柏的鷹刀要了過去，和飛翼劍同掛背上，她身分超然，不受入宮解劍的規例約束。

聶慶童把兩人引進書齋時，朱元璋正坐在龍椅處閉目沉思。

聶慶童退了出去，韓柏忙跪地叩頭。

朱元璋霍地立起，目定口呆看著俏立韓柏之旁的秦夢瑤。

秦夢瑤淡淡一笑道：「皇上安好！」

朱元璋劇震一下，大步走來，直到秦夢瑤身前，搖頭嘆道：「天啊！夢瑤你不但清麗直追靜庵，神態語氣竟亦如此肖似。朕眞想拜倒裙下，親吻你的仙足，以示朕對你的愛慕。」

韓柏不似秦夢瑤有那種超然身分，站起來不是，跪著更不忿氣。又見朱元璋一開始就對秦夢瑤大表愛慕之思，更不是味兒。

秦夢瑤眼中神光射出，淡淡看了朱元璋一眼，柔聲道：「可以讓韓郎平身了嗎？」

朱元璋被她的仙眼一凝，心中凡念全消，仰天一嘆，揮手道：「韓柏起來，朕雖得了天下，你卻得了天下第一仙女，你若肯和朕交換，說不定朕亦會答應。」

韓柏趕忙起立，知道不宜發言，退往一旁，靜觀事態的發展。

秦夢瑤輕輕嘆道：「皇上若爲夢瑤放棄了天下，豈不有負恩師所託。」

朱元璋定神瞧著秦夢瑤，感受著她那種飄逸出塵的韻致，怎也不能把她和任何凡世的俗事拉在一起。想起初會言靜庵的醉人情景，黯然神傷，喟然道：「看來我大明所有山川靈秀之氣，都鍾集於夢瑤一身之上，想到朕始終和靜庵似有緣實無緣，便覺得權勢名位，不過若天上浮雲，毫不實在。」

秦夢瑤知道自己的出現，勾起了朱元璋一直積壓在內心深處的感觸，露出笑靨，歉然道：「夢瑤罪過，竟使皇上心神受擾了。」

朱元璋見她嫣然一笑，有如春風煦日，明艷無倫，這種神態，只有在言靜庵身上可以得見，竟呆了起來，忘掉了說話。

旁邊的韓柏亦被秦夢瑤的仙姿靈韻迷得三魂七魄走失了一半，又驚異於朱元璋的變化，一時間只曉得呆呆看著兩人。

秦夢瑤忽地輕挽秀髮，微側臉龐，露出深思的表情，神態之美，實是無以復加。

朱元璋心中一陣悸動，知道她這動人的丰姿，有生之日都休想磨滅，心中湧起一種無法解釋的衝動，很想去侵犯她，使她為自己難受；甚或傷害自己，看看她會否擔心。深吸一口氣道：「我們坐下再說好嗎？」

秦夢瑤點了點頭，在他引領下，到了他龍桌的對面去，韓柏則側坐桌旁。

朱元璋登上龍座，眼中電芒閃過，盯著秦夢瑤恬淡高逸，清麗如仙，令人不敢半視的絕世玉容，平靜地道：「夢瑤為何肯來見朕呢？」

秦夢瑤通明的慧心隱約捕捉到這天下最有權勢的男人微妙的心態，微微一笑，露出了編貝似的皓齒，紅艷的櫻唇吐出輕輕一聲嘆息，秀眸射出悲天憫人的神采，嬌美地搖頭道：「皇上想見夢瑤，夢瑤便來了，還需要甚麼原因呢？」

朱元璋為之愕然。

他本以為秦夢瑤定會責怪他縱容蒙人之事，豈知秦夢瑤的人就像她的劍，全然無跡可尋，教他有力難施。

兼且這仙子一顰一笑，舉手投足，都無不優雅動人，嬌艷清柔，他生平所遇美女無數，除了一個言靜庵外，無不失色。

爲何這美女並不屬於我朱元璋呢？我身爲天下至尊，最好的東西怎可不爲我所有？想到這裡，恨意大增。

旁邊的韓柏很少有機會如此靜靜欣賞這來自天上的仙子。想起一會兒可和她共結連理，不由心醉神馳，恨不得立刻把她擁入懷裡，蜜愛輕憐，細意呵護。

朱元璋眼中露出深邃難測的神情，看得秦夢瑤心中暗懍，知道他初遇自己的震撼一過後，回復了他梟雄霸主的常態，開始揣度應如何對付自己，又或如何好好利用她，甚至擁有她。

即管以朱元璋的精明厲害，亦無法明白她「劍心通明」的境界，那就像一池沒有任何波紋的清水，可以一點不漏地反映著周遭一切事物，包括揣摩不到的思維情緒。

她的思想有若輪轉，心湖浮起無數的人和物。

當年師父爲何揀取了他呢？難道她看不透朱元璋乃天生冷酷無情的功利主義者，性格自私，每一件事都以己爲本，別人爲副。

但事實擺在眼前，中原出現了前所未有的太平盛世，可見言靜庵慧眼無差，的確選對了人。

言靜庵的智慧眞的深不可測。

秦夢瑤以菩薩般洞見無遺的目光，若不經意地看了朱元璋深深的一眼。

朱元璋心頭劇震，忽然感到秦夢瑤雖近在咫尺，事實上離開他卻有十萬八千里之遙，那純粹是一種主觀上的感覺，可是又如此地眞實。

她就若雲間仙子般可遠觀而不可近觸，縹緲超然，使他感到為起了佔有她的心而羞愧。旁邊的韓柏亦生出反應，感到她為了天道，甘願捨棄一切的決心。幸好回心一想，記起自己的魔種已成了她天道追求的一部分，才不致因自慚形穢，稍減愛心。

秦夢瑤自踏入這書齋後，一直以禪門最高心法，處處克制朱元璋的精神，使他不會因一時衝動，胡作妄為，到此刻知道成功消除了他對自己的妄念，也好應和他攤牌了。

她綻出一絲淺笑，望進朱元璋的眼內道：「皇上準備如何對付虛若無先生呢？」

朱元璋心中一懍，收攝心神，表面不露出絲毫內心的想法，正容道：「夢瑤不覺這句話問得奇怪？若無兄既是我朝開國最大的功臣，又是朕的至交好友，朕怎會有對付他的心。」

秦夢瑤一瞬不瞬盯著他，眼中射出教人不敢逼視的神光，頃刻後徐徐道：「今次夢瑤下山之前，師父曾有贈言，若皇上只當夢瑤是外人，那就給皇上看一件東西……」

朱元璋龍心失守，一震道：「是甚麼東西？」

秦夢瑤臉上現出一個淒美至令這老少兩人同時心碎的回憶表情，搖頭道：「師父最後都沒有將那件東西交給我，只是神傷低迴地說：『罷了！若他真是如此，便算了吧！我們終是方外之人，並不真懂塵世的事。』」

朱元璋長身而起，朝後走去，仰天一嘆，負手背著兩人道：「靜庵啊！朕怎鬥得過你呢？夢瑤！告訴朕，你想朕怎樣做？」

秦夢瑤體貼地道：「皇上乃天下之主，怎麼做全操控在你手裡，夢瑤亦不想左右你的想法和做法。事已至此，只要皇上不暗中扯鬼王後腿，大明仍有希望，否則亂局一成，誰也不知道天下黎民會再受到甚麼樣的苦楚橫禍。」

韓柏聽得心中折服，秦夢瑤的說話就像她的劍，看來輕描淡寫，但亦若浪潮般教人難以抵擋。

朱元璋轉過身來，龍目泛著淚光，點頭道：「若這麼一件事，朕都不肯答應靜庵，我朱元璋怎配得起她的眼光和抬舉。」

接著兩眼神光射出，凝視著秦夢瑤道：「夢瑤仙軀聖體，爲何卻肯委身這小子呢？」

秦夢瑤淡淡一笑，道：「這或者就是命運吧！」

兩人對視頃刻，朱元璋點頭道：「朕現在愈來愈相信命運這回事，對此亦欲語無言。」首次瞧向韓柏道：「若無兄法眼無差，你這小子確有令任何人艷羨的天大福氣。」接著長嘆一聲道：「我本立下決心，不擇手段去得到夢瑤，縱使只是一個美麗的虛殼，總好過一無所得。但到見到夢瑤時，才感到這想法多麼卑鄙，多麼令靜庵天上之靈失望痛心，好吧！韓柏你可代夢瑤提出要求，看朕能否如你所願。」

韓柏大喜拜謝道：「小子只想皇上賜盤龍山上的接天樓用上一晚，因爲那是現在京師裡最安全的地方。」

以秦夢瑤的修養，仍禁不住赧然垂首。

她怎還不知這小子要在樓上對她幹甚麼好事呢？

朱元璋呆了起來，喃喃自語道：「你這小子總是這麼浪費，難道朕許的要求如此不值錢？」

韓柏望著霞燒玉頰的秦夢瑤，嘆道：「這要求不但不是浪費，還會成爲千古流傳的美事，就像傳鷹大俠的躍馬虛空而去，成爲後人無限仰慕的異蹟。」

第二十章　接天之戀

夜幕低垂。

明月爬上了皇城的上空，又白又亮，孤單卻永恆。

內外皇城的燈火與宮城外延展無窮的民房廟寺，組成了大地上有史以來最偉大的都會。秦淮河岸那沒有夜晚的煙花勝地，更為大明朝的繁華作了一個具體而微的闡述。

月暈外星光點點，在這大雪後的純美世界上舞躍閃爍，像在為俯瞰著這諸般一切的接天樓最高第七層上將會發生的艷事，奏起了寂靜偉大的樂章。

樓下雖是高手密布，守衛森嚴，可是在這第七層樓上，秦夢瑤卻忘懷了一切，對她來說，天地間除韓柏外別無他物。

星移月轉，滄海桑田，人事遷移，在這永無止盡的變異裡，眼前這一剎那對她來說卻是永恆長存。

她的精神正與周遭的一切翩然起舞。

在這一刻裡。

接天樓成為了只屬於她和韓柏所共同擁有的甜夢。

月兒孤懸在星斗的邊緣，又圓又遠，照亮了這被大雪淨化了的世界。

她以無上的慧心，感受和傾聽著夜空那無言的章句，心神亦嵌進了這宇宙的節奏裡去，再難分辨彼我。

可是當她瞧往和她並肩倚欄外望的韓柏時，芳心一顫，竟移不開目光。

韓柏仍像往常般瀟灑飄逸，風采動人，但她卻感到他多了一點以前沒有，但卻非常吸引她的氣質。

這並不因他出奇地有耐性，又或反常地沉默起來，而是他的確不同了。那並非性格上的任何轉變，而是氣質上的某種微妙轉化，一種沒法說出來深邃難測的特質。這放縱不羈的浪子現在的變化，使她更難抗拒他。即使沒有接脈續命這必行之事，假若他只蓄意想得到她，恐怕亦能如願。

韓柏定神地凝視著虛廣的夜空覆罩下的金陵雪景，分享著這奇妙的晚上。

從沒有一刻他感到和宇宙是這麼地接近，使他忘神地享受著那曼妙無倫的感覺。

戰神圖錄一幅幅在他腦海裡重現。

那身披奇異盔甲的戰神似若活了過來，不斷做出各種動作，圖錄不住變化。幻象嵌進了眼前的虛空去，穿越過永恆，和宇宙融合在一片渾沌裡。

他先感到小腹發熱，然後全身滾湯起來，一個個無形的漣漪在他四周激起著，頃刻後他忽地忘了彼我內外之別，整個宇宙和他合成了一個整體。

就在此時，秦夢瑤的香肩靠了過來，碰到他寬闊的肩膊處。

兩人同時「呵」一聲叫了起來，爲那醉人的觸碰而欣喜莫名。那是道胎和魔種的接觸，是從未有男女曾嘗過的美妙滋味。

韓柏清醒過來，探手過去環著秦夢瑤的小蠻腰，滿懷感觸道：「當日我在韓家做僕役，見到夢瑤時，心中難過得要命，因為自知是甚麼料子，根本連多望夢瑤一眼的心都不敢稍有奢想。即管後來在黃州府遇上你時，還只是覺得自己在癡心妄想。」頓了一頓，「嘿」的一聲道：「可是那晚在瓦背處，夢瑤縱體入懷時，我便知道終有一天會得到你，今晚就是那夢想成真的美景良辰了。」

秦夢瑤移入他懷裡，主動拉起他的雙手，緊箍著自己沒有半點多餘脂肪的小腹，仰起俏臉，枕在他的寬肩上，白他一眼道：「說得那麼難聽，誰縱體入你的懷呢？人家只是傾前了少許罷了！」

韓柏回頭望入樓內圓台上並排放著的鷹刀和飛翼劍，心中一動道：「我們不用爭執這問題，總之韓某人是第一個接觸你仙體的男人，當然亦是最後一個。」微俯下去，貼上她的臉蛋，柔聲道：「身無彩鳳雙飛翼，心有靈犀一點通，這是否你那把寶劍名字的來由？為何玄門高人，會為此劍取了個這麼香艷的名字？」

秦夢瑤恬靜如常，淡淡道：「只是你心邪吧！師父的禪境道法叫『心有靈犀』，在《慈航劍典》上僅次於『劍心通明』，所以她才給這本名『寶慧』的寶劍，易名作『飛翼』，取的正是心有靈犀之意。」

韓柏道：「那我就並沒有心邪，而是真的如此。哈！不過我確又是心邪之極，很想冒瀆夢瑤的仙軀聖體，看你春情難禁，急著獻身的媚態和浪相。」

秦夢瑤失笑道：「為何無賴大俠這麼客氣，你以前冒瀆人家時，好像很少會預先警告我這受害者哩。」

韓柏目瞪口呆地看著和聽著她嬌媚無倫地和他調情，劇震道：「對不起，我忍不住了。好仙子！你不是要教本浪子如何對付你自己嗎？快把那心法和手法傳來，師父教一招，小徒立即實施那一招，保證青出於藍，到最後一招時，徹底收拾了你這作繭自縛的偉大師父。」

秦夢瑤史無前例地花枝亂顫般笑了起來，在他懷裡扭動了幾下後，慵懶不勝地伸展著脊背，俏臉摩挲著他的臉頰，一對纖手也分別輕輕撫摸著他的臉頰和環著自己小腹的大手背，情深若海地道：「好徒弟聽著，現在我們來個有獎的尋寶遊戲，好嗎？」

韓柏享受著與她背臀貼體廝磨的醉人感覺，舒美快樂得差點要死去，嘆息道：「當然好！夢瑤說甚麼都是好的。只是仍有點擔心，你人都是我的了，還有甚麼獎品可送出來。」

秦夢瑤俏臉飛紅，嗔道：「你再嚼舌頭，看我把你逐出門牆，教你一世都學不到本師父的手法和心法。」

對著美女，韓柏從來都似沒有甚麼腰骨，立即軟化投降道：「小乖乖好夢瑤惡師父，本人甚麼都不敢了，快用你那張小甜嘴說出來，免得被韓某人強封了後，除了咿咿唔唔外，甚麼話都說不了。」

即使馬上要向這小子獻身，秦夢瑤仍感吃不消，滿臉不依，嬌嗲道：「欺負吧！欺負個夠吧！終有一天夢瑤會把你的舌頭勾了出來，分送所有被你調戲過的可憐女子。」

韓柏大笑道：「沒有了韓某的舌頭，才會多了很多可憐女子呢！因爲再沒有人能用那麼美妙的方式去調戲她們。不信嗎？請立即試試。」

秦夢瑤還想反擊，香唇早給封住，且眞的應了韓柏的預言，除了咿咿唔唔外，半個其他字都吐不出來。

魔種的先天眞氣由韓柏掌心透腹而入，秦夢瑤給燙得嬌體發熱，意暢神舒。

而韓柏的大舌則挑起了她最原始的慾火，同時亦感到韓柏男性的強烈反應。

那種親密和放開了一切的接觸，把她刺激得恨不能融入韓柏體內，永遠不用分開來。唇分。

秦夢瑤仰臉望去，韓柏那朗如晨星，不含半絲俗念凡想的清澈目光，正炯炯地緊盯著她，使她芳心最隱密深藏之處，泛起了無盡的愛的漣漪。

這小子終達到了情慾分離的先天秘境。而她體內能燎原的慾火，正因與他緊密接觸，全面被撩撥了起來。

她感到身體火燒般灼熱，深切地渴望著他的呵護愛憐。

他的魅力是如此強大，使她在此刻除了他外，甚麼都不願分神去想。

韓柏看著她連耳根粉項都紅透了的美樣兒，雖烈火焚身，可是心靈卻是前所未有的空靈通透，那與宇宙合成一體的感覺更強烈了。

他緩緩伸手拔下她的髮簪，讓這淡雅高貴、秀艷無倫的仙子秀髮披垂，在清新的夜風中寫意隨便地飄拂著。

無論將來發生了甚麼事，但他卻知道眼前她那醉人的絕代丰神，已深深鐫刻在他的心靈上，永不磨滅。

秦夢瑤緊靠著他，舉手拂理兩邊鬢髮，然後扭轉嬌軀，變成與他四目交投，深情地注視他一會兒後，柔軟若蛇的纖手纏上他的脖子，兩片紅唇，印在他嘴上。

她的香唇灼熱無比，秀眸半閉，韓柏縱使沒有敏銳的魔種，亦曉得她正處於慾焰狂燒的亢奮狀態，被他的蓄意施爲挑起了飢渴的處子春情。

仙女下凡，他哪能不魂搖魄蕩，可是他卻仍保持在情慾分離的道境裡，心中只有純淨的愛戀，享受著那種雙重的曼妙境界。

韓柏的嘴唇離開了她火炙般的紅唇，移師往她的面額、下巴和白嫩的頸項。

秦夢瑤終抵不住魔種與道胎的廝磨纏混，道心失守，不能自制地喘息和呻吟起來，仙體還不住向愛郎擠壓扭動，那種春心搖蕩、溫馴柔順的萬種風情，誰能不心醉魂銷。

鬧了一會兒，秦夢瑤芳軀乏力，全賴韓柏摟個結實，才不致於軟倒地上。

韓柏哪還客氣，攔腰抱起了她，進入寬廣的樓廳裡去，在一角坐了下來，把她放在腿上，迫她坐直嬌軀，嘻嘻笑道：「眞想不到我韓柏大甚麼的有此仙緣，可恣意玩弄我的親親小夢瑤。」

秦夢瑤心中大恨，這小子明知自己渴求他的放肆，偏要吊她的癮子，讓她難過和害羞個夠。可是現在肉在砧板上，只好任由宰割。羞得無地自容，想躲到他頭頸處，又給他強移到眼下，大嗔道：「死無賴，究竟想人家怎麼樣呢？」此時不要說劍心通明，恐怕她比一個普通閨女的自制力更是不如。

韓柏又找上她的紅唇，用力地吻吮逗弄。

魔氣海潮般的送入她體內，弄得她嬌軀水蛇般在他懷內扭動翻纏。

她的嬌軀劇烈地顫抖著，急促地喘氣呼吸，發出陣陣銷魂蝕骨的呻吟聲。

韓柏笑嘻嘻好整以暇地離開她的香唇，瞧著她道：「第一招挑情手法是甚麼，尤物師父請快告訴小徒。噢！我差點忘了問你，那有獎遊戲是怎麼的一回事，獎品是甚麼寶貝兒？」

秦夢瑤羞得差點要找個洞鑽進去，猛搖螓首，狠狠橫了他風情無限的幾眼，才嘟著小嘴道：「人家沒有資格做你的師父了，只憑你的無賴手法，便有足夠本領玩弄得夢瑤達至有慾無情的境界。」接著輕吻了他，喜孜孜地道：「原來男女之間，眞有如此動人滋味，夢瑤心甘情願做你的妻子，向你的魔種徹底投降，韓柏大甚麼的肯接受夢瑤的乞降嗎？」

韓柏大樂，哈！你這仙子終親開仙口求我佔有了你嗎？

秦夢瑤見他得意萬狀地瞧著自己，又羞又喜，同時知道他刻下魔性大發，絕不肯輕易饒過自己這降卒，更是心如鹿撞，恨愛難分。

韓柏看著她春意媚人、艷絕無倫的美態，差點心猿意馬，魔心失守，忙緊攝心神，再以嘴舌進襲，進一步挑逗她的春情。

早已心旌搖蕩、旖念滿腔的秦夢瑤何堪刺激，反應更趨激烈，還主動愛撫他強壯的虎背。

兩人再分開時，秦夢瑤平日澄明如鏡的秀眸早充滿了銷魂蝕骨的熾烈情火。

韓柏摟著這香噴噴、熱辣辣，剛被他逗得大動凡心的絕世美女，心中湧起滔天愛念，心癢難熬地道：「快把那些挑情手法盡說出來，以表示你是眞心投降。」

秦夢瑤心知肚明自己是作繭自縛，當韓柏臻至情慾分離，而她則慾勝於情時，必然是這一面倒的局勢，仍禁不住心叫要命。

她尚存一絲的慧心，亦明白韓柏正以種種手法，徹底摧去自己的羞恥之心，使自己變成完全受肉慾操縱的淫娃蕩婦，雖說早有心理準備，仍大感吃不消，不過這時確無力違抗，惟有赧然道：「夢瑤身體有七個敏感點，每個敏感點都管著某幾個竅穴，只要好夫君能通過那些敏感點，以輕重不同性質的魔功刺激那些竅穴，即可徹底駕馭夢瑤的道胎，那時要人家生或死，都操控在韓郎手內了。」

韓柏狂喜道：「那尋寶遊戲是否就是要我在夢瑤身上把這七個香艷精采的敏感點找出來，你想我隔著衣服來找，還是把你脫精光才開始搜尋呢？」

秦夢瑤嬌吟一聲，伏入他懷裡，旋又被迫坐了起來，那嬌柔姣媚的動人神態，實是無以復加。

韓柏魔種提升到無盡的高處，放肆地把她的玉腿分了開來，擺布她跨坐自己腿上，然後兩手收緊，摟得她胸腹交貼，嘴兒對著嘴兒，臉對著臉，做出男女歡好的姿態，恃強凌弱地道：「要找我的乖寶貝親夢瑤那動人的七個寶點，對我韓柏來說，有若探囊取物般容易。不過看來獎品不外是夢瑤的香吻，故我還是喜歡看你羞人答答地由你的小甜嘴親自告訴我，來！爲夫要你毫無保留地把寶點說出來。」

秦夢瑤嬌吟一聲，就要湊到他耳旁獻上投降者被脅逼送給征服者的戰利品時，豈知韓柏又使她嬌軀後移，硬要她你眼望我眼地坦白說出一切。

秦夢瑤大窘，嬌嗔不依，撒了一大回嬌後，才依他指示，一一道出，說完後不顧一切地緊貼到他的肩頸與胸膛處，仙體不住顫震。

韓柏雙目異光大盛，對媚術的了解立時深進了數層。秦夢瑤所說的敏感點和體內的竅穴，實是古往今來媚術的精華，雖說人人有異，但其理則一，現在由這已臻天人之界的絕頂禪道美女高手，通過自身的體悟，親口向他說出，對身具魔種的他，那種刺激和益處實大至難以估計，大大有助於他對付天命教精通媚術的妖女。

韓柏又狠心地抓著秦夢瑤香肩，把她的玉臉移到眼前，只見她星眸緊閉，雙頰紅艷如桃花，可愛嬌柔至極點。尤其那副默許一切的媚樣兒，出現在這自幼修行的美女身上，誰能不怦然心動。

韓柏深吸一口氣，輕吻著她的眼皮道：「親親小寶貝，爲夫正式開始爲你續脈療傷好嗎？」

秦夢瑤仙軀劇顫，含羞輕輕點頭，不敢看他。

韓柏熟練的手開始在她身上活動起來，又吻又摸，展開全面的進侵。最難受的當然是秦夢瑤那七處香艷的秘穴，和深藏體內與人類春情有緊密關係的竅位穴脈。更可恨這小子一邊施爲，一邊冷靜地細察她的反應，並調節著手法的輕重緩急。

有時則隔衣愛撫，時則探進她雪白的衣裳裡，不片刻秦夢瑤神智迷糊，不知人間何世，只知陶醉傾倒，熱烈反應。

韓柏忽在她耳邊道：「外面又下雪了。」

秦夢瑤心道，誰還有閒管外面的事呢？尤其你這小子正爲人家解帶寬衣。

很快她發覺自己身無寸縷，令她春情勃動的魔氣一波接一波地渡入她體內，把她逐漸推上情慾的頂峰。

她的嬌喘呻吟，變成了狂呼亂叫，無可節制的慾火，燒得她完全迷失了理智，終於臻達慾勝於情的境界，再不理會佔有她的人會是誰了。

韓柏知是時候了，利用對她傷勢的深切關懷，把心靈提升到肉慾之上，和這使他夢縈魂牽的仙女共赴巫山。

當他把蓄滿生機的精華送入她體內時，秦夢瑤雖仍是保持著與他歡好交合的實質和姿態，但狂野的春情卻立刻被聖潔的光華取代，雖跨坐他腿上，竟晉入了禪定的境界，那種極端的對比，看得韓柏目定口呆，難以相信。

他一動不動地看著她赤裸的仙軀，心神俱醉。

憑著親密的接觸，他感應到她體內正勃發著無限的朝氣和生機。

大雪無休止在樓外的世界飄灑著，這裡卻是最灼熱和溫馨甜蜜的小天地。

天啊！我韓柏正佔有著這美麗的仙子。

秦夢瑤眼簾一陣顫動，驀地睜了開來。

韓柏一觸她的目光，腦際轟然一震，立時迷失在某一奇異的精神層次裡。

秦夢瑤迷人的聲音在他耳旁溫柔地道：「韓郎啊！夢瑤徹底復元了，以後你再不用克制自己了。來吧！好好享受夢瑤的身體，那是人家曾答應過你的報酬，來吧！」

韓柏大喜過望，全心全意地和她繼續進行最熾烈的歡好。此趟當然是另一番銷魂蝕骨的感受。

今次主動的不是他，而是這一向矜持的美麗仙子。

無論心靈和肉體，他們都緊密地結合著，攜手品嘗靈慾交融的愛戀。那種動人的感覺是剛才亦從未達到過的。他們水乳交融地把自己完全獻給了對方，互相向對方最深藏的心靈秘處搜尋和探索，又無條件地把自己盡情開放。

這種深刻的感覺，韓柏從未曾在任何其他鍾愛的女子身上得到過。

所有隱藏的情緒，包括一切的愛戀、追求，甚至乎痛苦，全交出來讓對方去分享和感受。

小樓和樓外的大雪融化掉在虛夜裡。他們喘息纏綿，陣陣歡愉洶湧而來，道胎魔種再沒有絲毫隔閡，高潮一浪一浪般接踵而至，再無法分辨彼此。

那是愛的極致！

他們甚至忘掉了道胎和魔種，對他們來說那已是呼吸般自然的東西。亦忘掉了雙修大法，忘掉了武道、天道的追求，忘掉了男與女、你與我的分別，有的只是洪水般呑噬了他們的愛戀。生命的光和熱，就若太陽那炫目的光輝，無窮無盡的熱力；又或像永不熄滅的烈火，態態地燃燒著，直至宇宙的終極。

這對繾綣多情的金童玉女，心甘情願投進那愛的漩渦裡。

心靈的堤防被破開了，他們升上了無盡的夜空與天上的星辰一起運轉長存。

戰神圖錄此現彼消地在兩人心靈的天地展現著。

它們再不是沒有生命的石雕，而是連續性的幻象和有生命的思想。

他們從肉身的層次提升到這玄妙的天地裡，比翼雙飛，攜手翱翔。

然後一切都消失了。

他們緊擁著在接天樓的頂層處，外面仍是大雪漫天。

一切似乎全無異樣，他們仍保持在男女最親密的接觸裡，可是他們都知道一些最美妙的事已發生在他們身上。

因爲他們剛偷窺了愛情所能達到的最高境界，「愛的涅槃」，那由人道而天道的醉人過程。

韓柏回醒過來，用舌尖溫柔地舐去秦夢瑤泛著聖潔光輝的俏臉上那斑斑的淚漬。

秦夢瑤用盡所有力氣摟緊了他，平靜但肯定地低呼道：「韓郎啊！夢瑤永遠屬於你了。」

第二十一章　雪夜傾情

戚長征醒了過來，枕旁的寒碧翠睡得又甜又深，俏臉上泛著風雨後的滿足和安詳。

這裡是離月樓隔了一個庭園，是名叫「香桂居」的平房，多了寒碧翠等出來後，月樓的上層住上兩家人實在太擠了，所以虛夜月雖不情願，無奈下惟有安排他們住到這裡來。

香桂居的四間大房由四女各佔一間，非常舒適。

他爬了起床，躡足推門，穿廳而出，到了屋外有簷蓋的平台處，暗黑裡褚紅玉正倚欄看著外面的雪雨夜景。

戚長征早聽到她步出房外的聲音，脫下披風，爲她披在身上，同時從後探手往前，把她摟個結實，低聲道：「爲何不在房內等我？」

褚紅玉一聲呻吟，靠入他懷裡，沒有作聲。

戚長征一震道：「你哭了！」

褚紅玉默然點頭。

戚長征既感歉疚，又湧起無盡的憐惜，舉袖爲她拭去淚漬，柔聲道：「過去的讓它過去算了，讓我們攜手迎接美麗的將來。」

褚紅玉出奇平靜的道：「戚郎！坦白答紅玉一個問題好嗎？」

戚長征知道她心情複雜，充滿了連番災劫後自悲自憐的情緒，忙打醒十二分精神，貼上她的臉蛋，深情地道：「老戚洗耳恭聽。」

褚紅玉沉吟片晌，幽幽道：「戚長征你是否只是可憐人家呢？」

戚長征一怔道：「當然不是！還記得我第一次在長沙府遇上你時，已心生傾慕，否則為何會那麼情不自禁地逗弄你，只礙於你是尚兄的人，否則哪肯讓你這俏佳人就此離去呢？」

褚紅玉要的正是安慰的話，滿意地呻吟一聲，還想說話，給戚長征捉著可愛的尖削小下巴，重重吻在她的朱唇上。

她劇烈地抖顫起來，倏地推開了戚長征的大嘴，喘息著道：「戚郎啊！人家還有一些事情要弄清楚。」

戚長征體會到她的心情，點頭道：「來！我們好好談談。」拉起她柔軟的小手，在平台的石階並肩坐下，一陣冷風剛好吹過，雪點隨風灑了入來，落在他們臉上和身上，溫柔冰涼。

這時他們才發覺雙方都是赤足。

戚長征挨緊著她，看著她那愁眉難展的淒涼樣兒，一手摟著她香肩，另一手則抓著她一對柔荑，微笑道：「來！笑給我看看。」

褚紅玉淒然搖頭，表示沒有笑的心情，淡淡道：「戚郎！紅玉是否屬淫賤的女人？」她早就問過同一問題。

戚長征明白她心情矛盾，若不讓她洩盡心事，不解開心結，會使她更感難受，正容肯定地道：「當然不是！」

褚紅玉激動起來，顫聲道：「為何那天在樹林裡，我身為人家的妻子，卻歡喜你那樣調戲我呢？」

戚長征微笑道：「坦白說，這是自天地初開以來，便存在著的問題。男女是天生互相吸引著的，無論是既爲人之婦或夫，亦改變不了這人之常情，只不過受到禮法道德的約束，才不會做出越軌的行爲，所以誰也不用因受到別人的吸引而羞愧。我才不信行烈和韓柏對你們沒有興趣，正如我亦受到月兒、霜兒等的吸引。但因爲她們身有所屬，所以我們才要把佔有的慾望，化作純潔的友情，否則就淪爲奸淫之徒了！」

褚紅玉皺眉思索了好一會兒後，淒然道：「可是紅玉明知鷹飛是奸淫邪惡之人，但身體仍非常歡迎他，感到非常享受，那紅玉豈非只是追求肉慾之愛的淫婦？」

戚長征心中一嘆，知道始終要面對褚紅玉這個問題，柔聲道：「這正是媚術最可怕的地方。能通過肉體去征服對方的心靈，就像兩軍對壘，誰的武力及不上對手，便要被征服，就是如此，並不存在對和錯的問題。」

褚紅玉懷疑地道：「眞的嗎？」

戚長征充滿自信道：「這是千眞萬確的事，鷹飛是天生玩弄女性的魔鬼，最愛征服了女人後，然後拋棄她們，讓她們爲他傷心一輩子。憑的就是他的俊臉和媚術。」

褚紅玉別過臉去，玉容一黯道：「長征你眞的不會嫌棄人家？」

戚長征抓緊她的玉手，正容道：「皇天在上，我戚長征若有一字……」

褚紅玉的小嘴惶急湊了過來，封著了他的嘴，不讓他把誓言說盡。

戚長征心中大喜，眞心誠意地享受那醉人滋味，同時想起這等若和鷹飛通過褚紅玉這美麗的戰場交手過招。忙把從韓柏學來的心法和從天命教兩女處得回來的經驗，施展出來。

脣舌糾纏，褚紅玉泛起銷魂蝕骨的刺激感覺。尤其他那對堅厚有力的手掌，毫無顧忌地撫摸著她，指尖到處，身體都生出強烈的反應。且由於她心理上不須像抗拒鷹飛般去抗拒他，更是心醉神馳，傾倒不已。

戚長征離開她的香脣時，這新寡文君渾體顫抖炙熱，肉慾焚身。

褚紅玉一把捉著他肆無忌憚的手，喘息著道：「戚郎！你是否也懂得媚術？」

戚長征知她對媚術有了先入為主的壞印象，生出陰影，哪敢告訴她眞相，笑道：「我怎會懂得這類玩意兒。」

褚紅玉其實並不眞認為他懂得媚術，只因剛才那陣刺激和興奮，與被鷹飛挑情時給她的刺激太近似了，點頭表示相信後，赧然道：「為何人家會感到那般情動和興奮呢？」

戚長征瀟灑一笑道：「道理很簡單，因為我們問存著眞摯的感情和愛情，那才是最厲害的媚術，定可把鷹飛的陰影從你的芳心裡驅走，這叫作邪不能勝正。」

褚紅玉顯然對他的話非常欣賞，羞喜交集道：「人家本來只想一死了之，幸好碧翠說要帶紅玉來見你，人家才生出了一線希望，每當我想起那魔鬼時，你那放浪不羈的言行舉止，就會在人家心中浮現出來……噢！」

戚長征強而有力的手臂，把她環擁過來，使她傾貼身上，痛吻著她的耳朵和玉項。

褚紅玉融化在他充滿魅力的懷抱裡，熱烈纏綿地反應著。

戚長征吻著她的香脣道：「讓一切在這刻重新開始好嗎？」

褚紅玉「咿唔」一聲，含羞點頭。

戚長征心中大喜，故意逗她道：「你愛在這裡還是回房去。」

褚紅玉赧然躲入他懷裡，像蚊蚋般輕吐道：「隨便你！」

風行烈站在窗前，看著窗外的大雪。

谷姿仙擁被在床上坐起來，露出了裸肩和大半截雪白的胸肌，柔聲道：「風郎在想甚麼呢？被窩裡很溫暖舒服哩！」

風行烈別過頭來，看了她一眼後，走了回來，坐到床沿。

谷姿仙擁著被子，移到他背後，將被子包著他只穿了單衣的身體，柔情無限地靠貼著他的背部，吻著他的後頸道：「又下雪了，小蓮她們不知有沒有蓋好被子呢？」

風行烈微笑道：「你最會關心別人的了。放心吧！我剛去看過她們，都不知睡得多麼香甜。」

谷姿仙甜甜地道：「我們得夫如此，真不知是幾生修來的福。」

風行烈道：「這話應由我對你們說才對。」

谷姿仙輕輕吻著他的後頸道：「行烈啊！姿仙要和你做這世上最好的那一對，唉！素香若不是那麼福薄，一切更完美了。」

風行烈心中一酸，摟著谷姿仙回到床上，當他的手摸上她峰巒起伏的勝地時，立即惹起了今晚第二場的風暴。

雲收雨散後，兩人相擁而眠。

谷姿仙再問道：「剛才夫君在看雪景時，想著甚麼呢？可以讓妾身分享嗎？」

風行烈心想怎能告訴你我正思念著靳冰雲、水柔晶和玄靜尼呢？點頭道：「我有點擔心阿爹。」

谷姿仙輕顫道：「爹有甚麼問題？」

風行烈道：「我擔心他會向龐斑挑戰。」

谷姿仙劇震道：「不會吧！那娘怎辦呢？他捨得留下娘和人家嗎？」

風行烈嘆道：「岳丈一生最大的心願，就是爲師父報仇，爲白道爭回這口氣。最大的問題是他雙修大法已成，不是沒有一拚之力，龐斑亦會欣然接受他的挑戰，眞教人頭痛。」

谷姿仙咬牙道：「天亮時我們立即去見娘，要她無論如何都要阻止爹去做這傻事。若他不答應，我便死給他看。」

風行烈苦笑道：「你死了我又怎麼辦？」

谷姿仙一呆道：「人家只是那麼說吧，爹怎會忍心看著女兒眞的去死。」

風行烈嘆道：「明天是明天的事，不若我們四處走走，享受一下踏雪漫步的情趣好嗎？」

谷姿仙欣然道：「無論風郎到哪裡去，只要不嫌人家，姿仙定會伴侍在旁。」

韓柏作了一個最美麗的夢。

夢到了化身爲鳥，在廣袤的綠野上自由翱翔，下面的叢林濃綠濕潤。

他湧起一股衝動，全力朝上飛去，下方的樹林越來越小，翅翼撥著空氣，高高地懸在空中。

然後他醒了過來，發覺自己赤身裸體仰躺在長椅上，大頭枕在正盤膝冥坐的秦夢瑤的玉腿處。

韓柏精神舒暢坐了起來，有種說不出的輕鬆和寫意，不但思慮清明，體內的魔功更澎湃不休，充滿了力量。

夢瑤的道胎果是不同凡響，使他像脫胎換骨地變了另外一個人。

秦夢瑤一身雪白衣裳，秀髮披垂，盤膝端坐，手作蓮花法印，寶相莊嚴，俏臉生輝，不但回復了那不食人間煙火的清麗氣質，還猶有過之，教人不敢逼視。

想起剛才和她顛鸞倒鳳，佔有著她那仙軀時銷魂迷人的感覺，韓柏感動得差點哭了起來。

樓外的雪愈下愈大，茫茫一片。

秦夢瑤正在修行的緊要關頭，韓柏不敢擾她，學她盤膝坐著，百無聊賴間，運起了無想十式。乖乖不得了，立即晉入了無思無念的境界，物我兩忘，靈覺往四方八面擴展著。

韓柏吃了一驚，震醒過來，暗忖為何魔種變得這麼厲害了，但千萬不要弄得自己看破世情，出了家去當和尚，那就慘透了。

應該不會吧！我現在對女人仍有很大興趣，怎捨得這好玩的花花世界呢？

正驚疑間，秦夢瑤甜脆的聲音傳來道：「韓柏！」

韓柏大喜睜目，剛好與秦夢瑤的明眸正面交觸，立時目定口呆。

那對美眸不含絲毫雜質，有若兩泓清澈但深不見底的潭水，偏又內藏著深刻之極的感情，教人心顫神迷。

她那凜然不可侵犯的特質，比前更要強烈千百倍。

韓柏起了一股衝動，要跪在她跟前，向她膜拜。順便懺悔以前對她的不規矩和無禮。她就像那悲天憫人的觀音大士。

秦夢瑤「噗哧」一笑，有若萬花齊放，比天上的艷陽更奪人眼目。

韓柏叫了一聲天啊，想摟她卻又不敢伸手。

秦夢瑤回復那恬淡雅秀的醉人仙態，輕嘆道：「韓柏！你勝了，但又同時敗了給夢瑤。」

韓柏瞠目結舌，指著她道：「夢瑤你又變回以前的神仙樣兒了，還更要厲害。」

秦夢瑤平靜地柔聲道：「當然啦！人家現在的劍心通明，再沒有了韓郎這絲破綻。唉！就是這絲破綻累事，害得人家決堤般一發不可收拾，終失身在你這無賴手裡。」

韓柏色變道：「夢瑤不再愛我了嗎？」

秦夢瑤嗔怪地白他一眼，清艷明麗，淡淡道：「不要對人家這麼沒有信心嘛，秦夢瑤生為你韓家的人，死做你韓家的鬼。」

韓柏仍不放心，深恐被責般結嘴結舌地道：「那以後……嘿！還可否和你幹剛才那事？」

秦夢瑤淡然自若道：「當然可以啦！你想不幹都不行。」接著「噗哧」失笑，抿嘴道：「可是對不起得很，主動權並不操在你手上，而是由你的乖妻子小夢瑤話事。所以我才說你敗了給我呢！」

韓柏聽得魔性大發，暗忖這還得了，若她十日不准我碰她，豈非那十天連她的小手都沒有得摸半下。立時回復冷靜，「奸狡」地邪笑道：「不！主動權仍緊握在我手上，別忘了那七招挑情手法。」

秦夢瑤不置可否，岔開話題，油然道：「韓郎，讓我們夫妻倆再玩另一個迷人的遊戲好嗎？」

韓柏哈哈一笑道：「不用你說我都猜得到你是不忿曾給我征服了吧！所以才迫我再較高下！可是我亦要說聲對不起，我唯一肯接受的遊戲叫愛的遊戲，還要至少三天玩一次，假設你不接受，我立即自殺殉情。」

秦夢瑤甜甜一笑道：「夫君息怒，夢瑤不敢了。不若我們效法那牛郎織女，每年一次，不是更見精采嗎？」

韓柏雙目亮了起來，盯著秦夢瑤，還故意看著她的酥胸，讚嘆一聲後道：「剛才夢瑤的雙峰眞是動人，累得我又手癢起來。」

秦夢瑤橫他一眼道：「好吧！看在你還有點道行分上，就三個月一次吧！滿意了嗎？」說到最後，掩嘴嬌笑起來，花枝亂顫，浪蕩迷人。

韓柏逐漸明白起來，老臉赤紅，失聲道：「我的媽呀！原來你扮神弄鬼來耍戲我。」

秦夢瑤拉著他站了起來，然後縱體入懷，用盡所有氣力纏緊他，柔情萬縷地看著他那雙比以前更有魅力的眼睛，撒嬌地道：「一天三次都可以，任由夫君作主，夢瑤全聽你的話。」接著「噗哧」笑道：「不過小女子要預先警告你，你每幹人家一次，人家的劍心通明會增強一點，可能十次之後，劍心通明便可連你這絲破綻都縫補了。那時莫怪人家不愛你了，因爲都是你自己一手造成的。」

韓柏立時落在絕對下風，呆若木雞，竟說不出話來。

這次輪到秦夢瑤心中不忍，哄孩子般道：「人家是騙你的，秦夢瑤永遠都離不開無賴大甚麼的魔種了，何況只是那七招挑情手法，人家便要乖乖投降。」

韓柏驚魂甫定，色心又起，一對手開始不規矩起來。

秦夢瑤皺眉嗔道：「不要把夢瑤弄得漫無節制好嗎？快天亮了。」

韓柏不敢拂逆她，嬉皮笑臉道：「摸兩下有甚麼大不了。不過你也說得對，快天亮了，我還要把鷹刀送回鬼王府，你當然是陪著我啦。」

秦夢瑤獎勵地獻上香吻，豈知一吻下，兩人同時劇烈抖顫，嚇得分了開來。

韓柏驚喜莫名地看著滿臉紅暈的秦夢瑤，大訝道：「爲甚麼可以變得這麼精采，我感到像和夢瑤黏了在一起般，舒服快樂得就像和你合體交歡。」

秦夢瑤風情萬種地瞅了他一眼，溫柔多情地道：「這就是雙修大法的後遺症，功成身難退。現在你的魔種內暗藏夢瑤的道胎，而夢瑤的道胎亦暗隱韓郎的魔種，任何有情的接觸，都可使我們情難自禁，可是過猶不及，所以我們定要節制情慾，才能好好品嘗箇中滋味。」

韓柏道：「那多少天才可以來一次？」

秦夢瑤情深款款道：「先天之法，一切順乎自然，且應由夢瑤作出主動，而不是多少次的問題。放心吧！夢瑤絕不會讓夫君不滿失望的。若你眞的自殺殉情，夢瑤怎能獨活下去。」

韓柏呆看了她好一會兒後，搖頭嘆道：「夢瑤你雖只輕描淡寫，但最終仍緊握著主動之權。可是只要想起不能對你爲所欲爲，我立即滿腹怨忿失落，還說可令我不會失望不滿嗎？」

秦夢瑤秀眸射出愛憐之色，貼緊了他並輕碰了他的嘴唇，甜笑道：「好吧！夢瑤定是前生欠了你一點甚麼，所以今生才要來還債。這樣吧！你歡喜怎樣都可以，但卻千萬不要令夢瑤縱慾。道胎並不同於魔種，絕不可陷於顚倒沉迷。你若是眞疼人家，就好好珍惜夢瑤吧！」

韓柏愕然道：「可是我如何知道甚麼時候應該，甚麼時候不應該呢？」

秦夢瑤再忍不住，花枝亂顫地笑得氣也喘了，那前所未有的嬌媚樣兒，看得韓柏神爲之奪時，秦夢瑤伏在他肩上辛苦地道：「夢瑤眞的很開心，唔！這樣吧！當你想使壞時，便來徵詢夢瑤的意見，看看是否屬適當的時機。」

韓柏為之氣結，抓著她的香肩，把她推得上身後仰，瞪著她道：「我明白了，你眞的不服氣剛才給我收得貼貼伏伏，所以才施展手段，對我還擊，其實根本沒有節制那一回事，對嗎？」

秦夢瑤笑得更厲害了。好一會兒後，才回復淡雅如仙的平常狀態，拉著他的手，到了樓外圍欄處，並肩看著紛飛狂舞的漫夜大雪，柔聲道：「人家昨夜給你弄得那麼羞人，那麼難堪，甚麼尊嚴都沒有了。你要人家說甚麼，人家就要說甚麼，明知早逗得夢瑤到了有慾忘情的境界，仍不肯放過人，非那麼說和非那麼聽都不行。還要人家厚顏求你，才肯和人家好，夢瑤想起來便心生恨意，怎可不向你討回公道。」

韓柏心懷大放，伸手過去摟著她纖巧柔軟的腰肢，湊到她耳邊道：「為夫向你道歉好不好，不過那時你的模樣兒太引人了，我從沒有想過你可以變成那樣子的，比月兒、霜兒還要媚蕩，所以才捨不得那麼快完成大業。天啊！你這仙子的調情手段，我看單玉如都及不上你呢！」

秦夢瑤嘴角飄出一絲淡逸的笑意，凝望著樓外飄搖而下的雪球，神采飛揚地道：「韓郎！有沒有興趣陪你的乖夢瑤在雪中漫步呢？」

韓柏大喜道：「好呀！順道到鬼王府走一趟吧！否則月兒和霜兒會學你般恨死我了。」

秦夢瑤不依道：「人家剛才只是向你撒嬌吧！不要那麼耿耿於懷好嗎？不過夢瑤可不能陪你到鬼王府去。」

韓柏失望地道：「那怎行，你捨得不陪著我嗎？」

秦夢瑤移入他懷裡，任他軟玉溫香抱滿懷，情深若海地道：「當然捨不得，可是夢瑤想回莫愁湖去，一個人去思索一點事情，若你覺得月兒、詩姊五位嬌妻還不夠的話，便來找夢瑤吧，小妻子無不奉陪。」

韓柏喜出望外，緊張地道：「這是你的仙口親自答應的，不要到時又耍弄我。」

秦夢瑤嬌笑道：「夢瑤豈是出爾反爾的人，放萬二個心好了。是了！我還未知你這幾天發生過甚麼事，一邊走一邊告訴夢瑤好嗎？」

韓柏一聲歡呼，拉起她的小手，下樓去了。

第二十二章　再逢舊主

大雪漫空裡，韓柏和秦夢瑤兩手相牽，沿著秦淮河漫步街頭，當來到落花橋時，兩人不約而同停了下來。秦夢瑤還主動提議，要到橋底坐一會兒，順便避雪。

秦夢瑤親熱地挽著韓柏的臂膀，看著長流不休的水，道：「若我猜得不錯，單玉如今天定會來找你。夫君切不可輕忽，她的媚術已臻登峰造極的境界，可以刺激得你的魔種至難以克制的境地，你唯一能勝她的機會，只有魔種內的道胎，若你能使自己內道外魔，那單玉如將會重蹈昨夜夢瑤的覆轍，只有向你求饒的分兒。」

韓柏心中一蕩，笑道：「多謝賢妻指點，以後我誓要每次都弄到夢瑤求饒才行。」

秦夢瑤大窘嬌嗔道：「那以後每次你作惡使壞後，人家都會像剛才般撒嬌不依，保證給你的懲罰會更凶更狠。」

韓柏吃了一驚，猶有餘悸道：「算我韓柏大甚麼的怕了你，詩姊她們全懂得出嫁從夫，只有你這仙子特別蠻橫，還說不是河東獅？」

秦夢瑤啞然失笑，湊過來吻了他一口道：「韓郎萬勿心存怨氣，好吧！你歡喜看人家求饒的樣子，以後看個夠吧！夢瑤再不對你加以任何限制，免得你不疼人家了。」

韓柏大喜，但仍心中懷疑，試探道：「一言既出……」

秦夢瑤含羞接道：「駟馬難追。」

韓柏大喜，摟著她痛吻香唇。

奇異曼妙的感覺又電流般在兩人間蔓延。

秦夢瑤勉力推開了他，卻已嬌喘連連，仙體乏力。

韓柏大樂，輕浮地擰著她的臉蛋道：「不若我和你回莫愁湖去，好看看仙子求饒的美樣兒。」

秦夢瑤柔不勝力地白他一眼道：「不要那麼頑皮好嗎？昨夜人家被迫和你一起看了那戰神圖錄，沒有幾個時辰的靜修，對夢瑤可能有損無益，乖孩子，聽一次話可以嗎？」

韓柏聽她軟語相求，心都酥透。欣然道：「好吧！但今晚我定不放過你。」

秦夢瑤回復清明，恬然道：「今晚你有空再說吧！」

韓柏心中一懍，不再纏她，吻了她的臉蛋後道：「快天亮了，讓我送嬌妻到莫愁湖，再趕回鬼王府去，午後我再來接你去玩兒。」

秦夢瑤欣然點頭。

兩人站起來時，天色漸白，正要步出橋底，上面傳來一聲嘆息，只聽戚長征的聲音道：「落花無意，流水有情，這算甚麼他媽的一回事？」

兩人聽得面面相覷，難道這橫行霸道的小子竟會失戀？

秦夢瑤低聲道：「夫君你上去看看他，夢瑤自己回莫愁湖好了。」

窗外大雪漸收，由一球球的雪花，變作綿絮般的雪粉，緩緩降下。

憐秀秀在床上慵懶地由浪翻雲壯闊的胸膛抬起身來，發覺浪翻雲灼灼的目光正看著她的俏臉，驚喜道：「天啊！你仍在這裡，多麼好哩！」心中奇怪，爲何浪翻雲並沒有和自己歡好交合，只是擁著自己睡了一覺，自己卻滿足得甚麼都不願想呢？

浪翻雲坐了起來，微笑道：「天快亮了，我要走了，你乖乖的預備賀壽戲，有空我再來找你。」

憐秀秀欣然道：「秀秀隨時恭候大駕。」忍不住又投入他懷裡去。

浪翻雲抓起几旁的裘袍，爲她披在身上，拉著她站了起來，到了窗旁。

憐秀秀不捨地緊拉著他的手，垂首道：「秀秀有一個要求，請翻雲萬勿拒絕。」

浪翻雲心生愛憐，把她擁入懷裡，撫著她香肩，想起了紀惜惜，心中百感交雜，柔聲道：「說吧！」

憐秀秀怯然道：「秀秀希望翻雲能於攔江之戰前，賜秀秀一個孩子，那秀秀就無負此生了。」

浪翻雲啞然失笑，輕拍她的香背，看著她充滿火熱和渴望的秀眸，點頭道：「你既有此求，浪某怎會讓你傷心失望。」

憐秀秀歡欣若狂，死命纏緊了他。

浪翻雲想起一事，問道：「朱元璋有沒有見你？」

憐秀秀道：「他約了秀秀去陪他吃午飯。」

浪翻雲一怔道：「若他……」

憐秀秀嬌笑道：「放心吧！除非是浪翻雲，否則秀秀總有應付的方法。」

浪翻雲苦笑搖頭，吻了她的香唇後，穿窗而去，沒進曙光將現的白色世界中。

天尚未明，盧夜月爬到莊青霜床上，把她弄醒過來，軟語求道：「霜兒快起來梳洗穿衣，我們去找韓柏。」

莊青霜睡眼惺忪裡被迫坐了起來，看看外面的天色和大雪，皺眉道：「這麼夜，到哪裡找他？」

盧夜月滿是醋意地狠聲道：「這小子昨晚問朱叔叔借了宮內的接天樓和秦夢瑤胡天胡帝，我們快去抓他。」

莊青霜皺眉道：「他並不是胡天胡帝，只是替秦姊姊療傷吧！」

盧夜月沒好氣道：「療完傷後不就是胡天胡帝，那小子還會做甚麼好事。喂！你究竟是否和我一致行動？」

莊青霜拿她沒法，爬了起來，心中祈禱，不會因此惹怒夫郎便謝天謝地了。

韓柏跳上橋頭，嚷道：「老戚！」

戚長征一震下往他望來，大喜叫道：「哈！韓柏！秦夢瑤怎樣了？」

韓柏以不可一世的神氣揚眉道：「當然是大功告成。」

戚長征歡呼一聲，緊擁著他，誠心致賀，同時狠狠道：「眞羨慕你這小子，連天上的仙子都給你採摘了。」

兩人分了開來，對看一眼，忍不住怪叫狂笑。

韓柏「啊」一聲叫道：「對不起，昨晚我忘了向老朱提起二小姐的事。」

戚長征先是一愣，才記起了韓柏曾是韓府的小廝，頹然道：「不用了，這妮子移情別戀，要嫁入宋家。」

韓柏一呆道：「宋家？」

戚長征沒精打采道：「就是宋翔的兒子宋玉，這小子倒有副俊臉，聽說總捕頭宋鯤是他們的近親。」

韓柏一震道：「不好！」

戚長征誤會了他，揮手道：「人家二小姐要怎麼樣便怎麼樣，我哪管得了，有甚麼好與不好。」

韓柏焦急道：「我指的不是這種好不好，而是朱元璋當宋鯤是胡惟庸的人，若有起事來，宋玉必被株連。若二小姐嫁了給宋玉，恐怕連韓老爺都要抄家。」

戚長征一呆道：「竟有此事？」旋冷哼道：「最多我老戚偉大點，把他們夫婦救出來。」

韓柏苦笑道：「你救得多少人呢？宋家、韓家這麼大夥人。不行！現在我和你立即去見老爺，向他痛陳利害，務要二小姐不嫁入宋家，順便由你接收。」

戚長征失聲道：「你當韓慧芷是甚麼，我老戚又是甚麼？」

韓柏搭著他肩頭推著他走道：「算我說錯了，來！我們立即去找老爺，到時隨機應變。」

戚長征立穩馬步，硬停下來，老臉微紅道：「你為何不問我天剛亮就到這橋頭做甚麼？」

韓柏一怔下，仔細打量了他兩眼，失聲道：「原來你這風流小子約了女孩子，哈！究竟是誰？是否比二小姐更美呢？」

戚長征尷尬地道：「她來不來尚是未知之數，遲些再告訴你吧！待會才去宋家好嗎？韓府的人都寄居在那裡。」

韓柏識趣道：「我這麼有義氣，你的事就是我的事。放心吧！一切包在我老韓身上。」

戚長征感動地道：「你眞是我的好朋友。」

風行烈領著三位嬌妻，坐上鬼王府的馬車，朝左家老巷駛去。

谷倩蓮和小玲瓏都興致盎然地指點著外面的雪景大呼小叫，盡顯少女好奇愛鬧的情懷，小玲瓏當然斯文多了。

風行烈和谷姿仙並肩而坐，兩手緊握，說不盡的蜜意柔情。

他們的感情每天都在增長著。

谷姿仙湊到他耳旁道：「安定下來後，第一件事我要爲風郎生個白白胖胖的小寶寶。」

風行烈看她那羞喜不勝的動人樣兒，心中感動，輕嘆道：「但願能早日殺死年老賊，那一切問題就會迎刃而解了。」

谷姿仙道：「每天清晨，風郎都勤練槍法，而且進步神速，我看你很快可以追上那奸賊了。」接著俏臉一紅，湊到他耳旁低聲道：「不要說妾身多心，昨晚你好像特別逗得人家厲害，同時還懂引導著姿仙運行雙修大法，所以今早姿仙特別神清氣爽，是否從韓柏那小子處學來了甚麼壞東西？」

風行烈尷尬地點頭，手足無措。

豈知谷姿仙甜甜一笑道：「韓柏這小子起碼在這方面不算損友。你再學壞點吧，姿仙就詐作不知道好了。」說完垂下頭去，耳根都紅了。

風行烈心中一蕩道：「我怕你發覺，只用了其中較溫和的手法，既然嬌妻欽許，今晚我再不會留手了。」

谷姿仙嬌呼一聲，躲入了他懷裡。

風行烈擁著滿懷芳香，暗忖自己這徒兒已可把谷姿仙弄成這樣子了，不知落到韓柏手上的秦夢瑤，又是何等模樣呢？

韓柏依著戚長征指示，往宋家走去，才轉了一條街，人影一閃，范良極攔在眼前。

范良極臉色凝重道：「瑤妹好了沒有？」

韓柏得意洋洋，尚未說話，范良極跳了過來，抓著他寬肩道：「眞的好了！」

韓柏點頭道：「比以前還要好。」

范良極怪叫一聲，沖天打了個筋斗，老猴般抓耳搔頭，欣喜如狂，惹得逐漸熱鬧的街上行人，無不側目。

范良極一把扯住他道：「快來！帶我去看她。我剛去皇宮找你，原來你這小子天未光就溜了，害我白走一場。」

韓柏道：「她回到了莫愁湖靜修，最好過了正午才去找她，現在我有事去辦。」邊行邊談，說出了韓慧芷的事來。

范良極心情興奮，自告奮勇道：「我既是你的侍衛長，自然要在旁爲你振振官威，好吧！便宜多你一會兒，就陪你去。」

韓柏和他早秤不離砣，大喜道：「就讓我們兄弟倆再演一台好戲。」順口道：「昨晚到了哪裡去？」

范良極瘦胸一挺，傲然道：「當然是到了雲清的被窩裡去，嘿！不知多麼香艷溫暖哩。」

韓柏皺眉道：「雲清不是住在尼姑庵嗎？你這樣夜夜春色，怎瞞得過她師父忘情師太？」

范良極瞪了他一眼道：「我才不似你那麼荒淫無道，我在那尼姑庵附近租了間小屋，只要打出暗號，雲清自會乖乖的移船就岸。而且忘情遠在西寧道場，怎會知她的好徒兒給我偷了呢？」

韓柏失笑道：「唉！你這老賊頭。」

范良極加快腳步，壓低聲音道：「我找到了盈散花和秀色落腳的地方，到宋家後我們立即去找她晦氣，順便破壞她對燕王的陰謀。」

韓柏想起盈散花和藍玉合謀害他，美好的心情立被破壞無餘，嘆了一口氣道：「她雖對我不仁，我卻難對她不義，不過去看看她怎說也好。」

這時宋家大宅出現眼前，范良極一搖三擺地上前叫門。

一名門僕打開了側門，上下打量了兩人幾眼，瞇起眼道：「兩位要來找誰？」

范良極走上前去，掏出一串錢，先在他眼前揚揚，待他看清楚後，迅快塞入他手裡，低聲道：「你給我們向韓天德老爺通傳一聲，就說忠勤伯朴文正要私下見他一面，切莫驚動你們宋家老爺，否則絕不饒你。」

韓柏的威望現在京城眞是無人不知，何況這侍僕執役的是官宦世家，嚇了一跳，鞠著躬迅速退了入去。

韓柏笑道：「老賊頭果有一手。」

范良極受之無愧，想起一事道：「記得昨晚我給你擋著了嚴無懼，你曾答應過我一個要求，哼！不是忘記了吧？」

韓柏乾咳一聲，暗忖這老賊頭分明趁火打劫，哪會有甚麼好事，含混應道：「好像有這回事！」

范良極嘿然道：「甚麼好像，不是想撒賴吧？」

韓柏無奈道：「說吧！」

范良極一對賊眼立時放亮，認眞地道：「我想香瑤妹的左右臉蛋各一口。」

韓柏失聲道：「甚麼？」

腳步聲起，韓家大少爺韓希文匆匆迎出門來，見到韓柏，呆了一呆，有點不知如何稱呼他才好的樣子。

韓柏上前握著他的手，親切地道：「大少爺！是我小柏啊！」

韓希文嘆了一口氣，道：「小柏！我們……」

韓柏笑道：「以前的事不要提了，今天我來，是有緊要的事向大老爺報告。」

韓希文點頭道：「小柏你眞本事，到京後八派的人天天都談論著你。噢！這位定是范前輩了。」

范良極兩眼一翻道：「走了這麼多路，我有點口渴了。」

韓希文哪不會意，忙把兩人請了進去，繞過大宅，在後進一所小廳見到韓氏夫婦。

分賓主坐下，一番唏噓感嘆後，韓柏轉入正題道：「大老爺，小柏有件事，感到很難啓齒，但又是不能不說。」

韓府的人，現在只有韓氏夫婦和韓希文在場，初時的尷尬一過，兼之韓柏雖是變了樣子，可是態度貞誠親切如昔，又執禮甚恭，氣氛轉為親切，特別是韓夫人，對他更是出奇地關懷，令韓柏受寵若驚。

范良極始終是外人，溜了出花園，好讓他們敘舊說話。

聽得韓柏如此煞有介事，韓夫人慈和地道：「一家人嘛！有甚麼事不可以說呢？」

韓天德和韓希文都露出緊張神色，現在誰不知他是皇上最寵愛的人，又是鬼王女婿，任何一個身分都是非同小可。

韓柏組織了心中的說話，正容道：「現在京師形勢非常險惡，胡惟庸隱有謀反之意，皇上已密切注意，我想你們應有所聞吧！」

韓天德只曾聽過胡惟庸失勢，今次六部的改革正是要架空他的權力，卻未知胡惟庸竟要作反。不過由韓柏口中說出來，自是錯不了，點頭道：「這事與我們有甚麼關係呢？」

韓柏道：「現在倒沒有關係，可是若二小姐嫁入宋家，關係就大了，因為皇上曾親口對我說，宋鯤乃胡惟庸的同黨。」

韓家三人同時色變。

謀反乃頭等重罪，就算韓家可免禍，嫁了宋玉的韓慧芷必無倖免，三人立時出了一身冷汗。

韓天德和夫人交換了個眼色，問道：「慧芷的婚事尚未公布，為何小柏你竟會知曉？」

韓柏當然不能說是戚長征告訴他，胡謅道：「現在京師處處密探，我和東廠的嚴無懼又稔熟，問起老爺的事，蒙他違規相告，所以此事切莫傳出去。」

三人自是深信不疑，暗懍原來廠衛密探如此無孔不入。

韓天德身家豐厚，更多了一層顧慮，誰說得定朱元璋不會藉故入他以罪，好抄家奪產。

韓夫人唸了句「南無阿彌陀佛」後，道：「幸好慧芷昨天忽然悔婚，死也不肯嫁給宋玉，又不肯和對方說話。我們大可乘機先搬出去，再回絕宋家。」

韓柏暗為戚長征高興，看來這小兩口中間必是有點誤會了。

韓天德點頭道：「看來只好如此，但忽然搬走，大家的顏面會相當難堪。唉！配屋一事又未有著落，否則那就是最好的藉口了。」

韓柏拍胸道：「這事包在我身上，我立即設法弄一間屋給你們。」

韓家三人大喜，連忙道謝。

韓柏兩眼一紅，眞情流露道：「老爺夫人不啻韓柏的再生父母，為了你們，我小柏甚麼事都肯做。」

三人見他不但不記舊恨，還沒有半分驕橫之氣，心中感動。

韓柏見功德圓滿，連忙告辭。

豈知韓夫人道：「小柏你不去見寧芷嗎？她應起床的了。」

三人都神色緊張地看著他，不知他對這曾陷害過他的五小姐是否仍心有芥蒂。

韓柏的心「霍霍」跳了起來，難道這自己從少暗戀的可愛少女，竟眞的愛上了他。嘿！若得到她，豈非得到了一個未圓的夢想。

戚長征苦候橋頭，心中後悔，為何當時不向薄昭如說清楚一個時間，那等不到她就算了，拍拍屁股便可走人，現在……唉！

蹄聲響起。

戚長征往右方看去，數騎迅速馳至。

戚長征定神一看，原來是身穿男裝的虛夜月，旁邊還有莊青霜和碧天雁，心叫不妙，不過這時想躲到橋底都來不及了，因爲三人六隻眼睛全盯在他身上。

戚長征硬著頭皮，舉手向他們打招呼。

虛夜月神色不善，來到他前，皺眉道：「老戚你在這裡等誰？」

戚長征心想這個問題眞是要命，乾咳兩聲道：「還不是等風行烈，唉！這小子到哪裡去了。」

虛夜月嬌笑道：「你說謊話時比韓柏更差得遠哩，眞要找鬼來才會信你，還要最蠢、最傻的那種鬼才信你。」

莊青霜忍不住「噗哧」一笑，旋又掩著小嘴，神態嬌艷無倫，看得戚長征呆了一呆，暗忖莊青霜絕不會比虛夜月差得多少。

碧天雁見到戚長征的窘態，亦爲之莞爾。

虛夜月盯著他道：「哼！放著嬌妻不理，卻出來勾三搭四，好！讓月兒告你一狀。」

戚長征忙打躬作揖，哀求道：「月兒請高抬貴手，嘿！我是另有苦衷，事實上現在正進行著重要任務。」

虛夜月花枝亂顫般笑了起來，許久才喘定氣看著他道：「爲何男人的謊話來來去去都是這種老掉了牙的花式，想月兒知情不報嗎？給我把韓柏變出來吧！這小子不知滾到哪裡去了。」

戚長征大喜道：「那小子到了宋家去見韓天德，月兒快去找他，遲則不及了。」

虛夜月懷疑地道：「不要騙我。」

戚長征苦笑道：「有痛腳給大小姐拿在手裡，我還有甚麼資格作虛弄假，最多以後對你畢恭畢敬，可以放過我了嗎？」

虛夜月得意洋洋地瞅了他一眼，抿嘴笑道：「誰要你對月兒畢恭畢敬，那有甚麼好玩。」再橫他一眼，歡天喜地和兩人策馬去了。

戚長征色授魂與。

虛夜月真是天生出來迷惑男人的精靈，哼，韓柏這小子真好艷福，幸好自己亦有幾位美人兒，再多個薄昭如來代替韓慧芷就好了，那我以後就修心養性，好好當她們的夫君。

胡思亂想間。

一把嬌甜的聲音在後面道：「戚兄！累你久等了。」

戚長征大喜轉身。

第二十三章　女真公主

戚長征回過頭來，愕然一震。

只見一位如花似玉的美人俏立眼前，卻不是他苦候的薄昭如，而是曾有一面之緣，身穿素黃武士服的女眞公主「玉步搖」孟青青。

那天隔遠匆匆一瞥，已覺她非常美麗，這刻在近處細看，更是不得了。

這位亭亭玉立的異族美女，長著一張無可挑剔的鵝蛋俏臉，似甕非甕的籠煙眉下，那對烏亮靈秀的眸子蘊著淡淡的無奈和哀愁，凝神看著他，輕輕一嘆道：「戚兄是否太也粗心大意，際此兵凶戰危的時刻，卻要一人落單。」

她說話時，露出一口皓白如雪的牙齒，配合著白裡透紅，教人不敢觸碰的滑嫩柔膚，那正輕柔地呼吸著的細巧挺秀小鼻子，嫻雅嬌艷的美態，令戚長征一時間竟說不出話來。

他估計這動人的公主最少要比自己大上幾歲，充滿了成熟女性才有的風情和誘惑力，可恨又知來者不善，善者不來。一時心中湧起同樣無奈的情緒。

孟青青幽幽一嘆道：「不知戚兄是否相信，青青眞不願傷害你，那並非青青心軟，而是不忍在你尚未登上武道頂峰，便把你毀掉。」

戚長征聞言激起了鬥志，從她龐大的魅力吸引中回神過來，冷哼道：「公主似乎對殺死老戚我滿有信心呢！」

孟青青輕搖螓首，低聲道：「高手對陣，豈用見過眞章，才知勝敗。剛才妾身來到你身後，你仍懵然不覺，若我不顧身分，出手偷襲，你想那會是怎樣的結局？」

戚長征立時出了一身冷汗，知道自己因心懸薄昭如，致心神失守。聞言大感慚愧，自己實不應在這等時刻，仍分心去希圖追求美女，老臉一紅道：「那公主為何不出手試試呢？」

孟青青含嗔地望了他一眼，柔聲道：「青青怎會是出手偷襲的人？戚兄，在我們動手之前，可否把臂共遊金陵，找個理想的決戰地點，為青青留下一段美麗的回憶。」

戚長征先是愕然，繼而豪興大發，暗忖天下間竟有這種罕有的美麗敵手！但旋又想到對方必是有十成擊殺自己的把握，若自己答應了，便不得不和她決戰一場，還不能厚顏逃走。所以這女眞公主，實是別具一格的厲害人物。

他仰天哈哈一笑道：「公主既有如此雅興，我老戚怎可不奉陪呢？」

孟青青欣然一笑道：「來！我們先四處逛逛！」

戚長征豁了出去，微笑道：「我還是初到京師，只懂胡闖亂走，公主可有甚麼提議？」

孟青青秀眸射出嚮往之色，悠悠道：「江南佳麗地，金陵帝王州，應天雄據江南，盛名百世，千載繁華，隨意所之，都是名勝古蹟，何須甚麼特別提議？」一聲嬌笑，舉步擦肩而過，走下橋去。

戚長征見她神態可人，柔情似水，談吐高雅，弄得糊塗起來，敵我難分。把心一橫，和她並肩漫步，沿街而行。

這時雪收雲散，老天爺逐漸放晴。

孟青青靠貼過來，舉起纖手遙指高聳城外的鍾山，吐氣如蘭道：「看！鍾山的餘脈由太平門附近入城，自東向西形成了富貴山、覆舟山、雞籠山、鼓樓崗和清涼山，確是勝景無窮，我沒說錯吧？」

戚長征輕碰著她的香肩，嗅著她清幽的體香，聽著她帶點外族口音的鶯聲軟語，看著如巨龍蟠伏於東南、氣勢磅礡的山嶺，大訝道：「爲何公主如此熟識金陵呢？」

孟青青含笑看了他一眼，道：「知己知彼，百戰不殆。這是大明國都，我們這些飽受欺壓的弱小民族，怎可疏忽大意呢？」

戚長征得她提醒，想起兩人間無可轉圜的對立關係，嘆了一口氣，暗忖橫豎要和這高深莫測的美女決一生死，不若現在拋開一切，享受一下與這敵手親熱廝磨的動人滋味，亦是人生一快。豪氣狂起，指著遠方高起蜿蜒的石頭城道：「那就是石頭城的遺址吧！據說當年諸葛亮途經此地時，曾有『鍾山龍蟠，石頭虎踞』之語，現在看它臨江而起，山岩陡峭，才知確非虛言。」

孟青青美目一亮，對他豁達的氣度和瀟灑的言談，大爲欣賞。

但卻絕不是對他動了情意，她出生於塞外苦寒之地，目睹族人不斷受到明朝戍兵的大侵小犯，對明人有著深刻的仇恨，所以今次方夜羽派人邀約，她便力排族中反對的聲音，支持聯手對付大明。對她來說，沒有事物比族人的福祉和前途更爲重要。

蒙人既曾成功征服漢人，她們的女眞人亦有同等的機會。眼前最緊要的事，就是要種下大明將來的禍根，最理想當然是搞得它四分五裂，再也無力外侵。那她的族人便得到喘息之機，休養生息，逐漸壯大。

和甄素善相比，最大的分別，就是她有著很大的野心。

聞言牽著他的衣袖，領著他轉到秦淮河岸，沿河東行，淺笑道：「這還要多得你們春秋時吳王闔閭把這處築爲冶城，鑄造兵器。」接著秀目神思飛越道：「據說名傳千古的名劍『干將』和『莫邪』，就是在這裡鑄成的。」再嫣然一笑道：「不信嗎？有詩爲證呢！」

悠然神往地唸道：「斗間雲氣望中原，剩有蛟龍劍血斑。歐冶干將俱寂寞，一痕青認冶城山。」

戚長征再出了另一身冷汗。

這些說話和詩文，若出自寒碧翠或韓慧芷，甚或爽約不來的薄昭如之口，他都毫不驚異。但現在卻是由這初到中土的外族公主的口中吐出來，使他打心底透出寒意。那代表著人家曾下了一番工夫，深入研究自己國家的歷史和文化，達到「知彼」的要求，這樣有深度的敵人，才是最可怕的。

況且觀之她輕描淡寫便把自己迫上與她生死決戰的死角，更可知她的厲害，絕不會遜於色目美女甄素善。

這時兩人走到秦淮河和青溪在城東交匯處的淮青橋，兩旁都是鱗次櫛比的市廛，十分熱鬧。

孟青青指著其中一條橫街道：「那就是你們唐代大詩人劉禹錫詩中『朱雀橋邊野草花，烏衣巷口夕陽斜』的烏衣巷了。」

戚長征再壓不下心中的震駭，瞪著她道：「公主怎會連那條橫街是烏衣巷都知道呢？」

孟青青若無其事道：「這算甚麼一回事呢！我還知道一處地方，最適合決一生死，保證不會有其他人來干擾我們。」

戚長征呆看了她好一會兒後，沉聲道：「眞是非動手不可嗎？」

孟青青橫了他一眼道：「還有別的選擇嗎？沒有了你，便等若去了怒蛟幫一條臂膀，兩軍交鋒，誰不是要各展所能，以削弱對方的實力。」

戚長征苦笑道：「我有那麼重要嗎？」

孟青青眼中寒光亮起，冷然道：「誰敢說你將來不會是另一個浪翻雲呢？來吧！」提氣輕身，施展急行術，沿街而去。

戚長征再嘆了一口氣，收拾情懷，追著她去了。

「篤篤篤！」

甄素善嬌柔的聲音由房內傳出道：「小魔師請進！」

方夜羽步入房內。

甄夫人端坐鏡檯之前，正梳理著剛洗過的長垂秀髮，身上只披了單薄的雪白長內袍，玉體散發著沐浴後的香氣，誘人至極。

方夜羽來到她身後，兩手按上她香肩，俯身凝視著鏡內美麗的倩影，讚嘆道：「得妻如此，夫復何求！」

甄夫人放下梳子，往後靠在他胸膛上，含笑透過鏡子的反映看著他道：「小魔師是否因為知道永無得到秦夢瑤的機會，所以才決定將心神全移到素善身上呢？」

方夜羽回復了往日的瀟灑，微微一笑道：「聽到素善這麼說，我可是又歡喜又害怕呢！」兩手溫柔地搓撫著她的香肩。

甄夫人露出舒服鬆弛的神色，秀眸似閉似閉地道：「你歡喜的原因是聽出我口氣有妒嫉的意味，害怕卻是怕我會因此採取報復的行為，故意利用韓柏來傷害你，是嗎？」

方夜羽反方向的側身貼著她坐在几上，變成四目交投，射出熾熱的目光，柔聲道：「有甚麼事能瞞過你的蘭質蕙心，我今次來，是希望打消你要親自出手對付韓柏的意圖。」

甄夫人被他看得意亂情迷，若論英俊，韓柏眞是差了他一截，可是那小子卻另有一種引人的特質，使他的魅力絕不下於方夜羽。舉起纖手，撫上方夜羽的臉頰，愛憐地道：「素善定爲小魔師增添了許多困擾煩惱了，噢！」

她沒法再說下去，因爲方夜羽已封上她的香唇，一手緊箍著她的小蠻腰，教她避無可避。另一手則探入了她衣服內探索活動著。

甄夫人當然知道方夜羽是想先佔有了她，教她再不會去惹韓柏。可是縱然明知對方的意圖，她亦感到很難去阻止他這樣的攻勢，一方面因爲方夜羽並不討厭，與她又有婚約的關係；更主要是方夜羽在她身上施出了魔門挑情的手法，刺激起她的情慾。

甄夫人轉瞬迷失在方夜羽的挑逗下，逐漸失去了抗拒之力，只能嬌喘連連地熱烈反應著，還盡量予他無禮的手以方便。

方夜羽忽地停止了活動，一對俊目精芒閃閃，顯示出強大的自信，看著她勉強睜著、充盈著誘人神色的美眸，緩緩道：「愈困難的事，便愈使我感到有趣，生命才能顯出它的光輝。若我這樣佔有了你的身體，你事後定然感到不快。」

甄夫人嬌羞地橫了他一眼，點頭欣然道：「是的！我是會很不服氣的。」

方夜羽輕吻了她的紅唇，輕輕道：「師尊快到了，我想和你一道去見他。」

甄夫人想到立即可見到天下第一高手「魔師」龐斑，嬌軀掠過一陣強烈的興奮，「啊」的一聲趁機離開了他的懷抱，長身而起道：「那素善要打扮一下了。」

方夜羽知她怕了自己令她情難自禁的魔手，心中湧起滿足和自豪，頗有點收之桑榆的補償感覺。

他昨晚一夜沒有闔過眼，終於決定了拋開兒女私情，以大局爲重，專心去承擔肩上的任務。

一旦放開了對秦夢瑤的憧憬，他登時恢復了冷靜和自信，發下了幾個命令後，使主動地採取攻勢來征服甄夫人的芳心，免得她投入韓柏的懷抱去。

方夜羽正要說話，由蚩敵的聲音傳入房內道：「魔師法駕已臨，小魔師請到外堂。」

風行烈夫婦等四人，抵達左家老巷。

這時酒肆已裝修妥當，大招牌橫匾被紅紙密封著，鋪外兩旁搭起了兩座高起的竹架子，以作燃燒鞭炮之用，可謂萬事俱備，只待明天開張營業的吉辰。

他們才踏進門裡，左詩等三女和范豹等正忙碌地工作著。

風行烈和她們打過招呼後，驚異地道：「詩姊爲何今天特別神采飛揚，喜盈於色？」

朝霞欣然代答道：「當然啦！今天是小雯雯到京城的大日子，詩姊當然開心得要命了。」

谷姿仙等三女齊聲歡呼，擁著左詩，爲她雀躍歡欣。

左詩笑得合不攏嘴兒，微怨道：「韓柏滾到哪裡去呢？爲何不帶夢瑤回來見我們？」

風行烈硬著頭皮爲韓柏美言道：「他不知多麼掛著小雯雯到京師的事，若能抽身，定會立即回來。」

聊了幾句後，風行烈和谷姿仙進入內堂去見不捨夫婦，谷倩蓮和小玲瓏則自動請纓，幫手爲鋪子做最後的鋪陳工夫。

不捨和谷凝清早起了床，正在後院練劍，夫唱婦隨，比之熱戀中的年輕男女，更要恩愛融洽，見到他們，先問起韓柏爲秦夢瑤療傷的事。

風行烈道：「應沒有甚麼問題了吧！」

谷凝清小鳥依人般偎在不捨之旁，兩人均一身雪白，站在初陽的照射下，有若神仙中人。

不捨嘆道：「眞希望時間永遠停在這一刻內，那我今午便不用去西寧道場做不受歡迎的參加者了。」

風行烈正不知怎樣措詞時，谷姿仙嬌嗲地道：「爹啊！你要去參加八派的元老會議，女兒不再管你，可是你若要挑戰龐斑，女兒怎也不許，除非你不再疼愛人家。」

不捨愛憐地看著乖女兒，苦笑搖頭，求助的望向谷凝清。

谷凝清微微一笑，走到女兒身旁，輕擁著她的香肩，柔聲道：「人生在世，不過數十寒暑，這些天來，爹和娘已度過了可令此生無憾的神仙日子了，王兒一向灑脫，爲何到了這等時刻，仍然拋不開俗念凡思呢？」

風行烈一震道：「岳丈母要聯手向龐斑挑戰嗎？」

不捨望往藍天白雲，淡然自若道：「大雪後的天色特別澄明，令人想起若可振翅高飛，翺翔天際，直飛往宇宙的盡頭，才沒有白白辜負了寶貴的生命。」語氣帶著一往無回的意味。

風行烈夫婦聽出他話內的含意，隱喩著與龐斑的決戰，正代表人生追求的極致，一時間說不出話來。

谷凝清笑道：「來吧！讓我們進屋內喝杯清茶。」

谷姿仙淒然道：「娘啊！」

谷凝清輕責道：「王兒若仍放不開生死榮辱，如何可以收復國土？只是年憐丹你們便應付不了。」

谷姿仙還想說話，無想僧悅耳悠和的聲音傳來道：「生即是死，死即是生；勝亦非勝，敗更非敗。世間一切相，莫非夢幻泡影。」接著聲音遠去道：「不捨請來和師兄一敘。」

不捨微微一笑，兩袖揚起，大鳥騰空般飛上牆頭，腳尖輕點，朝聲音來處投去，轉瞬不見。

韓夫人扯著韓柏的衣袖，恃著以前主僕的關係，在小樓的石階前道：「寧芷現在好像全忘了馬峻聲的事，小柏你千萬別在她面前提起，知道嗎？」

韓柏故作愕然道：「甚麼馬峻聲，我根本不識這個人，他是誰？」

韓夫人先是一怔，旋即會意，暗喜這小子變得如此精乖，難怪能得皇帝恩寵，加官晉爵。領他走上小樓的石階。

韓柏順口問道：「是否只有五小姐在裡面？」

韓夫人道：「慧芷在樓上，下層才是寧芷住的。」

韓柏奇道：「三少爺和四小姐到哪裡去了？」

韓夫人道：「他們今趟沒有到京來，天德他的生意這麼多，沒有人打點一下怎行。」

韓柏心道若給三少爺韓希武去管生意，不敗了韓家的家業才奇怪。

樓門「咿呀」一聲打了開來，韓寧芷的貼身俏婢小菊見是韓夫人，忙拜禮下去。

韓柏以前和這比他年長了兩歲的俏丫鬟非常慣熟，她對他亦像弟弟般友善，心中一熱叫道：「小菊姊！認得我小柏嗎？」

小菊渾身劇震，抬起頭來看他，杏目睜大，不能置信地道：「小柏！天啊！你眞的變了樣子。」

韓夫人哪有興趣讓他們敘舊，不悅喝道：「五小姐起床了沒有？」

小菊吃了一驚，雖心中有許多說話，但哪還敢向韓柏詢問，答道：「剛起床，小婢正服侍她在房內梳妝。」

韓夫人喜向韓柏道：「來！快隨我入房見她。」

韓柏平時絕不會理甚麼男女之防，可是自幼在韓家當僕役慣了，現在像忽然回復了那時的身分，哪敢隨便闖入小姐閨房，囁嚅道：「我都是在外廳等候小姐吧！」

韓夫人還以爲他懂得守禮，欣然道：「我叫你進去就進去，隨老身來吧！」不理他是否答應，走進屋內，大聲道：「寧芷我的小心肝，看看是誰來探你。」

韓寧芷懶洋洋的聲音由房內傳來道：「娘啊！人家才剛起床，是甚麼人呢？」

韓柏經過小菊旁，忍不住輕捏了她的小手，表示親熱，豈知一向待他如弟的小菊俏臉倏地擦紅，垂下頭去，不敢看他。

韓柏心中大樂。

少年時的唯一夢想，就是要娶韓寧芷爲妻，而這俏秀的小菊姊當然最好亦一齊嫁了給他，現在看來這並非妄想了。

縱使韓寧芷及不上虛夜月和莊青霜諸女的美麗，可是她總是兒時的親密伴侶，兩小無猜，有甚麼荒唐話未說過？只是其後寧芷年齡漸長，才明白到主僕之分，稍作矜持吧。

胡思亂想間，隨韓夫人步入房裡。

韓寧芷坐在梳妝鏡前，正爲自己的臉蛋抹上水粉。

她長高了很多，但也消瘦了，比起上次在韓府偷看她時出落得更清麗可人。尤其那脹鼓鼓的酥胸，任何有眼睛的人一看便都知道她是成熟了。恰是韓家有女初長成的動人時刻。

韓寧芷見到鏡內出現俊偉軒昂的男兒漢，張開小嘴「啊」一聲叫了起來，目定口呆，手中的粉塊掉到桌上去。

韓夫人愛憐無限地走了過去，抓著她兩邊香肩，向鏡裡的韓柏招呼道：「小柏快過來，讓寧芷看看你，如此有爲男兒，到哪裡才尋得著呢？」

韓柏興奮得頭皮發麻，來到韓寧芷的另一邊，看著鏡中的初戀情人，搔頭道：「五小姐！」

豈知韓寧芷的俏臉倏地轉白，尖叫一聲：「鬼啊！」兩眼一翻，往後便倒。

韓柏從後一把抱著她，不讓她倒在地上，和韓夫人面面相覷，互知對方的臉色定是難看無比。

韓夫人焦灼道：「快扶她上床！」

韓柏攔腰把她抱起，放在床上，心情變得非常惡劣。

難道韓寧芷不堪刺激，瘋了起來？

當韓夫人和趕了進來的小菊爲韓寧芷蓋上被子，忙著叫喚施救時，匆匆由樓上聞聲走下來的韓慧芷出現門處。

這美麗的二小姐兩眼紅腫，花容慘淡，看到韓柏時一呆道：「原來小柏來了！」眼光落到乃妹身上，顧不得招呼韓柏，驚呼一聲，搶到床旁細看究竟。

韓柏因急著要找盈散花，暗忖寧芷是不會有何大礙的，他留在這裡亦幫不上多少忙，傳音入韓慧芷耳內道：「二小姐！我剛見過戚長征……」

韓慧芷嬌軀劇顫，往他望來，韓柏乘機道：「夫人！小柏因有急事待辦，要先行告退，遲些再來瞧五小姐吧。」向韓慧芷打了個眼色，心中同時泛起奇異的滋味。以前在韓府，他把韓慧芷敬若天人，想不到今天竟能和她眉來眼去，雖不涉及男女之私，已大感過癮。

韓慧芷會意，道：「讓我送小柏出去！」

韓柏裝模作樣道：「怎敢勞煩二小姐？」

豈知韓夫人道：「慧芷照顧五妹，讓我送小柏，我有話要和他說。」話完牽著韓柏衣袖走出房去。

韓慧芷空瞪著眼，卻是無計可施，只能目送兩人出房去了。

第二十四章　再被出賣

嚴無懼向高踞龍桌後的朱元璋伏地跪稟道：「龐斑已經入城。」

朱元璋兩眼精芒亮起，一掌拍在桌上，大喝道：「好！」

嚴無懼心道何好之有，龐斑此來，頓使形勢複雜無比，再沒有人能預測事情發展的方向和結果。

自大明建國以來，朱元璋便下了密令，絕不去碰與龐斑有關的任何事，這河水不犯井水的政策，直到此刻仍維持著。

朱元璋閉上龍目，沉思了好一會兒後，再張開眼來，微笑道：「無懼平身！」

嚴無懼站了起來，仍垂著頭，避免與這天下至尊對視。

朱元璋舒服地挨在椅背處，悠然道：「查到他們落腳的地方沒有？」

嚴無懼答道：「找到了，那是遙對著清涼山鬼王府的一所院落，位於雞籠山半山處，屬於一名富商所有。」

朱元璋嘆了一口氣，神思飛越地道：「真想立即讓浪翻雲和他拚上一場，看看結果如何，可惜眼下絕非適當時機。」頓了一頓道：「你給我把韓柏找來，朕有事要他辦。」

嚴無懼領命後道：「臣屬應對龐斑採取何種態度呢？」

朱元璋微微一笑道：「無懼你語氣中隱含憤慨，可是仍氣惱方夜羽等昨夜竟斗膽公然在你眼皮子下襲擊韓柏呢？」

嚴無懼心中一懍，惶然道：「臣屬只奉皇上旨意辦事。」

朱元璋出奇地溫和道：「此乃人之常情，朕絕不怪你。」接著微微一笑道：「千萬不要惹龐斑，這是整個遊戲最精采微妙的部分。」

嚴無懼聽得大惑不解，當然不敢出言詢問。

朱元璋龍顏轉寒道：「現在我們掌握了藍玉勾結外人、密謀造反的證據，只是仍欠了胡惟庸的，所以尚未到最後攤牌的時機，此二賊分別在文武兩方有龐大影響力，一下錯失，天下會立時陷進萬劫不復之境地。」

嚴無懼忽地跪伏在地上，高聲稟道：「臣屬有一事稟上，但先請皇上賜旨，永不提升臣屬，無懼才敢說出來。」

朱元璋龍目精光亮起，嘴角逸出一絲笑意，點頭讚許道：「你想說的事必與楞統領有關，怕朕誤會你有取而代之的心，才有這麼一個要求，不過朕一向賞罰分明，怎能答應如此要求。說吧！誰忠誰奸，誰能瞞得過朕？」

嚴無懼深吸一口氣道：「楞統領與胡丞相關係密切，臣屬的人根本沒法打入他們重重保護著的系統裡去，所以縱然懷疑胡丞相一直與倭子秘密勾結，仍拿不到眞憑實據。」

朱元璋兩眼閃過森寒的殺機，冷哼道：「只要是人爲的事，便有破綻，以龐斑通天徹地之能，不是仍有言靜庵這絲破綻嗎？天命教雖然隱秘厲害，還是逃不過韓柏勝人一籌的『福命』，可見我大明氣勢如日中天，非是人力所能破壞，無懼不須將此事擺在心上，朕自有主意。」

嚴無懼心中不由湧起對這主子的佩慕之情，朱元璋的權術，便若龐斑和浪翻雲的武功，教人看不清摸不透。

朱元璋微微一嘆道：「朕與秀秀小姐午膳後，會到鬼王府與若無兄一見，你給我安排一下吧！」

嚴無懼愕了一愕，連忙應是。

朱元璋眼中射出複雜的神色，再嘆了一口氣後緩緩道：「給我喚素冬進來吧！」

韓柏和范良極溜到街上時，虛夜月、莊青霜和碧天雁剛由橫街轉了出來，韓柏兩人反應何等敏捷，立時閃入一條小巷去。

范良極一拍他肩頭道：「讓我來應付月兒她們，你立即去找盈散花，我拖她們一陣子才來與你會合。」匆匆告訴了他盈散花落腳之處。

盈散花寓居的莊院位於城北珍珠河之畔，風景優美。

韓柏心中焦急，捨開正門踰牆而入，出奇地連婢僕都碰不上半個。

他由靜寂的廊廡進入屋內，到了一個空廣無人的大廳處，只見右側有道門戶，隱有聲響由內傳出。

韓柏定了定神，來到門前，伸手一推，側門應手而開，原來是個露天院落，四周圍以高牆，林木婆娑中有一個小亭，盈散花獨坐其內，灼灼的美目直瞪著他。

韓柏嚇了一跳，又喜又驚。

喜的當然是這麼容易便找著盈散花，驚的卻是盈散花似在專誠地等候著他，一點意外和不安的神色都沒有，顯是早有了心理準備。

韓柏搔著大頭，來到盈散花對面的石凳坐下，隔著石桌瞧著這詭秘莫測的美女。

盈散花臉色有點蒼白，但卻多了平時沒有的一層艷光和桃紅之色，使她看來更是嬌艷誘人。

她一點不讓地和韓柏對視著，眸子內藏著令人難明的情緒，但亦多了幾分落寞和無奈。

韓柏忽然劇震道：「天啊！是否燕王已奪去了你處子之軀？」

盈散花神情轉爲冰冷，毫無表情地道：「吹皺一池春水，干卿底事！」

若換了以前，他只會以爲白芳華情報有誤，但現在既知她乃天命教的人，自然猜到自己被白芳華騙了，其實燕王早做了盈散花的入幕之賓。

他雖有嫉忌之心，但卻不強烈，使他提心吊膽的是不知盈散花究竟用了何種手法對付燕王。一陣心疲力累的感覺襲上心頭，使他頹然道：「秀色呢？」

盈散花平靜地道：「你究竟是來找我還是找她呢？」

韓柏感覺到盈散花對自己的態度生出劇烈的變化，不知是因爲下了某個決定，還是因爲已獻身給了燕王，對他再沒有了以往那種著緊和情意，甚且對任何事物都不再關心的樣子。

他的胸口像給千斤重擔壓著般，好一會兒才深吸一口氣道：「盈小姐給藍玉騙了仍如在夢中呢！」

盈散花秀目寒光一閃道：「怎樣給他騙了？」

韓柏兩手按在石桌邊沿，俯前道：「他早和倭子有協議，事成後把你的高麗雙手奉給倭子，你還要爲他連身體都賠了去。」

盈散花一震道：「你終猜到我是誰了！」

韓柏愕然道：「你究竟聽到我的話沒有？藍玉只是在利用你，勢將過橋抽板，你還不明白嗎？」

盈散花一點不爲所動，冷笑道：「韓柏！你太多事了！」

韓柏大感不妥，難道自己猜錯了，定神看著她。

風聲在後方響起，一道人影從院落奔出，一掌往韓柏的背脊隔空按來，掌勁狂飆。

韓柏泛起哀莫大於心死的感覺，冷哼道：「好！盈散花！算我識錯了你。」鷹刀離背而起，頭也不回，往後劈去。

這一刀看似隨意，卻是夾著滿腔怨憤出手，且又暗合先天無意的心法，刀氣倏擴，迎上對方掌勁。

「蓬」的一聲，那人悶哼下踉蹌後退，而韓柏只是微晃了一下，高下立見。

風聲響起，十多個人由宅內擁出來。

偷襲者正是「金猴」常野望，這時他退到「妖媚女」蘭翠晶和「布衣侯」戰甲的中間，運氣調息，勉強壓下翻騰不休的內息。

領頭者當然是被譽爲朝廷中鬼王之下論武技穩坐第二把交椅的藍玉，見韓柏仍不回過頭來，怒喝道：「你這小子自投羅網，看你今次又有甚麼逃命的妙法？」

盈散花眼中首次掠過哀然之色，站了起來，避過韓柏懾人心魄的眼神，繞過了他，來到藍玉之旁。

韓柏動也不動，背著藍玉等坐著，心中暗暗叫苦。

敵人雖全集中到身後，可是看似毫無攔阻的前、左、右三方的高牆外，說不定便埋伏了水月大宗等高手，這一仗如何能打？

這時禁不住暗暗後悔，若肯聽鬼王的話，現在就不會陷身在這種困獸之局裡。

驀地豪氣湧起，暗忖你盈散花要害死我，我韓某偏不如你所願，一聲長嘯，霍地立起轉身，盯著藍玉喝道：「一齊上吧！看我韓柏怕了誰來！」

藍玉等均怔了一怔，持著鷹刀的韓柏忽然像變了一個人似的，氣勢強橫，豪氣干雲，一副對生死成敗毫不介懷的樣子。

蘭翠晶的鳳目立時亮了起來，想起那晚在媚娘房中的遭遇，芳心湧起難以言喻的感受。

盈散花亦是心中抖顫，一片茫然，有點不知自己是做了好或歹事出來的味兒，事實上韓柏是第一個也是唯一使她心動的男人，縱使她爲了國仇家恨不得不犧牲韓柏，仍不能抹掉對韓柏的情意。一時間心亂如麻，心痛得俏臉更是半絲血色都失去了。

藍玉點頭道：「好！你要逞英雄，我便讓你得償所願吧！棍來！」

後面其中一名隨從忙把肩著的重鐵棍交到他手上。

韓柏知道今次難以善罷，仍想不到第一個出手的人就是藍玉自己，登時知道對方是要速戰速決，免得夜長夢多，冷笑一聲，提刀冷冷瞧著藍玉。

藍玉空著的手打了個訊號，其他人齊往後退，騰出更大的空地讓兩人決一死戰。

韓柏收攝心神，元靈倏地提升到萬念俱寂的道境，戰神圖錄一幅一幅湧上心頭，手中鷹刀又變成了有生命的靈物，那種血肉相連的感覺，尤勝昨夜。

藍玉眼中露出訝異之色，不敢讓對方的氣勢繼續積聚，往前挺棍邁步，忽地一棍掃出。

韓柏知他欺自己功力及不上他，所以出手便是硬拚的招數，亦想試試對方勁道強大至甚麼地步，夷然不懼，運刀封格。

「噹」的一聲激響。

兩人收回兵器。

盈散花等人均露出不能置信的神色，韓柏硬擋了藍玉力能裂石開山的一棍，竟只是上身微晃了一下，表面看去一點損傷也沒有。

藍玉更是心中駭然，當鐵棍掃上韓柏的厚背刀時，就像擊在汪洋大海裡，擊中處雖只一點，但對方的潛力卻像是無窮無盡，使他感到難以在功力上壓倒對方。

韓柏卻是有苦自己知，刀、棍相交時，藍玉潮水般的眞勁，重重湧至，一波比一波狂猛，若非運起挫打神功，勉強將對方侵入的眞氣化去，只是這一棍便可教他當場出醜，登時英雄氣短，生出逃走之念。

藍玉哪知他這般窩囊，仰天長笑道：「好！自蒙人退出中原後，你還是第一個能硬擋我一擊的人，便讓本帥看看你還有甚麼本領。」倏地衝前，揮棍當頭砸下。

韓柏暫時收起逃走之意，心神集中往敵棍上，運刀一架，又噹的大響一聲，立時全身氣脈逆轉，連挫打功都運不起來。

原來這一棍暗含藍玉獨門的「大天罡眞氣」，包含了正反不同的勁力，藍玉的武功已躋身宗師級的境界，剛才和韓柏短兵相接時，早摸到幾成他化解自己罡氣的法門；所以這看似平平無奇的一棍，實是精妙無倫，代表了高明的眼力和數十年的經驗。

韓柏差點噴血卸勁時，丹田處忽地升起一絲奇異無比、至陰至純的眞氣，逆轉的勁氣立即給導回正軌，身體一鬆，夷然無損地架了這一棍。

同時湧起明悟，知道這救命眞氣，來自與秦夢瑤交歡後凝結於魔種核心處的道胎。正大喜時，藍玉的鐵棍彈上半空，棍頭生出變化，幻起無數棍影，把他完全籠罩其下。

一時勁氣迫蕩，風聲呼嘯，既細膩綿密，又有泰山壓頂的威勢。

旁觀的盈散花等見韓柏力擋了藍玉兩棍，已是目定口呆，這刻藍玉使出如此精巧細緻的棍法招數，均知藍玉因師老無功，動了怒火，誓要當場擊斃韓柏。

蘭翠晶心叫一聲罷了，自己雖有放過韓柏的心，但眼下的情勢，卻使她全無插手的機會。她終是心狠手辣的功利主義者，拋開對韓柏的絲微好感，與戰甲、常野望和其他好手散往四周，隱成圍殲之局。

盈散花往後退開，既矛盾又痛苦，尤其想起兩人曾度過的歡樂時光，更是黯然神傷！雖說爲的是自己王族的血仇，使她不顧一切與藍玉合作去害韓柏，但當韓柏陷身如此絕境死地時，一直壓下對韓柏的深愛，再不受控制地狂湧心頭，熱淚由眼角瀉下。

此時的韓柏卻渾然不知藍玉鐵棍外的任何事。

他的魔種是遇強愈強，兼且現在魔種內含蘊著來自秦夢瑤道胎的種子，這是連集體創出道心種魔大法的魔門先輩亦夢想不到的異事。更加上來自鷹刀《戰神圖錄》的精神烙印，使韓柏的魔功突破了重重限制，踏足玄妙和高不可測的境界。連他自己亦不曉得自己是如何厲害。

際此生死關頭，他魔道交融的元神晶瑩通透，不含絲毫雜質，眼、耳、鼻、舌、身、意的感覺比平時敏銳了無數倍，就若昨夜與秦夢瑤同登極峰時所攀上的至境，渾身精氣澎湃暴漲，似要洩體而出時，他把眞氣全導引至手持的鷹刀之上，一聲長嘯，劈出了魔功渾成後最精采絕倫的一刀。

刀光驀盛，奇奧變幻處，教人無法測度，有若天馬行空，把厚背刀的特性發揮盡致。

而更驚人的是這一刀包含著深無盡極的感情，充盈著被所愛的人無情出賣的憤慨，對生命的祈求和熱戀。

藍玉正猛施殺手，駭然間驚覺對方生出滾滾刀浪，刀未至，先天刀氣已襲體而來，更使他心寒的是對方有種與天地渾成一體那無懈可乘的氣勢，任自己棍法如何精妙，除了硬拚一記外，再無別法。

如此刀法，他還是首次遇上。

他一生大小不下千百戰，心志堅凝，當然絕不會臨陣退縮，立把大天罡眞氣提升至極限，化巧爲拙，一棍搗去，破開了對方的刀氣，電射在刀鋒處。

棍、刀相觸，一點聲音都沒有發出來。

藍玉悶哼一聲，往後「嚓嚓嚓」急退三步。

韓柏則像斷線風箏般往後拋飛，同時刀隨人走，化作一團寒芒，護著全身要害，硬往守在後方包括「布衣侯」戰甲在內的三名高手撞去。

最清楚韓柏意圖的自是藍玉，知道韓柏功力雖稍遜自己，仍不至如此不濟，分明是要借勁逃走，大喝道：「截著他！」可是自己仍要再退一步，才能提氣追趕。

「布衣侯」戰甲功力最高，手中長劍貫足全身功力，若雷霆電閃般一劍向韓柏劈去，其他兩名高手一斧一矛亦由兩側往韓柏硬攻過來，只要能擋他剎那的光陰，所有人圍攏過來，任他有通天本領，亦難活命。

韓柏亦知此乃生死關頭。

攔截的三人中，自以戰甲的劍最具威脅性，有足夠阻截他的力量，豈敢以身試險，倏地橫移，避開了戰甲的劍，改向以常野望為主的五名高手衝去。

包括藍玉在內，沒有人想到他能如此突然改變方向。

魔種的特質就在於變幻無窮，教人無從揣度，這種隨意改變體內真氣的奇招，以致可任意變化速度和方向，等若超出了人類體能的局限，自使攔截者措手難及。

常野望早先吃了暗虧，功力仍未全復，防守力大大打了個折扣，見他忽然取自己的方向攻來，人未至刀氣已臨身，一時心膽俱寒，只是虛應故事地一掌拍出，同時往後退去，指望其他人先擋其鋒銳。

其他四人均是藍玉座下的一流高手，多年來隨藍玉轉戰天下，實戰經驗豐富無比，絕不因常野望的退縮而生出混亂，一刀兩劍配上長矛，築起一堵有若銅牆鐵壁的兵器網，一無所懼地迎上韓柏疾劈而來的鷹刀。

藍玉此時已緊躡而至，只要這四人能擋他片刻，他便可立下殺手，置韓柏於死地。其他人亦圍迫而來，不再給韓柏任何機會。

此非是一般江湖仇殺，沒有人再講身分和規矩。

蘭翠晶知道韓柏難逃此劫，放緩了腳步，不欲沾上韓柏的鮮血。

盈散花如遭雷殛，退後了兩步，靠在牆上，嬌體乏力，心內一片空白，淚珠卻不受控制地滑下臉頰。

第二十五章　魔師遠見

城南秦淮河畔的夫子廟，建於宋天聖七年，一直為文人薈萃之處，名著天下十林。它前臨秦淮，東眺鍾山，沿河兩岸風光怡人，河房水榭，雕樑畫棟，若非剛下了一場雪，平時綠楊垂柳，交相輝映，景色秀麗，現在兩岸一片鋪天蓋地的白雪，又是另一番迷人情致。

這天下士子嚮往的聖地重樓疊閣，典雅莊重，廟前秦淮河南岸築堤環抱，氣勢磅礡，又鑿河成「月牙泮池」，北岸置以石堤，繞以石欄。

當戚長征和孟青青步上通往夫子廟的石橋時，秦淮景色，盡收眼底。

孟青青邊行邊笑道：「這條橋就是與杭州西湖三潭印月齊名的『半月橋』，逢明月當頭之時，橋影將河中明月分為兩半，兩側各有一個半邊的月亮，真是難得的奇景。」

戚長征對她豐富的地理名勝知識，早見怪不怪了。瞧她談笑自若，半絲緊張都欠奉，已推知此女武功亦高明之極。因為至少自己還未能學她般從容和放開懷抱。

兩人言笑晏晏，穿過了寫著「天下文樞」兩丈多高的大木牌坊，進入了夫子廟赭紅色的廟牆裡。

此時天色尚早，夫子廟遊人冷落。

在孟青青的引領下，他們穿過廟院，經過奉著「大成至聖先師孔子之位」的牌位，由西廊進入古柏參天的側院。

孟青青幽幽嘆了一口氣，垂首道：「戚兄！青青真不想和你分出生死，可惜卻是別無選擇。」

戚長征一呆道：「噢！原來這就是你說的決戰好地方，的確不錯，只要我們走入林內，誰死了都不會有人知道。」

孟青青沉吟半晌後道：「我來找你前，里赤媚提醒青青，說你是個天生不畏死的人。到此刻我才眞的相信，所以青青絕不會在膽色這一點上和你爭長短。」

戚長征心中一懍，知道她已動上了手，以言語來向他施壓，進行削弱他信心的攻勢。微微一笑道：「只要你想殺我，便避無可避地定要和我比拚膽色，以命換命，否則公主不若回女眞學習縫紉好了。」

孟青青領著他深入林內，噗哧笑道：「我的縫紉技藝早全族稱冠，何用再學？不怕一併告訴你，我的劍名『織女』，劍法亦名『織女劍法』，以守爲主，主攻的只有三招，若你能全部擋過，青青便賞你一個香吻恭送大駕。」言罷亭亭立定，曼妙地旋過香軀，冷冷地看著六步許外那軒昂雄偉的年輕刀手。

戚長征嗜武如狂，聞言手指都癢起來，問道：「這三招有何名堂？」

孟青青柔聲道：「第一招叫『鵲橋仙渡』，喻的是你們那牛郎織女每年一會的淒艷故事。唉！你或者會奇怪青青爲何連劍招都用了貴國的傳說，因爲青青眞的很仰慕貴國的文化。」

戚長征搖頭苦笑道：「所以你仰慕得要來侵佔我們的土地子女。嘿！不要提這些無聊事了，來！第二招叫甚麼？」

孟青青千嬌百媚的嗔望他一眼後，不情願地道：「第二招擷自一句詩詞，就叫作『風露相逢』。」

戚長征雖只粗通文墨，但這樣廣為傳誦的詩詞，總算聽過，知道取自「金風玉露一相逢，便勝卻人間無數」這兩句的詞意。忍不住讚嘆道：「這麼美的名字劍招，我老戚怎可不見識見識。」

孟青青欣然拔出織女劍，微笑道：「想見識便動手吧！」

戚長征哈哈一笑，掣出天兵寶刀，道：「公主何不把第三招的名字也說出來再動手呢？」

孟青青嬌笑道：「你擋過這兩招再說吧！」纖手一挽，千百朵劍花，立時封滿戚長征的前方。

甄夫人隨方夜羽步入大廳時，只有里赤媚、年憐丹、任璧、由蚩敵、強望生、花扎敖、山查岳、竹叟等八人陪著龐斑喝茶。

鷹飛、柳搖枝、孟青青這三個有資格列席的人均不知到了哪裡去，而紅日法王則一如往常，沒有參加這種聚會。即使龐斑的駕臨仍不能改變他的習慣。

龐斑踞坐廳端的太師椅上，俊偉的容顏透出悠閒雅逸的意態，只是舉杯喝茶的動作，便予人一種完美無瑕的感覺，那超然於一切的神韻，有著震撼人心的奇異魅力。

分坐下首兩旁來自域外不同種族的各大高手，都收斂了本身的傲氣，恭敬地注視著這六十年來，稱雄天下的無敵高手。

當龐斑的目光落在甄夫人身上時，她有種心靈肉體完全赤裸開放的感覺，就若沒有任何心事或秘密可以瞞過這偉大的人物。

她隨著方夜羽向龐斑施禮，然後坐在空於上首右方兩張椅子裡。

方夜羽眼中射出崇慕之色，慚愧地道：「夜羽愧見師尊，來京後，尚未達成任何一項重要任務。」

龐斑雙目亮起動人的神光，緩緩掃過眾人，微微一笑道：「夜羽你錯了，你們已做得非常好。來！喝一杯茶吧！」

立在龐斑身後的黑白二僕立即趨前爲眾人添茶。

方夜羽道：「師尊這麼安慰夜羽，弟子更倍感慚愧！」

龐斑再微微一笑道：「爲師怎有閒心去安慰你，素善可明白我的意思？」

甄素善想不到龐斑會忽然考較起她來，俏臉一紅，往這天下第一高手瞧去，一觸對方眼神，芳心立時忐忑狂跳，不自覺地垂下螓首，輕柔地道：「魔師指的是否今天我們能安然來到大明的京師，與漢人展開爭霸天下的鬥爭，已是了不起的成就。」

龐斑欣然點頭，淡淡道：「說得好！」轉向各人道：「你們今天能安坐於此，陪龐某喝茶聊天，正表示著明室已被埋下禍亂的種子，本人敢斷言，無論事情往任何方向發展，朱元璋亦再無力往域外擴張領土，那正代表我們完成了最基本的目標。」

年憐丹皺眉道：「魔師的說話自是含著至理，但是否仍須看這幾天的發展，才可以判定我們此行的成敗呢？」

龐斑仰天一陣長笑，搖頭道：「非也非也，這事便等若高手對壘，何用見過眞章才能言勝敗。」接著輕嘆道：「夜羽的問題便在於太著重成敗，故因而起了得失之心。哪知世事豈能盡如人意，只要能放手而爲，好好參與這美妙無比的遊戲，已可不負此生。赤媚當會明白我這番說話。」

眾人均是才智之士，聽得肅然起敬，明白到龐斑超然於成敗的廣闊胸襟。

里赤媚啞然失笑道：「魔師太抬舉赤媚了，事實上赤媚正爲昨天殺不掉韓柏而苦惱了一晚呢！」

龐斑神光電射的目光深深望了里赤媚一眼，欣然一笑，似對他的坦白非常欣賞，平靜地道：「問題是你們始終不明白『道心種魔大法』是甚麼一回事，亦在某一程度上低估了道胎魔種相遇和結合的神妙。」

再肅容沉聲道：「赤尊信就是韓柏，而韓柏卻非是赤尊信那麼簡單。或者可以這麼說，藉著韓柏這淨美的元體，赤尊信再受不到任何限制，不但可以繼續邁向天人之際的武道至境，還可以改正生前走錯了的方向，撥亂反正。先不論與道胎結合後會帶來的發展與成就，只是這點，已可知道要殺死韓柏是多麼困難的一回事。」

眾人齊齊一震，想不到龐斑對韓柏評價如此之高，亦想到己方確一直低估了韓柏。

任璧嘆道：「難怪秦夢瑤會看上了韓柏呢！」

由蚩敵忿然道：「昨夜若非有浪翻雲和了盡兩人出手，韓、秦兩人屍骨早寒了。」

龐斑自然聽出他語氣中隱含怪責自己不提早出手對付浪翻雲之意，淡然一笑道：「沒有了浪翻雲，這場遊戲是多麼乏味。」

兩眼神光亮起道：「漢人經歷了我大蒙近百年的統治，對外族已存有深刻的仇恨，兼且亂極思治，縱使我們能重新入主中原，要像以前般管治這麼幅員龐大的中土之地，等若怒海操舟，最後只會舟覆人亡，要重振昔日的風光實屬妄想。當年本人袖手不理大蒙之事，正基於此一原因，明知不可爲而爲，只是執迷不悟的愚蠢行爲。」

里赤媚拍了扶手一下，發出清脆的響聲，嘆道：「給魔師你老人家這麼一說，赤媚整個人都輕鬆起來，反更覺鬥志昂揚，充滿了自信。」

甄夫人心中湧起敬意，恭然問道：「魔師憑何斷定明室即管能平定所有叛亂，仍無力西侵呢？」

龐斑眼神落到甄素善俏臉上，立時柔和起來，淡笑道：「夜羽的計劃，實在是計中有計，局中有局，最關鍵處在於鬼王和燕王這兩人，即管你們的計劃全失敗了，鬼王和朱元璋的關係亦難以保持平衡。」頓了頓續道：「給你們這麼一鬧，朱元璋錯失了對付鬼王和燕王的千載良機，此必種下將來朱元璋死後大明爭奪皇座的禍根，哪還有力西顧。況且盛極必衰，此乃亙古不變的眞理，朱元璋、鬼王、燕王這類不世之雄，豈會長於深宮婦人之手，故我可斷言明室一代不如一代，反之我們西域各族，長久處於壓力之下，必有雄起之士冒出頭來，再次踏足中原，這卻絕非癡想。」

眾人聽得立時眼界擴闊，似可透視明室未來的發展，原本負在肩上的重擔子，忽然都變得無關重要。

方夜羽點頭道：「夜羽一直也有這個想法，當然沒有師尊般肯定清晰，可是一旦面對著生死存亡的關鍵，便身不由主地計較起得失，甚至起了妄想貪念，希望得到全部勝利，現在才知道這實在只會造成重重魔障。」

龐斑微笑道：「兵家爭戰，自是一子不讓，可是若說的是逐鹿天下，在空間和時間上便可擴闊至無限的遠處，失之東隅，收之桑榆，只要確立目標，可進則進，不可進則退，這遊戲是多麼妙趣無窮。」

眾人都精神大振，昨夜擊殺韓、秦兩人不果的挫折，一掃而空。

龐斑油然道：「朱元璋最大的問題，在於放不開家天下的私心。不過無論他如何努力，亦克服不了自然那變幻莫測的本質，他愈想確立予後繼者可以依循的成規法則，破壞便愈來得早，哈！老朱啊！想不到你一世精明，卻在此事上如此糊塗，可知私心真的害人不淺。」

眾人聽得五體投地，龐斑的見地果是高人一等。

龐斑又分析道：「舉例來說，假設燕王異日登上皇位，第一件事便是捨應天而取順天為都，因為北方才是他的根據地。」

再微笑道：「想當年朱元璋為建國都，歷時二十一載，調動了工部和橫海、豹韜、飛熊三衛，再加上二十八府州和一百八十縣另三鎮的力量，耗費了大量的人力和物力。只是城磚的需求，便動員了江西、湖南、湖北、安徽、江蘇等五省的一百五十二個州，全部約耗用了三億五千萬塊巨磚，而江南富戶無一倖免地都被強迫捐出巨額資財，不計工役的數量，只是工匠便有二十八萬戶被征調來負責工程。」

哈哈一笑續道：「若燕王要以順天為京，規模必不會遜於應天，只是此項消耗，大明已難有力量往外擴展，況且當燕王坐穩皇位時，早像現在朱元璋般只懂鞏固自己的權力，好安享晚年，哪還有閒情西侵。沒有了朱元璋和燕王這類雄才大略的霸主在有生之年做向外擴張，明室何足懼哉？」

眾人無不目定口呆。一方面固因龐斑對明朝建都之事瞭若指掌，更折服處是龐斑只從國都轉移一事，便有力地論證了自己的推斷，教人無從反駁。

龐斑啞然失笑道：「朱元璋因宦官為禍，所以一直蓄意壓抑宦侍，不讓他們有參政的機會，可惜燕王為了得到宮內的消息，一直勾結宦侍，將來若燕王得了天下，宦侍定可水漲船高，掌得政權，更兼現在朱元璋以六部代丞相一事勢在必行，又準備把掌握天下軍權的大都督府一分為五，使軍政權力全集中到皇帝手內，若宦官冒起，朝中再無可與拮抗之人，所以龐某敢斷言，明室宦官為禍之烈，必更勝前代。」

眾人更是聽得啞口無語，龐斑識見之高，確達到了洞察無遺之境。

年憐丹謙虛問道：「那我們是否應按兵不動，任由朱元璋剷除藍玉和胡惟庸，然後坐看明室日漸傾頹呢？」

龐斑搖頭道：「當然不可以如此被動，最理想是同時扳倒朱元璋和燕王兩人，而對付兩人亦有先後之序，應以朱元璋為首要目標，否則若平白幹掉燕王，徒然幫了朱元璋一個大忙。若他們父子一齊身死，我們便可立即退出中原，任明室陷於藩王割據、叛臣亂將互相攻戰之局。否則便須匡助藍玉和胡惟庸兩人，拖著朱元璋，使他無力對付燕王。那亦等若完成了我們最基本的目標。」

若朱元璋在場親聽到龐斑這一番話，定要擊節嘆服，因為他正是因著種種微妙的形勢，明知燕王曾行刺自己，亦要壓下採取行動去對付這逆子的衝動。

眾人聽罷這一席話，心情都大大不同。深覺無論此行成敗如何，均會收到理想的效用。

方夜羽更是感激不已，這些年來，龐斑少有如此長篇大論去分析世局，目下如此大費唇舌，自是看出己方士氣低落，才出言激起眾人的雄心壯志，堅定他們的信念。

這番話由人人景仰的「魔師」龐斑口中說出來，分量自然大是不同。

龐斑正是他們的精神支柱。

龐斑微微一笑道：「水月大宗這小子幹過甚麼事來？」

方夜羽恭敬應道：「昨夜他夜闖鬼王府，但與鬼王過了兩招便撤退了，使人懷疑請他來究竟有何作用？」

龐斑雙目亮起精芒，欣然道：「水月大宗的目標並非鬼王，而是浪翻雲，只要幹掉浪翻雲，龐某便變成全無對手，說不定寂寞難耐下重出江湖，找人開刀，那時中原、西域，均陷進亂局，還不正遂了倭人心意！」

里赤媚動容道：「魔師對事物確獨具慧心，我們都沒有想過這問題。」接著冷哼道：「水月大宗的水月刀法雖厲害，恐仍未比得上浪翻雲的覆雨劍。」

龐斑啞然失笑道：「橫豎要便宜浪翻雲，不若來便宜龐某好了。在我見鷹緣之前，便讓我試試他的水月刀法，看看它飄忽難測至甚麼程度！」接著向方夜羽道：「朱元璋不是迫你師兄把水月大宗交出來嗎？叫你師兄請朱元璋再寬限兩天，到時他定可把水月大宗的人頭奉上，哈！」

看著龐斑仰天長笑的欣悅模樣，眾人均呆在當場。

誰可揣測龐斑出人意表的行事？

浪翻雲悠閒自得的坐在酒舖內，蹺起二郎腿，無限享受地喝著清溪流泉，似醉還醒的眼吊著正抹拭酒具的左詩等三女，分享著她們對工作的投入和熱情。

范豹這時和一名俏麗的女子由內堂走出來，有說有笑，神態親熱。

浪翻雲露出一個滿意的笑容，輕喚道：「煙如！到大哥這裡來。」

這美婦當然是因被薛明玉姦污，受盡夫家白眼和排擠的顏煙如，自那晚隨了浪翻雲喝酒後，便被浪翻雲邀來酒舖做幫手。

此刻的她像變了個人似的，精神煥發，聞聲欣然來到桌旁坐下。

浪翻雲愛憐地細看著她，輕輕道：「范豹這小子不錯吧！」

顏煙如立時俏臉飛紅，垂下了頭，不敢看他，又忍不住點了點頭。

那邊的范豹這些日子來得范良極和浪翻雲指點，功力大進，隱隱聽到自己的名字，再看到顏煙如羞不自勝的神態，亦面紅起來，十分尷尬。

左詩等奇怪地看看顏煙如，又瞧瞧范豹，哪還不明白發生了甚麼事，都抿嘴偷笑。

浪翻雲長身而起，順手拏起一罈清溪流泉，笑道：「時間差不多了，詩兒！要不要和大哥一道去迎接小雯雯。」

范豹道：「浪首座！這事由我去辦吧！」

浪翻雲搖頭道：「這麼重要的人物，浪某怎可疏忽。」

左詩雙目立時紅了起來，走到浪翻雲旁，小鳥依人般緊挽著他手臂，感動得說不出話來。

浪翻雲向范豹道：「叫行烈小心點楞嚴，這人的厲害處絕不遜於方夜羽，這些天來如此低調，愈發使我感到他定有陰謀詭計。」再低頭向左詩道：「可以去了嗎？」

左詩用力點頭，終流下了感激的熱淚。

若非浪翻雲，她今天仍只是活在哀父親和丈夫死亡的灰暗日子裡。

第二十六章　勇悍無敵

無想僧和不捨兩人，並肩立在城北覆舟山之巔，北望城牆外是廣闊的玄武湖和氣勢雄渾的鍾山，左方可俯瞰近處的珍珠河，及遠處的雞籠山和清涼山。

兩僧均默然無語，眼中射出緬懷馳想的神色，看著這史無先例的偉大都會，其城牆之綿長堅厚，城樓的高聳雄偉，像奇蹟般展現在他們眼下。

無想僧微微一笑道：「傳統的城門設計，往往在乎方位對稱、距離對等，只有虛若無不拘泥於古制，而是從實地需要和實戰要求出發設置，無論選址、定數、造型均匠心獨運，既大膽卻又教人折服。」

不捨看著依山傍水，利用山脈堤壩、河湖水系、崗壟山脊築起迤邐曲折、蜿蜒若蟠龍的城垣，輕輕一嘆道：「恭喜師兄！」

無想僧欣然道：「不捨你的眼力更高明了，除了浪翻雲外，你是第二個看穿我無想功已臻大成至境的人。」眼光落在西南遠處清涼山腰的鬼王府，平靜地道：「你見過鬼王沒有？」

不捨靜若止水地搖頭，眼神越過被白雲覆蓋了的世界，投往氣象萬千的鬼王府，淡然道：「自小明王被朱元璋害死，不捨便再沒有見過鬼王。」

無想僧苦笑道：「虛若無精通鬼神術數之道，胸襟氣度和想法，均有異常人，當年我對他坐視朱元璋殺死小明王，亦非常不滿，但今天觀之天下升平，萬民豐衣足食，卻不能不承認要成非常之業，或正要這種非常的眼光和手段，我們師兄弟始終是出世之人，對政治乃門外漢。如今唯一之望，便是國泰民安，捨此再有何求。」

不捨點頭道：「過去了的事，想之無益，可是今天危機再現，一個不好，天下將重陷萬劫不復之局，師兄有何打算呢？」

無想僧嘴角飄出一絲高逸的笑意，油然道：「這正是我今天來找最為我所看重的小師弟的目的。」

不捨一震望往無想僧道：「師兄！」

無想僧極目遠望，眼中射出深刻的感情，柔聲道：「天下雖大，誰能比我們兩師兄弟更明白對方，正如浪翻雲所言，哪有閒情去理會別人怎麼說。入世出世，豈可以有沒有娶妻生子來決定。旁人不明白雙修大法為何物，無想會和他們一般見識嗎？」頓了頓續道：「今次師兄來找你，是為了兩件事，並大膽懇求你先答應了後，我才說出來。」

不捨沉吟片晌，嘆了一口氣道：「請恕師弟不敬，這兩件事均難以答應。」

無想僧驀地仰天長笑，充滿了歡愉之意，教人完全摸不著頭腦，想不通為何他被拒絕了，仍這般開懷。

不捨聽得搖頭苦笑。

無想僧收止笑聲，回復止水不波的境界，平靜地道：「你會答應我的，無想甚至不須解說原因，但小師弟仍不會拒絕我的要求。是嗎？」

不捨苦笑道：「師兄太清楚我了，即管說來聽聽吧！」

無想僧看著下方的城牆，瞧著那一塊塊飽經風霜、斑斑駁駁的巨大城磚，馳想著驚心動魄的往事，腦內組合出一幅巨大的歷史畫卷，點頭道：「第一個要求，就是希望師弟不要出席今午舉行的元老會議，因爲無論你來與不來，這個會議亦不會有甚麼好結果；但師弟的參與，只徒使秦夢瑤更難發揮她的影響力。」

不捨淡淡道：「師兄爲何又要解釋原因呢？」

無想僧啞然失笑道：「這你也不肯放過我嗎？」

兩人對望一眼，齊聲笑了起來，充滿了知己和師兄弟深刻的情懷。

無想僧似笑得立足不穩，一手按在不捨肩上，湊過來道：「第二個要求，是希望師弟在爲兄與龐斑一決生死之前，不要挑戰龐斑。」

不捨毫不訝異，苦笑道：「不捨早知師兄會有此要求，但卻完全不知怎樣才可拒絕你。」

無想僧欣然道：「這才是我的好師弟。若我估計無誤，今晚方夜羽將會全力攻打鬼王府，而朱元璋和燕王均會袖手不理，師弟是否仍會因舊事而不往鬼王府助陣呢？」

不捨吁出一口氣道：「師兄眞厲害，硬要迫我今夜之前，不能挑戰龐斑。」

無想僧哈哈一笑道：「師兄怎會欺負你這小師弟，不捨你要幹甚麼，我無想幾時曾干涉過？」

最後一句話時，已飄身而起，迅速遠去。

不捨雙目亮起電芒，遙眺遠方清涼山的鬼王府，耳內似聽到了吶喊廝殺的慘厲呼叫。

朱元璋道：「葉卿平身！」

葉素冬長身而起，垂頭恭聆聖示。

朱元璋親切地道：「素冬滿意目前的職分嗎？」

葉素冬嚇了一跳，忙道：「只要小臣能奉侍皇上龍駕之旁，保護萬歲安全，小臣便心滿意足，再無他求。」

朱元璋微笑點頭，按在桌上的手輕拍了兩下桌面，油然自得地道：「明晚歡宴八派之事，安排妥當了嗎？」

葉素冬答道：「所有元老人物和種子高手，均會準時赴皇上為他們擺設的御宴。」

朱元璋輕嘆道：「想起可以見到這麼多老朋友，朕恨不得可令光陰的步伐走快一點。」接著沉聲道：「你們今午的元老會議，秦夢瑤是否亦會列席呢？」

葉素冬點頭道：「這正是我最擔心的事情，現在秦夢瑤已隱然成了兩大聖地的代表，身分尊崇無比，除了我們西寧派和長白派外，誰都要給她幾分面子……」

朱元璋打斷他道：「素冬！信我吧！秦夢瑤就若當年的言靜庵，即管你們西寧和長白早有默契，最後仍是過不了她那一關。」

葉素冬愕然望向朱元璋，失聲道：「皇上！」

朱元璋兩眼閃動著奇異的光芒，沉吟了好一會兒後，嘆了一口氣道：「朕不會干預你們在這件事上的決定，由你們八派自行作主好了。」

葉素冬心中苦笑，你的龍口雖說不理會，但我豈能不依你先前的旨意辦事，這豈非分明把責任推到我西寧派的身上嗎？口中當然恭敬領命。

朱元璋有點疲倦地道：「後天朕會正式改組六部和大都督府，朕要禁衛軍、巡檢司和東廠全面戒備，以應付任何突發事件。」

葉素冬精神大振，跪下接旨，同時知道朱元璋已有了對付藍玉和胡惟庸的把握。

朱元璋逸出一絲莫測高深的笑意，悠然道：「未來的三天將是我大明最關鍵的時刻，爾等不可有絲毫疏忽大意，明白了嗎？」說到最後一句時，語氣轉厲。

葉素冬高聲答應，俯身退出書齋外。

眼看韓柏要被捲入刀光矛影裡，這小子哈哈一笑，手中鷹刀電芒一閃，射在最接近的矛頭處。

使矛高手作夢都想不到己方四人齊向他攻去，而對方的力量卻能全集中到自己身上，駭然下運聚全身功力，由矛端送向對方，以對抗對方的刀勁。豈知勁氣送出，不但半點抗力都遇不到，還虛虛蕩蕩，有力無處使，就若以全身之力，去搬起一塊巨石，卻發現那所謂巨石，比一片紙還要輕，那種錯用力道的難受，令他立即往前仆跌，鮮血狂噴。

韓柏大喜，這一招是他臨時由戰神圖錄領悟而來，「實者虛之，虛者盈之」。當然因他的功力遠勝這使矛高手，再配合捱打神功，根本不怕對方勁氣侵入體內，還立時把對方眞氣借爲己用，化成退飛之力，加上自身氣勁，在其他兵器臨身前，沖天後翻，剎那間腳上頭下，來到藍玉頭頂上空處。

藍玉和其他所有人第二次錯估了韓柏的下著變化，不過也難怪他們，魔種的變幻無窮，確是難以測度。

韓柏大笑道：「散花！看看這招！」一揮鷹刀，疾砍往藍玉頭頂，去勢既威猛剛強，又是巧奧靈妙，無痕無跡。

藍玉心中的震駭，實是難以形容，自問無論功力、經驗，均勝對方一籌，可是對方詭異莫測的變化，完全不講任何法度卻又似妙若天成的刀法，使他生出有力難使的感覺。

若韓柏肯和他正面交鋒，他有把握在百招之內置之死地，但現在卻充滿著無處下手、莫奈他何的感覺。

此時韓柏刀未至，刀上森寒的殺氣，早狂風般往下罩來，更使他心寒的是，憑他的眼力，仍瞧不出他的變化後著，以藍玉這麼強橫好勝的人，亦只有運棍護體，矮身以避。

「噹！」

鷹刀劈在鐵棍上。

韓柏仰天狂笑道：「大將軍原來如此膿包！」倏地閃落地上，刀化長虹，衝破了三個高手的圍截線，來到盈散花之旁，一指往她戳去。

盈散花一聲驚呼，飄了開去。

韓柏冷喝道：「盈散花，由今天開始，韓某人把你休了！」

「砰」的一聲撞碎側門，閃入廳內去。

眾人全愕在當場，哪想得到他竟會捨高牆外的廣闊天地不走，反逃回屋內去，可是如此一來，誰也猜不到他會由哪個方向逃走了。

戚長征見劍光臨身，嘻嘻一笑，沿樹往上升去，到了橫椏處腳尖輕點，迅若鬼魅般再攀升兩丈，還未到達另一目標的橫幹，「啪」的一聲，那橫幹竟折斷向他頭上掉下來，原來是正如影附形緊追而來的孟青青，以劈空掌力先一步震斷橫幹。

戚長征對孟青青，早不敢輕視，仍想不到她如此厲害，當然更不知昨晚連了盡禪主亦逃不過她的攔截，被迫停下作戰。

孟青青一聲嬌笑，劍光大盛，像一張炫目的光網，又似食人花般由下往戚長征雙足合攏上來。

戚長征腳尖撐在樹幹上，橫移開去，避過摜下來的樹幹，剎那間掠過了十多株參天古樹，到了柏林核心處。

心中暗笑，這麼一個樹林，宜逃不宜追，若眞打不過這美女的話，我老戚豈還會爲了逞英雄，而不逃之夭夭呢？

往後一看，孟青青竟不知去向。

突然前方風聲傳來。

一束束由林頂灑下的亮光中，孟青青衣袂飄飛，有若下凡的仙女般，手中織女劍織出一朵朵花紋，由兩棵巨柏間人劍合一，凌空掠至。

戚長征遍體生寒，到此刻才恍然大悟，這美女不但劍術已臻頂尖兒高手的境界，輕功更是勝己最少一籌，才能著著封死自己的逃路。

此時退已不及，兼且他的刀法以攻爲主，若不住閃躲，氣勢會每況愈下，更不是對方敵手了。

猛一咬牙，收攝心神，一聲狂喝，天兵寶刀翻起重重刀浪，風起雲湧般往孟青青捲去，同時大笑道：

「讓老戚來和公主親熱親熱！」

兩下一合，頓時光芒閃爍，勁氣狂飆，刀、劍刹那間交擊了十多下。

戚長征的震駭有增無減，原本他欺孟青青終是女流之輩，腕力必不及自己，哪知硬拚之下，對方劍勁竟絲毫不弱於他。

這十多刀毫無留手，刀刀用足全力，可是對方守得綿密柔韌，無隙可尋，從容地擋格了他所有攻勢。

兩人在林木間倏退迅進，疾快無倫，轉眼間激鬥了百多招，戚長征主攻，孟青青主守，難分難解。

戚長征劈出了百多刀，無論他如何慓悍狠勇，銳氣一過，氣勢立時衰竭下來，而孟青青的劍網卻逐分逐寸收緊著，使他更是吃力。最驚人處是孟青青的織女劍法有種愈織愈密的特性，時間愈久，她的劍法更能發揮盡致。戚長征就像跌進了蛛網的飛蟲，逐漸步上死亡之途。

此時戚長征劈出了第二百零三刀，「鏘」的一聲砍在孟青青挽出的一朵劍花上，似乎一下力竭，踏斷了腳下橫枝，往下墜去。

孟青青嬌笑道：「鵲橋仙渡！」

驀然寒氣大盛，劍花朵朵閃起，組成一道芒光，由上而下，以難以描述的美麗和高速，破空往戚長征上盤急擊而來。

戚長征年紀雖輕，作戰經驗卻是無比豐富，但卻從未遇上使他感到如此有力難施的劍法，守時細密連綿，攻時若長江大河，盡備剛柔之氣，不怒不懾，才知對方為何如此有收拾自己的把握。但斷枝下墜，其實只是他故意示弱，引對方出招。

此時見對方改守為攻，反精神大振，加速下墜，腳才踏上實地，忙往橫移開。

朵朵劍花，眞像喜鵲築起的橫空仙橋，直迫而來，氣勢愈聚愈足，更是淩厲，使人感到孟青青施展此招時，必有一套特別的運功法門。

事實上戚長征刀法之精妙，氣脈的悠長，亦大出孟青青意料之外，表面看她似輕巧從容，那只是織女劍法的特性，其實她早施盡渾身解數，才抵擋了戚長征曠絕古今，蘊蓄著天地至理，有君臨天下氣勢的刀法。此刻見到對方露出頹勢，狂喜下全力改守為攻，務要速戰速決。

戚長征倏地在兩棵巨柏間立定，手提天兵寶刀，雙目凝注對方，對孟青青既好看又凶厲無匹的劍勢，一點不為所動。

劍芒臨身，水銀瀉地般攻來。

戚長征乃天生好勇鬥狠的人，大喝一聲，施出封寒的左手刀法，只見刀芒如濤翻浪捲，勁氣激盪，重重刀影，往孟青青沖擊而去。

這一下刀法只攻不守，完全是以命換命的格局，交戰至今，他才首次得到了與對方比拚膽力的機會。

一直以來，戚長征的刀法和先天心法，均在敵人的壓力下和實戰中不住進步著，孟青青的織女劍法雖使他憋了一肚子悶氣，但亦使他的先天氣功在強大的欺迫下深進了一重，這時含怒出手，自然是非常有看頭。

一連串金鐵交鳴的聲音響徹柏樹林。

兩人乍地分開。

戚長征踉蹌退了五步，才勉強立定，刀交右手，刀鋒插地，支撐著身體，鮮血不住由左肩湧出，染紅了半邊身。

孟青青則退了三步，釵橫鬢亂，表面看來全無損傷，可是俏臉煞白，顯已在戚長征的刀氣下受了內傷。

戚長征渾然不理左肩的劍傷，一對虎目神光閃閃，射出令孟青青無名火起的譏嘲之色，哈哈笑道：「公主始終仍不夠膽色，若肯犧牲一條玉臂，這一劍便可貫穿老戚的心臟了。」

孟青青氣得面寒如冰，運功吐出一口瘀血，俏臉立時回復紅潤，冷然道：「死到臨頭都不知道，沒有了左手，看你如何使出封寒的左手刀法。」

一聲嬌叱，劍網再現。

戚長征哪肯再陷入她的織女劍網裡，狂喝一聲，先發制人，挺刀連跨兩步，一股凌厲的凶霸刀氣，狂湧而去時，天兵寶刀已疾劈在對方長劍上。

劍網立即散去。

接著是刀、劍交擊的響音，刀影劍光，把兩人身形都遮沒了。

孟青青氣得差點吐血，因爲戚長征憑藉著不顧自身的打法，硬迫她近身拚搏，使她展不開織女劍法，只能見招拆招。

兩人各盡所能，忽快忽慢地展開在刀刃劍鋒間不容髮的生死惡鬥，動輒就是濺血當場的局面，凶險處緊張得難以形容。

但不旋踵孟青青逐漸守穩陣腳，戚長征似乎因爲失血過多的緣故，再不能步步迫緊這美麗的女眞公主。

孟青青芳心竊喜時，戚長征則暗暗偷笑。

他與孟青青一輪血戰後，早摸到孟青青的織女劍法在整體上確勝過他的刀法，但經驗和拚勁卻始終及不上他這由少在刀頭上舐血的人，這時故意示弱，就是要引她使出第二招「風露相逢」。只有在展開攻勢時，織女劍法才有可乘之機。此乃天地至理，當你要殺人時，自然也有被人殺的空隙破綻。剛才當織女劍刺中他左肩，眞勁仍未透體而入時，他的刀氣便劃破了她的護體眞氣，傷了她的右脅，孟青青雖以獨門心法強壓下傷勢，卻是不利久戰，所以她亦惟有行險出擊，以免傷勢加重。

果然當他裝作不慣右手使刀地滯了一滯時，孟青青清叱一聲，手中織女劍振起一圈強芒，驀地擴大，把他捲入劍芒裡，嬌笑道：「金風玉露一相逢，便勝卻人間無數。」

戚長征哈哈一笑，戲道：「那便待我這牛郎來地府會你吧！」踏步進擊，天兵寶刀湧出千重光浪，但心神卻晉入止水不波的先天境界，晴空萬里，月映夜空，以右手使出變化了的左手刀法「君臨天下」，奇幻無比的一刀朝孟青青的俏臉砍去，絲毫不理對方飆刺小腹的一劍，又是同歸於盡的打法。

孟青青魂飛魄散，勉力一劍架著對方寶刀，往後疾退。

戚長征面容肅穆，虎目精芒電閃，踏步迫進，一連七刀殺得孟青青香汗淋漓，左支右絀。她當然不是武功遜於戚長征，只因不肯和他同歸於盡，氣勢驟弱下被對方乘勝追擊，落在下風。

戚長征驀地收刀後退，冷冷看著對方。

孟青青見他屹立如山，意態自若，氣度淵渟嶽峙，芳心升起氣餒的感覺，又大感不服，至此才明白里赤媚語重心長的臨別贈言。

戚長征隱隱流露出堅強莫匹的鬥志，微微一笑道：「請公主再賜教第三招，那戚某人便可享受公主香唇上胭脂的滋味了。」

孟青青白了他一眼，有好氣沒好氣地還劍鞘內，柔聲道：「快些去包紮傷口吧！到現在青青才明白爲何連甄素善亦要在你手底下吃了虧。」

戚長征失望地道：「終有一日我會得到你的香吻。」

孟青青往後飄退，嬌甜的聲音隨風送來道：「下趟當青青內傷痊癒時，戚兄便將有難了，唉！男人都是那麼好色的嗎？」

戚長征看著她消失在林木之外，苦笑道：「不好色的還可算是男人嗎？」

第二十七章　劍心通明

韓柏由後門奔出後院，踰牆而去，驀地左方寒氣大盛，凜冽的刀氣破空襲來。他不用拿眼去看，亦知道來的是水月大宗那把熟悉的水月刀，大吃一驚，暗忖若讓這死倭鬼截上自己，再加上藍玉，恐怕自己連一點渣滓都留不下來，一聲大喝，鷹刀揮出。

水月大宗迅若鬼魅般來到他前左側的上空，眼看要給韓柏擋著水月刀，忽然移前了少許，韓柏登時一刀劈空。

韓柏才覺不妙，水月刀倏地出現正前方，迎面飆刺而至。

他駭然下鷹刀回收，刀柄猛撞在水月刀鋒處。

「鐺」的一聲暴響，就在刀柄撞上水月刀鋒時，水月刀生出一股吸啜之力，同時往回拉去。

韓柏本想借勢橫移，哪想到對方的水月刀法精妙至此，竟被帶得向掠至前方的水月大宗投懷送抱。

水月大宗面容平靜，兩眼寒光緊罩著韓柏，水月刀生出變化，倏地脫離了與刀柄的糾纏，同時身子下墜，閃電般橫砍韓柏腰側，凶辣絕倫。

韓柏被他的怪異力道弄得氣血翻騰，千鈞一髮下猛吸一口眞氣，鷹刀側劈在水月刀上。

「蓬」的一聲氣勁交擊，韓柏整個人往上拋飛，身不由主地翻滾騰升上五丈的高空，再落下來時，水月大宗已足踏實地，恭候他的大駕。

內。

韓柏叫了聲吾命休矣，正要拚死力搏，一道劍芒由一顆大樹後向水月大宗激射而至。

水月大宗首次露出驚異之色，倏地橫移，與趕來的藍玉等人會合在一起。盈散花卻不在他們之

劍芒消去，現出淡雅如仙的秦夢瑤。

韓柏落到她仙體之側，大喜道：「夢瑤！你怎知爲夫在此有難？」

秦夢瑤還劍鞘內，俏臉平靜無波地看著正對她虎視眈眈的水月大宗、藍玉等諸人，輕輕應道：

「若連與自己心心相連的夫婿的危難亦感應不到，哪還有資格配稱言靜庵的弟子。」接著向水月大宗微微一笑道：「夢瑤何幸，請水月大宗不吝賜教！」

風聲響起，一道人影忽地來到韓柏身旁，同時仰頭大叫道：「在這裡了！」當然是韓柏的好拍檔范良極，並顯在呼召救兵。

藍玉等心中大恨，知道已錯過了殺死韓柏的機會，想不到以如此陣勢，仍讓此子逃過大難。

蹄聲由遠而近，虛夜月、莊青霜和碧天雁由小路穿林過來，到了這綠草如茵的曠地處，大喜下馬，加入了韓柏的陣營裡，兩女興奮地偷看著秦夢瑤，只恨刻下非是親近的好時刻。

秦夢瑤含笑向兩女和碧天雁打過招呼後，美目深注在正瞪視著她的水月大宗身上，大感興趣地道：「大宗爲何沒有動手之意？」

水月大宗默默注視著秦夢瑤，冷酷的面容嚴肅鎮定，點頭道：「本宗不想動手，因爲夢瑤小姐並非本宗今次西渡來此的目標。」

秦夢瑤嘴角逸出一絲笑意，仙子般清麗絕俗的玉容泛著一種內蘊的聖潔光輝，看得水月大宗和藍

玉等全爲之一呆。

藍玉乾咳一聲道：「夢瑤小姐若無他事，我等便要先行告退了。」

秦夢瑤的身分非同小可，以藍玉的驕狂，仍不敢對她無禮，更兼她有一種震懾人心的風采和魅力，即管是敵人，亦起不了對她冒瀆之心。

韓柏看著秦夢瑤和心愛的月兒、霜兒，渾身都酥癢起來，便若擁有了全世界般自豪和得意。

莊青霜和虛夜月見到這位飄逸若神仙的姊姊，把不可一世的水月大宗和藍玉壓得乖乖的動彈不得，連退走都要出言請求，亦感與有榮焉。

當范良極和碧天雁也以爲秦夢瑤會乘勢收手時，這仙子輕輕一嘆道：「既然來了，哪有這麼容易說走便走，水月刀法名震東瀛，夢瑤怎可錯過領教高明的機會？」

水月大宗眼中射出凌厲的光芒，冷哼道：「好！那就讓本宗看看慈航靜齋的傳人有何本領？」舉步趨前，同時「鏘」的一聲拔出了水月刀，遙指著秦夢瑤，凜冽的殺氣，立時瀰漫全場。

秦夢瑤示意己方五人往後退去，微笑道：「我這就出手啦！」話聲未完，飛翼劍已來到手裡，一陣森寒的劍氣，往水月大宗潮湧過去。

場內一時氣勁奔流，使人顫慄的寒氣激盪翻滾。

水月大宗擺出了不同的架式，抗禦著秦夢瑤無堅不摧的劍氣，神色卻前所未有地慎重。

秦夢瑤的飛翼劍亦不住地劃著小圓圈，催發劍氣。

兩人相距足有三丈之遙，可是其中的凶險，卻絕不會遜於近身肉搏，只要任何一方氣勢稍弱，另一方在氣機牽引下生出感應，便會立即發動至死方休的猛攻。

誰都想不到看似和平淡逸的秦夢瑤，一上場便是如此處處逼人的氣勢。

韓柏等都緊張得透不過氣來，因爲水月大宗實在太厲害了，仙體初癒的秦夢瑤是否能勝得過他呢？

藍玉等人雖知秦夢瑤劍術必然高明之極，但卻欺她實戰經驗和火候遠及不上水月大宗，所以均心底篤定，對水月大宗充滿了信心。

但局內的水月大宗卻全是另一番感受。

只從秦夢瑤拔劍離鞘的動作，那種渾然天成、無懈可擊的氣概，便一直緊攫著他的心神，使他生出無隙可尋的感覺。即管昨晚面對鬼王時，他亦沒有刻下的震撼。

秦夢瑤立時生出感應，悠然一笑，劍光暴漲，有若一道電芒般往水月大宗激射過去。

場中雙方均感愕然，想不到會由秦夢瑤發動主攻。

而更使人覺得玄妙的是，儘管秦夢瑤劍勢如疾雷激電，偏使人生出至靜至極的怪異感覺，似乎天地在這一刻完全靜止了下來。

水月大宗知道對方正以無上道法，隱隱制著自己心靈，一聲狂喝，運起堅凝的意志，水月刀化爲一圈強芒，護著前方。

「錚」的一響，飛翼劍刺中光圈的外沿處。

刀光散去。

縱使在這種生死相搏的時刻，秦夢瑤仍是那副飄逸如仙，美得不食人間煙火，超然於世情之外的寧恬樣兒，香唇帶著一絲拈花微笑的嬌態。忽又「鏘鏘」連擊五劍，每劍均由一個令人完全意想不到的角度刺出，仿如鳥跡魚落，全無斧鑿之痕。

水月大宗亦晉入止水不波的刀道至境，水月刀在空氣中神蹟似地忽現忽隱，每一次出現，均把秦夢瑤奇怪無比的飛翼劍擋著，發出清脆之極的交擊聲，還似遊刃有餘的樣子。

秦夢瑤忽然收劍後退，來到虛夜月和莊青霜中間，回劍鞘內道：「領教了！」

水月大宗呆在當場，茫然地瞧著秦夢瑤，卻沒有追擊。

這時誰都知道秦夢瑤至少佔了點上風，否則哪能說退就退，而凶狠若水月大宗，也不敢追擊。

所有人的目光全集中到水月大宗身上，看他做何打算，是否要討回顏面。

水月大宗還刀鞘內，仰天大笑道：「劍心通明，確是非同凡響。」拔身而起，轉瞬遠去。

藍玉大感尷尬，再乾咳一聲，正要說話，「鏘」的一聲，秦夢瑤劍再出鞘，遙指藍玉，催出劍氣。

藍玉與她相距足有四丈，可是森寒的先天劍氣卻是迫體而來，忙運聚功力，發出一股無形的殺氣對抗，失聲道：「夢瑤小姐竟要和藍某動手嗎？」

虛夜月和莊青霜見秦夢瑤如此厲害，均露出崇拜悅服的神色。

韓柏、范良極和碧天雁亦都對秦夢瑤忽守忽攻的戰術感到驚異。

戰甲、蘭翠晶、常野望等更緊張起來，紛紛拔出兵刃，擺開架勢。

敵方只是一個秦夢瑤，便已教他們不敢輕忽，何況還有韓柏、范良極、碧天雁和虛夜月、莊青霜這些厲害人物。

秦夢瑤洞察一切的目光凝視著藍玉，淡淡笑道：「大將軍既要殺死夢瑤的夫君，我這做小妻子的，怎能不先發制人，否則誰知你何時又再施出不要臉的詭謀？」

藍玉方面的人聽到秦夢瑤親口承認嫁給了韓柏，都露出不能置信的神色。可是看到韓柏立時挺胸昂首、神采飛揚的得意氣概，又知此言不假。

藍玉身為當代高手，雖對秦夢瑤非常忌憚，仍不露絲毫懼色，拋開手中鐵棍，從手下處接過另一桿長矛，雙手一振，矛頭晃動，發出嗤嗤之聲，喝道：「你們退下，收起武器！」

戰甲等愕了一愕，依言退後。

范良極取出旱煙管，吞雲吐霧地向韓柏笑道：「這大將軍不是有種，而是怕群戰對他們更是不利。」

虛夜月鼓掌道：「秦姊姊快宰了他，看他是否有種得不會逃命！」

藍玉哪敢動氣，一語不發，對抗著秦夢瑤正尋隙而入的驚人劍氣。

秦夢瑤溫婉一笑，愛憐地瞥了雀躍鼓舞的虛夜月一眼，微微向前傾側，劍氣立時大幅加強，陣陣湧撲過去，使人感到主動權絕對地操縱在她手裡。

事實上自她忽然拔劍挑戰藍玉，在實際上和心理上，已領了先機，壓得藍玉完全處於被動之勢，深合劍道之旨。

韓柏等均往後移退，使她更能放手施為。

一時成了對峙之局。

秦夢瑤由出現至今，一直保持著她那意態閒逸的模樣，對甚麼人或物均只是淡淡掃瞥，教人全不能由她的神色察覺出任何意思，使敵人更感到她輕描淡寫的深不可測。

藍玉生出一種奇異的感覺，就是假若如此對峙下去，最後耐不住的定是自己，而非是這達到劍心通明的絕色女劍俠，遲早如此，不若趁自己鬥志尚強時，及早出手，才是上算。遂一聲暴喝，手中長矛化出千萬道矛影，還未攻出時，卻光華大盛，秦夢瑤的飛翼劍夾著無堅不摧的先天劍氣，以無可比擬的高速，先彎往外側，才循著一道無形而暗合天地之理的線條，破空而至。

藍玉知道由於對方操著主動之勢，所以自己稍有進攻的動作，這仙子立即生出感應，自然而然發動攻勢，純粹出於高手對仗的氣機交感，比刻意出招更要凌厲驚人。不過這時亦別無選擇，施出渾身解數，把大天罡眞氣提至十足，一矛攻去，亦是有往無回的格局，生出無比慘烈之氣，就若戰場上千軍萬馬，衝鋒廝殺。

「鏘！」

劍、矛交擊。

秦夢瑤像化成了一道輕煙，倏忽間到了藍玉左側，白衣飄拂，有若天仙妙舞，一連向藍玉攻出了九劍。

藍玉絕不想和秦夢瑤近身搏鬥，事實上他選取了長矛，就是希望以長制短，哪知秦夢瑤初發的那一劍，實有洞穿乾坤之威，他雖擋了對方劍勢之形，卻被對方先天劍氣透矛攻入，爲了化解劍氣，不由自主地行動上滯了眨眼的工夫，已給對方欺到近身處。

駭然下藍玉橫移開去，兩手移到長矛正中處，分以矛頭、矛尾抵擋這飄然若仙的美女狂風掃落葉般的劍勢。

雙方的人無不看得目定口呆，深切體會到爲何秦夢瑤能破去禁例，成爲兩大聖地首位公然踏足塵世的傳人。

人影乍合倏分。

秦夢瑤收劍退回虛夜月和莊青霜處時，藍玉仍步履不穩的退了三步，才喘息立定，臉上再無半絲血色。

接著手中長矛一輕，頭、尾同時與矛身分離，掉在地上，發出一響一沉的兩下聲音。

戰甲等潮水般湧出，把藍玉團團護著，全體亮出兵器。

藍玉再一個踉蹌，噴出一口鮮血，臉上才恢復了點人色，兩眼射出深刻的仇恨，瞪著秦夢瑤道：「好劍法！藍某人領教了！」

韓柏哈哈一笑，踏前幾步，來到敵陣之前，得意洋洋地道：「試過我小夢瑤這高手的厲害，現在可又輪到我這低手出馬了。」

戰甲等均臉色發白，優勝劣敗，不用動手已可知道了。

范良極和碧天雁均是老謀深算的人，怎肯放過這除掉藍玉的機會，來到韓柏左右兩側處，隱成合圍之勢，蓄勁以待。

藍玉挺直身子，像完全回復了正常般冷眼看著韓柏，沉聲道：「想收拾我藍某人，還沒有這般容易！」嘬唇發出尖嘯。

風聲由盈散花站立的房子處傳來，百多名勁服大漢，繞屋而至，剎那間擠滿了藍玉後方的空間，人人太陽穴高高鼓起，眼神狠定，顯然是隨藍玉東征西討的好手。

韓柏與范、碧兩人交換了個眼色後，哈哈一笑道：「這麼多人，不打了！」大模大樣地走回秦夢瑤之旁，湊到她小耳畔道：「還是回家上床睡覺才是上算！」

范良極和碧天雁亦知機地退了回來，剛好見到秦夢瑤狠狠盯了韓柏一眼，道：「走吧！」

林蔭道上，一片雪白。

虛夜月和莊青霜興高采烈地一左一右纏著秦夢瑤，開懷談笑，走在最前方。

碧天雁一人牽著三匹駿馬，落在最後方處。

韓柏和范良極兩人走在中間，正商議著盈散花的問題。

范良極臉色凝重道：「情況看來非常不妙，盈散花既已和燕王上過床，顯然奸計得逞，但那究竟是甚麼奸計，我們卻一無所知，不若索性找燕王直問，她不仁你不義，縱使燕王向她報復，她也怪不得你。」

韓柏想起盈散花，便恨得牙癢癢地，又是傷心不已，嘆了一口氣，一副不知如何是好的樣子。

范良極正要怒責，前方的秦夢瑤停了下來，扭過仙軀，嫻靜地道：「大哥和韓郎均忘記了一項至關緊要的事，就是為何盈散花明明是黃花閨女，卻要借秀色的身體，弄得自己聲名狼藉，以及秀色為何要如此幫助盈散花？」

各人隨著秦夢瑤停下腳步，形成一個以她為中心的小圈子。

韓柏和范良極先擺出個恍然大悟的表情，接著一個搔頭、一個抓腮，其實都想不出這與對付燕王的陰謀有何關係。

看到他們的模樣，虛夜月忍不住噗哧笑了出來，皺著可愛的小鼻子，依戀地挽著秦夢瑤的玉膀撒嬌道：「秦姊姊快點醒他們吧！月兒也想知道盈妖女的事哩！」

眾人眼光全集中到秦夢瑤處。

韓柏看著自己這三位美絕人世的嬌妻親熱地並排而立，那種幸福和滿足的感覺眞非任何筆墨可形容其萬一，魔種被刺激得往上攀升，腦際靈光一現，叫道：「我明白了，散花是要人誤以爲她不是黃花閨女。」

秦夢瑤讚許地道：「這話很有道理，而且她還有一套功法，可使別人看不穿她尙未破身，甚至在似已與她歡好過後，仍然不知道。只是這點，已可知她也如秀色般，身具姹女心法，還是第一流媚心之道的高手，比秀色還要高明，否則哪有對付燕王的資格？」

碧天雁色變道：「那燕王豈非已著了道兒？但據知燕王至今仍是安好無恙。」

范良極心思敏捷，得秦夢瑤提醒，冷哼道：「盈妖女的陰謀，必是要藉處女元陰才可施展，想不到以燕王的精明，仍逃不過這美人計，那可能亦是燕王的唯一破綻。」

虛夜月聽到美人計，狠狠盯了韓柏一眼，道：「韓郎看你以後對美女還敢不檢點一些。」

韓柏尷尬一笑，岔開話題道：「若我們弄不清楚盈散花究竟在燕王身上下了甚麼手腳，可能會一敗塗地，連敗在甚麼地方都不知道。」

秦夢瑤向倚著她的虛夜月道：「這事最好由你爹出馬，看看可否探出燕王的問題。好了！我還要回莫愁湖打坐入定，在赴八派的元老會議前爭取多點靜修的時間。」

韓柏不好意思起來，知道秦夢瑤爲了自己，中斷了靜修的功課，趕來援救，所以雖想纏她，卻只能在心內想想，不敢說出並付諸行動。

虛夜月露出失望之色時，莊青霜在另一邊挽緊秦夢瑤，欣然道：「我們和韓郎一起爲秦姊姊護法。」

秦夢瑤笑道：「韓郎還有很多事做哩！怎可浪費時間爲我把守門口。」接著向韓柏甜甜一笑道：「夢瑤有一個直覺，這毒計針對的必是朱元璋，否則除去了燕王，徒然幫了朱元璋一個大忙。韓郎和大哥可分別向陳貴妃和盈散花入手調查，看看會否是一條連環的美人計？」

虛夜月埋怨道：「秦姊姊還要韓郎去惹這些歹毒女人嗎？」

秦夢瑤失笑道：「月兒乖一點，這牽涉到萬民的福祉，犧牲點仍是值得的。」

范良極瞪著韓柏道：「這小子怎會有甚麼犧牲可言，只嫌佔不夠便宜吧！」

莊青霜嬌癡地道：「犧牲的是我們嘛！」

碧天雁看了看天色，濃厚的雲逐漸掩蓋了晴空，催促道：「大雪快來了，我們上路吧！」

第二十八章　禁宮談心

龐斑安坐園心小亭內，看著亭外緩緩飄下，逐漸綿密的雪絮。陪著他的是里赤媚、方夜羽、甄夫人和年憐丹。

外出的柳搖枝和鷹飛這時回來，見到龐斑，恭敬地行過大禮後，圍桌坐下。

龐斑悠然自若地欣賞著亭外的雪景，淡淡道：「找不到嗎？」

柳搖枝頹然搖頭。

鷹飛冷哼道：「只要綴緊韓柏，哪怕找不到花護法。」

龐斑怎會聽不出鷹飛語氣中對韓柏的深仇大恨，雙目射出冷厲的神色，盯著鷹飛。

各人都大惑不解，鷹飛這兩句話爲何竟惹得龐斑不高興。

以鷹飛如此高傲自負的人，給龐斑若有實質的眼神一瞥，立即心膽俱寒，嚇得離椅跪倒地上，惶然道：「小飛定是犯了錯，請魔師訓責。」

龐斑冷喝道：「站起來！」

鷹飛才起立，龐斑右手揚起，五指做出奇異又好看的姿態，發時指風嗤嗤，激刺在鷹飛胸、腹、頭各大要穴。

鷹飛全無反抗之力，像扯線公仔般不住跳動顫抖，卻不後跌，情景怪異無倫。

連點二十多指後，龐斑手掌隔空虛按，鷹飛斷線風箏般拋飛往亭外，四平八穩仰身掉在園外的舊雪和新雪裡。

鷹飛背脊觸地，便彈了起來，再次跪倒，高聲道：「多謝魔師，小飛的傷勢全好了！」

龐斑冷然道：「不要高興得這麼早，我雖治好了你的內傷，卻仍治不好你的心魔，若你仍是充滿了私慾、仇恨和貪婪，今晚你到鬼王府只有送死的分兒，下乘的心境，怎使得出上乘的武功？無欲則剛，有容乃大！你明白嗎？」

縱使在這大寒時節，鷹飛仍冒出一身冷汗，羞慚道：「魔師教訓得是！」

龐斑微笑道：「那你便給我在雪裡坐到今晚，若大雪還不能洗淨你的身心，便不要到鬼王府去了！」

鷹飛一言不發，就地盤膝靜坐。

天下間，亦只有龐斑可使這桀驁難馴的年輕高手，俯首甘心受教。

龐斑接著再冷冷看了年憐丹一眼，才再欣賞亭外的雨雪。

年憐丹自己知自家事，忙告辭離去，避入靜室打坐。

只剩下里赤媚、方夜羽、甄夫人和柳搖枝四人陪坐著，都不敢出言打擾龐斑的冥思。

龐斑忽地啞然失笑，向里赤媚道：「爲何你不去找解語呢？」

里赤媚苦笑道：「找到她又怎樣，我根本拿她沒法，更重要是覺得若她要與韓柏相好，也沒有甚麼不妥當處。」

柳搖枝一呆道：「里老大！這話我便不同意了，韓柏是我們暗殺名單內主要目標之一，解語和他一起，自然不妥當之極。」

里赤媚嘆道：「早知如此，何必當初？搖枝既然深愛著解語，當年為何又把她冷落閨房，弄至現在這錯恨難返的局面。」

柳搖枝低下頭去，再沒有說話。

龐斑淡然笑道：「不要算舊賬了，解語的事便交給我吧，橫豎來到這繁華金粉的都會，我也想四處溜溜，分享一下朱元璋治下的太平盛世。」

眾皆愕然。

隱隱知道龐斑必非只是觀光或尋找花解語那麼簡單。

浪翻雲微微一笑，神情欣悅。

傍著他走的左詩奇道：「大哥為何這麼開心？」

浪翻雲隨口道：「接小雯雯嘛！自然是非常開心。」

左詩嗔道：「大哥騙人家，不行！快說出來！」

浪翻雲咋舌道：「詩兒你管得我愈來愈厲害了，好吧！我剛才是想起龐斑，他到京城已足有一個時辰了。」接著皺眉道：「他為何會起了殺戮之心呢？誰惹他了？」

左詩愕然道：「大哥怎會知道？你不是一直陪著詩兒嗎？」

這時兩人來到正對著聚寶山的聚寶城門。

當下自有跟蹤著他們的廠衛，先一步到守城官處打點，任他們出入自如。

聚寶門乃金陵十三個城門之一，與其他「三山」和「通濟」兩門並稱「天下三門」，同以奇特、雄偉、壯觀名噪一時。

門呈長方形，城牆四重，夾三道瓮城，四道拱門，成「目」字形，城樓高達八丈，以條石為基，巨磚為牆，極為堅固。

浪翻雲岔開話題道：「虛若無這人眞是深不可測，連這樣精采實用的規模也可給他創造出來，使人嘆為觀止。」步出城外，還回首看了一眼。

左詩喜道：「月兒的爹若知你這麼讚他，定然非常高興。」

浪翻雲忽然一手摟著她的纖腰，在她耳旁低喝道：「我們跑快一點！」

左詩吃了一驚時，耳際風生，倏忽間已被浪翻雲夾起飛上了樹頂，接著疾往前掠。

天上在下著綿續不斷的雨雪。

韓柏搶前探頭到秦、莊兩女之間，湊到前者耳旁道：「死老鬼說夢瑤比以前更美了，夢瑤該怎樣謝我？」

秦夢瑤秀眉輕蹙，若無其事地「哦」了一聲道：「韓柏大甚麼的好像忘記了他的小命是誰救回來的呢！」

莊青霜和虛夜月忍不住「咭咭」偷笑。

韓柏老臉微紅，改變話題道：「夢瑤不若隨我們返回鬼王府吧！」

虛夜月雀躍央求道：「秦姊姊快答應吧！月兒練功的靜室是爹特別揀選的，築於風水受氣的脈穴，練起功來可事半功倍呢！」

秦夢瑤芳心一軟，微笑道：「好吧！」

韓柏大喜道：「讓我來和夢瑤合籍……噢！」

原來秦夢瑤一肘擊在這小子小腹處，由於用勁巧妙，韓柏再說不出話來。

虛、莊兩女當然不會可憐他，與高采烈擁著秦夢瑤轉往清涼山的路上。

范良極由後掩至，一把抓著韓柏的後衣領，扯回自己身旁，正要說話，前方蹄聲驟響，兩名廠衛飛騎迎來，臨近時勒馬停定，跳下馬來跪稟道：「奉皇上聖諭，忠勤伯立即進宮見駕！」

藍玉回到住處，面寒如冰，一點表情都沒有。

眾人知道他心情大壞，都噤若寒蟬，怕無意中觸怒於他。

進入廳內後，藍玉向眾手下道：「宋家兄妹既已入京，朱元璋隨時會來對付我們，你們做好準備工夫，若形勢不妥當，立即逃走。」

戰甲猶豫片晌後道：「大將軍的傷勢……」

藍玉不耐煩地道：「只是小事，我打坐一兩個時辰便沒事的了。」轉向蘭翠晶道：「隨我來！」

蘭翠晶遵命隨他轉過後廳，穿過接通前後進的走廊，來到後院的大宅，剛步入房內，藍玉渾身一震，往地上倒去。

蘭翠晶想不到他傷勢如此嚴重，搶前一把抱著他，扶到床上去，駭然道：「大將軍！」

藍玉臉色慘白，苦笑道：「秦夢瑤眞心狠手辣，竟差點破了我的大天罡眞氣。」

蘭翠晶臉上血色退盡，差點比藍玉更難看，眞氣被破，等若廢去了武功，在此等爭霸天下的關鍵時刻，藍玉還怎能領軍征戰。

到現在她才明白爲何秦夢瑤故意氣走水月大宗，因她的目標只是藍玉。

藍玉眼中射出堅決的神色，肅容道：「我要立即入定療傷，只要恢復一半功力，馬上離京。」

左詩被浪翻雲摟著穿林過山，就像回到昔日與浪翻雲剛離開怒蛟島時的親密光景，心神皆醉，壓下了的愛意狂湧而生，只望永遠也不用再離開他的懷抱。

這時兩人來到一座小丘之頂，浪翻雲鬆開了手，讓左詩立穩。

極目前方，茫茫大江自西南向東北繞廓而行，至左方處與蜿蜒伸入長江的秦淮河交接，除這入江口外，周圍均是山嶺，成爲天然屏障，形勢險要。

浪翻雲指著正揚帆駛來的幾艘帆船，笑道：「中間那艘沒有旗號的就是我幫載著小雯雯的風帆，其他三艘都是護航的水師船，哈！有誰想得到世事的發展會如此離奇，官方竟會與我們的賊船合作無間呢？」接著向左詩微微一笑道：「詩兒好應多謝你的柏弟，怕亦只有他亂打亂撞的福氣，才可弄出這微妙之極的形勢來。」

左詩這才記起韓柏，俏臉羞紅，但又湧起無盡的甜蜜，赧然道：「大哥啊！詩兒是否水性楊花，既心甘情願從了柏弟，但又情不自禁地愛著大哥，希望能永遠靠在大哥懷裡。」

浪翻雲哈哈一笑，探手過來摟著左詩的小蠻腰，柔聲道：「我們兄妹之情，可鑑天地，何水性楊花之有？來！讓我們去見小雯雯。」

左詩扯著他道：「不！大哥！讓我們先說一會話兒，太少這樣的時刻了。」

浪翻雲愛憐地看著她道：「從你的清溪流泉，浪翻雲已感到詩兒無限的深情，還用說出來嗎？」

左詩嬌軀輕顫，移入他懷裡，喜歡地道：「詩兒明白了，還感到非常幸福呢！」

浪翻雲仰天長嘯，夾起左詩，朝著大河奔去。

左詩兩手緊摟著浪翻雲的粗腰，迷醉在他濃烈的男子氣息裡。

她既熱愛著韓柏，亦深戀著浪翻雲。

前者使她縱情地燃燒生命，後者卻是純潔無瑕的精神戀曲。

韓柏和范良極在眾衛拱護下，昂然進入皇城。

今次他們由南面的洪武門進入皇城，沿著御道朝午門而去，兩側排列著一系列的中央機構，宗人府、吏戶禮兵刑工的六部、大都督府和太常寺等林立兩旁，氣象森嚴。

宮內守衛明顯加派了人手，隱隱瀰漫著山雨欲來前的緊張氣氛。

剛經過了吏部的官署，有人在後方高叫道：「大哥！四弟！」

范、韓兩人別頭回望，只見幾天不見的陳令方一身官服，在五、六名禁衛高手擁侍下，神采飛揚急步往他們走來，還按著頭上的官帽，以免掉了下來，形狀滑稽。

兩人同時湧起患難下建立的深刻交情，勒馬停定。

陳令方來到兩人馬旁，第一句就問道：「瑤妹的仙體痊癒了嗎？」

韓柏好奇地摸了摸他的官帽，笑道：「有我這天下第一情醫，當然好了！唉！不過她的仙氣又加強了，我想一振夫綱亦無能為力了。」

陳令方知他們進宮是要去見駕，不敢阻遲，眉開眼笑道：「那就好了，你們若有空，待會到吏部來找我，我忙得昏天昏地，想去看你們也辦不到。」接著壓低聲音道：「後天皇上會正式改組六部和都督府，屆時必有連場好戲。」

范良極欣然低聲嘲道：「你這利慾薰心的老小子。」催馬先行。

韓柏俯湊下去問道：「燕王送的大禮精采嗎？」

陳令方色迷迷應道：「精采無倫！」

韓柏大笑趕上范良極，傳音道：「你是否隨我進去見老朱？」

范良極傳音回來道：「朱元璋又不是惹火美人兒，有甚麼好見的，我自會找地方打發時間。」

韓柏大感不妥，偏又作聲不得，各人此時在午門外停下，全體下馬。

午門城台雄偉壯觀，下寬上窄，古樸穩重，台基以紅大理石砌成須彌座，城台上有五座黃瓦金頂、重檐彩飾的高樓，樓與樓之間有閣道相連，氣象萬千，尤勝大明門。

經過中央門洞時，更覺開揚寬暢，此時以巨大青石鋪就的御道滿蓋白雪，白多名內侍正冒雪清理。

剛入午門，聶慶童早恭候其內，一番客氣後，領著兩人直入乾清門，進入後廷，來到朱元璋和妃嬪日常起居的乾清宮前。

范良極眉目間隱隱透出興奮神色，隨便找個藉口，留在殿外，只餘下韓柏一人獨自進殿去見朱元璋。

偌大的殿堂，便像一個富貴人家的大廳，只是空間廣闊多了。

朱元璋悠閒地坐在一張太師椅裡，後面是一張滿是書法的大屏風，見到韓柏，隔遠笑道：「忠勤伯不用多禮了，來！坐到朕身旁來。」

韓柏本以爲朱元璋因他奪得了秦夢瑤，會含恨在心。哪知他的態度反比以前更親切了，不理是否在做戲給他看，亦篤定多了，叩跪後坐到他身旁的太師椅去，兩人只隔了一張小几，名副其實的平起平坐。

朱元璋笑了笑，道：「小子你看看朕背後這張屏風上寫的是甚麼詩，讀來給朕聽。」

韓柏雖不知他弄甚麼鬼，惟有往屏風瞧去，唸道：「南朝天子愛風流，盡守江山不到頭，總爲戰爭收拾得，卻因歌舞破除休。堯將道德終無敵，秦把金湯可自由，試問繁華何處在，雨花煙草石城秋。」

朱元璋淡淡道：「這是唐人李山甫的《上元懷古》詩，朕特別教人寫在起居當眼處，便是以之律己，提醒自己必戒華奢，惜用民力，以免萬民受苦。朕的作爲，目下雖有人不同意，但證諸百世之後，當能體會朕的苦心。」

韓柏對這首詩只是一知半解，亦無心求解，更不明白朱元璋爲何說起有關節儉愛民這方面的事，只好唯唯諾諾，虛應故事。

朱元璋嘆了一口氣道：「昨夜與夢瑤一席話後，朕整晚都沒有睡覺，不但想著她的話，也想到靜庵和若無兄，想得糊塗起來，眞望時光能倒流，使我可以把一些往事糾正過來。」

忽地龍目寒光一閃道：「你可知朕爲何會和若無兄弄到今日如此田地？」頓了頓語氣森冷低喝道：「不要像那些人般騙朕說不知道。」

韓柏心中叫苦，硬著頭皮道：「好像是皇上與鬼王在建都上有分歧之見吧！」

朱元璋點頭道：「這只是第一樁朕不聽他提議的事，豈知只此一項，竟若長堤破開了缺口，連串的爭執便由此而起。」

嘴角牽出一抹苦笑道：「這也應怪朕當時迷上了鐵冠道人看風水的本領，不但選了金陵爲都，還讓這空負盛名的人爲我卜定地基，不顧若無兄的反對，調集了幾十萬民工，耗費人量土石，照鐵冠的指示把燕雀湖填平，在其上建設這些宮殿樓台，忘記了這些工程是如何勞民傷財。」

韓柏聽著這天下至尊破天荒第一次承認自己的錯誤，好感大生，暗忖難道經夢瑤昨夜「教訓」他後，這老小子竟轉起死性來嗎？

朱元璋喟然道：「當時在朕一力堅持下，特別在地基下打進了密集的木柱，牆基全部鋪上巨石，又構築了良好的下水道，以防止地基下沉，當時若無兄已指出所有這些工事最後均徒勞無功，可是朕卻一意孤行。唉……」

韓柏一呆道：「皇宮現在是否有甚麼不妥呢？」

朱元璋苦笑道：「是大大的不妥，宮殿建成後，地基就開始下沉，到現在情況日趨嚴重，整個宮城前昂後窪，形勢不稱。唉！朕自見了你這小子後，看著你享盡人間艷福，愈發相信興廢有定，尤其與夢瑤一見後，更感精力非比從前，只望改組軍政後，天下會出現一段長治久安的大一統局面，那便無負靜庵之託了。」

韓柏心中感動，熱血上湧，不理這是否只是朱元璋籠絡和收買他作的虛假之言，拍胸道：「只要我韓柏有一口氣在，定會助皇上完成心願。」

朱元璋深深看了他一眼後，沉吟片晌，奇峰突出地道：「你說朕應否除掉燕王？」

韓柏一震道：「甚麼？」

朱元璋雙目射出冷酷的光芒，緩緩道：「現在形勢明顯，就算我平定了藍玉和胡惟庸，燕王始終是另一個禍亂的根源，朕怎忍心看著萬民再受戰亂之苦？」

韓柏給他弄得糊塗起來，囁嚅道：「皇上不是已要小子轉告他，若他乖乖的在皇上有生之年不謀反，便不會削他的權力。」

朱元璋啞然失笑道：「爭霸天下，只有兩種人，就是成功者和失敗者，而爭霸的目標，就是要成為那唯一的勝利者，甚麼手段都可以用上，最重要是那手段能否使你成功，此所謂兵不厭詐。數十年來，就是基於這信念，朕才得坐到了這位置上，明白了嗎？」

韓柏道：「皇上不是說過燕王是你不忍心對他無情的九個人之一嗎？」

朱元璋不悅道：「竟敢算起朕的賬嗎？」

韓柏愈來愈弄不清楚朱元璋究竟是怎樣的一個人，更難猜他心中想的是甚麼，嘆道：「小子不敢！只是有點糊塗吧！」

朱元璋冷冷看了他一會兒後，吁出一口氣道：「若藍玉伏誅，燕王便成為天下最有軍權的人，即管朝中百官全力支持允炆，最後仍非他這精通兵法的人的敵手，在這種情況下，若你是燕王，在朕身故後，肯否坐看天下落於別人之手？」

韓柏更是不解，問道：「既是如此，皇上為何不乾脆聽鬼王之勸，不理其他人的反對，立燕王為太子，那豈非天下太平了？」

朱元璋龍目射出複雜無倫的神色，長嘆一聲，岔開話題道：「人人都說我朱元璋毫不念舊，誅戮功臣，豈知朕亦是不得已而爲之，若人人都像小子你那樣，不把功名富貴放在眼內，朕又何須出此下策？」

接著雙目一凝，寒光閃現道：「歷史早清楚告訴了我們，權力只可以有一個，權力愈集中在中央，政令便可容易推行，大一統的太平愈可持久，故漢高祖建朝後，第一件事就是誅除不肯歸還權力的大將；趙匡胤陳橋兵變後，還不是靠杯酒釋兵權；只有集中權力，才不致出現亂局。看看今天的藍玉和胡惟庸，當知朕所言非虛。」

韓柏皺眉道：「藍玉確是恃功驕橫，可是胡惟庸之有今天，完全是皇上一手捧出來的，卻又有何道理呢？」

朱元璋微一錯愕，望向他道：「這幾句話換了是別人來問朕，必是株連九族的收場，幸好是你這不知天高地厚的小子。哼！單玉如確是高明，竟可瞞了朕這麼久！」

韓柏知道朱元璋不會直接答他，但亦隱約猜到了胡惟庸實在是朱元璋用來對付功臣的擋箭牌和劊子手，只要幹掉胡惟庸，所有權力便全回到了朱元璋和他的繼承者手裡，這一著可說老謀深算極矣。

試探道：「皇上是否要小子對付燕王？」

朱元璋的臉色陰沉起來，好一會兒才道：「待會朕去見若無兒，先聽聽他還有甚麼話說。」

韓柏見談了這麼久，急於脫身，道：「皇上今次召小子來，是否有甚麼特別差遣呢？」

朱元璋肅容道：「現在最使朕擔心的有三個人，第一個是單玉如，若查不清她有甚麼厲害手段，我們栽了筋斗都不知是甚麼一回事。」

韓柏拍胸道：「這事包在小子身上，有范良極幫手，甚麼陰謀都可以查個一清二楚。」

朱元璋苦笑道：「這老賊眞是死性不改，你知否他究竟想偷朕的甚麼東西呢？」

韓柏大吃一驚，色變道：「皇上怎知他要偷東西？」

朱元璋微微一笑道：「若他不是有所圖謀，怎會無端端要睡上一覺，那時我還不知他是范良極，所以沒有疑心罷了！」

韓柏尷尬地道：「讓我勸勸他吧！」

朱元璋搖頭道：「不！讓他試試也好！朕亦想看看他的偷術高明至何種程度。」頓了頓道：「另兩個人就是陳貴妃和楞嚴，他們均爲最接近朕的人，若有圖謀，必是防不勝防。」

韓柏苦著臉道：「小子眞不敢碰陳貴妃，據浪翻雲說，我根本不是她的對手。」

朱元璋一呆道：「浪翻雲這麼說過嗎？」

韓柏連忙拚命點頭。

朱元璋失笑道：「朕看是浪翻雲低估了你吧！唉！或者朕是年紀大了，每次想起陳貴妃，心腸都軟了起來，感到難以下辣手。你快想想辦法吧！時間愈來愈少了，最好你能在這兩天爲朕解決了單玉如和陳貴妃的問題，那朕便可全力對付其他人了。」

韓柏心中苦笑，自己眞能在兩天之內，解決了厲害至不知何等程度、神秘莫測的單玉如，和狡猾狠毒、連父親都忍心謀殺的陳貴妃嗎？

這時記起了爲韓家找屋的事，向朱元璋提出請求，獲准後，才施禮退去。

第二十九章　前塵舊事

月榭內，戚長征赤著精壯的上身，由寒碧翠、褚紅玉、紅袖和宋媚四女為他處理包紮左肩的劍傷，自然要同時默受諸女的埋怨。

宋楠亦來了，正和小鬼王荊城冷下棋，後者顯是落在下風，不住皺著眉頭，苦苦思索。

虛夜月和莊青霜把秦夢瑤送入靜室後，領著翠碧和夷姬這金髮美人兒來趁熱鬧。虛、莊二女不住向戚長征瞪眼，不明白為何他泡妞竟會泡到負傷而回。

戚長征向在一角下棋的荊城冷笑道：「知道我大舅的厲害了嗎？」

荊城冷嘆道：「要找師父來才行了。」

虛夜月嚷道：「爹到哪裡去了？」

鬼王的聲音由遠而近道：「總算還記得阿爹哩！」

虛夜月喜歡得跳了起來，掠出齋外，不旋踵分挽著虛若無和乾羅步入齋裡，旁邊還有個「掌上舞」易燕媚。

眾人紛紛施禮。

客氣一番後，乾羅關心義子，問起戚長征受傷的事。

戚長征不敢隱瞞，把過程說出後，與乾羅並排上座的虛若無微笑道：「這孟青青不但劍法高明，還是個光明磊落的人物，否則只要找個鷹飛之類的人物埋伏暗處，小子你休想有命回來了！」

戚長征暗叫慚愧，自己眞是太粗心大意了。

旁邊的寒碧翠狠狠瞪了他一眼，低罵道：「看你以後還敢不敢再逞強？」

乾羅見戚長征受窘，岔開話題道：「想不到秦夢瑤竟爲韓柏動了眞怒，我看藍玉休望能由這一劍復元過來，等若幫了朱元璋一個大忙。」

虛若無舒適地挨著椅背，悠閒地道：「眞想快點看到她和紅日法王決戰的動人情景，紅日這傢伙號稱西藏第一高手，修的是不死法印，一擊不中，遠颺千里，如此功法，多麼引人馳想。」

虛夜月不屑道：「不過是個藏頭露尾故作神秘，但其實是天生鬼祟的臭喇嘛罷了！月兒說秦姊姊定能一劍把他的臭頭劈了。你若見到自以爲不可一世的水月大宗在她面前那氣焰全消的可憐樣兒，才知她是多麼威風哩！」

眾人聽她語氣天眞，均發出會心微笑。

乾羅正容道：「我們今晚絕不能輕敵，龐斑乃魔教百年來最傑出的人物，像神一般備受尊崇，此番他親自來京，必然大大振起敵方的士氣，所以若沒必要，切忌群戰，免致兩敗俱傷，徒然便宜了朱元璋和八派聯盟，單玉如更在暗中笑壞了肚皮。」

寒碧翠輕輕道：「單玉如眞的那麼厲害嗎？」

乾羅臉色凝重起來，嘆了一口氣道：「她不但武技可列身宗師級的位置，最使人防不勝防的是她的媚術，能制人心神於無形，男女均不能倖免。這二十多年來銷聲匿跡，可想見必是在潛修中土魔門某一種厲害無匹的魔功秘法，這番出世，定然非同小可。」

眾人聽得心中懍然，這女魔頭能二十多年來無聲無息地躲在胡惟庸的背後，暗中密謀奪取明室的皇權，只看此點，當知她有過人的毅力和耐性。

這時有人來報道：「許宗道求見鬼王！」

「鬼王」虛若無愕然道：「他終於肯來見我了嗎？」

雨雪緩緩停下。

韓柏和范良極兩人剛離開皇城，韓柏道：「死老鬼！你最好暫時忍一下你那雙賊手，朱元璋已悉破你想偷他的東西了。」

范良極嘻嘻笑道：「悉破又怎樣，現在我們這麼有利用價値，所以老朱明知我要偷他的東西，亦只有隻眼開隻眼閉了。」

韓柏皺眉道：「這樣即管把東西偷得到手，那又有甚麼趣味？」

范良極故作驚奇道：「你明知瑤妹不用追求遲早也要獻身給你，那你成其好事時究竟有沒有樂趣呢？」

韓柏立時爲之語塞。

范良極見佔盡上風，大樂摟著他的寬肩，走上途人熙攘，一端連接著皇城御道的玄津橋去。

韓柏道：「天命教那巢穴你查過沒有，朱元璋剛才又催我動手了。」

范良極頹然道：「昨晚你和瑤妹風流快活，可憐我卻東奔西跑，唉！甚麼名單，連封像樣點的書信也沒有。只找到一些日用品和雜貨、糧、油的賬目單據。那樣可把天命教人一網打盡的名單，只是朱元璋一廂情願的事，若我是單玉如，也絕不會那麼愚蠢，記在腦裡才是最安全的。」

韓柏苦笑道：「不若我們去把那巢穴最高級的負責人，活捉來送給東廠，他們自有方法要他們甚麼都招供出來。」

范良極搖頭道：「不要白費心機了。那裡只有幾個丫頭，要找個像樣點的人也困難，這幾天風聲這麼緊，天命教的人怕都躲起來了。」

韓柏忍不住搔頭道：「這麼說來，唯一的線索就是白芳華，我眞有點怕見到她。」

范良極肅容道：「若她確是天命教的護法，武功定然非常高明，平時那武功平常的樣子，只是裝出來騙人的。」

不知不覺間，兩人邊談邊走，步上了落花橋。

女子的呼聲傳來道：「韓柏！」

范良極的耳朵何等厲害，一呆道：「是盈散花！」

只見一輛馬車由後邊駛上橋來，駕車者叱喝一聲，把馬車停在兩人之旁。

垂簾掀了起來，露出盈散花蒼白的俏臉，秀眸茫然，予人一種哀莫大於心死的淒涼和落寞。

范良極傳音道：「你去探探口風！」走到遠處，但誰都知道他正豎起耳朵偷聽著。

韓柏湧起複雜難言的情緒，移到窗旁，柔聲道：「你往哪裡去？」

盈散花平靜地道：「這處再不需要我了，自然是離得這裡愈遠愈好。不過假若你要殺我，隨便出手吧！散花絕不會反抗。」

韓柏一呆道：「你明知我不會殺你，爲何還要我殺你？假若你有懺悔的心，不如把你對付燕王的手段告訴我吧！」

盈散花淒然一笑道：「為何我要後悔？韓柏你還不明白嗎？我們根本處在完全不同的立場，有著不同的經歷，你可以殺死我，但卻休想我會告訴你任何事。」

韓柏嘆了一口氣，自知狠不下心來迫她，苦笑道：「秀色呢？她不和你一起離京嗎？」

盈散花的秀眸淚花滾動，但語氣卻平靜至使人心寒，淡淡道：「她早離開了！」淚水終忍不住泉湧而出。

韓柏泛起強烈的不祥感覺，猛地探手抓著她的香肩，搖撼著她道：「秀色是否死了？」

盈散花淒涼茫然地道：「她既不想破壞我的復仇大計，又不想目睹你給我害死，除了自盡外，她還可以做甚麼呢？」

韓柏全身冰冷，臉上血色盡退，踉蹌後退，撞在橋欄處才停下來，不能相信地搖著頭道：「這不是眞的！告訴我，你只是在騙我！」

盈散花任由淚珠滾下玉頰，哀然道：「我還騙得你不夠嗎？」

韓柏的心亂成一片，神傷魂斷中，又湧起海洋般的恨意，道：「我現在還未死，仍可以破壞你的大事，為何你不繼續對付我呢？」

盈散花拭去淚珠，平靜地道：「我現在很疲倦，只希望能遠遠離開這地方，離開中原，到哪裡去也可以，只希望能把你和秀色忘記。韓郎啊！用盡你的氣力去恨散花吧，她根本配不起你的愛。」

簾幕垂下，馬車緩緩駛下橋去。

韓柏雙腿一軟，差點倒往地上，全賴趕上來的范良極把他扶著。

浪翻雲摟著左詩，落在船頭處。

操船的怒蛟幫好手齊聲歡呼。

幾個人由船艙鑽了出來，赫然是凌戰天、翟雨時和上官鷹。當然還有稍長高了，美麗得像個小公主的小雯雯。

他們的出現，連浪翻雲亦大感意外，尚未說話，左詩已和小雯雯緊擁在一起，又哭又笑，看得各人心中又酸又喜。

浪翻雲伸手抓著凌戰天的肩頭，大笑點頭道：「是否要和朱元璋攤牌了？」

翟雨時佩服道：「甚麼事都瞞不過大叔。」

上官鷹激動地道：「大叔！你會反對嗎？」

浪翻雲微笑道：「怎會反對呢？這天下再不是以前的天下了。人民只是希望能有安逸太平的日子，怒蛟幫亦好應順應潮流。當年幫主創幫時，目標正是要為天下帶來幸福，若天下寧靖，怒蛟幫的存在便是多餘的了。」

凌戰天也笑道：「我早知大哥會同意我們的決定，今次我們來京，就是希望弄清楚形勢，看看可在甚麼地方盡點力量。」

浪翻雲失笑道：「若你不怕頭痛，便盡力去了解吧！」

這時小雯雯脫離了母親的懷抱，奔到浪翻雲前，歡呼道：「浪首座！」

浪翻雲一把抱起她，親了親她的臉蛋。

在水師船的護航下，載著怒蛟幫最重要幾個人物的大船，昂然駛進秦淮河去。

「鬼王」虛若無在金石藏書堂內單獨接見不捨。

這白衣如雪、傲岸孤逸的僧人，步進堂內像往日般行起軍禮，朗聲道：「許宗道參見大帥！」

虛若無打出客氣的手勢，請他坐下後，不勝唏噓道：「二十多年了，我最得力的三個手下，現在只剩下你一個了。想當年應天一戰，我們水陸並進，與元軍大戰於鍾山，再追殲元人餘孽於鳳凰台，一戰定下大明的基業。」

不捨接著道：「由那天開始，朱元璋才有了穩固的根據地，以後南攻西討，擴展勢力，先後攻取了江蘇、皖南和浙東大片土地，進行了吞併別部、統一天下的過程。」

虛若無露出緬懷的神色，油然道：「那時元人大勢已去，最強大的對手就是一代梟雄陳友諒，幸好我們得上官飛水師之助，先後與陳友諒大戰於龍江和鄱陽湖，終大破陳軍，多麼痛快！」

兩人忽然沉默下來，因爲接著就是滅掉張士誠和方國珍，使朱元璋雄霸了東南半壁江山，此時朱元璋羽翼豐滿，於是派人暗殺小明王韓林兒於六合縣瓜步江中，徹底背叛了義軍，自立爲王，揮軍北伐，把元人趕出中原。

小明王乃當時起義軍名義上的領袖，朱元璋這一做法，導致了上官飛與朱元璋決裂，成立了怒蛟幫，不受朱元璋的管轄。不捨亦因此心灰意冷，離開了鬼王，往雙修府與谷凝清結成連理，修習大法。

前塵舊事，一一湧上心頭，不勝回首。

鬼王喟然長嘆道：「成又如何？敗又如何？回想往事，便像發了一場春秋大夢，宗道你看破了嗎？」

不捨苦笑道：「昨天仍未看破，但今天與敝師兄無想的一席話後，幡然大悟，甚麼仇甚麼恨都消了。到現在我才明白爲何師父與龐斑決戰回來後，明知命不久矣，仍是那麼安詳欣悅。生生死死，算甚麼一回事？甚至快樂和痛苦，亦只不過是生命裡不同的插曲，有甚麼大不了。」

鬼王一掌拍在几上，長笑道：「說得好！說得好！」

不捨心生感觸道：「一直以來，小僧都把自己的想法和情緒擺在最重要的位置，所以才與谷凝清有二十年的相思之苦，不捨實在太自私了。」

鬼王定神看了他一會兒後，沉聲道：「宗道語氣中隱然有所決定，看來你連與龐斑的決戰亦拋開不想了，是嗎？」

不捨微微一笑，點頭應是。

鬼王舒服地挨入椅背，欣然道：「那要恭喜你了。」輕輕一嘆道：「這二十年來，我把心神全放在寶貝女兒身上，始明白爭逐武林，是多麼沒有意思的事，只有生活才是生命的眞義，才能品嘗存在的意趣。」

不捨油然一笑，淡淡道：「只要能殺死年憐丹，不捨便拋開一切，帶同妻女、部屬，返回域外，重建無雙國，終老域外，享受一下塞外純樸的生活，其他都不管了。」

鬼王會心微笑道：「好一個『不管』了。」

再長嘆一聲，道：「我們是否管得太多了？」

不捨道：「大帥你又有何打算？」

「鬼王」虛若無啞然失笑道：「有甚麼好打算的，與里赤媚一戰正迫在眉睫，虛某已等了二十多年，等得手都癢了。眞想不到這傢伙竟練成了天魅凝陰，這是多麼令人興奮的事！」

不捨莞爾道：「大帥豪情二十年如一日，宗道心中確是非常歡悅。」

鬼王搖頭嘆道：「現在我最擔心的反是單玉如，她暗中部署了二十多年，任由朱元璋一統天下，打下深厚的國基，故她除非不發動，否則必是無可抗禦的毒計陰謀，使她可把大明接收過去。不過正如你所說，虛某對朱元璋早意冷心灰，再無興趣去管，便讓後生小輩去理吧！」

接著長身而起，欣然道：「來！讓我去見見使你同時動了仙、凡兩心的美人兒吧！」

第三十章　詭謀難測

韓柏神傷魂斷地和范良極來到左家老巷時，酒舖內卻是喜氣洋洋，惟有壓下心中悲痛，走入舖裡。

左詩等三女、范豹和顏煙如正逗著小雯雯說笑，見到韓、范兩人，都停了下來。

左詩喜翻了心頭地道：「小雯雯，看看是誰來了？娘教你怎麼說哩！」

小雯雯蹦跳著轉過身來，瞪大美麗的眼睛，定神看著兩人。

先望著范良極，猶豫地道：「是你嗎？」

范良極笑得彎下腰來，捧腹道：「對！我也是你的爹，不過卻是乾爹。」

左詩俏臉飛紅，狠狠瞪了范良極一眼，又向韓柏猛打眼色。

韓柏看到這麼精靈秀麗的小女孩，打從心底歡喜出來，單膝跪下，張開雙臂柔聲道：「乖寶寶！快到爹懷裡來！」

小雯雯小臉紅了起來，跺足道：「我不是乖寶寶，是小雯雯。」說完衝入左詩懷裡，不肯再回過頭來。

韓柏臉皮最厚，哈哈一笑，站了起來，走到她的背後，跪下湊到她耳邊道：「是爹錯了，你是小雯雯，最乖的小雯雯。」

左詩催道：「小雯！忘了娘怎麼教你嗎？」

小雯雯旋風般轉過身來，摟上韓柏的脖子，在他臉頰親了一口，叫道：「爹！」又再轉回左詩懷裡，這次怎也不肯離開了。

眾人都看得湧起溫情。

柔柔過來拉起韓柏道：「怒蛟幫的人來了，正和浪大哥在內堂說話呢！」

范良極愕然道：「怎麼？」往內堂走去。

柔柔再低聲道：「白姑娘也來了，在偏廳等你。」

韓柏立即色變，范良極亦停下步來。

柔柔見兩人神色古怪，奇道：「有甚麼問題嗎？」她仍未知白芳華的身分，故有這自然的反應。

范良極乾咳一聲，說了聲沒事後，把韓柏扯到一旁道：「這妖女必是不懷好意，你放心去見她吧！我會在旁照應。有浪翻雲在這裡，估量她亦不敢胡來。」

韓柏放心了點，逕往偏廳去見白芳華。

這左家老宅前面是舖位，後面是住宅和工場，佔地寬廣，住上百來人也沒有問題。

白芳華嫻雅自若地坐在偏廳，那樣兒又乖又賢淑，事實直到此刻，韓柏仍有點不相信她會坑害自己，但受過盈散花的教訓後，他再不敢輕忽托大了。

她見到韓柏，臉上現出驚喜的表情，啊的一聲盈盈起立。

韓柏堆出笑容，道：「白小姐的消息眞靈通，竟知我會到這裡來。」

白芳華迎了上來，挽著他的臂彎含笑道：「不是猜，而是知道你必會到這裡來看乖女兒，人家才到這裡尋你。」

坐下後，韓柏暗地收攝心神，笑嘻嘻道：「白小姐眞的再不怕我了，否則怎會送上門來呢？」

白芳華拋了他一個媚眼，柔情似水地道：「有甚麼好怕你的，不過今次來找你，卻不是要把自己送上門來，而是受人所託，把一些東西交給你。」

韓柏訝道：「誰人要勞白小姐的芳駕呢？」

白芳華白了他一眼，由懷裡掏出一包用火漆封好的包裹，送入他手裡道：「剛才盈散花來找我，要人家把這東西親手交給你，芳華也不知裡面藏的是甚麼。」

換了以前，當還不知白芳華是天命教的人時，韓柏必會深信她所說的每一句話，但現在哪肯相信她會不拆開來看，同時亦在奇怪，爲何盈散花適才沒有提起這包東西的事？

白芳華站了起來，笑道：「韓郎定必心急拆看，芳華不阻你了。」

韓柏不好意思道：「我送你出去吧！」

白芳華按著他肩頭，俯身獻上熱烈的香吻，溫柔地道：「不用送了，這幾天韓郎定是無暇分身，待韓郎大展神威，掃平群魔後，你要怎樣安排芳華都可以。」

韓柏裝出大喜之色，叮囑道：「說過就算數的了，可不能反悔哩！」

白芳華應道：「芳華遵旨！」再甜甜一笑，才嬝娜多姿地去了。

看著她動人的步姿，韓柏的心神不由給她勾了去，直至她消失門外，韓柏才回過神來，暗忖這種步姿必是天命教的一種媚術，否則爲何如此厲害。

低頭看著手上的包裹，心內百感交集，想起裡面或有秀色自盡前寫給他的絕筆信，又或盈散花揭開對付燕王的陰謀，一顆心不由忐忑急跳著。

范良極一面狐疑之色走了進來，不能相信地道：「竟是這麼一回事嗎？」再喝道：「還不快拆開來看？」

韓柏把包裹遞給他，呼吸急速起來。

范良極明白他的心情，接過包裹，放到桌面上，隔空運指一劃，火漆裂開，包裹打了開來，竟是一疊書信，最上的一封寫著「胡惟庸丞相親啓」字樣。

兩人同時「啊」一聲叫了起來，不能相信地看著這十多封信件。

范良極撲到桌旁，翻信細看，竟然全是胡惟庸與藍玉、東瀛幕府和方夜羽間往來的密函，內容自然全與密謀造反有關，說的都是事成後如何瓜分中土，卻沒有一字提到任何陰謀。

兩人你眼望我眼，怔在當場。

范良極深吸了一口氣後，道：「這事奇怪之極，我要找浪翻雲來商量。」

不一會兒浪翻雲、凌戰天、上官鷹、翟雨時全來了，匆匆介紹後，由范良極把前因後果詳細交代了，眾人都聽得眉頭深鎖，沉吟不語。

范良極道：「若白芳華眞的沒有拆開來看，當然不知道這些是可誅胡惟庸九族的證據，那便可勉強解釋得過去。」

翟雨時最愛動腦筋，搖頭道：「除非白芳華不是天命教的護法妖女，否則絕不會如此疏忽大意，而且盈散花只是藍玉的人，怎會得到胡惟庸的造反證據，只有單玉如才可以輕易拿到這些書信。」

凌戰天不解道：「可是單玉如為何要害死自己的手下呢？」

浪翻雲嘆了一口氣道：「到現在我才領教到單玉如的厲害，難怪連言靜庵亦除不掉她。若非給韓小弟悉穿了白芳華的身分，無論如何我們也不會猜到她頭上去。」

翟雨時苦惱地道：「究竟應否把這些信件交給朱元璋，若白芳華眞不知道包裏的內容，這確是千載一時瓦解藍玉和胡惟庸兩人的機會。」

上官鷹皺眉道：「就恐怕我們要在事後，才可以知道這是單玉如的陰謀，還是單玉如的錯失，除非我們能立即追上盈散花，向她問個清楚。」

浪翻雲道：「韓小弟現在怎能分身追她，恐怕追亦是徒勞無功。」

韓柏搔頭道：「現在該怎麼辦才好呢？幹掉胡惟庸，總是好事一件吧！」接著再嘆道：「還有件更奇怪的事，聽白芳華的語氣，這幾天都不會來纏我，難道她或單玉如都不想用我的魔種進補嗎？」

各人聽他說得有趣，都笑了起來。

翟雨時神情一動道：「我終於想到單玉如爲何要捨棄胡惟庸這個手下了，問題出在他暴露了眞正的身分，這事必是由白芳華傳回去給單玉如知道，使單玉如下了這個決定。」

浪翻雲微笑道：「雨時這分析極有道理，但再推論下去，就是單玉如即管沒有了胡惟庸，仍有方法在朱元璋死後控制大局。」

范良極一掌拍在桌上，狂叫道：「定是與允炆這小子有關，一直以來我們都沒注意到他，事實上他卻是朱元璋皇位的合法繼承人，若朱元璋忽然死去，最大的得益者當然是他。」

翟雨時的臉色變得凝重無比，沉聲道：「單玉如可以把白芳華安排到燕王和鬼王身邊，自然亦有方法把另一個護法妖女安排到允炆身邊，說不定就是他的母親恭夫人。」

凌戰天色變道：「若事實如此，允炆的父親朱標定是給單玉如害得英年早逝，加深明室的危機，這些毒計眞教人心寒。」

浪翻雲淡然道：「你們現在明白我說頭痛的意思了。整件事計中有計，局中有局，若沒有方夜羽的外族聯軍，這事簡單之極，但現在卻混亂複雜至無以復加的地步，要說也很難說得清楚了。」

韓柏道：「我們應否把對恭夫人的懷疑，告訴朱元璋呢？唉！朱元璋身邊還有個陳貴妃，我也頭痛了。」

翟雨時道：「對恭夫人的懷疑，我們只是憑空猜估，若害了無辜的人就不妙了。」

浪翻雲道：「這一仗說不定我們會輸給單玉如，她部署了二十多年，所有布置都是根深柢固，若胡惟庸一去，我們更連她的尾巴都摸不著。在這種形勢下，惟有盡力而為，最好能保住朱元璋的命，若不可能的話，亦要燕王不死，否則天下終將落入單玉如手內。」

韓柏「霍」地立起，道：「讓我去見燕王，坦白說出盈散花的事，看他自己是否發現不妥當的地方？」

范良極喝止道：「千萬別做這種蠢事，燕王會懷疑你是朱元璋的人，和他坦白，可能會弄巧反拙。」

翟雨時道：「其他事都可擺到一旁，眼前的頭等大事，就是應否把這些信件，交到朱元璋手裡？」

眾人的眼光均移到浪翻雲身上，當然是信任他的智慧和決定。

浪翻雲苦笑道：「若從大處著想，無論是誰掌政，除去了藍玉和胡惟庸，外族聯軍便失去了依恃，避免了外族入侵，對萬民總是好事。去吧！把這些信交給朱元璋，但提醒他覷準時機才好動手。

若這眞是單玉如的陰謀，一天朱元璋未去掉藍、胡兩人，單玉如仍不會發動的。」頓了頓道：「我們則必須在這之前探查到單玉如的部署。」

轉向韓柏道：「交信前，小弟最緊要把事情始末向鬼王詳細說出來，他深悉朝廷的事，又精相人之法，應該比我們這些外人更有卓見。」

韓柏獨自回到鬼王府，通知了戚長征到左家老巷和凌戰天等會合後，立即到金石藏書堂與鬼王密議。

鬼王靜心聽畢整件事後，又逐封看過那些書信，驀地仰天狂笑起來，說不盡的歡暢。

韓柏愕然看著他，完全不明白他有甚麼値得笑成這樣子的原因。

鬼王收止笑聲，長長一嘆道：「造化弄人，任朱元璋千算萬算，仍算不過老天爺。唉！單玉如才是眞正厲害的人，竟可作出這樣的部署。翟雨時不負謀士之名，憑著一點線索，便看破了單玉如的手段。若我估計無誤，這恭夫人定是單玉如的女兒，而允炆則是她的外孫。正因單玉如藏身處是深宮之中，所以我們千查萬查，仍找不到她的蹤影。」

韓柏色變道：「那應否立時告訴朱元璋？」

鬼王嘆道：「太遲了！現在唯一的方法，就是保著燕王之命，讓他逃返順天。」伸指一彈，指風擊在門旁的大銅鐘上，發出「噹」的一下清音。

鐵青衣出現門前，施禮道：「府主有何吩咐？」

鬼王喝道：「給我立即找燕王來！」

鐵青衣領命去後，鬼王唏噓道：「這是虛某最後一次理他朱家的事，爲的不是對朱元璋或燕王有任何好感，只是不想天下落入單玉如手內，她乃魔教之人，行爲邪惡，若讓她掌權，萬民會受到難以想像的毒害，中土勢必長期沉淪。」

韓柏道：「我們揭穿她的事不就行了嗎？」

鬼王道：「很多人連天命教是甚麼都不知道，我們又只是空口說白話，誰會相信我們，而且京中大部分人的利益均和允炆掛了鉤，死也要維持他的繼承權。就算朱元璋亦不敢把允炆廢掉，因爲那將立時引致天下大亂。」

韓柏大感頭痛，不知該作如何打算才好。

方夜羽他們有布置陳貴妃的陰謀，單玉如又有她的陰謀，藍玉和盈散花則又是另一套陰謀，而每一項都可對明室構成致命的打擊，他能有甚麼應付的辦法呢？

登時想起了秦夢瑤，趁她尚未起程去赴八派的元老會議，不若找她談談吧！

鬼王卻肅容道：「只要朱元璋下手對付藍玉和胡惟庸，你須立即把所有人全集中在鬼王府，一旦發生起甚麼事，我們亦可利用秘道安全逃出京師去。」

韓柏想不到事情嚴重至此，色變道：「會發生甚麼事呢？」

鬼王伸手抓著他的肩頭道：「我和浪翻雲均看出了此點，就是朱元璋的性命已操縱在單玉如手上，所以你絕不可把允炆的事告訴他，那只會迫單玉如早一步送他上西天，明白嗎？」

韓柏一呆道：「朱元璋有影子太監保護，手下又高手如雲，單玉如怎樣可殺他呢？」

鬼王神色凝重道：「朱元璋今年七十一歲，人運流年均爲最旺盛的運程。但老年人最忌行旺運，所以很難過此險關。單玉如二十多年來長期隱身於朱元璋之旁，對付起他來有若探囊取物。我們這些人根本無法插手，試問區區幾天，如何可以察破她布置了二十多年的陰謀？現在唯一的方法，就是詐作不知單玉如的存在，如此或可使大家保命逃生。」

韓柏深吸了一口涼氣，想到了左詩、小雯雯、陳令方等人，點頭道：「小婿明白了！」

記起了背上鷹刀，忙解下來，正要遞給鬼王，鬼王舉手阻止道：「寶物祥器，惟有德者居之，賢婿留下它吧！」

第三十一章　別無選擇

浪翻雲和凌戰天並肩立在落花橋頭，默默看著橋下潺潺的流水。

浪翻雲微微一笑道：「多久我們沒有這麼在街上閒逛了。」

凌戰天眼中射出不勝緬懷的神色，吁出一口氣道：「很久了，在被幫主收養前，一直都是大哥照顧我，找到了東西大哥先讓我吃，給人欺負時大哥用身體護著我，每天都在逃避戰難，若非遇上大哥，凌戰天早餓死了。」

浪翻雲苦笑道：「你想得太遠了，不過那段浪蕩鄉野街頭、奮力求生的日子確是既淒酸又動人，爲了生存，我們學曉了別人一生都學不到那麼多的東西。」

凌戰天唏噓道：「戰爭實在太可怕了，那時年紀還小，只要能餵飽肚子便滿足快樂。現在回想起來，才知道那時是多麼淒涼，眞不希望再見到這種可怕的災難出現在我們下一輩的身上。」

浪翻雲輕嘆道：「但這看來是難以避免的了。只望可局限在最少的地區內，時間也縮至最短，禍害不致那麼慘烈！」

凌戰天道：「這單玉如的耐心眞是可怕，竟可等到朱元璋把所有功臣誅掉，將大權集中到他身上時，才發動陰謀，暗地奪權。若非韓柏這小子悉破白芳華的身分，我們一敗塗地還不知發生了甚麼一回事。」

浪翻雲雙目爆起精芒道：「自遇上惜惜後，我已多年沒有動過殺機，但現在我卻下了決心，決計不擇手段把單玉如殺死，否則若有她在背後支持允炆母子，恐怕燕王也不是敵手。」

凌戰天微笑道：「我早知大哥心意了，大哥準備何時入宮找她？」

浪翻雲淡然道：「夜長夢多，絕不可遲過今晚。」

凌戰天點頭道：「單玉如仍不知我們察覺到她的存在。所以定然待我們與方夜羽拚個兩敗俱傷，才會動手。明天便是朱元璋三天大壽開始的第一天，所有事也必在這三天內發生。」頓了頓道：「大哥認爲方夜羽他們知否單玉如的存在？」

浪翻雲油然道：「方夜羽他們或者還不知道，但卻絕瞞不過龐斑，他的心靈力量已臻達天人至境，像單玉如這種武功媚術均臻極境的高手，定會使他生出玄奧奇妙的感應。」

凌戰天道：「這種看不到、摸不著的精神力量確是玄之又玄，教人防不勝防。」想了想後道：「今晚大哥進宮，定要特別小心，宮內高手如雲，對允炆的保護必像對朱元璋般嚴密周詳。那裡面又布滿秘道密室，一擊不中，單玉如躲了起來，以大哥之能，亦要莫奈她何。」

浪翻雲笑道：「你眞知我的心意，唯一把單玉如迫出來的方法，就是詐作刺殺允炆，看來我要扮作水月大宗才行了。」

凌戰天失笑道：「這水月大宗眞搶手，希望他不會在同一時間出現在別的地方就好了。」

浪翻雲搭上他的肩頭，走下橋去，欣然道：「不會的！水月大宗的目標既不是鬼王，自然就是浪某人。他送上門來給我試劍後，包保甚麼地方都去不了。所以只會有一個『水月大宗』，而不會有兩個之多。」

凌戰天失笑道：「過了今晚！希望形勢會清楚一點。」

浪翻雲肯定地道：「一定如此，信件交到朱元璋手上，他必然趁今晚方夜羽等人無暇分身的時刻，圍剿藍玉和胡惟庸，不讓任何人逃出京去，若非有單玉如在，他確會成為唯一的大贏家。」

凌戰天哈哈一笑道：「今晚將會好戲連場，不過先讓我們找間館子吃他一大頓吧。」

浪翻雲望往攀上中天的太陽，微笑道：「長征應該來了，我們不若拉大隊去吃午飯，誰想得到我們這些叛國的水賊，竟可以在京城有這麼風光的日子呢？」

大笑聲中，這對肝膽相照的好兄弟，加入了大街上潮來潮往般的人流內去。

龐斑和里赤媚兩人悠閒地在巨宅的大花園內漫步。

里赤媚柔聲道：「魔師似乎並不看好我們今次對付明室的計劃。」

龐斑平靜地道：「那有甚麼打緊呢？告訴我，即管沒有推翻明室這遠大的目標，你肯放過與鬼王的決戰嗎？」

里赤媚微笑搖頭道：「當然不會。那就像你不肯放過水月大宗和浪翻雲，否則生命是多麼乏味和沒趣。」頓了頓再問道：「我們的計劃可說天衣無縫，沒有任何人能逆轉過來，為何魔師仍不樂觀呢？」

龐斑來到一株大樹前停了下來，伸手撫上被霜雪包裹凝結的梅樹橫枝，眼中閃動著奇異的光芒，漫不經意地道：「那是一種難以向你解釋的感覺，隱隱中我感應到皇宮內除了鷹緣，還有一個可怕的人物存在著，默默地操縱著一切。浪翻雲正為此事動了殺機，真是精采得使人感動。」

里赤媚一震道：「甚麼？」

龐斑微笑道：「不要繼續追問，這類精神的感應最是微妙難言，總之要謹記切戒貪妄之念，應退則退，保持元氣才是最重要的頭等大事。事情日後無論往哪一個方向發展，赤媚亦應當感到不虛此行。」

步聲在後方小路響起。

「玉步搖」孟青青嬌甜的聲音響起道：「孟青青謹代表女眞族向魔師請安問好！」

龐斑轉過身去，見到在孟青青帶領下，一眾女眞高手跪倒地上，向他行叩首大禮。

龐斑欣然上前，扶起了孟青青，並命其他人站起來，不必多禮。

孟青青一對柔荑被這天下第一高手握在溫暖的大手裡，嬌軀掠過奇妙無匹的舒暢寧和及深遠無盡的感覺。

沛然莫測的眞氣由對方手上傳來，與戚長征決戰所受的內傷，迅快痊癒著。

龐斑深深看進她眼內，柔聲道：「在公主的領導和啓發下，女眞族將來當可大有作爲。」

孟青青心頭一陣激動，湧起對尊敬的長者孺慕之情，赧然垂首道：「魔師誇讚了，青青平庸得很哩！」

龐斑放開了她的手，哈哈一笑道：「只看公主能拋開種族間的成見，爲更遠大的目標努力，便知公主的心胸和識見，誠女眞族的福氣。」

旁邊的里赤媚笑道：「若非有魔師作號召，想我們這些人團結合作，眞的難之又難呢！」

這時方夜羽來報道：「藍玉的傷勢看來頗爲嚴重，我們應否先助他逃出京師？」

龐斑雙目精芒一閃道：「先不說我們能否分出人手助他，若藍玉連自己的小命都保不了，哪還有爭霸天下的資格？」

韓柏步出金石藏書堂，在外面等得不耐煩的虛夜月和莊青霜大喜迎上來，分在兩邊挽緊了他。

兩女見他臉色凝重，滿肚子的怨言頓時煙消雲散，知道有不尋常的事發生了。

韓柏偎紅倚翠，還是這兩個嬌滴滴的美人兒，芳香盈鼻，能令他心懷稍放，道：「我要立即找你們的秦姊姊，我的小夢瑤，你們乖乖的在這裡等我，我有天大重要的事情急著去辦。」

莊青霜傍著他邊走邊道：「恰好霜兒亦要回家探望爹和娘，所以想和秦姊姊一道回道場。」

虛夜月不甘後人道：「月兒也要陪霜兒哩！」

韓柏知道兩女不見了他半天一夜，定然不肯放過他，不過他亦喜有兩女在旁相伴，笑道：「好了！不要耍把戲了，我帶著你們兩個去玩意兒吧！」

兩女大喜。

這時月樓在望，秦夢瑤剛好步出樓來。

三人見到秦夢瑤，同時呆了起來。

經過了兩個時辰的清修後，秦夢瑤更是清麗照人，使人不敢逼視，尤其她那種寧恬超然於世俗的氣質，愈發令人生不出冒瀆之心。

秦夢瑤笑著迎來。

韓柏大聲讚嘆道：「夢瑤的仙氣又加重了，那我這徒兒亦慘了，縱使師父傳了我一門最珍貴的手藝，看來都派不上用場呢！」

秦夢瑤淡淡一笑道：「韓郎是否有事要告訴夢瑤呢？不若我們邊走邊說好嗎？」向兩女柔聲道：「月兒、霜兒，讓我們交臂同行，韓郎便讓他追在後面好了。」

兩女大喜，嬌嗲地附到秦夢瑤兩旁，看得韓柏眼也呆了。

嘻！誰比我「浪子」韓柏更能享到如此仙福呢？

忽然間，凶險的鬥爭亦無關痛癢，整個人輕鬆起來，心神倏地提升，才醒覺到自秀色死訊傳來，心內魔障重重，精神跌至前所未有的低點，始會生出驚懼、頹喪等種種負面的情緒，這刻見到秦夢瑤，受她道胎的影響，才把自己解放出來。

忙追在秦夢瑤背後，把單玉如的事說了出來。

秦夢瑤平靜無波地聽著，到關鍵處才問上兩句，聽完整件事後，已遠離了鬼王府，到了秦淮河旁。

虛夜月「遊興」大發，找了艘小艇來，由她和莊青霜負責操舟，韓柏和秦夢瑤同坐船尾處。貼著秦夢瑤的仙體，看著虛夜月和莊青霜兩女操舟，韓柏哪還知人間何世，但出奇地心中沒有半絲旖念，只覺這樣已滿足幸福得要命。

秦夢瑤幽幽一嘆道：「師父當年早說過單玉如會是禍根，想不到她的預言終成為了現實，還這麼嚴重。」

接著向莊青霜道：「霜兒切莫對令尊提起此事，由韓郎找機會直接對他說會妥當一點。」

莊青霜乖乖的點頭答應，又擔心地道：「爹他們一向都是擁護允炆繼承皇位的，怎辦才好呢？」

秦夢瑤愛憐地道：「韓郎和姊姊怎會不著緊霜兒的家人，只是要找到適當的機會，才提醒他們罷了！假若允炆得勢，給個天他作膽亦不敢動八派的人。問題只在除田桐外，八派還有多少人給單玉如收買了？」

再嘆一口氣，把臉頰側枕到韓柏的寬肩上，軟弱地道：「韓郎！夢瑤終於明白了師父揀選朱元璋時的心情了。」

莊青霜和虛夜月從未想過這超然於物外的仙子，也會有這種柔弱女兒家的情態，一時只懂呆看著她。

韓柏亦是心中一震，探手摟緊她的香肩道：「夢瑤何出此言？」

秦夢瑤無力地靠在他身上，輕輕道：「因為那就像夢瑤現在要揀取燕王般，縱使千萬個不情願，可是再無他法。」

燕王把三十多個隨從高手，留在外面，獨自進金石藏書堂去見鬼王。

「鬼王」虛若無踞坐堂上，冷冷看著進入堂內的燕王，面容肅穆。

燕王下跪施禮。

虛若無面容不動道：「朱棣你被封為燕王後，還是首次向我行跪叩大禮。」

燕王沉聲道：「朱棣為了爭取皇位，愈來愈不擇手段了。見到若無先生，想起一向得你提攜教導的恩情，心中慚愧，忍不住跪了下來。」

虛若無哈哈一笑，道：「我沒有看錯你，起來吧！」

燕王也弄不清楚他是褒是貶，長身而起。

虛若無絲毫沒有請他坐下的意思，戟指厲喝道：「朱棣！你可知自己性命危如累卵！」

燕王嚇了一跳，愕然道：「先生指的是哪方面的事？」

「鬼王」虛若無臉色一寒道：「你竟斗膽派人行刺我的好女婿，你和我本已恩清義絕，若我要毀掉你，在現在這情勢下，就像捏死一隻螞蟻般容易。待會你父皇會來見我，只要虛某點一下頭，你會發覺燕王府外全是禁衛和東廠的高手，所有地道均被堵死。大軍同時開入你的領地，朱棣啊！你仍非是朱元璋的敵手。」

燕王想不到鬼王如此不留情面，立時汗流浹背，跪了下來，叩頭道：「朱棣知罪了！」

鬼王喝道：「看在你沒有像一般愚蠢之徒般出口否認，仍算是個人物，給我站起來，挺起胸膛聽虛某說話。」

燕王聽得事有轉機，忙站了起來，沒有人比他自己更清楚，朱元璋一直動不了他，全因有鬼王在背後撐他的腰。他之所以行刺韓柏，亦是不得已中的險著，這時給鬼王罵出來了，心中反舒服了點。

鬼王兩眼神光閃閃，盯著他道：「小不忍則亂大謀，際此緊要關頭，仍不收起色心，如何才能成霸業。你可知盈散花乃藍玉特別請來對付你的高麗無花王的後人？『散花』兩字正暗含無花王朝消散之意。」

燕王遍體生寒，駭然叫道：「甚麼？」

虛若無不屑地看了他一眼道：「看你眼肚氣色灰黯，顯然中了盈散花高明之極的姹女蠱術，只要遇上引發蠱術的媒介，立會倒斃當場，可是你還懵然不知，眞是既可憐復可笑。」

燕王雙膝一軟，跪了下來道：「這是沒有可能的，姹女蠱術只能由具有處女元陰的女子施展，而她……」

虛若無一聲長嘆，語氣轉爲溫和，喟然道：「元璋諸子中，我只看得起你一個，一直刻意栽培你，又傳你兵法、武功，足當你半個師父有餘。」

再嘆道：「你還得多謝韓柏這不記仇的人，若不是他，連我都會被盈散花騙了，此女狡猾多智，竟懂利用秀色布施肉身，爲她製造出蕩女艷名，使你在毫無戒心下著了道兒。現在天下間只有三個人能解你身上的艷蠱，一個是盈散花，另一個就是身具魔種的韓柏，至於第三個人，當然是龐斑了。」

燕王渾身冒出冷汗，低頭不語，更不敢站起來。

「鬼王」虛若無嘆道：「若你真的殺了韓柏，月兒恐怕亦活不了。虛某受此打擊，必敗於里赤媚手下，你也只好等著幾時蠱發慘死，我們更發覺不到白芳華原來是天命教兩大護法的其中之一。可見你是如何不智莽撞。」

鬼王的說話一浪比一浪驚人，燕王劇震下往他望去，不能置信地叫出來道：「甚麼？」

虛若無的銳目射出愛憐之色，搖頭苦笑道：「小棣你和我都栽了個大筋斗，你是好色，我是憶妻，來！坐到我身旁來吧！縱使當上了皇帝，若連一個知己都沒有，人生還有甚麼趣味，元璋就是最好的例子，你見過他快樂嗎？」

燕王一生人最佩服的就是虛若無，刻下被鬼王以攻心之術，連串地施以無情的打擊，利慾薰心的神智驀地覺醒，坐到鬼王下首，汗顏道：「小棣今次是眞心羞愧，再不敢忘記先生的教誨。」

第三十二章　元老會議

西寧道場一片熱鬧。

元老會議在西寧的主道場舉行，當日韓柏就是在這裡遇到莊青霜。地蓆全給搬走了，使道場更見廣闊，九組坐椅分列兩側。上首的只有一桌一椅，其他兩張至三張不等，前者自然是爲秦夢瑤而設的特別席位。

能坐到椅子的都是八派有資格舉手作決定的元老。

爲了能給接班人有學習的機會，種子高手均有列席的參與權，卻沒有發言或舉手表態的權力。

會議在準未時初舉行，現在離未時尚有刻許鐘的時間，「書香世家」的向蒼松和兒子向清秋、媳婦雲裳最先進入會議廳內，接著是武當掌門純陽眞子、飛白道長，和仍是臉色蒼白，內傷初癒的小半道人，再加上兩重身分的俗家高手田桐。

純陽眞子和飛白道長二十年來還是首次下山，向蒼松欣然和他們敘舊。

此時古劍池的兩名種子高手冷鐵心和薄昭如在池主「古劍叟」冷別情的帶領下，亦步入會場。冷別情雖爲人高傲自負，見到這些元老高手，亦不敢怠慢，親切地打招呼。

會場外的園林裡，身爲主家的西寧三老，莊節、沙天放和葉素冬負起迎賓之責，殷勤接待到來與會的各派重要人物。

至於隨來的各派弟子，則在外進的大廳內享用茶點，互相認識問好，氣氛熱烈融洽，頗有點節日的味兒。負責打點一切的自然是沙千里這些西寧派的弟子了。

久未出山的菩提園派主寶渡大師，剛於此刻抵達，那天在韓柏手下吃了小虧的種子高手杜明心，隨侍身旁。

沙天放見八派的人到了一半，遂陪著寶渡大師進入會場，留下莊節和葉素冬兩人在外邊迎客。

素淡的忘情師太領著絕色美尼雲素和春風滿面的雲清來到，寒暄兩句，隨即進入場內。

眾元老和種子高手紛紛入座，接受西寧弟子奉上的香茗。

眾人的神色均有點凝重，誰都知道這個會議乃朱元璋建立大明朝以來，最重要的一次集會，用以決定八派以後對朝廷和江湖事務的方針。由於非常具有爭議性，一個不好，八派聯盟將四分五裂，各自爲目標和利益而爭鬥。

而最微妙的地方，是秦夢瑤這位代表著兩大聖地的人，是否仍能約束代表著各種利益和勢力的八派，仍保持精神領袖的地位。

各自思索間，葉素冬陪著不老神仙、謝峰、「十字斧」鴻達才和「鐵柔拂」鄭卿嬌進入場內。

由於不老神仙地位崇高，眾人紛紛起立致禮。

不老神仙含笑和眾人打著招呼，逕自來到左首最上方的一組椅子坐下，除謝峰有資格陪坐一旁外，鴻、鄭兩人只能站在兩人椅後。

長白這一組的下方是西寧派的席位，對面則是秦夢瑤和少林派的位子。

少林派的掌門今次並沒有來，但以無想僧的身分威望，已足夠資格代表少林的三票。

秦夢瑤、韓柏與莊、虛二女剛在此刻抵達，當他們經過前廳時，所有八派的弟子全靜了下來，不論年紀和男女，均被三女的絕世容色所懾服，反而沒有那麼留心韓柏。

秦夢瑤那超然於世俗的仙姿，虛夜月那種男裝打扮的玲瓏嬌俏，莊青霜玉立修長傲若寒霜的明艷，形成一幅震撼人心的美人圖卷。

步經大廳和會場間的空地時，莊節迎上來施禮道：「西寧派莊節恭候夢瑤小姐！」

秦夢瑤斂衽還禮。

韓柏笑嘻嘻致禮道：「小婿拜見岳父。」

莊節未及回禮，莊青霜早迎了上去，嬌嗲地拉著他手臂，甜甜地叫了聲爹。

莊節看到女兒幸福得發亮的俏臉，心中歡喜，道：「還不進去見你的娘。」

莊青霜答應一聲，領著虛夜月歡天喜地去了。莊節不由大奇，這對冤家為何會變得如此融洽友善。

眼光轉回秦夢瑤處，微笑道：「今日得夢瑤小姐法駕蒞臨，西寧派實大感光采。」

秦夢瑤恬淡一笑，向韓柏道：「韓郎可以去辦事了。」

韓柏湊到莊節耳旁低聲道：「小婿要立即進宮見皇上，稍後還有天大重要的事面稟。岳丈最緊要支持夢瑤，否則八派將會吃上大虧。」

不等莊節回答，退到秦夢瑤旁道：「入宮後我立即趕回來，夢瑤至緊要和霜兒、月兒在這裡等我。」

秦夢瑤柔聲答應後，韓柏轉身便走，忽地眼前人影一閃，有人攔在前方。

韓柏愕然停下，原來是無想僧擋在路心，微笑道：「你就是薛明玉孿生兄弟了，難怪老衲怎樣都點化不了你。」親切地拍了拍他肩頭，行雲流水般到了秦夢瑤和莊節處。

開會的人終於到齊了。

燕王聽著鬼王詳述韓柏如何發現白芳華眞正身分的經過，臉色難以掩飾地變化著。說到白芳華把胡惟庸私通外敵的證據交給韓柏，臉上最後一點血色都消失了。以他那麼雄才大略，泰山崩於前而不動容的不世人物，面容仍變得如此難看，可知所受的震撼是多麼巨大。

鬼王嘆道：「現在若我們仍猜不出方夜羽一石二鳥的毒計，也可以收山不用出來混了。」

燕王謙虛問道：「小棣愚魯，仍未能測破他們的毒計。」

鬼王淡然道：「奼女大法源自西藏的歡喜密法，百年前以敗於傳鷹之手的白蓮鈺最是有名，爲開派的宗師，魔宮護法花解語便是這一派系的傑出弟子。當年白蓮鈺有兩個婢女，都學到了她的奼女術，一爲漢人，另一個便是高麗的女子，兩婢分別創立了閩北的奼女派和高麗的媚心派，秀色和盈散花不用說都是這兩派的後人。」

燕王吁出一口涼氣道：「難怪我見到她時，完全無法控制自己的色心，原來她是精通奼女大法的傳人。」

鬼王續道：「不論是單玉如的媚功，又或白蓮鈺的奼女術，均爲魔門秘法。而韓柏的魔種，卻是魔門最峰巓的大法，天性能剋制任何魔門秘術，所以我才敢斷定只有他才能破去盈散花施在你體內的媚蠱。這也是盈散花不惜一切去殺死韓柏的眞正原因。」

燕王鐵青著臉道：「爲何我一點異樣的感覺都沒有，運功內視亦找不到絲毫線索？」

鬼王神色平靜地道：「這正是媚蠱最厲害的地方，利用陰陽相吸之理，把與處女元陰結合後細若微塵的蠱蟲由你的精氣吸入血脈裡，遍布全身，無形無影。可是只要蠱蟲受到外來的刺激，立會侵蝕體內精血，教你精枯血竭而亡，無藥可救。」

燕王劇震道：「韓柏眞能治好我嗎？」

鬼王微笑道：「放心吧！只要他的魔氣鑽入你的經脈裡，包可把蠱蟲引得全聚集到某一點處，那時你便可用自身的功力把蠱蟲盡驅體外了。」

燕王放心了點，道：「父皇是否也給人下了媚蠱呢？」

鬼王道：「看他的氣色，應該沒有這問題，唉！你當媚蠱是這麼輕易施展嗎？養蠱者必須以本身元陰精血餵飼蠱蟲，且因施術時須以精氣驅蠱，損耗極大，所以施術後絕不能活過百天之數，盈散花匆匆離京，就是不想韓柏看到她死時的可怕模樣，秀色的自盡，亦含有殉情之意。」

燕王深吸一口氣道：「剛才先生提到方夜羽的一石二鳥之計，究竟又是甚麼一回事呢？」

鬼王道：「那亦是最合理的推測，陳貴妃既精通混毒之法，自然可在你父皇身上做下神鬼不知的手腳。當大壽祭典時，只要觸及某一物，便會當場倒斃，說不定還可嫁禍於你，你也應可想像到那後果。你自然死也不會承認，於是他們再引發你的毒蠱，說你畏罪服毒身亡，那時天下還是你們朱家的嗎？」

燕王自從知道中了蠱毒後，心神大亂，才智及不上平日的三成，一呆道：「那父皇豈非危殆之極？」

鬼王失笑道：「你不是要殺死他嗎？如此豈非正中你的下懷？」

燕王老臉一紅道：「小棣知錯了！」

鬼王不爲太甚，柔聲道：「你留在這裡吧！等韓柏回來後，立即爲你驅蠱，然後你找機會盡快逃離京師，返回你的領地，立即整軍備戰，準備和單玉如爭天下，只要怒蛟幫肯助你，最終你也能得到天下的。」

燕王平靜下來，緩緩道：「先生忍心坐看父皇被人害死嗎？」

鬼王淡淡道：「此乃天意，非人力所能逆轉，元璋太過殘忍好殺，有損天和，壽元至此已盡，你還是擔心自己的事吧！」

當秦夢瑤在莊節和無想僧兩人左右相陪下，步進會場時，全體起立施禮，以示對兩大聖地的尊敬。

秦夢瑤仍是那副虛淡飄逸的嬌姿仙態。深邃無盡的眼神到處，無人不湧起奇異的感覺，就像天地停頓了下來，臻達至靜至極的境界。

與會者不乏終年參禪修道的高人，立時感應到她深不可測的道心禪境。

秦夢瑤與韓柏的道魔之戀，經接天樓一事後，八派中人無不知曉，雖明白其中有療傷救命之實，但都懷疑秦夢瑤動了凡心後，是否仍能維持劍心通明的境界。現在見到了秦夢瑤，眼力高明者頓時釋去疑心，只有嘖嘖稱奇。而曾和秦夢瑤見過面的，都訝然秦夢瑤比前更具出塵仙姿。

莊節和無想僧先送秦夢瑤入座，才回到自己的席位去。

秦夢瑤見眾人眼光都集中到自己身上，淡淡一笑，雙眼一瞥後，緩緩闔了起來，寶相莊嚴，聖潔若普渡眾生的觀音大士。

各派元老和眾種子高手，無不心中一震，生出玄之又玄的感覺。因為她只一瞥間，便沒有人不感到她深深地望著自己。

秦夢瑤雖一言未發，但已懾著了與會諸人的心神。

葉素冬想起朱元璋所說「過不了秦夢瑤一關」的話來，才切身體會到朱元璋見秦夢瑤時的感受。

無想僧首先出言，微笑道：「直到此刻見到夢瑤小姐，老衲才明白言齋主為何肯打破兩大聖地三百年來的禁例，讓小姐下山衛道除魔。」

秦夢瑤睜開美眸，淡淡一笑，柔聲道：「聖僧誇獎了，情勢危急，夢瑤只好濫竽充數。」

葉素冬聽著她仙樂般的聲音，心頭一陣衝動，恭敬地道：「夢瑤小姐仙體初癒，立即大發神威，重創藍玉。看還有誰敢對我大明天下，起不軌之心。」

眾人為之動容，這才知道秦夢瑤曾劍傷藍玉之事。

武當掌門純陽眞子鬚眉俱白，仙風道骨，這時兩眼閃起精芒，往秦夢瑤望過來，祥和地道：「今次我們八派請得仙子法駕來此，是希望能得到仙子的導引，才下決定如何應付眼前亂局。」

不老神仙見人人都把秦夢瑤捧到了天上，心中不悅，冷哼一聲道：「形勢雖亂，但對我們八派卻是有利無害。魔門黑道的自相傾軋，對我大明的長治久安，只會是一件好事。莊兄對此可有甚麼高見？」

一向以來，代表著朱元璋意向的西寧派，都是和長白派一鼻孔出氣，堅持不插手入魔師宮與怒蛟幫的鬥爭裡，所持的理由，就是怒蛟幫乃朝廷緝拿的反賊。可是若站在江湖同道的立場，那便是域外和中原武林的鬥爭了。

莊節本來亦只會站在朝廷的方面說話，可是朱元璋親口向葉素冬說過不干涉他們的取向，剛才又被「快婿」韓柏在耳邊說了兩句，縱使他一向極有主意，這時也有點迷糊起來，不知怎麼反應才好。

幸好忘情師太插入道：「不若我們先聽夢瑤小姐的意見，才再作決定好嗎？」

她背後的美人兒尼姑雲素瞪大了美目，好奇地打量著秦夢瑤，深深透出崇慕的神色。

秦夢瑤淡淡地看了不老神仙一眼，才從容道：「夢瑤今日來此，只想提出一個請求，希望各位掌門元老俯允。」

眾人大訝，向蒼松感激她曾救兒子、媳婦一命，出言道：「無論小姐有任何要求，只要向某可以做到，必會遵辦。」

這幾句話非同小可，代表了書香世家對秦夢瑤的全力支持。

菩提園主寶渡大師喧了一聲佛號後，肅容道：「夢瑤小姐請先見示！」

秦夢瑤一對秀眸亮起難以形容的彩芒，緩緩掃過眾人，若無其事地道：「夢瑤想請各位解散了八派聯盟。」

這句話直有石破天驚的震撼力，連禪功德行深厚若無想僧、忘情師太、純陽眞子等亦愕在當場，呆瞧著她。

箏聲叮咚中，憐秀秀幽幽唱道：「薄霧濃雲愁永晝，瑞腦銷金獸。佳節又重陽，玉枕紗櫥，半夜涼初透。東籬把酒黃昏後，有暗香盈袖。莫道不銷魂，簾捲西風，人比黃花瘦！」

再一串珠落玉盤的清音，箏聲由微轉無，餘音卻仍繞樑不休。

唯一的聽者朱元璋心神俱醉，好一會兒才回過神來，一震讚嘆道：「此曲只應天上有，人間能得幾回聞。」深深看著面箏而坐的美女道：「秀秀歌藝之妙，比之紀惜惜亦毫不遜色。」

聽到「紀惜惜」三字，憐秀秀美眸亮了起來，想起了浪翻雲，同時又憶起龐斑。

朱元璋則看得龍目睜大，但他想起的卻是陳貴妃，暗忖若得眼前美女爲妃，縱使失去了陳貴妃，對自己的打擊便不會是那麼嚴重。微微一笑道：「若能每天都聽到秀秀的歌聲，朕還有何求？」

憐秀秀心中一懍，知道浪翻雲所料不差，朱元璋果然對自己存著野心，正要設法拖延。聶慶童的聲音遠遠在門外傳進來道：「稟告皇上，忠勤伯有十萬火急的事要向皇上稟告。」

憐秀秀感激得差點要向這爲她解圍的忠勤伯贈以香吻。

田桐雙目閃過陰鷙之色，沉聲道：「秦姑娘是否知道八派聯盟乃言靜庵齋主倡議下而成立的，旨在匡助皇上，驅逐韃子。大明建立後，由御旨敕封爲八大國派，現在秦姑娘一句話，便要我們解散，是否合乎情理？會否違反了令先師意旨？」

他故意不像其他人般稱她爲夢瑤小姐，自是蓄意貶低她的身分。而他的說話亦非常厲害，提出朱元璋和言靜庵來壓她。

除了有限幾人外，其他人都露出同意的神色。試問誰可以接受秦夢瑤這樣的要求，那八派豈非變成可任人隨意擺布了。

西寧三老想的卻是另一回事，他們已從朱元璋處獲悉田桐的眞正身分，他這樣激烈地反對秦夢瑤的提議，反使他們隱隱覺得秦夢瑤這一著奇兵，含著某一種微妙的道理。

無想僧眼簾低垂，似對身邊的事物不聞不問。但眾人都知這舉足輕重的人，正深思著秦夢瑤的提議。

秦夢瑤則仍是那副飄逸如仙的恬淡樣兒，絲毫不因田桐的話動氣。

一直沒有作聲的「古劍叟」冷別情冷冷道：「夢瑤小姐有這樣令人難以接受的提議，必然理由充分，冷某願聞其詳。」

不老神仙看了無想僧一眼，見他半點表示都沒有，心中有氣，斷然道：「無論甚麼理由，恕本人都難以接受。」

武當派另一元老飛白道長微微一笑道：「不老神仙連夢瑤小姐的理由都未聽過，便斷然拒絕，飛白亦感到難以接受。」

不老神仙兩眼一瞪，凌厲的眼光箭般射向飛白道長。

飛白道長涵養甚佳，仍以微笑回報。

氣氛僵持起來。

向蒼松雖曾說過支持秦夢瑤任何提議，但卻沒有想到是要解散八派，而在八派中，本以他的書香世家較弱，故這聯盟實令他的地位陡升，所以此刻也猶豫地道：「夢瑤小姐可解釋一下嗎？」

尚未有人發言的有入雲觀、西寧劍派、少林和菩提園。但發言的若不是表示不會接受，就是抱懷疑、觀望的態度。所以秦夢瑤的提議，實在並不樂觀。

田桐心中奇怪，為何對朱元璋忠心耿耿的西寧派，態度如此古怪呢？眉頭一皺道：「無論夢瑤小姐的提議多麼有理由，若我們沒有皇上首肯，私自解散聯盟，那後果不用我說出來，各位也應知道。」

忘情師太平和的聲音響起道：「田施主請先弄清楚一件事，聯盟成立的目的是爲了天下萬民的福祉，其他都不是要考慮的因素。夢瑤小姐既有這提議，貧尼相信她定然有很好的理由。」

田桐心中暗罵，卻很難駁斥忘情師太這義正詞嚴的論點。

西寧三老則心內一齊嘆，田桐你錯在太多說話了。

一時眾人眼光全回到秦夢瑤身上，靜候她的發言。

第三十三章　解散聯盟

書齋裡，朱元璋細心看過所有物證後，抬頭望向呆坐桌側的韓柏，皺眉道：「這些信件是否得來太容易呢？」

韓柏已詳細告訴了他得到信件的經過，只隱瞞了白芳華的身分和盈散花對付燕王的重要環節。一聳肩道：「我打開包裹看到這些東西時，亦不相信自己的眼睛。」

朱元璋一掌拍在桌上，發出「砰」的一聲，再挨到椅背處，另一手緊抓著那些證物，嘆道：「這或者是天助我大明，朕可擔保胡惟庸和藍玉見不到明天的太陽。」接著露出一個殘酷的笑容，道：「當然他們絕不會寂寞，還有很多人陪著他們哩！」

韓柏心中一寒，只想快點離去，最好以後都再見不到朱元璋。

秦夢瑤那對澄澈明亮的眸子，平靜地看了田桐一眼，然後望往道場外的園林。

自從和韓柏在接天樓內道魔交融後，她的劍心重達通明的境界。而韓柏則變成了她慧心的一部分，不但不是破綻，反是最強的一環。眼前雖全是世俗的煩事，卻沒有半點留在她的心版上。她的心靈便如瀑布下的堅岩，流水雖不住激濺在石上，卻是過不留痕，了無任何凝滯。

眾人裡不論俗、道，均被她那種超凡絕俗的仙姿美態吸引著，但卻不會起絲毫塵俗不軌之念，反覺得心平氣和起來，連田桐這用心不良的人亦湧起這種玄妙的感覺，可見她的精神感染力量是多麼強大。

秦夢瑤微微淺笑，收回望往外邊的目光，清雅優嫻地掃過廳內每一個人，閒逸地道：「夢瑤如此大膽提議，並不是強要說服各位前輩，而是希望各位能深思這個可能性。任何一種制度的創立，均因應其當時的精神和需要而產生。可是世事變幻無常，若只墨守成規，這種制度便反而妨礙了進步，甚至腐化至再不能應付眼前實際的環境。韓府凶案便是最好的例子，為了致力保持八派的團結，你們再無餘力去處理其他的事。為了大局，個人的理想都要在保持聯盟這大前題下被抹殺了。夢瑤眞希望能有多幾個像不捨大師和小半道人這種有勇氣的人。請恕夢瑤直言無忌，在江湖人的心中，八派聯盟只是擺在朱元璋御書桌上的一件精緻的工具，根本沒有自己的靈魂。」

八派各人均默言無語，秦夢瑤這番話針針見血，教人難以反駁。

雲素聽得心中一熱，想起浪翻雲和韓柏，立時體會到秦夢瑤的意思。當時她便感到這樣才配稱作英雄人物，而八派的師長們無時無刻不在刻意保持八派間的和氣，做起事來縛手縛腳，毫不痛快。

一直沒有表態的無想僧，一陣長笑，打破了令人難堪的沉默，欣然道：「夢瑤小姐這番話眞是痛快之極，發人深省。老衲再不管其他人怎麼想，由今天開始，少林再不是聯盟的一分子，以後也不用再看任何人的臉色行事了。」哈哈大笑，一聲佛號，飄身而起，剎那間已到了道場之外，倏忽不見。

竟是說去就去，瀟灑俐落。

眾人呆看著他消失在視線之外，一時間都不知說甚麼話才好。聯盟沒有了最強大的少林派，聲勢自是大幅削弱。

田桐回過神來，鐵青著臉向秦夢瑤怒道：「現在你稱心遂意了吧！」再無半分客氣。

純陽眞子淡淡道：「田桐閉嘴，誰許你對夢瑤小姐無禮。」

田桐爲之愕然，面容難看至極點，哪想得到這祥和的掌門師兄會直斥其非。

連不老神仙等都大爲訝異，武當這兩個老傢伙二十多年來對世事不聞不問，所有世務都交由田桐這俗家高手打理，今次肯來赴會，已大出各人料外，更想不到如此不給田桐面子。

今次八派聯盟的延遲舉行，原也是應他的要求，要待小半道人康復後出席這會議。

飛白道長油然自若地發言道：「縱使沒有夢瑤小姐這一番話，今次貧道和掌門師兄破例來參加元老會議，亦要向各位提出一個問題，就是是否爲了所謂『國派』的虛銜，我們便要盲目接受朱元璋的所有指令？」

今次輪到西寧三老不自在起來。因爲朱元璋的所有命令，正是通過西寧派傳達往其他各派。

忘情師太低喧一聲佛號，道：「當日浪翻雲質問我們是否要和朱元璋坐看他們與域外奸徒相鬥，貧尼亦想知道現在有沒有人能回答這個問題？」

場內寂然無聲。

秦夢瑤輕描淡寫的一個提議和幾句說話，便掀起了八派間的滔天巨浪，把長期以來壓下的矛盾和各種複雜問題，全翻到了表面來。

菩提園主寶渡禪師微笑道：「當然有人可以回答這問題，還可說得冠冕堂皇，但江湖自有公論。現在連我們自己亦私下要承認浪翻雲乃中原最值得尊敬的人，若非有他頂著龐斑，憑這魔王的武功、智慧，天下早不知會亂成甚麼樣子了。」

向蒼松一陣長笑，吸引了所有人的目光，他才點頭道：「說得好！說得好！老夫忽然感到輕鬆無比，就像放下了肩頭的千斤擔子。坦白說，當夢瑤小姐作出這建議時，老夫亦有點難以接受，現在卻想通了，只要我們有著同一理想和目標，聯盟名雖不在，實卻存焉。否則聯盟只大而無當，根本是沒有自主權的怪物。」

不老神仙臉色變得陰沉無比，冷然轉向西寧三老道：「不老想聽聽三位的意見。」他本很有把握和西寧派聯手，推翻任何要插手到怒蛟幫與魔師宮鬥爭的建議。哪知秦夢瑤的提議卻是要推倒聯盟的根本架構，更挑起了八派間的矛盾，使他頓時落在下風。一腔怨氣，不由出到沒有積極反對秦夢瑤的西寧三老身上。

莊節何等老謀深算，哪還不知大勢已去，且在某一程度上，他也深信韓柏的話，知道他消息靈通，才智過人，更絕不會陷害自己。又由葉素冬處聽來朱元璋暗諭不要插手八派紛爭的指示，遂乾咳一聲道：「向兄說得好，聯盟只不過是一個名稱，只要我們各派衷誠合作，沒了名稱，實質上仍無分別，但行動卻靈活多了。」

今次連秦夢瑤亦感到詫異，想不到西寧派在這件似明顯違反了朱元璋意願的事上，如此容易相與。

她要解散聯盟，實在是聽了單玉如的事後一個突然而來的決定，若任由聯盟存在，一旦單玉如得勢，由於有允炆的出頭坐纛，聯盟只會變成這妖婦的凶器和工具。因爲朝中將領大部分出身於八派，八派的意向，亦成爲了他們的最高指示。聯盟的瓦解，自然大幅削弱了單玉如的力量，所以田桐才反對得這麼激烈。

莊節的立場清楚表達後，聯盟的解散，已到了不能挽回的局面。

不老神仙氣得臉色煞白，霍地起立，身旁的謝峰亦隨之站起來。

這與無想僧齊名的高手一揮拂塵，發出一下激響的破空聲，憤然離座，代表了聯盟的正式解體和結束。

一名禁衛跟長白諸人擦身而過，直奔到葉素冬前，跪下道：「皇上宣禁衛長立即進宮見駕。」

眾人都露出訝色，不明白朱元璋因何事如此緊張，竟要把正參與元老會議的葉素冬召去？

有三個人露出不同的神色。

一個自然是武當俗家高手田桐。

另兩個竟然是不老神仙和謝峰。當那禁衛匆匆而至時，兩人交換了個眼色，竟似知道這禁衛因何而來。

所有這些微妙的反應，無一可瞞過秦夢瑤通明的慧心。

韓柏離開皇宮，想起剛才朱元璋可怕的眼神和笑容，心中寒意愈盛。藍玉、胡惟庸和有分參與他們謀反的手下固是死有餘辜，可是被株連的親族根本連發生甚麼事都不知道，有很多還是老人、女人和小孩子，那自己不是連累了很多人嗎？

想到這裡，差點想痛哭一場，對政治鬥爭生出極度的憎厭。

不過這亦是無可奈何的事，過錯並不出在自己身上，只是朱元璋的主意罷了！

懊惱間又想起了秀色和盈散花，心情更是鬱結難解。

驀地有人在對街呼喚他的名字。

韓柏循聲望去，只見有一群尼姑，領頭的是曾有一面之緣的忘情師太，身旁還有那美得炫目的小尼雲素和范良極的情人雲清，雲清還在向他招手。

換了平時，有機會接觸雲素，縱只是眼看手勿動，他也會歡欣雀躍。可是此刻正擔心朱元璋的手段，又悲痛秀色的芳華早逝，眞是甚麼都提不起興趣，只想找個無人的地方痛哭一場。

但又不能不給雲清面子，勉強收攝心神，走了過去，來到忘情師太身前，一揖到地，道：「韓柏拜見師太！」

忘情師太和雲素等十多對眼睛全集中到他身上，見他一本正經，表情肅穆，都大感奇怪。

忘情師太溫和地道：「韓施主有沒有空，貧尼想和你說幾句話。」

韓柏想起在這裡見到忘情師太，八派的元老會議當然結束了，自己好應趕去與秦夢瑤等三女會合，本要拒絕，但卻礙於雲清情面，說不出口來。猶豫間，忘情師太已看穿他的心意，微笑道：「貧尼落腳的庵堂就在這裡，不會阻韓施主太多時間。」

韓柏這才注意到刻下正站在一所尼庵的大門處，奇道：「師太你老人家不是住在西寧道場嗎？」

忘情師太淡淡道：「由這天開始不是了！」轉入庵堂裡去。

韓柏追在她背後，恰好夾在雲清和雲素的中間。

雲素好奇並天眞地用那對美麗的大眼睛偷偷打量著他。

雲清則低聲問道：「小柏你是否有甚麼不妥？」

韓柏頹然嘆了一口氣，搖了搖頭。

到了庵堂裡，忘情師太背著佛座盤膝坐在地上，雲清、雲素這兩位種子高手則分坐在她左右，其餘弟子都退出堂外。

韓柏學她們般趺坐對面，嗅著爐鼎透來的清香氣味，情緒逐漸平靜下來。

忘情師太溫和一笑道：「施主的道心種魔大法非比尋常，那晚在我們這些老骨頭前，仍表現得不亢不卑，威風八面。」再愛憐地看了雲素一眼，柔聲道：「雲素已是我們入雲觀近百年來成就最高的弟子，但仍仗施主手下留情，才沒有受傷。」

韓柏忍不住瞥了雲素尼一眼，只見她瞪著那對清澈澄明的大眼睛，毫不畏懼地看著自己，忽然心中一陣慚愧，因為他靈銳的魔種，感應到她純淨晶瑩的佛心，沒有半絲塵俗之念，有的只是高尚的情操，想起自己對她的不軌之心，哪能不羞愧。

若換了平時，他怎會有這種明悟，只是剛受連番打擊，色心盡去，才察覺到對方的心境。

忘情師太對這一切洞察無遺，欣然道：「雲清已把你們的事詳細告訴了我。唉！你們為了天下的福祉出生入死，而我們八派卻只在坐享其成，貧尼想起便感到羞慚。」

韓柏一呆道：「我們！」忍不住望向雲清，暗忖難道她連和范良極的關係都告訴了師父？

雲清俏臉一紅，垂下頭去，顯是知道韓柏為何偷看她。她雖是帶髮修行，終仍可算是半個修行的人，自然會因捺不住春情而不好意思。

忘情師太微微一笑道：「雲清甚麼事都沒有瞞貧尼，門法規矩是死的，人卻是活的。古往今來，已不知多少人被規矩所害。何況范良極一片誠心，而雲清亦經過了一段長時間的內心掙扎，才發覺自己不可以沒有對方，這種真摯的感情，最是難得，所以貧尼絕不會抱殘守缺，硬要拆散他們。」

韓柏聽到「掙扎」兩字，想起她和范良極初吻的情景，忍不住又看了雲清一眼。

雲清先是赧然，接著醒覺，狠狠瞪了他一眼。

忘情師太續道：「今次貧尼想與施主說話，就是想了解一下現在的情況，看看有甚麼地方可以盡點心力。」

韓柏對這值得尊敬的老師太更生好感，心頭親切溫暖，嘆了一口氣道：「要說都不知從何說起，韓柏只希望師太和……嘿！」忍不住又瞧了正瞪大妙目看著他的雲素，才續道：「和小師父們盡早離開京師這險惡之地，回到入雲觀去，不要捲入這醜惡的政治漩渦。」

他確是有感而發，尤其不希望這純如白紙嬌柔可愛的雲素尼，被醜惡的鬥爭污染了她淨美的靈魂。

忘情師太三人都想不到韓柏有這種爲人設想的胸懷，對他頓然改觀。

忘情師太正容道：「聽施主這麼說，定是遇上了非常棘手的事，忘情更不能獨善其身，施主放心說吧！貧尼早經歷過無數風浪，生死得失均不會擺在心頭。」

韓柏肅然起敬，搔頭道：「小子無知，忘記了師太乃白道頂尖高手，不過現在的形勢可是有力無處使，連鬼王也想到要離開京師。」

忘情師徒三人一齊動容。

韓柏站了起來，道：「不若這樣吧！我先回道場去找夢瑤她們，然後才和你們一塊兒到鬼王府去共商大計，好嗎？」

忘情師太這時亦知道事情的嚴重性，點頭道：「既是如此，貧尼便先遣門下弟子離京，有起甚麼事來，應變時亦可以靈活一點。」

忘情師太這麼明白事理，韓柏大喜而去，行前忍不住狠狠盯了雲素一眼。

第三十四章　敵友難分

鬼王府。

金石藏書堂內。

朱元璋哈哈一笑，向坐在一旁的虛若無道：「上次小弟來此，求若無兄占算國運，轉眼又兩個月另八天。若無兄卦理精湛，有鬼神莫測之機，所說諸事，一一應驗，小弟傾佩不已。」

「鬼王」虛若無淡淡一笑道：「看元璋成竹在胸的樣子，必是萬事順遂，可喜可賀。」

朱元璋龍目寒光一閃道：「自靜庵仙逝的消息傳來後，小弟不由自主地想起了前塵往事，唉！小弟自甲辰年晉稱吳王，至今不覺已有三十四年，回想起來，就像發了一場春秋大夢。若無兄說得對，除了每次勝利後的剎那光陰，小弟從未眞正感到快樂和滿足過，只知埋首政務，若把這些工作由小弟處拿走，我便一無所有了。」

虛若無搖頭嘆道：「這就是當皇帝的代價。所以虛某從不肯把你當作皇帝，就是希望你還有個可以說話的人，可惜這卻成了你我間最大的衝突和矛盾！不過你肯在這時刻仍來見我，虛某心中確有點安慰，五十年的交情總算還有點剩餘下來。」

朱元璋一呆道：「若無兄怎會有這番說話，朱元璋儘管對任何人無情無義，但與若無兄這一番交情，卻是眞誠無私的。」

「鬼王」虛若無仰天長笑，雙目神光電射，銳利的眼神凝定在朱元璋臉上，冷然道：「虛某與里赤媚之戰，如弦上之箭，勢在必發，此戰不論勝敗，虛某亦將拋開一切，歸隱山林，再不理江湖與朝廷之事，元璋你亦再不須爲虛某的事煞費思量了。」

朱元璋劇震道：「若無兄似對小弟誤會甚深，只要若無兄一句說話，小弟可發動手中所有力量，教里赤媚等無一人能生離京師。」

虛若無哈哈一笑道：「元璋說笑了，現在你豈可分神去對付這批高手如雲的外族聯軍，何況對方有龐斑助陣，除非請得浪翻雲出手，不過你也應知浪翻雲絕不會聽你我的命令吧！」

朱元璋微笑道：「若無兄已知藍玉和胡惟庸的事了。」

「鬼王」虛若無不置可否，岔開話題道：「元璋今次來找虛某，是否爲了燕王的事？」

朱元璋面容一沉道：「若無兄知否這逆子要行刺我這個親爹？」

虛若無長嘆道：「元璋！我要你坦白告訴我，若換了你在他的處境，你會怎麼做？」

朱元璋龍目冷芒一閃，不悅道：「若無兄還要護著他嗎？」

虛若無搖頭苦笑道：「元璋眞是那麼善忘嗎？我剛正說過，與里赤媚決戰後，我再不會參與朝廷的事，你大壽一過，虛某亦立即離開京師，這世上便等若沒有了虛若無這一個人，你要幹甚麼，我不管亦不理。」接著語氣轉寒道：「可是在這大壽之期，虛某卻絕不許你在我眼前對付小棣，這之後就是你們父子之間的事了。」

朱元璋沉默下來，凝望著腳下的階磚，沉吟不語。

虛若無微微一笑道：「自你登基後，我虛若無還是第一次對元璋你如此疾言厲色，你心中定然很不舒服了。」

朱元璋臉上露出回憶思索的神色，緩緩道：「我朱元璋一生人最神傷魂斷的三個時刻，就是言靜庵、紀惜惜的離開和馬皇后的身故。還記得她斷氣前緊握著我的手，要我尊重若無兄的意見。嘿！區區三天之期，若我朱元璋都不遵照若無兄的吩咐，怎對得住若無兄的恩情和馬皇后的遺言。好吧！皇天在上，朱元璋便立此承諾，若無兄可以放心了。」

虛若無露出一絲笑意，旋又滿懷感觸道：「天數有定，元璋你要記著，我虛若無的一切作爲，都是爲保你朱家天下，讓萬民能長享太平。」

朱元璋一震往虛若無望去，疑惑地道：「若無兄話中隱含深意，可否說得清楚一點？」

虛若無正容道：「相識至今，我虛若無可曾對你有過一字誑語？」

朱元璋仔細地打量著他，肯定地搖頭。

虛若無道：「那就足夠了，皇上！」

朱元璋愕然望向這唯一剩下來的老朋友，自登基稱帝以來，虛若無還是第一次，也是最後一次稱他皇上了。

秦淮河最具規模的其中一所酒樓的大廂房內，筵開兩席。

浪翻雲、凌戰天等怒蛟幫在京師的領袖人物全體在場，還有左詩等三女、小雯雯、顏煙如、風行烈和戚長征夫婦等人，氣氛熱烈。

男女分席，涇渭分明，卻無損融洽和親切。

喝的自然是清溪流泉。

眾女都爭著去親抱剛換上了左詩親手爲她縫造的新綿衣的小雯雯，使這小女孩的笑聲塡滿了廂房。

男席處淩戰天誇獎范豹道：「都是小豹有辦法，這麼匆忙竟可以教人弄出如此精美的筵席來，我們眞是口福不淺，大家來痛飲一杯！」

各人起鬨對飲。

戚長征笑道：「你們都不知小豹現在京城是多麼吃得開，禁衛和東廠的頭子們都要和他稱兄道弟呢！」

風行烈插入笑道：「祝他早日與顏姑娘百年好合，永結同心。」

這兩句話不但在這一席掀起熱烈的歡笑，也惹起了另一席的調笑。

范豹和顏煙如雖是一席之隔，仍忍不住面紅耳赤地交換了個甜蜜的眼神。

戚長征開懷道：「不是請了東廠的人去找韓柏這傢伙嗎？爲何還未來呢？」

上官鷹笑道：「這傢伙不是又溜了去泡妞吧！」

那邊的左詩嬌叱道：「他敢！」

眾人齊聲大笑。

翟雨時嘆道：「有誰曾想過我們會在京師擺明反賊的身分，呼朋喚友，大吃大喝呢？」

浪翻雲看著杯內的絕世美酒，微微一笑道：「若有人看到我們現在的樣子，誰想得到今晚就是與強敵生死決戰的時刻呢？」

范良極的聲音在門外響起道：「我也想不到，卻是知道！」

眾人大喜。

范良極推門而入，一番熱鬧的招呼，老賊頭親了乾女兒小雯雯後，來到浪翻雲旁坐下，壓低聲音道：「我跟了田桐一整天，終於找到了天命教另一個秘巢，八派的元老會議定是有重要事情發生了，這傢伙急不可待去報告。」

眾人靜了下來。

翟雨時輕輕道：「不知單玉如是否在那裡？」

范良極低聲道：「若她在那裡，我便沒有那麼容易自出自入了，不過你們的老朋友大醫師常瞿白卻躲在那裡。」

上官鷹一震道：「甚麼？」

凌戰天沉聲道：「且慢！暫時還不可以動他，但我們取不到他的人頭在手，亦絕不肯離開京師。」

范良極道：「還有一個你們想不到的人，就是終日拿著把不倫不類兵器的展羽。」

眾人大為錯愕，想不到「矛鏟雙飛」展羽也是單玉如的人，難怪以他的身分地位，竟也屈身楞嚴之下了。

翟雨時道：「單玉如這二十多年的布置真個沒有白費，看來文官武將中亦出胡惟庸巧妙地安插了很多人進去，所以可輕易把政權攫取過來，如此看來，燕王雖是一代名將，爭鬥起來，前景仍未是樂觀呢！」

浪翻雲微笑道：「那就要看我們肯否站在他那一邊了。」

凌戰天點頭道：「離京後我們立即掃平胡節的水師和黃河幫，收復怒蛟島，重新控制長江，那時任單玉如三頭六臂，也須面對兩面的戰場。」

浪翻雲道：「不過我們最好和燕王先談談，才可助他打天下，否則只是重蹈當日覆轍，最後再次變成反賊。」

范良極道：「我還發現秘巢內有幅京師的大地圖，左家老巷、莫愁湖和鬼王府都塗上了紅色，還有不同顏色的箭嘴和符號，顯示天命教的人有著周詳的計劃封鎖和攻打這三處地方，我們不可不防。」

浪翻雲道：「我早想過這問題，今晚所有人全遷到鬼王府去，明天開始我們便把功力較次的人和婦孺全部撤離京師，只要朱元璋仍在，天命教絕不敢動鬼王保護下的船隊，那我們應變起來，或戰或逃都容易多了。唔！有人來了！」

話猶未已，韓柏領著虛夜月和莊青霜走了進來。

兩女發現了小雯雯，如獲至寶，歡呼一聲擁了過去。

韓柏輕擰了一下這小傢伙的臉蛋後，走過來興奮道：「夢瑤解散了八派聯盟了！」

眾皆愕然。

浪翻雲會心微笑道：「這仙子真有她的一套！」

范良極道：「瑤妹呢？」

韓柏先湊到他耳旁，神秘的說了一番話。

眾人見范良極兩眼不住放光發亮，都訝然瞪著他們。

忽地范良極怪叫一聲，翻身離椅，一陣風般衝出房外。

韓柏則右手一探，抓起一隻大雞腿，狼吞虎嚥起來，其吃相自是令人不敢恭維。

風行烈皺眉道：「你和老賊頭說了甚麼話？」

韓柏滿嘴雞肉，含糊不清地道：「我告訴他，他的未來嬌妻和未來嬌妻的師父正在樓下等他。」

眾人爲之莞爾。

戚長征道：「你的仙子在哪裡？」

韓柏道：「她也在樓下。」隨手丟了一絲肉都沒有留下的腿骨，笑道：「可以打道回鬼王府了嗎？今晚這麼精采，讓我們香湯沐浴，再吃他一大頓，才有精神力氣陪我們域外來的朋友玩個痛快呢！」

上官鷹笑道：「你這小哥眞有趣！來！讓本幫主敬你一杯。」

起鬨聲中，眾人轟然痛飲。

朱元璋回到皇宮，立即把嚴無懼和葉素冬兩人召來。

兩人跪伏地上，靜待他的吩咐。

朱元璋道：「藍玉和胡惟庸的事預備好了嗎？」

兩人忙應預備好了。

朱元璋沉聲道：「朕要把所有離開京師的水陸交通要道徹底封鎖，特別要注意與鬼王有關的車隊和船隊，假若燕王要逃離京師，立殺無赦，清楚了嗎？」

兩人心中一震，連忙領旨。

朱元璋微微一笑，道：「給我找韓柏來，鬼王不說出來的事，朕才不信他敢不說出來。」

《覆雨翻雲》卷八終

國家圖書館出版品預行編目資料

覆雨翻雲 / 黃易著. --初版.--台北市 ：
蓋亞文化，2018.04－
冊; 公分. --

ISBN 978-986-319-331-9(卷8：平裝)

857.9 106025409

覆雨翻雲

卷八

新編完整版

作　　者 黃易
封面題字 錢開文
封面插畫 練任
裝幀設計 莊謹銘
特約編輯 周澄秋
總 編 輯 沈育如
發 行 人 陳常智
出 版 社 蓋亞文化有限公司
地址：台北市103赤峰街41巷7號1樓
電話：02-2558-5438　傳真：02-2558-5439
電子信箱：gaea@gaeabooks.com.tw
投稿信箱：editor@gaeabooks.com.tw
郵撥帳號 19769541　戶名：蓋亞文化有限公司
法律顧問 宇達經貿法律事務所
總 經 銷 聯合發行股份有限公司
地址：新北市新店區寶橋路二三五巷六弄六號二樓
電話：02-2917-8022　傳真：02-2915-6275
初版一刷 2018年4月
定　　價 新台幣 280 元
Published and printed in Taiwan

GAEA
ISBN／978-986-319-331-9